이상준의 지식시리즈 2

교육을 해부한다

대안교육에서 미국유학까지

교육을 해부한다:
대안교육에서 미국유학까지

이상준의 지식시리즈 2

1판 1쇄 인쇄   2018년 10월 10일
1판 1쇄 발행   2018년 10월 15일

지은이   이상준
펴낸이   최광주
펴낸곳   (주)경남신문사

유통·마케팅   도서출판 들불
경남 창원시 의창구 중앙대로 227번길 16 교원단체연합 별관 2층
tel. 055.210.0901 **fax.** 055.275.0170

ISBN   979-11-963123-2-9

「이 도서의 국립중앙도서관 출판예정도서목록(CIP)서지정보유통지원시스템 홈페이지
(http://seoji.nl.go.kr)와 국가자료공동목록시스템(http://nl.go.kr/kolisnet)에서 이용하
실 수 있습니다.(CIP제어번호 : CIP2018031721)」

이상준의 지식시리즈 2

교육을 해부한다

대안교육에서 미국유학까지

이상준 지음

■ 차 례

 들어가면서

교육은 백년대계(百年大計)라고 했다. 그런데 한국의 현실은 어떠한가. 수시로 바뀌는 교육제도와 공교육이 제 역할을 하지 못하는 데서 오는 과도한 사교육비, 이로 인한 빈부간의 교육 격차 등 엄청난 문제가 내재되어 있다. 백년은커녕 당장 발등에 붙은 불 끄는 데도 정신이 없다. "뜨는 해를 안고 등교하고, 지는 달을 안고 귀가하니 이 얼마나 멋진 일이냐?"[1] 라고 말한 어느 교사의 외침이 씁쓸하게 만든다. 더 큰 문제는 어른이나 사회가 스승의 역할을 전혀 하지 못한다는 데 있다. 세상에서 자연스럽게 배우는 교육이 참교육이다. 그러나 성인들이 만든 현대 한국의 사회는 부정부패가 만연하고, 온갖 게이트가 판을 치고, 정의가 없고, 편법이 난무하는 희한한 세상이 돼버렸다. 뉴스에

---

1) 「망가뜨린 것, 모른 척한 것, 바꿔야 할 것」 강인규, 오마이북, 2012, p.109.

서는 온갖 폭력과 왜곡들로 가득한 세상사가 매일 쏟아지고 있다. 이 세상 속에서 하루하루를 버티며 살아가는 대다수의 부모들 자체가 의식의 혼동을 겪고 있으며, 올바른 교육관으로 그들 자녀들을 기를 수 있는 형편이 못 되는 실정이다. 선생들의 자질 유무는 차치하더라도, 우선 사회와 가정에서 올바른 의식을 심어주지 못하는 상황에서 아무리 좋은 학교에서 훌륭한 선생님에게 배운다고 해서 아이들이 바르게 자랄 수 있겠는가. 설상가상으로 정말 좋은 학교나 멋진 선생님마저도 적지 않은가.

이런 현실에 대한 안타까운 점에 부모라면 지위고하를 불문하고 모두 동의할 것이다. 그렇지만 현실을 냉철하게 보고 판단할 필요가 있다. 혹시 평범한 서민들이 빌 게이츠·마크 저커버그나 마윈(馬雲)과 같은 대부호가 되는 꿈을 꾸는 것은 아닌지 반문해볼 필요가 있다. 실현가능성이 거의 없는 곳으로 너무 멀리 가버리는 경향이 많다. 교육현실이 지옥이라며 비교하는 대상이 보통 대안학교나 영국 서머힐 학교와 같은 곳이다. 그러나 이런 학교는 전 세계적으로 통틀어도 몇 개 안 된다. 더군다나 선진국들은 물론이고 모든 나라가 소위 '여유교육'을 실시하지 않고 있으며 앞으로도 그럴 것이다. '꿈의 교육' 하면 늘 목표치로 부각되는 북유럽의 경우에는 사회제도 자체가 차원이 다르므로 교육 측면만 봐서는 곤란하다. 하기야 공영방송인 EBS마저 교육특집이랍시고 영국의 서머힐 학교를 다룰 정도이니 무슨 말을 하겠는가. 교육 형태가 다양하다는 측면을 보여주는 선을 넘어, 그런 '여유교육' '자율교육'만이 최고임에도 불구하고 마치 일부로 현실에서 그런 제도를 도입하지 않는다고 질책한다는 느낌이 강하게 들었다. 이런 영향은 가지도 못하는 곳에 대한 기대만 키워 현실교육에 대한 불명과 불만만 부추기고 국민들에게 오히려 스트레스만 가중시킬 수 있다. 다양한 교육방식의 소개 수준을 넘어서버렸다는 것을 지적하는 것이다. 공영방송이 엄청난 제작비를 투입하면서까지 심혈을 기울여 만든 것이 이 정도이니, 일반 학자들이나 교육전문가랍시고 별 생각없이 떠들어대는 소리에 현혹되면 정말 힘들어진다. 그래서 스스로가 다양한 측면에 대한 사고력을 가지고 있어야 하는 것이다. 현실을 비난하는 효과를 극대화시키려면 가장 현실과 다른 대상을 부각시켜버리는 것이다. 그것이 현실성이 있든 없든 고려하지 않고 말이다. 500년 후를 예언한 노스트라다무스(1503~1566)의 예언이 얼마나 적중했을 것 같은가. 그의 예언 작전 중 하나는 먼 미래를 예언한다는 거였다. 예언자가 살아 있는 동안에 그 예언이 틀렸음이 드러날 리 없기 때문이다. 또 하나의 작전은 애매하게 예언한다는 작전이다. 심리학에서는 이런 사기수법을 '바넘효과'(애매하게 예측한다)와 '포러효과'(다양한 예측을 한다)라고 부른다. 사이비 점술가가 쓰는 수법과 별반 다르지 않다는 말이다. 교육 현실을 비판하면서 실현가능성도 없는 것을 대안이라고 부각시키고, 구체적인 대안은 하나도 제시하지 못하는 그런 쇼에 현혹되지 말라. 잘못된 선택의 결과는 모두 스스로의 몫이다.

자식을 낳는 것보다 당당하게 홀로 세상을 대할 수 있도록 성장시키는 것이 더 어렵다. 아직 여물지 않은 아이이기에 부모가 선택한 교육방향은 자식의 인생에 가장 크게 영향을 준다. 그러므로 정말 신중해야 한다. 부모도 많은 고뇌를 해야 한다. 교육과 관련하여 여러 다양한 의견을 소개할 것이다. 하지만 우선 내가 내린 결론부터 먼저 요약하고 가는 게 좋을 것 같다. 최종 판단은 각자의 몫이니 내 생각에 동의하지 않아도 좋다. 그러나 나도 많이 고민한 결과 얻은 답이라는 것만은 알아주기 바란다.

첫째, 인성은 그 무엇보다 중요한 바탕이다. 인성이 갖춰지지 않은 사람은 출세를 해서도 성공을 해서도, 심지어 가정을 꾸려서도 안 된다. 그런 사람을 상전으로 둔 관련자는 예외없이 정신병에 걸릴 확률이 높다. 한마디로 악취의 화신이다.

둘째, 이상적인 교육과 현실교육을 직접 비교하는 건 위험하다. 현실에서 우리가 경험하고 행하고 있는 교육이 초등학교 수준이라면 모든 사람이 말하는 이상적인 교육은 정서적으로는 대학원 수준이다. 교육이 정서만 가르치는 게 아니므로, 정서 이외의 현실과목은 어떻게 할 건가. 중·고등학교까지의 지식은 대학입학은 차치하더라도 지구에서 인간으로 살아가는 데 필수적으로 알고 있어야 하는 우리말과 같은 것이다. 공부에 목숨을 걸든 스포츠나 예·체능을 전공한다고 해서 몰라도 되는 게 아니란 사실이다. 1등 하라는 얘기가 아니다. 인간으로 세상을 살아가는 데 꼭 필요한 상식과목이라는 말이다. 이 다양한 것들을 포기하고 그림이나 그리고 노래나 부르고 자연에서만 뒹굴고 해서 될 일이 아니다. 나중에 자녀가 세상에 홀로 설 때를 상상해보라. '일순간의 행복'보다 '일생의 행복'에 초점을 맞춰야 하지 않겠는가. 이상교육으로 예를 들게 별로 없다. 북유럽 교육제도니, 영국의 서머힐 학교니, 일본의 슬로리딩 공부법이니 하는 정도가 전부다. 북유럽 교육제도는 사회 전체 분위기가 사회주의이므로 기본 정서가 우리와는 전혀 다르다. 그럼에도 불구하고 북유럽에 거주하고 거기서 자녀를 키우는 사람들조차 너무나 획일적인 평등 강조에 불만도 이만저만이 아니라는 사실도 알아야 한다. 영국의 서머힐 학교의 경우 보통학교에서 잘 적응하지 못한 학생들이 대부분 찾는 학교다. 그런 학교가 영국뿐만이 아니라 전 세계에서 과연 몇 개나 되겠는가. 아래위도 없이 선생님마저 인정하지 않고 학생들 멋대로 결정하고 실행하는데 지금 이순간이야 당연히 100점이다. 다만 훗날이 문제라서 그렇지. 일본은 슬로리딩을 국가 교육의 방향으로 잡았다가 채 1년도 안 되어 문제가 발생했고 결국 폐지해버렸다.

셋째, 옛날부터 지금까지 고관대작은 물론 황제·왕의 자식들도 매 맞으며 공부했다. 지금도 마찬가지다. 미국의 모든 대통령과 요즘 잘나가는 빌게이츠나 마크 저커버그 본인은 물론 자녀들도 스파르타보다 더 혹독하게 가르치는 사립학교를 선택했다. 여기서 중요한 사실은 꼭 알아야 한다. 그들이 그렇게 불철주야 공부하면서 늘 염두에 두는 것은, 배워서 자기 자신이 호위호식한다는 목적보다 사회를 위해 인류를 위해 더 도움이 되고자 한다는 사실이다. 미국의 경우 최고 고등학교인 필립스 엑시터·앤도버나 하버드·예일대학교도 당연히 그렇다. 노는 것 비슷한 대안학교와는 대척점에 있는 학교들이다. 하루 종일 인생을 생각하고 자연을 배회한다고 해서 훌륭한 철학자라도 될 성싶은가.

넷째, 세상을 호도하는 소위 지식인이라는 사람들을 극도로 조심해야 한다. 책 몇 자 더 읽었다고, 교육계에 전문가니·교수니·박사니 하는 타이틀을 달고 이래라 저래라 떠들어대지만 알맹이가 없다. 그중 한두 개라도 현실성이 있는지 확인해보라. 가장 위험한 이유는 그 사람들 자체가 생각이 이미 한쪽으로 쏠려 있다는 점이다. 편협한 지식은 아예 모르는 것보다 더 위험하다. 뒷동산도 못 올라가는 처지인데 히말라야 이야기를 하는 지식인은 내가 볼 때 바보 아니면 사기꾼과 같다. 눈높이도 못 맞추는데 교육의 출발부터 틀려먹었는데 무슨 교육 이야기를 한단 말인가. 설령 전문가들이 진심 어린 제언을 할 수는 있다. 그러나 선택은 각자의 몫이다. 훗날 정말 뼈아픈 선택으로 결론 났을 때 그 모든 고통은 여러분의 자녀가 평생 안고 가야 하는 형극의 길이 돼버린다는 사실을 명심하라.

다섯째, 지금까지도 그래 왔고 지금도 그렇고 향후에도 그럴 것이다. 대안교육 같은 방식은 극히 일부라는 사실 말이다. 절대 국가나 사회 전체적으로 이 방식으로 갈 수가 없다. 그랬다간 그 사회가 망해버린다. 간혹 사람마다 추구하는 바가 다르고 다른 걸 모두 포기하는 한이 있더라도 필사적으로 지켜야 할 소중한 게 있을 수 있다. 이런 분들 대안교육 아니라 더한 것도 가능하다. 그러나 학교를 떠나면 천국과 같은 이상교육이 기다린다는 착각은 금물이다. 우리나라는 인구밀도도 높고 교육열도 세계 최강이기 때문에 더 지옥같이 느껴질 수도 있다. 그러나 어쩔 건가. 국가적으로는 하루아침에 변혁되기는 어려운데. 변혁이 돼도 그 꿈같은 방향은 아니다. 그건 단지 꿈일 뿐이다. 힘들지만 현실을 조금씩 헤쳐 나가는 것도 살아있는 교육이라는 사실도 염두에 두기 바란다. 다행히 교육당국도 다양한 관점에서 많은 고뇌를 하고 있으니 서서히 좋은 방향으로 진행될 것이라고 본다. 교실이 제아무리 힘들어도 학교를 떠나 사회에서 부딪히는 난관과는 비교도 할 수 없다. 선과도 악과도 부대끼면서 미리 내공을 키우는 효과도 있는 것이니까, 무조건 현실에서 탈피하려고만 하지는 말기 바란다.

오늘날 근거도 불투명한 정보가 넘쳐나 뭐가 '똥인지 된장인지 구분하기 어려운 세상'이 돼버렸다. 그런 말도 있지 않은가. '내가 아는 만큼만 세상은 보인다!', '개 눈에는 똥만 보인다!'고. '어떤 삶을 살 것인가?'에 대한 해답으로 영국 철학자·수학자인 버트런드 러셀(1872~1970)은 『나는 왜 기독교인이 아닌가』(1952)에서 이렇게 말했다.[2]

"훌륭한 삶이란 사랑에 의해 고무되고 지식에 의해 인도되는 삶이다!"

---

2) 『나는 왜 기독교인이 아닌가(Why I Am Not a Christian, 1952)』버트런드 러셀(Bertrand Russell, 영국 철학자·수학자, 1872~1970), 사회평론, 2005, p.84.

책도 읽을 때 일단 흐름이 자연스러워야 하므로, 이 책과 관련하여 한 가지만 언급하고자 한다.

각주를 보지 않아도 본문을 이해하는 데 별 어려움이 없다는 점이다. 그러므로 우선 본문 위주로 읽은 후, 다시 한 번 각주의 내용까지 음미하면서 읽는 방식을 권한다. 글의 흐름상 각주로 처리했지만, 내용도 나름 풍부하다. 각주가 많은 것은 가급적 관련된 지식을 풍족하게 제공하고자 하는 저자의 욕심이다. 평소 메모해두었던 지식 관련 창고를 과감하게 개방했다. 게다가 웬만하면 각주와 관련된 참고문헌도 병기해 지식을 더 쌓는 데 도움을 주고자 했다. 주장하나 문구 하나가 내 생각만을 지껄이는 게 아니고 앞선 지식인들의 견해와 대비해보는 검증의 의미도 있으니 일거양득이다.

제1장

인성이 뒷받침되지 않는 지식은 많을수록 더 위험하다

Lee Sang Joon · Knowledge Series 2

Wisdom is not a product of schooling,
but of the life-long attempt to acquire it.

지혜는 학교에서 배우는 것이 아니라 평생 노력하여 얻어지는 것이다. (알베르트 아인슈타인)

·
·
·

"가치관이 배제된 교육은 사람을 영리한 악마로 만들 뿐이다."[1] 정말 가슴에 와 닿는 말이다. 인간 됨됨이가 형편없고, 자기 자신만 중시하고 타인을 안하무인으로 대하며 내로남불식 사고에 젖어 있고, 정도(正道)보다는 편법을 먼저 생각하고, 편법이 발각되면 요리조리 미꾸라지처럼 빠져나갈 생각만 하고, 돈과 권력·지위로 남을 재단하고(소위 '갑(甲)질'이다), (…)바로 이게 '못된' 인간의 행태다. 이런 부류의 인간은 절대 출세하면 안 되고 그가 사회에 미치는 영향력이 적으면 적을수록 좋다. 설령 출세를 했더라도, 요즘 같은 투명사회[2]에서는 그 왕국이 영원할 수도 없다. 정보를 알게 된 사람들 중 그 누구 한 사람이라도 정보를 흘렸을 경우, 곧바로 인터넷이나 SNS 등을

1) C.S. 루이스: C.S. Lewis, 영국소설가, 1898~1963.

2) 「투명사회(Transparenzgesellschaft, 2010)」 한병철, 문학과지성사, 2014, p.7.
   제러미 벤담의 파놉티콘(Panopticon, 사방에서 감시하기 쉬운 원형감옥)이나 조지 오웰의 「1984」에서는 국가나 권력이 감시의 주체다. 오늘날은 오히려 소셜미디어가 점점 더 사회적인 삶을 감시하고 착취하는 디지털 파놉티콘에 가까워진다. 투명성은 속이 들여다보이는 유리 인간을 만들어낸다. 여기에 투명성의 폭력이 있다. 무제한의 자유와 무제한의 커뮤니케이션은 전면적 통제와 감시로 돌변한다.

통해 전국 방방곡곡에 퍼져버린다. 오늘날과 같은 투명사회는 피지배 계층인 국민에게만 해당되는 것이 아니라, 지배층인 권력자들에게도 적용되는 것이다. 오히려 국민적 이슈가 되는 감시의 방향은 항상 권력자들에게 향할 것인 바, 권력을 잃기도 쉬운 시대인 것이다. 최근까지 한국을 뒤흔들었던 박근혜와 최순실 일당이 저지른 국정농단 사건, 재벌 오너 일가들의 갑질 사건, 유명 정치인들의 낙마 등은 국민연대(집단지성)로 무너져 내린 딱 들어맞는 사례가 아니겠는가.

　같은 인간의 탈을 쓰고 있지만 짐승만도 못한 경우가 허다하다. 즉, 인간이라고 다 인간 같지는 않다. 미국 제2대 대통령 애덤스(John Adams, 1735~1826)는 "자연이 만든 인간과 동물의 간격보다 교육이 만드는 인간과 인간의 간격이 훨씬 더 크다"는 말까지 했다.[3] 여기서 말하는 것은 물리적인 지식의 양이나 학벌을 말하는 게 아니라, '참된 지혜' 즉 '인간 됨됨이'를 뜻한다. 이런 쓰레기 같은 인간은 자신뿐만 아니라 주변까지 오염시킨다. 가장이면 그 가정의 구성원은 고통 속에서 살아갈 게 뻔하고, 회사나 학교와 같은 조직이라면 부하 직원은 죽을 맛이다. 어느 단체의 수장이 됐던 마찬가지일 것이며 대통령이라는 직책에 앉게 되면 그로 인해 온 나라가 쑥대밭이 돼버리는 것이다. 우리가 경험하지 않았는가. 따라서 그런 부류의 인간은 절대 출세해서는 안 된다. 아니, 출세할 수도 어려울 것이며 그 권좌에 앉아 있는 것을 좌시해서도 안 된다. 흔히 하는 "먼저 인간이 돼라!"는 말은 그저 상투적인 표현이 아니고, 지금 시대에는 '생존의 철칙'이다. 안 그러면 죽는다! 아니, 살아도 사는 게 아닌 꼴로 처단될 것이다! 아마 미래는 더 그럴 것이다.

---

3) 「지구에서 인간으로 유쾌하게 사는 법(2)」 막시무스, 갤리온, 2007, p.129.
　"Education makes a greater difference between man and man than nature has made between man and brute."

누구든지 가장 중요하게 생각하는 자식이 자라는 곳, 즉 가정에 대한 가장의 중요성을 좀 더 구체적으로 살펴보자. "아버지가 자식들을 위해 할 수 있는 가장 중요한 일은, 그들의 어머니를 사랑하는 것이다."[4] 미국의 교육자·성직자였던 헤스버그(1917~2015)의 말이다. 내가 행복해야 아내도 행복해 할 것이며, 그것으로 끝나버리는 게 아니라 이 기운이 다시 고스란히 자식에게까지 전달된다는 의미다. 이를 반대로 생각하면, 내가 쓰레기 같으면 아내도 그리고 자식들도 쓰레기같이 될 것이다(만일 아내·자식만이라도 반듯하다면 그들은 늘 남편·아버지로 인한 고통 속에서 살 수밖에 없다. 아니면 가출을 하든지). **남편·아버지의 비열함에 대해 아내·자식은 앞에서는 모르는 체하지만 돌아서서 눈물짓는다.** 비리·추잡함이 탄로나 **법률상 형벌을 받기 전에 이미 가족, 특히 애지중지하는 자식마저도 정신질환을 앓게 돼버리는 것이다.** 이런 뉴스를 늘 듣고 있지 않는가. 그래서 돈이 전부가 아닌 것이다. 마르쿠스 아우렐리우스(Marcus Aurelius, 생애 121~180, 재위 161~180)는 『명상록』을 썼을 정도로 스토아학파 철학의 현자였고, 로마제국 5현제의 마지막 황제였다. 그가 통치하던 시대를 배경으로 한 「글래디에이터(Gladiator)」[5]라는 제목의 영화는 각국에서 총 7편이 제작됐다(1969년부터 2018년까지). 그토록 현

---

4) 『끝없는 추구: 성공을 부르는 30가지 습관(The Pursuit, 2005)』 덱스터 예거 외, 도서출판나라, 2006, p.164. 헤스버그: Theodore M. Hesburgh, 미국 인디애나주 Notre Dame 대학의 총장을 35년이나 역임한 성직자, 1917~2015.

5) 『로마 검투사의 일생』 배은숙, 글항아리, 2013, p.55 · 523.
검투사는 글라디우스(Gladius)라는 검을 사용하였으므로 글래디에이터(Gladiator)라 불렀다.(p.55)
원래 검투사 경기는 저명한 사람들이 장례식 때 사사로이 개최하던 놀이였다. 그러던 중 경기에 대한 인기가 높아지면서 국고로 개최되는 공적인 행사로 바뀌었다. 로마에게 검투사 경기는 국력의 상징이었다. 로마는 자신들에게 패배한 적국의 사람들과 이국적인 동물들을 끌고 와 구경거리로 제공했다. 이로써 로마는 국력이 강하다는 것, 정복자라는 이미지를 심어주었다. 로마는 검투사 경기를 통해 "이것이 부유하다는 것이다. 이것이 강력하다는 것이다"라는 메시지를 전하고 싶었던 것이다. 검투사 경기는 로마인들을 다스리는 지배의 도구이기도 했다.(p.523)

명했던 황제 아우렐리우스도 아들 코모두스(Commodus, 161~192)의 광기나 이상 징후를 모른 체했다(아니면 전혀 눈치 채지 못했든지). 그 결과 로마시대는 하락의 길로 접어들고 말았다.[6][7] 삼성의 고 이병철 회장(1910~1987)이 "골프와 자식만큼은 마음대로 안 된다"고 했다던가! 난 이 말에 동의하지 않는다. "부모는 자식의 거울이다!" "자식은 부모의 그림자다!"는 말도 있지 않은가. 자식은 곧 나의 자화상이다. 신체는 물론 지능·성격·끈기·배려심 등 모두가 다 부모의 모습을 보고 배웠거나 아니면 부모의 유전자 탓이다. 미국의

---

6) 『철학 브런치』, 정시몬, 부키, 2014, p.240~241.
　　로마의 폭군들을 보면 저마다 특이한 짓을 한두 가지씩 했는데, 코모두스는 스스로를 헤라클레스의 환생이자 세계 최고의 검투사라고 생각했고, 따라서 왕궁보다 검투장에서 훨씬 많은 시간을 보냈다. 특정 검투사의 편조차 들지 말라고 교육받은 철인황제의 자식이 하필 검투사를 꿈꾸는 소년이었다니 이 무슨 희비극이란 말인가. 역사들 중에는 온갖 기행을 일삼은 코모두스가 심각한 정신분열증을 앓은 것으로 추정하는 이들도 있다. 그게 사실이라면 아우렐리우스가 『명상록』에서 자식들에게 '신체적 기형(deformed in body)'이 없음을 감사한 것이 무색하게, 코모두스는 그보다 심각한 '정신적 기형(deformed in mind)'이었던 셈이다.
　　그토록 현명했던 황제가 아들의 광기나 이상 징후를 전혀 눈치채지 못했던 것일까? 아니면 팔은 안으로 굽는다고, 알면서도 애써 눈감으며 점점 나아질 거라는 희망을 걸었던 것일까? 등잔 밑이 어두운 거였다면 철인군주로서 그의 통찰력에 의문을 제기할 수밖에 없고, 알면서도 모른 척한 거였다면 선대 황제들과 제국 시민들을 외면한 그의 비겁함에 혀를 찰 수밖에 없다. 진실은 어느 쪽일까?
　　영화 「글래디에이터(Gladiator)」(2000년 미국, 리틀리 스콧 감독)에는 아우렐리우스가 코모두스의 한계를 인식하고 측근인 막시무스에게 대권을 물려주려 하는 장면이 나오는데, 이는 역사적 사실과 다르다. 황제는 생전에 이미 코모두스를 공동 황제(Coemperor)로 임명하는 등 후계구도를 명확히 해 두었고, 그의 사망과 함께 권력은 계획대로 코모두스에게 인계되었다. 또 영화는 코모두스가 대권을 잡은 지 얼마 지나지 않아 콜로세움에서 막시무스의 손에 죽고, 로마가 다시 공화정으로 돌아가는 일종의 '해피엔딩'으로 그려진다.
　　하지만 실제 역사에서 코모두스는 장장 11년간 재위에 있으면서 다양한 검투사 이벤트를 즐겼음은 물론이고, 각종 대규모 토목공사에다 무모한 정복 전쟁까지 일상며 로마의 국고를 거덜 내는 '맹활약'을 펼쳤다. 결국 코모두스는 그의 광기를 보다 못한 측근들에게 암살당했지만, 때는 이미 늦었다. 역사가들은 그의 재위 기간 동안 로마제국의 국운이 결정적으로 기울기 시작했다는 데 대체로 동의한다. 안타까운 일이다.
7) 『시사에 훤해지는 역사: 남경태의 48가지 역사 프리즘』, 남경태, 메디치, 2013, p.42~44.
　　〈혈통에 집착한 대가: 팍스 로마나는 100년도 안 된다〉
　　로마 제국이 명실상부한 제국이었던 기간은 길게 잡아 200년 정도이며, 더 짧게 잡으면 기원후 96년부터 180년까지 100년도 되지 못한다. 후대의 역사가들은 이 84년의 기간을 '팍스 로마나(Pax Romana)', 즉 로마의 평화라고 불렀는데 지금은 거의 고사성어처럼 사용되는 용어다(예를 들어 미국이 주도하는 평화를 '팍스 아메리카나'라고 말하는 것도 거기서 유래했다). 이 말에서 알 수 있듯이 그 시기에 로마는 평화와 번영을 누렸고, 영토도 사상 최대의 규모에 도달했다. 또한 그 시기에 재위했던 5명의 로마 황제들은 모두 인품도 훌륭하고 치적도 뛰어났으므로 '5현제(賢帝)'라고 기려진다.

저명한 심리학 교수인 앤절라 더크워스도 저서 『그릿(Grit)』(2016)에서 성실함과 끈기·열정도 부모를 보고 배운다는 점을 강조했다.[8] 피부과 의사 함익병은 "공부도 유전이다"라고 했고,[9] 「동아일보」의 고미석 논설위원은 성실함도 재능처럼 유전이라고 했다.[10] 자식 문제를 자식에게만 돌릴 수는 없다. 명언으로 회피할 사안이 아니다. "다 내 탓이다!" 삼성은 이병철 초대 회장 때부터 2대 이건희 3대 이재용 회장뿐만 아니라, 그 아들인 이지호까지 불법을 저

흥미로운 사실은 로마시대 번영의 5현제 시대에는 제위 계승이 양자로 이루어졌다는 점이다. 5현제 가운데 네르바·트라야누스·하드리아누스·안토니누스 피우스 4명이 모두 아들을 두지 못했고, 마지막 5현제인 마르쿠스 아우렐리우스만 아들 코모두스를 얻었다. 그런 탓에 그들은 휘하의 행정관이나 장군들 가운데 믿을 만한 사람을 발탁해 양자로 삼은 뒤 제위를 계승시켰다. 5현제의 한 사람인 하드리아누스는 62세에 52세의 안토니누스 피우스를 양자로 삼았는데, 때문에 아버지와 아들이 10살 차이에 불과한 적도 있었다.

물론 그들이 원해서 '양자 계승제'를 취한 것은 아니다. 어떤 지배자든 혹은 지배자가 아니더라도 자신의 친자에게 권력과 재산을 물려주고 싶은 것은 인지상정이다. 하지만 어쩔 수 없는 사정이었다고 해도 로마 황제들이 양자에게 제위를 계승시킨 것은 제국의 앞날에는 큰 행운이었다. 순전히 혈통상으로만 계승이 이루어지는 경우와 달리 실력과 경험을 갖춘 검증된 지배자가 등장할 수 있었으니까.

〈'팍스 로마나' 오현제의 시대(五賢帝, Five Good Emperors)의 연표〉(이상준)
　1대 현제: 네르바(Nerva, 재위 96~98년)
　2대 현제: 트라야누스(Trajanus, 재위 98~117년)
　3대 현제: 하드리아누스(Hadrianus, 재위 117~138년)
　4대 현제: 안토니누스 피우스(Antoninus Pius, 재위 138~161년)
　5대 현제: 마르쿠스 아우렐리우스(Marcus Aurelius Antoninus, 재위 161~180년)

8) 『그릿: IQ, 재능, 환경을 뛰어넘는 열정적 끈기의 힘(Grit, 2016)』 앤절라 더크워스, 비즈니스북스, 2016, p.29·285.
　"자녀에게 그릿이 생기기를 바란다면 먼저 당신 자신이 삶의 목표에 얼마만큼 열정과 끈기를 가지고 있는지 반문하라!"(p.285). '그릿'이란 '불굴의 의지' '투지' '집념' '실패에 좌절하지 않고 목표를 향해 정진할 수 있는 지구력' 등으로 번역되는 개념이다.(p.29.)

9) 『피부에 헛돈 쓰지 마라』 함익병·옥지윤, 중앙북스, 2015, p.22~23.
　"여드름은 유전입니다. 당뇨병도 유방암도 공부도 유전입니다. 피부도 마찬가지입니다."

10) 「동아일보」 2016.8.25. 〈재능 수저〉(고미석 논설위원)
　"다만 이것 하나만은 기억해두자. '성실함도 재능의 또 다른 이름'이라는 것을!"

11) 〈한국 재벌 비리의 대명사 삼성그룹〉
　굵직한 것만 대충 열거해보자. 1대 이병철(1966년 사카린 밀수 사건 등)→2대 이건희(비자금 4조5천억 원, 노조 말살 공작 등)→3대 이재용(편법 증여, 박근혜와 국민연금 농단 사태 등)→1남 1녀 중 아들 이지호의 입학비리 등 대(代)를 이어 불법을 저지르고 있다. 이재용의 아들 이지호는 2000년에 미국에서 태어나 미국 시민권자인데 그의 성장과정이 그리 순탄하지만은 않다. 영훈국제중학교에 2013년 입학(이재용이 이혼한 것을 이용해 사회적 배려대상자 자격으로 입학)했다가 부정입학 물의로 5월에 중퇴→미 동부 명문 기숙중학교 졸업→2016년 9월 미국 동부 명문사립 고등학교인 초우트 로즈매리 홀(Choate Rosemary Hall School)에

지르고 있다.[11] 가히 재산뿐만 아니라 탈법 분야에서도 '위대한 가문'이다. 정권유착, 하청업체 쥐어짜기, 노조탄압, 노동자 인권유린 등 탈법을 잘 저질렀기 때문에 재산적으로도 '위대한 가문'이 됐는지도 모르겠다! 고 이병철 회장은 본인의 과오는 회피해버렸다. 하기야 '골프와 자식'에 대해 말한 장소가 고 박정희 대통령과 골프라운딩을 할 때였다고 하니, '이오십보 소백보(以五十步 笑百步)'인 박정희 대통령도 '엄지 척'을 했을 듯싶다.

10학년으로 입학→2017년 9월, 11학년에 중퇴→캐나다 유학의 험난한 과정을 겪고 있다. '돈은 행복의 일부분'이라는 말도 있지 않은가! 행복은 돈만으로 오는 게 아니다.

초우트 로즈매리 홀은 37,000개가 넘는 미국 고등학교 중 10위권 안에 드는 명문사립 고등학교다. 아웃도어 THE NORTH FACE(한국 총판)로 유명해진 영원무역홀딩스 성기학 회장(경남 창녕 출생, 서울대 무역학과 졸업, 1947~), 2008~2012년 5월까지 제18대 한나라당 국회의원이었던 홍정욱(하버드대학교 동아시아 학사, 스탠퍼드대학교 로스쿨 박사, 원로 영화배우 남궁원의 아들, 1970~)이 졸업한 학교이다. 코네티컷주 소재.

제2장

최고 경지의
교육은?

Lee Sang Joon · Knowledge Series 2

Personally I'm always ready to learn,
although I do not always like being taught.

개인적으로 나는 언제나 배울 준비가 되어 있지만 가르침 받는 것을 항상 좋아하는 것은 아니다. (윈스턴 처칠)

이튼 스쿨(이튼 칼리지, Eton College)은 영국 잉글랜드 버크셔주에 위치한 사립 중학교 및 고등학교이다. 1440년에 잉글랜드의 헨리 6세가 세웠으며, 세월이 흐를수록 규모가 점차 확대되었다. 영국에서 가장 규모가 크고, 유명한 사립 중등학교로서 남학생만 입학할 수 있다. 19명의 총리를 비롯한 많은 영국 정치·문화계의 명사를 배출했다. 12~18세 사이의 소년 약 1,200명이 기숙사에서 공동생활을 하면서 공부한다. 이튼 스쿨은 스포츠를 매우 중시하는데, 이를 통해 자연스레 타인에 대한 배려와 협력을 배우게 된다. 송복 교수(경남 김해 출생, 1937~)가 책『특혜와 책임: 한국 상층의 노블레스 오블리주』(2016)에 이 학교의 슬로건인 "자신만을 아는 엘리트는 원하지 않는다"를 강조하며 쓴 글이다. 우리나라와 비교되어 씁쓸하다.

　〖영국 이튼 스쿨을 가보면, 교정이 무덤이다. 나라를 위해 의무를 다하다 죽은 졸업생들의 시신이 그 교정에 묻혀 있다. 제1차·2차 세계대전 때 앞장서 싸우다 목숨을 바친 이튼 스쿨 졸업생이 비공식 기록으로 5,000명이나 된다고 했다. 이튼 스쿨 졸업생이래야

한 해 고작 250명 정도. 그렇다면 20년분의 학생이 몽땅 나라를 위해 죽어주었다는 소리다.

이뿐이랴. 옥스퍼드대학의 한 작은 칼리지인 크라이스트 처치(Christ Church)에 들어서면 (이 칼리지의 교회·Church 입구에) 회랑처럼 긴 방의 양쪽 벽에 제1·2차 세계대전 때 죽은 졸업생들의 이름이 적혀 있다. 대충 세어도 한 벽에 200~250명이다. 그 작은 칼리지에서 적어도 4~5백 명이 장교로 나가서 앞장서 싸우다 죽음으로 자기 임무를 다한다는 것이다.

그래서 영국은 지난 300년 동안 한 번도 져본 일이 없다. 국가가 위기에 처했을 때, 내 나라의 장래가 백척간두에 섰을 때, 다른 사람이 아닌 내가 먼저 나가 '의무를 다한다, 그리고 죽는다'는 노블레스 오블리주 정신 때문이다. 나는 지금까지 일반 국민보다 더 높은 지위에 있었다. 일반 국민보다 더 많은 혜택을 입으며 살았다. 나는 이제 그 은혜를 갚으려 한다, 내 국민이여 보다 편안히 살아 달라, 나는 감사하며 죽는다, 그것이 노블레스 오블리주다.

그런데 우리는 어떤가. 어느 정권이나 병역의무 이탈자가 장관의 경우 대개 40%가 넘는다. 적은 경우도 30%는 전후한다. 일반 국민 병역 면제자 평균 4%에 비하면 많게는 10배, 적게는 7~8배가 넘는 장차관 그리고 고관들이 '높은 자리는 우리가, 죽을 자리는 국민이', '좋은 자리는 내가, 힘든 자리는 너희들이' 하면서 희희낙락하고 있다. 그야말로 희한한 나라가 바로 이 나라다.」[1]

우리나라에도 조국을 위해, 세상을 위해 눈뜬 많은 의인들이 있다. 이튼

---

1) 「특혜와 책임: 한국 상층의 노블레스 오블리주」 송복, 가디언, 2016, p.89~90.

스쿨과의 차이라면 교육이나 사회적 추세를 따른 것이 아니라, 지극히 개인적 의협심의 발로에서 비롯됐다는 점이다. 수많은 분들이 계시지만 격동기를 살아냈던 네 분의 남성과 두 분의 여성을 소개하겠다. 즉 독립운동가 최재형·이상설·이회영 선생과 『친일인명사전』을 태동케 한 임종국 선생, 조선 최초의 신여성 나혜석 작가와 남성 중심적 문단에 저항해 홀로 창작의 길을 걸었던 최초의 여성 근대 소설가이자 시인·번역가로 활동한 김명순 작가다.

먼저, 교과서엔 한 줄도 실리지 못한 잊힌 의인으로 순국 100주기를 앞두고 있는 최재형(崔在亨, 함경북도 경원군 출생, 1858? 1860?~1920) 선생이다. 함경북도 노비 출신이라 정확한 출생연도도 모른다. 하지만 그는 (안중근의 1909년 10월 26일) 하얼빈 의거를 지원한 러시아 '한인민족운동대부'였고, "진짜 카네기 같은 사람"(도올 김용옥)이었다. 문재인 대통령 부부는 2017년 9월 6~7일 러시아 블라디보스토크('동방 정복'이라는 뜻)에서 열리는 제3차 동방경제포럼 참석차 러시아를 순방했다. 부인 김정숙 여사는 방러 첫 일정으로 항일 독립운동의 주요 거점이었던 연해주[2] 우수리스크(Ussuriysk, 조선인들이 러시아에 들어온 최초의 땅이다)에 있는 '고려인 문화센터'를 방문하고, '이상설 선생 유허비'는 참배했다. 그러나

---

[2] 연해주(沿海州), 즉 프리모르스키 지구(Primorsky Kray)의 현재 인구 230만 명 중 고려인은 약 4~5만 명(강제이주 귀환자 3만 명 포함)이다. 연해주 최대의 도시는 블라디보스톡(인구 약 60만 명, 루스키섬·Русскийостров이 절경)이고, 이곳에서 북쪽으로 약 100km 차로 2시간 거리에 있는 연해주 제2의 도시는 우수리스크(Ussuriysk)로 인구는 약 17만 명, 제3의 도시는 나호트카(Nakhodka, 동쪽 항구도시로 인구 약 16만 명)이다.
'이상설 선생 유허비'는 우수리스크 인근 솔빈강변에 있다. 솔빈강(率賓江, 수이푼강=라즈돌나야강·Reka Razdolnaya)은 926년 발해 멸망 당시 거란과의 항쟁에서 발해 병사들이 피로 물드는 걸 보고 발해 여인들이 슬피 울었다고 하여 '슬픈강' 또는 '죽음의 강'이라는 아픈 전설이 있다.

같은 우수리스크 시내에 있는 '최재형 선생 고택'은 방문하지 않은 점은 아쉬웠다. 그의 일대기를 아래 신문기사를 통해 알아보자.

〔〈전 재산 바쳐 안중근 돌본 '잊혀진 카네기' 최재형〉

"(…)우리가 살던 연해주 대저택에 어느 때인가 안응칠(안중근)이 살았다. 그는 거사를 준비했다. 벽에 사람 3명을 그려놓고 사격 연습을 했다. 얼마 안 있어 그는 하얼빈으로 떠났다(…)"(최 올가 페트로브나의 자서전 발췌)

올가는 최재형 선생의 다섯째 딸이다. 그는 이토 히로부미 저격을 준비하던 '응칠 아저씨'를 기억한다. 최재형은 러시아 국적 한인이었다. 한 번에 최소 수백억 원을 움직인 자수성가 부호였다. 전 재산은 독립을 위해 바쳤다. 러시아 한인의 항일운동은 모두 그의 손에서 시작했다. 안중근의 '모든 것'을 책임진 것도 그였다. 사형 후 남겨진 안중근 가족까지 돌봤다. 정작 자신이 죽은 뒤 가족은 뿔뿔이 흩어지고 말았다.

▷ 8월 15일 출생 "어마어마한 인물…카네기 같은 사람"

도올 김용옥 교수는 지난 2011년 한 강연서 "안중근 의거 뒤에 어마어마한 인물이 있었다"며 "진짜 카네기 같은 사람"이라고 최재형을 평했다. 그는 함경남도 노비 집안서 태어났다(어머니는 기생). 출생일은 공교롭게도 8월 15일. 대기근을 피해 어릴 적에 두만강을 건넜다. 연해주 정착 뒤 (10살에 한인 최초로 러시아정교회 학교에 입학했으나, 형수의 구박과 배고픔 때문에 11살에) 가출, 장삿배를 타고 전 세계를 돌았다. 이때 배운 러시아어로 연해주 한인 노동자들을 돕다가 러시아 군납 사업에 뛰어든다. 그는 엄청난 부(富)를 모았다. 거느린 기업만 4개였다. 업종은 농업·축산·건축 등 다양했다. 재산이 얼마였을까. 정확한 집계는 어렵다. 최재형기념사업회 자료에 따라 사업소득과 개인소득·독립 후원금을 합쳐봤다. 113만5000루블. 러시아 각지에 있던 그의 저택들

값은 뺀 돈이다. 지금 가치로 1년에 136억여 원.

최재형은 이 돈을 모두 바쳐 연해주 한인을 지원했고, 독립운동에 썼다. 한인 학교 32개를 세웠다. 월급으론 유학생을 도왔다. 망해가는 조선을 떠나 연해주에 온 항일 인사들은 최재형 집에서 같이 살았다. 안중근을 만난 것도 이때였다.

▷ 안중근의 '모든 것'을 돌보다

안중근은 1907년 연해주로 망명했다. 최재형은 이즈음 의병을 모아 '동의회'를 만들었다. 최초로 조직화 한 러시아 항일투쟁단체였다. 조직 결의는 1908년 4월. 최재형은 이때 수억 원을 쾌척했고 의병 수백 명에게 자기 집을 내줬다. 안중근은 동의회 평의원이자 대한의군참모중장으로 활동한다. 최재형은 항일 운동에 언론을 적극 활용했다. 1909년 '대동공보'[3]라는 한인 신문사를 인수한 이유다. 안중근은 대동공보 기자증을 들고 정보를 수집했다. 1909년 2월엔 동의회 동지들과 혈서 '대한독립'을 쓰고 단지(斷指, 손가락을 자름)동맹을 맺었다. 이토 히로부미 처단 계획이 구체화되던 시점이다.

이처럼 최재형은 안중근의 연해주·만주 활동 모두를 지원했다. 의거 직후 체포된 뒤엔 러시아주·영국주·조선 출신 변호사 3명을 붙여 구명활동도 했다. 안중근 사망 뒤 남겨진 가족을 끝까지 돌본 것도 최재형이었다. 딸 올가는 당시를 이렇게 기억한다.

"(…)안응칠은 하얼빈서 일본군 책임자를 살해했고, 거사 후 현장서 체포됐다. 그의 아이 2명과 아내가 남았다. 그들은 종종 우리 집을 왕래했다. 엄마는 안응칠 식구들을 잘

---

3) 「대동공보(大東共報)」는 1908년 6월 창간, 1910년 9월 10일 종간됐다. 1907~1909년에 샌프란시스코에서 발간된 재미교포단체 신문은 「대동공보(大同公報)」로 한자도, 발행 주체도 다르다.
4) '최재형기념고려인지원사업회 홈페이지' 및 여러 매체 자료
최재형 선생은 22세인 1882년 결혼했으나 1남 2녀를 둔 상태에서 셋째는 죽고 넷째를 낳다가 부인이 사망했다. 1897년 37세에 두 번째 부인과 재혼하여 4남 4녀를 낳았고 부인 엘레나 페트로보나(돌궐족 후손으로 우리와 외모가 비슷함)는 1952년 키르기스스탄(Kyrgyzstan)에서 운명했다. 최재형 선생은 부인을 '동지처럼' 당당하게 대해주고 권속들에게 거칠게 명령하는 일이 없는 등 평등사상을 몸소 실천했다고 한다.

대접하려 노력했다(…)" [4]

　▷ 사망 후 가족은 강제 이주, [5][6][7] 무덤도 못찾아

　안중근 사망 후 일본 압박으로 최재형의 입지는 좁아졌다. 하지만 1911년 독립후원

단체 '권업회(勸業會)'를 세워 항일운동을 지속한다. 1919년엔 상하이 임시정부 재무

---

5) 2017.12.15. 방송 〈KBS스페셜〉 고려인 강제이주 80년, 우즈벡 사샤 가족의 아리랑〉
　1) 2,500여 명의 고려인 지식인 강제 처형
　　1937년 9월 강제이주 직전에 연해주에 거주하던 고려인 항일독립투사와 지식인 등 2,500여 명을
　　비밀리에 처형했다. 일본제국에 동조한다는 누명을 씌워(항일운동의 대부 최재형 선생은 1920년 4월
　　7일(양력) 일본 경찰에 의해 이미 처형당했다.)
　2) 스탈린(1922~1952년까지 30년간 통치)이 강제이주를 자행한 이유
　　다음과 같은 어지러운 상황을 우려하여 혹시 고려인들이 일본에 동조할 가능성을 아예 없애버리기 위해
　　강제이주시킨 것이다!
　　첫째, 동쪽에서는 일본이 중일전쟁(1937년 7월 7일~1945년 8월 제2차 세계대전 끝)을 일으켜, 소련의
　　동쪽이 불안했고,
　　둘째, 서쪽의 상황을 보면, 독일의 분위기가 심상치 않았다.
6) 『회상의 열차를 타고: 고려인 강제이주 그 통한의 길을 가다』, 강만길, 한길사, 1999, p.29, 71~74.
　〈고려인들은 왜 강제 이주되었는가?〉
　고려인들이 연해주 지역에 이주한 당초에도 러시아인들은 "만약 러시아와 중국이나 일본 사이에 전쟁이
　일어날 경우 러시아에 사는 고려인들이 이들 적국의 간첩망으로 이용될 가능성이 있다"는 우려를 가지고
　있었다. 이 같은 생각이 바탕이 된 것이라 생각되지만, 러시아혁명이 성공한 후(1917년) 러시아공산당은 이미
　일본 영토가 된 한반도 지역과의 접경지대에 사는 고려인들을 다른 지방으로 이주시키려는 계획을 가지기
　시작했다.
　그러나 1922년에 진행되었던 이 계획은 한인들의 강력한 반발로 말미암아, 그리고 대규모 이주계획을
　실현시키기에는 아직 정치적으로나 경제적으로 그 여건이 마련되지 못한 단계라고 볼 수 있기 때문에 실행이
　되지 못했다. 소련공산당이 연해주 고려인들의 이주 문제를 다시 들고 나온 것은 1926년 12월 6일이었다.
　전연방소비에트집행위원회 간부회의가 고려인들의 토지정착 문제에 대해 4가지 결정을 했다. 그리고 이
　결정은 1927년 1월 28일부로 러시아연방 인민위원회결정으로 확인되었다.
　소련 당국은 이 계획에 의해 블라디보스토크 구역에 있는 고려인 15만 명(당시) 중 약 10만 명을 구역
　밖으로 이주시키려 했다. 그러나 고려인들의 반대와 소련 당국의 준비 부족으로 1928년~1929년
　사이에 1,279명이, 1930년에 1,626명이 이주했을 뿐이었다. 1930년에 이주한 고려인들 중 170명이
　카자흐스탄으로 갔다. 이 이주 계획은 1931년 2월에 중단되었다.
　1937년에 들어서서 숙청이 시작되면서 일본이 파견한 스파이가 한반도, 만주 등 중국 북부, 소련에
　퍼져있다는 기사가 소련 공산당 공식 일간지 「프라우다(Pravda)」에 게재되었다. 일본이 이해 7월 7일 중일
　전쟁을 도발하자 소련은 8월 21일 중국의 국민당 정부와 불가침 조약을 맺었다. 중국과 불가침조약을 맺은
　바로 그날, 소련 인민위원회와 볼세비키당 중앙위원회는 극동 변경지역에서 고려인들을 이주시키는 결정을
　채택했다. 그 공식적인 이유는 "극동지방에 일본 정보원들이 침투하는 것을 차단하기 위한 목적"이라 했다.

총장에 추대되기도 했다.

그러나 1920년 4월 5일. 그는 일본군 손아귀에서 벗어나지 못하고 붙잡혔다. 재판 없이 이틀 만에 총살당했다. 당시 상황은 정확하지 않다. 최재형기념사업회 문영숙 상임 이사[8]는 "최재형이 감옥을 옮기던 중 총살당했다는 게 일본 측 기록"이라며 "그냥 끌고 가다 쏴 죽였다는 딸들의 진술과 배치된다"고 설명했다.

묘소는 찾을 수 없다. 일본이 가족에도 장지 위치를 알리지 않아 매장지는 유실된 상태라고 문 이사는 말했다. 이후 1937년, 최재형 가족도 소련 정권에 강제이주당해 뿔뿔이 흩어졌다. 자녀 1명은 키르기스스탄(Kyrgyzstan) 지역으로, 1명은 카자흐스탄(Kazakhstan)으로 가는 식이었다. 2018년 초 겨우 찾아낸 최재형 선생 부인 최 엘레나 여사의 묘소는 키르기스스탄 비쉬케크(Bishkek) 공동묘지에 있다.

〈회상의 열차〉
1937년에 소련의 스탈린 정권은 연해주 지역에 사는 우리 동포들을 중앙아시아 지역으로 강제이주시켰다. 1997년 9월 10일, 그 60주년을 기념하기 위해 러시아 고려인협회와 한국의 '우리민족서로돕기운동본부'가 공동으로 강제이주 때의 여정을 따라 운행하는 특별열차를 내고 그 이름을 '회상의 열차'라고 했다. 블라디보스톡에서 우즈베키스탄 타슈켄트까지 약 8,000km 거리다. 이후에도 여러 단체에서 '회상의 열차' 여행을 다양하게 비공식적으로 운영 중이다.

7) 『우크라이나, 드네프르강의 슬픈 운명: 역사·정치·경제·사회의 모든 것』 김병호, 매경출판, 2015, p.50~51. 〈스탈린 강제이주와 우크라이나의 고려인〉
우크라이나에는 3만 명 남짓의 고려인들이 살고 있다. 러시아(10만 명)를 포함한 독립국가연합(CIS) 각지에 사는 50만 명의 전체 고려인 숫자에 비하면 작은 규모지만 우크라이나 내 소수 민족 가운데 그처럼 강인한 생명력을 가진 민족도 없을 것이다. 특히 고려인과 우크라이나인은 스탈린 압제(1922~1952년까지 30년간 통치)의 피해자였다는 점에서 공통분모가 있다.

8) 현재 사단법인 최재형기념고려인지원사업회(최재형기념사업회로 통칭) 상임이사를 맡고 있는 문영숙 작가(1953~)가 쓴 소설 『까레이스키, 끝없는 방황』(푸른책들, 2012)은 스탈린에 의한 고려인의 강제이주를 소재로 하고 있다. 문영숙은 조선인들이 멕시코로 이주하여 겪은 기구한 인생사를 다룬 『에네켄 아이들』(푸른책들, 2009) 및 『독립운동가 최재형: 시베리아의 난로 최 페치카』(서울셀렉션, 2014)라는 소설도 썼다.
최재형기념사업회는 특히 2020년 최재형 순국 100주년을 앞두고 2017년 11월 22~23일 서울 용산아트홀 대극장에서 뮤지컬 『페치카(PECHIKA): 안중근이 끝까지 지킨 그 이름』을 공연했다. 2018년 7월 5일 『페치카』 갈라콘서트도 KBS홀에서 무료로 2차례 개최했다.
그리고 이수광(충북 제천 출생, 대한민국 팩션의 대가, 1954~) 작가도 역사소설 『대륙의 영혼 최재형』(랜덤하우스코리아, 2008)에서 '한국의 체 게바라' 최재형의 파란만장한 삶을 조명하고 있다.

▷ 교과서엔 한 줄도 없다

독립운동에 인생 모든 걸 쏟았지만, '최재형'이란 이름은 한국인에게 아직 생소하다. 고등학교 한국사 교과서에도 그는 없다. 1952년 사망한 최재형의 부인 최 엘레나도 완전히 잊힌 상태. 남편뿐 아니라 항일의병, 그리고 남겨진 안중근 가족까지 돌봤던 그는 키르기스스탄 비쉬케크 공동묘지에 묻혀있다. 묘소 위치는 올해 초에 비로소 확인됐다.

▷ 국립묘지 안장은 불가능할까.

문 이사는 "공훈기록이 남지 않아 '최재형 가족'이란 기록만 갖고는 안장이 안 된다는 국가보훈처의 답변을 들었다"고 말했다.

▷ "정부가 더 관심 기울였으면…"

정부는 1962년 최재형을 안중근 등과 함께 유공자로 서훈했지만 '대우'는 그에 못 미쳤다. 러시아(구 소련) 국적이었기 때문이란 의견이 지배적이다. 묘소 대신 위패를 국립묘지에 모신 것도 2015년이 돼서다. 국가보훈처는 올해부터 순국추모행사를 지원하기 시작했다. 2018년 가을엔 그의 고택이 있는 러시아 우수리스크에 '최재형 기념관'이 문을 연다.

문 이사는 "정말 많은 일을 하신 분인데 남은 사료가 많이 없어 안타깝다"며 "국가의 적극적인 관심이 필요하다"고 말했다.」[9]

보재(溥齋) 이상설(李相卨, 충북 진천 출생, 1870~1917, 향년 47세)[10] 선

9) 「헤럴드경제」 2018.4.21. 윤현종 기자.

생은 1907년 을사늑약(1905년 11월 17일)의 부당함을 알리기 위해 대한제국 고종의 특사로 이준(1859~1907.7.14 자결, 49세)·이위종(1884~1924?, 40세) 선생과 함께 네덜란드 헤이그 제2회 만국박람회에 특사로 파견됐다(1907.4.22~7.14). 그러나 외교권이 없는 나라의 대표라는 제국주의 열강의 반대로 실패하고, 이후 각국에서 외교운동을 벌였다. 1914년 이동휘·이동녕 등과 함께 중국과 러시아령 등에 있는 동지를 모아 대한광복군정부(최초의 국외 임시정부)를 세웠다. 러일전쟁(1904.2.8~1905.9.5 포츠머스 조약) 10주년을 맞아 반일감정이 고조된 러시아 분위기와, 한민족이 연해주에 최초로 이주한 지(1863년 가을) 50년이라는 시점에 맞춰 군자금을 모을 수 있다는 복안도 깔려 있었다(6개월 후 해산). 그러나 1914년 3월(?) 출범한 대한광복군정부는, 같은 해 7월 28일 제1차 세계대전 발발로 러시아가 전시 체제에 돌입하고 러일동맹이 성립됨에 따라 러시아 정부의 탄압을 받아, 그해 9월에 그 모체인 권업회와 함께 더 이상 활동하지 못하게 되고 말았다. 이상설 선생은 일본으로부터 사형 선고를 받고 러시아에 머물며 항일운동을 전개 하던 중 1917년 병으로 숨을 거뒀다. 그는 근대수학 교과서『산술신서(算術新書)』(1900년, 사범학교 및 중학교용)를 집필해 근대수학 교육의 아버지로도 불린다.

　「동아일보」 김광현 논설위원은 〈두 영웅의 만남〉이라는 칼럼에서

---

10) 「뉴시스」 2018. 3. 14. 〈헤이그특사 주역 이상설 선생 추모일은 순국일에 맞춰야〉
　　-현재 4월 22일(음력 3월 2일) ⇒ 4월 1일(음력 윤 2월 10일)로-
　　1907년 '헤이그특사 사건'의 주역이자 충북 진천의 대표적인 독립운동가인 보재 이상설 선생의 추모일이 순국일과 달라 이를 바로잡아야 한다는 주장이 제기됐다. 충북대 박걸순 교수는 선생의 순국일이 일제 측 기밀문서와 「신한민보」(1917.5.24.) 신문 등을 근거로 1917년 4월 1일(음력 윤 2월 10일)이라고 주장하고 있다. 이상설선생기념사업회는 해마다 4월 22일(음력 3월 2일) 추모제를 거행하고 있다.(진천 강신욱 기자)

"안중근이 가장 존경한 인물은 이상설"이라고 했을 정도로 이상설의 내공은 대단했다.

〔1905년 을사늑약 보름 전 의정부 참찬에 발탁된 보재(溥齋) 이상설은 늑약이 아직 고종 황제의 비준 절차를 거치지 않아 효력이 발생하지 않았다는 걸 알고 "차라리 황제가 죽음으로써 이를 폐기해야 한다"는 상소를 올렸다. 그의 기개는 높았다. 그는 1907년 이준 이위종과 함께 고종의 밀사로 헤이그 만국평화회의에 파견돼 열강 대표를 상대로 을사늑약의 부당함을 피를 토하는 심정으로 호소했다. 그러나 제국주의 시대 약소국 특사에게 돌아온 것은 멸시와 냉담뿐. 이 사건을 빌미로 일제는 고종을 강제 퇴위시키고 군대를 해산한 뒤 1910년 강제합병으로 치닫는다.

▷궐석재판에서 일제로부터 사형선고를 받은 이상설은 간도, 하와이, 상하이를 거쳐 블라디보스토크로 옮겨 다니며 독립운동을 벌였다. 조국의 군대 해산을 바라본 안중근 역시 망명길에 올라 간도를 거쳐 1909년 의병활동을 위해 블라디보스토크로 왔다. 두 애국독립투사의 만남은 필연이었다. 이토 히로부미를 처단한 안중근 의사는 뤼순 감옥에서 이상설에 대해 "재사로서 법률에 밝고 필산(筆算)과 영어, 일본어, 러시아어에 능통하다. (…)애국심이 강하고(…) 동양평화주의를 친절한 마음으로 실천하는 사람이다"라고 평을 남겼다.

▷최근 일본과 러시아 극동문서보관소에서 '일제 스파이의 대부'로 불리던 식민지 조선의 첫 헌병대장 아카시 모토지로의 비밀 보고서가 발견됐다. 이 보고서는 "안응칠 (안중근 의사)의 정신적 스승이자 사건 배후는 이상설" "안응칠이 가장 존숭(尊崇)하는 이가 이상설"이라고 언급했다. 영웅은 영웅을 알아본다고 했는데 바로 이런 경우다.

▷유학자였지만 이상설은 화장하고 제사도 지내지 말라는 유언을 남겼다. 망국의 신하로 묻힐 조국이 없고 제사도 받을 수 없다는 뜻이었을까. 요즘 밖으로는 구한말을 연상시킬 만큼 나라가 긴박하고 안에서는 혼돈이 드러나고 있다. 이런 때일수록 선생의 기개와 애국심이 그리워진다. (2018년 4월) 22일이 선생의 101주기다.〕[11]

우당(友堂) 이회영(李會榮, 1867~1932, 향년 66세) 선생의 위대함을 살펴보자. 더불어민주당(비문재인계) 이종걸 국회의원(경기 안양·만안, 전 원내대표, 1957~)은 이회영 선생의 손자(5남의 첫째)로, 이종찬 전 국가정보원장(이회영 3남의 셋째)이 4촌 형이다. 우당 선생에 관한 책 2권에서 발췌했다.

〔이회영은 19살에 신학문의 필요성을 절실하게 느끼고 신학문을 공부하기 시작했다. 이때까지만 해도 양반가 자제들은 과거시험을 준비하여 벼슬길로 나아가는 것을 당연하게 생각했는데, 그는 일찍부터 개혁적 성향을 보였다.

"사람은 모두 평등한데 양반, 상놈이 어디 있겠소."

이회영은 아전과 노비에게도 높임말을 하였으며, 노비문서를 없애 평민 신분으로 살도록 해주었다. 시집간 여성이 다시 결혼할 수 없다는 재가 금지 풍습에도 반대하여, 과부가 된 누이동생을 재가시키기도 했다. "양반가에 개화꾼이 났구먼." 뒤에서 조롱하는 이들도 있었지만 이회영은 개의치 않고 옳다고 믿는 바를 실천했다.〕[12]

〔"대의가 있는 곳에서 죽을지언정 구차히 생명을 도모하지 않겠다."

11) 「동아일보」 2017.4.20. 〈두 영웅의 만남〉
12) 「일제강점기 그들의 다른 선택: 광복을 염원한 사람들, 기회를 좇은 사람들」 선안나, 도서출판 피플파워, 2016. p.16~18.

"세상에 인간으로 태어나서 누구나 자기가 바라는 목적이 있네. 그 목적을 달성한다면 그보다 더한 행복이 없을 것이네. 그리고 그 목적을 달성하기 위하여 그 자리에서 죽는다 하더라도 이 또한 행복이 아니겠는가!"

1910년 12월 30일 밤, 한 무리가 어둠을 뚫고 꽁꽁 얼어붙은 압록강을 건너고 있었다. 젖먹이부터 60대까지 섞인 기다란 행렬은 국경을 지키는 일본 감시병의 눈을 피해 북쪽으로 향했다. 이들은 고종 때 이조판서를 지낸 이유승의 여섯 아들과 그들의 가족, 그리고 집안일을 돕던 식솔들로 그 수가 무려 60여 명에 이르렀다. 이유승의 여섯 아들은 서울 장안에서 우애 좋기로 유명했다. 이들이 12월 어느 날 함께 모인 자리에서 넷째 회영은 형제들에게 호소했다.

"우리 형제가 당당한 호족의 명문으로서 차라리 대의가 있는 곳에 죽을지언정, 왜적 치하에서 노예가 되어 생명을 구차히 도모한다면 이 어찌 짐승과 다르겠는가?" 우당 (友堂) 이회영의 집안은 선조인 이항복 때부터 시작해 8대에 걸쳐 판서를 배출한 조선 최고의 명문가였다.

여섯 형제의 뜨거운 결의는 향후 30여 년간 한국 독립운동의 중심축이 됐다. 이들은 한 달 동안 비밀리에 집과 논 등을 팔아 독립자금을 마련했는데, 당시의 금액으로 40만 원이었는데 (소 값을 기준으로) 환산하면 오늘날 600억 원, 땅값으로 치면 2조 원이 넘는 엄청난 액수였다. 우당의 일가는 줄기차게 독립운동에 힘을 쏟아 부었다.

- 1907년 6월의 헤이그 평화특사 파견을 고종에게 제안하고 절친한 친구이자 동지인 이상설을 특사로 추천했다.
- '새로운 백성'이란 뜻의 비밀결사단체인 '신민회'를 만들어 국내 활동의 본거지로 삼았다.
- 만주(중국 유하현 삼원보 추가가)에 신흥강습소를 설립하였고 후일 '신흥무관학교'로

개칭했다.

- 상하이에 임시정부가 수립된 뒤, 우당은 새로운 독립운동의 방향으로 아나키즘 (Anarchism, 무정부운동)을 채택했다. 그는 임시정부보다 '자유연합적 독립운동 본부'를 결성하자고 주장했다.

- 1924년에는 의열단을 후원해 조선총독부와 일제 요인들의 처단을 시도했고, 1929년 에는 김좌진 등과 손잡고 항일 무장독립투쟁의 전선을 넓히는 데 애썼다.

- 김규식·신채호·안창호 등 독립운동가들에게 숙소와 식사를 제공하는 등 끊임없이 독립운동자금을 댔고, 자금이 바닥나 중국의 빈민가를 전전하기도 했다.

- 1932년 우당은 독립운동을 가장 악랄하게 탄압했던 일본 관동군 사령관 무토오 노부요시를 암살하기로 하고 상하이에서 다롄으로 향하는 배에 오른다. 그 배에서 밀고로 그를 체포한 일본 경찰의 고문 끝에 그해 11월 17일 우당은 66세의 나이에 숨을 거뒀다.

이회영 6형제 중에서 해방 뒤 다섯째 이시영만 살아서 고국에 돌아오고, 이회영(1932. 11.17.)은 안중근(1910.2.14. 사형 선고, 3.26. 처형, 향년 31세)이 처형된 뤼순감옥에서 극심한 고문으로 순국했다. 그 후 단재 신채호 선생도 뤼순감옥에서 고문 후유증 등으로 순국했다(1936.2.21., 향년 57세).

우당 이회영은 독립운동 진영에서 누구보다 신망이 높았지만 감투를 싫어하는 천성과 아나키스트적인 기질 때문에 전면에 나서기를 꺼려했다. 우당은 신민회·경학사·신흥 무관학교 등을 만들었지만 직책을 맡은 적은 없었다.

『이회영 평전』을 쓴 김삼웅 전 독립기념관장은 우당을 이렇게 평가하고 있다.

"'역사가 무엇인지를 묻지 말고, 누구를 위한 역사인가를 물어야 한다'고 말한 사학자 젠킨스의 주장대로 역사는 물론 국가 정부가 누구를 위해 존재하는지, 지도층의 의식과 자세가 어떠해야하는지를 이회영은 온몸으로 보여준다. 그의 생애는 살아 있는 교과서요 '지나간 미래상'이다."

독립운동에 투신했던 이회영의 형제와 가족들도 굶어 죽거나 병사하는 등 비참한 최후를 맞았다. 이회영의 유언은 이렇다. "당신들이 나를 두 번 처형한다 해도 내가 올바로 살았다는 사실을 바꾸지 못한다!" 유일하게 고국에 돌아온 다섯째 이시영(김홍집의 사위)은 해방 후 초대 부통령까지 지냈지만 이승만의 전횡에 반대하며 결국 부통령직을 사임했다. 시대와 타협하지 않는 가문의 전통을 보여준 것이었다.〕[13]

임종국(林鍾國, 1929.10.26.~1989, 향년 60세) 선생은 대한민국의 문학 평론가 겸 역사학자로, 일제 강점기의 친일파 문제를 처음 본격적으로 제기하고 연구하였다. 2009년 11월 8일 완성된 『친일인명사전』은 임종국 선생이 만든 수많은 사료들이 그 뿌리다. 조정래 작가도 임종국 선생을 극찬했다. "임종국이란 실명이 조정래 작가의 『한강』에 등장하는데, 이 점에 대해 조정래는 '그가 현대사에 남긴 족적이 워낙 크고 뚜렷했기 때문에 실명을 사용했다'고 말했다. 그가 『한강』에서 『친일문학론』을 다룬 의미를 물은 데 대한 답이다. '내 소설 3부작(『아리랑』 『태백산맥』 『한강』)의 공통점 가운데 하나는 친일 문제입니다. 『태백산맥』에서는 친일파는 물론 정신대 문제도 거론했죠. 그때 정신대 문제를 거론한 것은 당시로선 선구적인 문제 제기였다고 봅니다. 『아리랑』에서 친일파들의 생성 과정을 짚었다면 『한강』에서는 뒷부분에서 김활란의 실명을 거론하면서 다른 친일파 문제를 제기했습니다. 나는 친일

---

13) 『이회영 평전』(김삼웅 전 독립기념관장, 책으로 보는 세상, 2012)에서 발췌.

문제 거론을 통해 시대 정의와 민족성 회복을 부르짖고자 했습니다.'"[14]
〈국립묘지 묻힌 친일파 63명… 독립운동가는 공원에 냉대〉라는 제목의 한 신문기사는,[15] "항일운동가 짓밟던 김백일, 김구 암살 배후범 김창룡까지 『친일인명사전』 인물들 현충원에 안장" "임정 요인·독립운동가 묘역은 근린 공원·북한산 등에 뿔뿔이 흩어져 있고, 현충원 선열들은 친일파 '발 밑'에!" "친일파 국립묘지 안장 막고 효창공원 성역화 서둘러야"라는 부제까지 달았다. 참 씁쓸하다. 책 『지식 e (8)』(2013)에 수록된 내용을 보자.

〔1997년 시작된 사전편찬 작업은 외환위기로 잠시 주춤하다가 1999년 '친일인명 사전편찬 지지교수 1만인 서명운동'으로 활력을 되찾았다. 2001년 본격적으로 작업에 들어가면서 출판을 예정했으나, 2003년 12월 30일, 국회가 관련 예산 5억 원 전액을 삭감하여 또 한 번 위기를 맞았다.

박정희 대통령과 장면 국무총리·김성수 부통령·음악가 안익태·무용가 최승희·시인 서정주·모윤숙·극작가 유치진·언론인 장지연 등 1차 수록예정자 명단이 공개되었을 때는 유족과 보수단체가 당시 시대상황과 업적을 감안하지 않았다며 선정기준 등을 문제 삼기도 했다. 안팎의 곤란으로 사전편찬이 무산될 위기에 처하자 시민들은 2004년 민족문제연구소와 오마이뉴스를 중심으로 '친일인명사전 편찬, 네티즌의 힘으로' 등 캠페인을 조직하여 자발적 모금운동에 나섰다. 『친일인명사전』은 모금 5년 만인 2009년 11월 8일 발간되었다.

2009년 박정희 대통령[16]의 아들 박지만은 법원에 친일인명사전 판매, 게재금지 가처

14) 『임종국 평전』 정운현, 시대의창, 2006, p.343.
15) 『한겨레』 2018.6.28. 김경욱 기자.

분신청을 냈다. 법원은 "참고문헌을 통해 구체적 친일사실을 적시하고 있고, 학문적 의견을 개진한 것'이라며 소송을 기각했다. 2011년 현재 친일파 후손들이 제기한 재산 환수 취하 소송만 84건이다.

임종국은 경남 창녕군의 뼈대 있는 가정에서 출생했다. 아버지 임문호는 천도교 지도자였다. 소학교를 졸업하고 경성공립농업학교에 진학하였다. 경성공립농업학교 재학 중 태평양 전쟁이 종전되었고, 이후 교사와 음악가·경찰 등 여러 진로를 놓고 방황 하였다. 1952년에 고려대학교 정치외교학과에 입학하였다가 경제적 사정 때문에 2년 후 중퇴하였다. 이때부터 도서관에서 작가 이상에 대한 자료를 모아 1956년에 『이상 전집』을 출간하면서 재야 문학평론가로 활동을 시작하였다. 계속해서 『한국시인 전집』을 발간하면서 문인들에 대한 자료를 모으던 중, 대한민국 문단의 유명 문인들이 일제강점기 동안 친일 글을 다수 발표하였다는 사실을 알게 되었다. 이때부터 오랜 기간 자료를 모아 친일파 연구의 효시가 된 『친일문학론(親日文學論)』을 1966년에 펴냈다. 이 책은 지식인 사회에 커다란 충격을 던지면서 반독재민주화운동의 과정에서 근대사 이해를 위한 필독서가 되었다. 임종국은 『친일문학론』을 시작으로 다른 분야의 친일파 에까지 연구를 확장하였고, 『실록 친일파』 등 여러 저서를 계속 펴내면서 친일파 연구의 전문가로 활동하였다. 임종국이 행적을 발굴하여 친일파로 지목한 인물 가운데는 심지어 본인의 스승(유진오)과 아버지(임문호)도 포함되어 있을 정도로 강직한 성품의 소유자였다.[17]

16) 「두 개의 한국(The Two Koreas, 2013 개정판)」 돈 오버도퍼 외, 길산, 2014, p.69.
　　남한의 절대 권력자 박정희는 여러 가지 면에서 김일성과 대조적이었다. 김일성이 항일 유격대였던 반면에 박정희는 일본 육군사관학교를 졸업하고 일본 육군 장교로 복무했으며, 강제적이기는 했지만 잠시나마 다카 기 마사오(高木正雄)라는 일본 이름도 갖고 있었다.

17) 「임종국 평전」, 정운현, 시대의창, 2006, p.366.
　　"아버지! 친일 문학 관련 책을 쓰는데 아버지가 학병 지원 연설한 게 나왔는데, 아버지의 이름을 빼고 쓸까 요? 그러면 공정하지가 않은데…"라고 하자, 아버지께서는 '내 이름도 넣어라. 그 책에서 내 이름 빠지면 그 책은 죽은 책이다'고 하셨습니다."(막내동생 경화)

친일파 인물에 대한 자료를 집대성할 계획으로 『친일파총사』를 집필하던 중, 1989년에 사망하였다. 임종국의 장례식장에 모인 사람들은 임종국이 남긴 자료를 물려받은 것을 계기로, 친일파 문제를 전문적으로 연구하는 '반민족문제연구소'를 1991년 2월 27일에 설립하였고 이후 이 연구소는 1995년에 '민족문제연구소'로 개칭하였다. 2005년에는 친일 청산에 공을 세운 사람에게 임종국을 기려 수상하는 '임종국 상'도 제정되었다.

그는 "벼락이 떨어져도 내 서재를 떠날 수 없다. 자료와, 그것을 정리한 카드 속에 묻혀서 생사를 함께할 뿐인 것이다"라고 하여 친일 청산 의지를 분명히 하였다.)[18]

나혜석(羅蕙錫, 호는 정월·晶月, 1896~1948)은 경기도 수원에서 태어나 천부적인 예술성과 명석한 두뇌로 일찍부터 세간의 주목을 받았다. 책 『지식 e (8)』(2013)에 수록된 내용을 보자.

〔1913년 진명여자보통고등학교를 수석으로 졸업하고 일본으로 건너가 동경여자미술전문대학 서양학과에 입학했다. 조선 여성으로 유화를 전공한 것은 나혜석이 처음이었다. 1914년 동경 거주 조선인 유학생 잡지 『학지광』에 〈이상적 부인〉을 투고한 것을 기점으로 하여 나혜석은 작품과 삶을 통해 신여성으로서 자신의 이상을 체험했다. 1918년 나혜석은 학교를 졸업하고 고국으로 돌아왔다. 이후 그녀의 행보에는 '최초'라는 수식어가 운명처럼 따라붙었다. 1918년 조선 여성 최초로 근대소설 『경희』를 발표했다. 일본 유학을 다녀온 신여성이 구태에 물든 주변 사람들을 개화한다는 내용이었다. 1921년 조선 최초의 전업작가이자 여성유화가로 개인전을 개최했다. 「자화상」(1928)

18) 「지식 e (8)」 EBS역사채널e, 2013, p.192~193.

등의 작품이 유명하다.

1927년 조선 여성 최초로 세계 일주에 나섰고,[19] 1934년 조선 여성 최초로 자신의 이혼 심경을 잡지에 고백했다. 나혜석은 외교관 김우영과 결혼한다. 열 살 연상이었던 김우영은 이미 한 차례 상처(喪妻)한 전력이 있었다. 결혼 전 "평생 지금과 같이 나를 사랑할 것, 그림 그리는 것을 방해하지 말 것, 시어머니와 전실 딸과는 함께 살지 않도록 해줄 것" 등 세 가지 조건이 담긴 '혼인계약서'를 작성해 화제가 되었던 나혜석은, 신혼 여행으로 첫사랑 최승구의 묘를 방문하여 더욱 구설수에 올랐다. 훗날 염상섭은 이 사건을 극화하여 소설 『해바라기』로 벼려냈다.

외교관의 아내이자, 4남매의 어머니이자 전도유망한 화가였던 나혜석에게 가장 절실했던 것은 여성으로서 자신이었다. 아버지의 축첩문제로 속 끓이던 어머니, 시집가서 같은 문제로 고통 받던 언니, 개명한 오빠와 갈등하던 올케의 불행한 생활에서 여성 차별과 억압을 보았던 나혜석은 유학시절부터 새로운 사상에 이미 매료되어 있었다. 여성의 지위와 권리, 남녀 간 평등하고 평화로운 공존을 고민했던 그녀의 문제의식은 1923년 「동명」에 게재한 〈모(母) 된 감상기〉에서 엿볼 수 있다.

"조선 남성들 보시오. 조선의 남성들이란 인간들은 참 이상하오. 잘나건 못나건 간에 그네들은 적실·후실에 몇 집 살림을 하면서도 여성에게는 정조를 요구하고 있구려. 하지만, 여자도 사람이외다! 한순간 분출하는 감정에 흩뜨려지기도 하고 실수도 하는 그런 사람이외다. 남편의 아내가 되기 전에, 내 자식의 어머니이기 전에 첫째로 나는 사람인 것이오.

---

19) 「조선여성 첫 세계일주기」, 나혜석, 가갸날, 2018, p.6.
   만주 안동현(현재 중국 단둥) 부영사로 일한 포상으로 구미 시찰을 가게 된 남편 김우영(일본 외무성 관리)을 따라가는 것이었다. 1927.6.19.~1929.3.12., 1년 8개월 23일 동안 소련→유럽→미국 등을 여행하였고, 21편의 기행문을 남겼다.

내가 만일 당신네 같은 남성이었다면 오히려 호탕한 성품으로 여겼을 거외다. 조선의 남성들아, 그대들은 인형을 원하는가, 늙지도 않고 화내지도 않고 당신들이 원할 때만 안아주어도 항상 방긋방긋 웃기만 하는 인형 말이오. 나는 그대들의 노리개를 거부하오. 내 몸이 불꽃으로 타올라 한 줌 재가 될지언정, 언젠가 먼 훗날 나의 피와 외침이 이 땅에 뿌려져 우리 후손 여성들은 좀 더 인간다운 삶을 살면서 내 이름을 기억할 것이리라."(〈이혼고백서〉 중에서, 1934년 8월 「삼천리」 잡지)

1927년 남편과 함께 세계여행 길에 오른 나혜석은 파리에서 만난 최린과 불륜에 빠진다. 이 일로 이혼을 당한 그녀는 종합월간지 「삼천리」에 〈이혼고백서〉를 기고, 가부장적 이데올로기의 편협함과 이중성을 고발한다. 그러나 처첩제와 정조관념을 비판하고 여성의 재산분할권과 성적 자기결정권을 주장한 나혜석의 사고는 당대의 가치관이 수용하기엔 너무 급진적이었다. 열렬한 후원자였던 둘째 오빠 나경석이 절연을 선언했고 최린은 그녀를 외면했으며 김우영은 존재를 부인했다. 4남매는 평생 어머니는 물론 외가와도 만나지 못했다. 훗날 한국은행 총재가 된 아들 김건은 나혜석에 대해 묻는 기자에게 "나에게는 그런 어머니가 없다"라고 대답했다.

『나는 인간으로 살고 싶다(영원한 신여성 나혜석)』(이상경, 한길사, 2009)는 그녀의 일대기를 다룬 책이다.)[20]

헨리 입센의 소설 『인형의 집』(1879)[21]을 패러디해 나혜석이 지은 시 〈인형

---

20) 「지식 e (8)」 EBS역사채널e, 2013, p.304~308.

21) 헨리 입센(Henrik Ibsen, 1828~1906)은 근대 사실주의 희극의 창시자이며 『인형의 집(A Doll's House)』 (1879) 등의 작품이 유명하다. 여성 해방 운동의 기폭제로 평가되는 이 작품은 총 3막으로 구성되어 있다. 한 개인으로서 주체적인 자아를 추구하는 주인공 노라는 새로운 여성형의 대명사가 되기도 했다. 이를 노라이즘(Noraism)이라 한다. 치밀한 구성과 사실적인 대화를 통해 주인공 노라가 주체적인 생각을 지닌, 한 인간으로 성장해 가는 과정을 묘사하고 있다.

의 가(家)〉(「매일신보」1921.4.3.)에서 그의 페미니즘적 사상을 읽을 수 있다.

〔내가 인형을 가지고 놀 때 기뻐하듯/ 아버지의 딸인 인형으로 남편의 아내 인형으로/ 그들을 기쁘게 하는 위안물 되도다

(후렴) 노라를 놓아라 최후로 순순하게 엄밀히 막아 논 장벽에서 견고히 닫혔던 문을 열고 노라를 놓아 주게

남편과 자식들에게 대한 의무같이/ 내게는 신성한 의무 있네 나를 사람으로 만드는/ 사명의 길로 밟아서 사람이 되고자

나는 안다 억제할 수 없는 내 마음에서/ 온통을 다 헐어 맛보이는 진정 사람을 제하고는/ 내 몸이 값없는 것을 내 이제 깨닫도다

아아 사랑하는 소녀들아 나를 보아/ 정성으로 몸을 바쳐다오 맑은 암흑 횡행(橫行)할지나/ 다른 날 폭풍우 뒤에 사람은 너와 나

(후렴) 노라를 놓아라 최후로 순순하게 엄밀히 막아 논 장벽에서 견고히 닫혔던 문을 열고 노라를 놓아 주게〕

탄실(彈實, 아명) 김명순(金明淳, 평양 출생, 1896~1950년대 초반? 정신병원에 감금되었으나 사망일자는 미정)은 기생의 딸, 자유연애주의자, 스캔들 메이커(…), 남성 중심적 문단에 저항해 홀로 창작의 길을 걸었던

"행복한 적은 없어요, 행복한 줄 알았을 뿐이죠. 나는 친정에서는 아버지의 인형이었고, 여기에 와서는 당신의 인형에 불과했어요."(「인형의 집」에서 노라)
그리고 「인형의 집」의 저자는 입센이지만(그는 페미니스트가 아니었다), 이 소설의 '아내 노라가 집을 나가버리는 결말'은 입센의 아내가 강력히 주장하여 그에 따른 것이라고 한다.(노르웨이 오슬로(Oslo)의 입센 박물관(Ibsen Museet) 해설자〕

최초의 여성근대 소설가이자 시인·번역가였다. 김명순의 일생을 소설가 김별아(강원도 강릉 출생, 1969~)가 장편소설『탄실』(2016)에서 그려냈는데 그 내용의 일부를 보자.

〔교과서로 배운 한국 근대 문학은 시간과 위계를 선점한 이들이 명망을 다투는 장이었다. 최초의 자유시는 주요한의 〈불놀이〉(1919,「창조」창간호에 실림), 최초의 서사시는 김동환의 〈국경의 밤〉(1925), 최초의 신소설은 이인직의『혈의 누』(1906, 「만세보」에 실림), 최초의 장편소설은 이광수(호는 춘원·春園, 평안도 정주, 1892~1950)의『무정(無情)』(1917,「매일신보」에 연재)(…). 그 화려한 무대 뒤꼍에 여성소설가 김명순이 유폐되어 있었다.

김명순은 1917년 11월 단편소설 〈의심의 소녀〉로 잡지사「청춘」에서 최초로 시행한 현상 문예인 '특별대현상' 단편소설 분야에서 100여 명의 응모자를 제치고 기성 작가였던 이상춘과 주요한에 이어 3등으로 당선으로 당선됐다.「청춘」은 육당 최남선이 주관하던 잡지로, '특별대현상'의 심사위원은 최남선과 이광수였다.

최초의 '남성' 소설가를 따지지 않는 마당에 최초의 '여성' 소설가 운운하는 것 자체가 취약성에 대한 자백이거나 여성을 타자화시키는 일일 수도 있다. 하지만 그런 혐의를 무릅쓰고라도 김명순에게 '최초의 여성 소설가'라는 이름을 되찾아주어야 마땅한 것은 그녀가 생전에, 그리고 사후에까지 최초의 '여성' 소설가였기에 남성 중심 사회와 문단에서 받았던 비정한 처우 때문이다. 그녀는 정당한 문학적 평가를 받을 짬조차 없이 출신 성분과 사생활을 빌미로 난도질당했고, 그리하여 그녀의 작품들은 영혼의 확장을 통해 고유의 세계를 축조할 요량도 없이 '고통과 비탄과 저주의 여름(열매)'이 될 수밖에 없었다.

김명순은 오해라는 허울의 폭력 속에서 허우적대며 생의 가장 빛나는 계절을 흘려

보냈다. 학문을 통해 스스로를 드높이려는 명예심은 어머니가 기생이었다는 사실만으로 조롱당했고, 잔인한 성폭행의 피해자이면서도 방종한 여지로 취급되었다. 인간으로서 마땅히 사랑하고 사랑받고자 하는 열망조차 백안시되었기에 당대에는 스캔들메이커로, 후대에는 자유연애주의자이거나 연애지상주의자로 낙인찍혔다.)[22]

아나키스트(Anarchists)[23][24][25][26][27][28], 즉 무정부주의자라도 국가를 넘어 인류 전체를 사랑하는 사상이기 때문에, 누구든지 기본 도리는 해야 하는

---

22) 「탄실」 김별아, 해냄출판사, 2016, p.163, 330~331, 뒤표지.

23) 「나우토피아(Nowtopia): 우리의 세계를 다시 만들어낼 가능성에 대한 실험실(Les Sentiers de l'utopie, 2011)」 존 조던 외 1, 아름다운사람들, 2013, p.18 · 233.
    아나키즘(Anarchism)은 개인의 자유를 최우선 가치로 내세우는 주의(主義)다. 우리말의 '무정부주의'에 해당하나 단어 자체의 의미 그대로 단순히 '정부'의 존재만을 부정하는 것이 아니라, 최우선시돼야 하는 개인의 자유를 억누르는 외부적 · 억압적 존재, 즉 정치권력 · 자본권력 · 종교권력 · 관습법적 권력 등에 대한 부정을 의미한다. 일례로 아나키즘의 선구자적 존재인 윌리엄 고드윈((William Godwin, 1756~1836)이 부정했던 가장 대표적인 두 가지는 바로 국가권력과 불평등이었다. 아나키즘의 유명한 슬로건 중 하나는 "신도 주인도 없다(Ni Dieu ni maître)"이다. 윌리엄 고드윈은 영국 언론인 · 정치철학자이며, 그는 메리 셸리(「프랑켄슈타인」의 저자)의 아버지이자 여권 운동가 메리 울스턴크래프트의 남편이다.

24) 「마르크스 뉴욕에 가다(Marx in Soho, 1999)」 하워드 진, 당대, 2005, p.144~145.
    프루동(Pierre-Joseph Proudhon, 1809~1865)은 프랑스의 상호주의 철학자이자 언론인이었다. 프루동은 스스로를 '아나키스트'라고 칭한 최초의 인물로 알려져 있다. 그리고 러시아 귀족이자 전형적인 혁명 선동가인 미하일 바쿠닌(Mikhail Bakunin, 1814~1876)은 19세기 아나키스트들 가운데 가장 유명하고 중요한 인물이다. 바쿠닌은 또 청년 헤겔주의자이기도 했는데, 청년 헤겔주의는 국가를 악의 표상으로 간주하면서 헤겔의 국가 개념을, '물구나무 서서 지상을 걸어가는 신'으로 표현하였다.

25) 여러 매체 2018.6.28~29. 〈헌법재판소 결과에 환하게 웃는 양심적 병역거부자들〉
    헌법재판소는 종교나 양심을 이유로 군복무를 거부한 이들을 위한 대체복무를 정하지 않은 병역법 조항은 헌법에 어긋난다는 판단을 내렸다. 다만 입영거부에 대한 처벌 조항은 합헌이라고 판단했다.
    헌재의 이번 판단으로 2020년부터는 양심적 병역거부자들이 입영 대신 다른 수단으로 병역부담을 질 수 있을 전망이다. 병무청에 따르면 지난 2013년부터 2018년 5월 31일까지 병역을 거부한 사람은 총 2,756명이며 이 가운데 99.4%인 2,739명이 여호와의 증인 신도였다. 이들 중 1,790명은 법원에서 징역 등 실형을 확정받았다. 현 병역법은 병역 종류를 군사훈련을 전제로 하는 현역 · 예비역 · 보충역 · 병역준비역 · 전시근로역 등 다섯 가지로만 규정하고 있다.

26) 「만들어진 신(The God Delusion, 2006)」 리처드 도킨스, 김영사, 2007, p.서문.
    아일랜드 출신 록밴드 유투(U2)는 1983년 세 번째 앨범 「워(War)」를 발표한다. 북아일랜드에서 수많은 민간인들이 영국군에게 무력하게 학살된 '피의 일요일'을 고발하는 내용이었다. 앨범 발표 공연장에 유투는 아무것도 그려져 있지 않은 흰색 깃발 하나를 들고 나온다. 종교란 이름으로, 국가란 이름으로 또 총칼에 죽어간 아버지의 이름으로도 다른 이의 삶을 앗아갈 수 없다는 간절함은 결국 깃발을 백지로 남겼다.

것이다.

미국 최고의 명문사립 고등학교는 필립스 엑시터 아카데미(Phillips Exeter Academy)다. 이 학교의 교훈인 "지식이 없는 선함은 약하고, 선함이 없는 지식은 위험하다(Goodness without knowledge is weak, yet knowledge without goodness is dangerous)"는 문구는 깊은 의미를 되새기게 한다. 이 학교의 교육 이념은 'Non Sibi'인데 라틴어로 'Not for Self(이기심을 버려라)'의 뜻이다. 즉 자기 자신만을 위하지 않고 배운 것을 남을 위해 쓸 줄 아는 사람으로 성장시키는 것을 최고의 목표로 삼고 있다.[29] 2014년 「중앙일보」에 실린 〈교만한 A에게 하버드 문은 열리지 않는다〉는 제목의 기사를 봐도 인성을 최우선시하는 사실을 알 수 있다.

이 깃발의 출발은 그 10년 전 존 레넌이 베트남 전쟁 반대 메시지를 담은 〈이매진(Imagin)〉(1971년 그의 두 번째 앨범, 1970년 4월 10일 비틀즈 해체)이란 곡까지 올라간다. "상상해 보라. 국경 없는 세상을/ 누굴 죽이거나 죽을 이유가 없는/ 종교도 없는(…)/ 상상해 보라. 모든 사람이 이 세상을 함께 누리는(…)."
존 레넌은 이 노래를 내놓은 뒤 '누토피아(Nutopia)'라는 세계 공동체를 제안했다. 그 상징 깃발이 흰색 천이었다. 이 깃발은, 꾸준히 "신은 없다"는 일관된 주장을 펴 온 영국 옥스퍼드대 리처드 도킨스 교수까지 이어졌다. 도킨스 교수는 2006년 발간한 『만들어진 신(The God Delusion)』 서문에서 이렇게 썼다. "상상해 보라. 종교 없는 세상을. 자살 폭파범도, 십자군도, 이스라엘과 팔레스타인의 전쟁도 없는(…)."

27) 『유럽문학 기행(2)』, 최태규, 도서출판나래, 2015, p.276.
독일 작가 레마르크가 쓴 『서부전선 이상 없다(Im Westen nichts Neues = All Quiet on the Western Front)』(1929) 중에 이런 대목이 나온다.
"조국을 지키는 것이 어떤 의미입니까? 조국을 위해 죽는 게 과연 아름답고 달콤하다고 생각합니까? 교수님은 알고 계신 줄 알았죠. 첫 포화를 맞았을 때 저는 생각했지요. 조국을 위해 죽는 건 추하고 고통스럽다는 걸요. 조국을 위해 죽느니 살아남는 게 훨씬 나아요. 조국을 위해 죽어가는 수백만 젊은이들이 다 무슨 소용이죠? 전선에선 죽느냐 사느냐만이 오로지 문제지요. 학생들을 영원히 속일 수는 없을 겁니다. 그곳에선 죽느냐 사느냐 그것만이 중요해요. 우리 몸이 땅이고 우리 생각이 흙이고, 우리 죽음과 함께 자고 먹습니다. 그러지 않고선 살아남을 수가 없으니까요."
[이상준: 톨스토이도 만해 한용운 선생(1879~1944)도 아나키스트, 즉 인류 전체를 사랑한 애국자였다.(『당신들의 대한민국(2)』, 박노자, 한겨레출판사, 2006, p.250~252)]
28) 『그리스인 조르바』, 카잔차키스/유재원 역, 문학과지성사, 2018, p.396.
"(…) 조국이란 게 있는 한, 사람들은 야수로 남아 있게 마련이죠. 길들여지지 않는 야수로. 하지만 난, 하느님께 영광이 있을지어다! 난 벗어났어요. 벗어났다고요! 하지만 대장은요?"

〔인성을 중시하는 교육철학은 아이비리그와 같은 명문대에도 그대로 연결된다. 하버드 학생들의 주 출입구 중 하나인 덱스터 게이트(Dexter Gate)엔 앞뒤로 두 개의 문구가 쓰여 있다. 들어올 때는 'enter to grow in wisdom', 나갈 때는 'depart to serve better thy country and thy kind'이다. '대학에 와서는 지혜를 배우고, 졸업한 뒤엔 더 나은 세상과 인류를 위해 봉사하라'는 의미다. 실제 입시에서도 하버드는 실력이 아니라 인성이 좋은 인재를 선호한다.〕[30]

　　미국의 경우 수많은 부호들이 기부의 줄을 잇고 있다. 미국 부자들의 사회 환원이 자리 잡게 된 것은 빌 게이츠(Bill Gates, Microsoft 고문, 세계 1위 부자, 1955~)와 워렌 버핏(Warren Buffett, Berkshire Hatheway 회장, 세계 4위 부자로 약 80조의 재산 추정, 1930~)이 2010년 '재산의 최소 50%를 기부하자는 서약인 '더 기빙 플레지(The Giving Pledge)'를 시작하면서부터다. 빌 게이츠와 워렌 버핏은 각각 재산의 95%(이미 약 48조 원 기부 완료)와 99%(이미 약 28조 원 기부 완료)를 사후 기부하기로 했다. 저커버그를 포함해 137명이 서명하는 등 재산을 자식에게 물려주는 대신 기부하겠다는 부부가 늘고 있다. 특히 마크 저커버그는 어렵게 딸을 얻은 감사함의 표시로 거의 전

29) 미국 MA.주 보스턴에서 차로 1시간 거리인 뉴햄프셔주 엑시터 소재. www.exeter.edu
　　또 하나의 최고 명문고인 앤도버(Phillips Academy, Andover)는 MA.(매사추세츠)주에 있으며 엑시터보다 3년 앞선 1778년에 설립됐다. 이 둘은 '자매학교'다.
　　엑시터와 앤도버는 필립스집안이 설립한 자매학교로 지난 200여 년간 미국을 대표해온 양대 보딩스쿨이다. 앤도버는 미국 최초의 보딩스쿨로 사무엘 필립스 주니어(Samuel Phillips, Jr.)가 삼촌 존 필립스 박사(Dr. John Phillips)의 재정지원을 받아 1778년에 설립했다. 그리고 3년 후인 1781년 존 필립스 박사도 뉴햄프셔주 엑시터시에 보딩스쿨을 세웠다. 필립스 가족은 원래 매사추세츠주 앤도버시에서 공장(Mill)을 운영하는 부자집안이었다. 존 필립스 박사도 그곳에서 살았으나 후에 뉴햄프셔주 엑시터시에서 공장을 경영하게 됐다. 즉, 앤도버는 조카가 먼저, 엑시터는 삼촌이 3년 뒤에 설립한 '자매학교'다.
30) 「중앙일보」 2014.8.7. 윤석만 기자.

재산을 기부하게 됐다는 일화도 있다.[31]

또한 래리 페이지(Larry Page, Google CEO, 1973~)는 2015년 일론 머스크 사의 인공위성 프로젝트에 약 12조 원을 투자하는 등 실리콘밸리의 거부들을 중심으로 통 큰 기부가 줄을 잇고 있다. 이뿐만이 아니라 실리콘밸리의 독특한 '선행 나누기(paying-it-forward)' 문화도 있다. 실리콘밸리에서 동료 평가가 협업을 촉진할 수 있는 것은 실리콘밸리만의 독특한 문화, 이름 하여 '선행 나누기' 문화 덕분이다. 즉 도울 때는 대가를 바라지 않고 도와주며, 도움을 받은 사람은 다른 사람에게 이를 되갚는다는 것이다.[32]

한편, 워렌 버핏은 철저한 자녀교육으로도 유명하다. 그는 자녀들에게 돈을 주지 않고 각자 원하는 삶을 알아서 개척하도록 키운 것으로 유명하다. 워렌 버핏의 장남 피터 버핏도 아버지의 정신을 이어받아 소박하게 살고

---

31) 2015.12.2.일자 여러 언론에 〈마크 저커버그 전 재산 기부〉라는 제목으로 보도된 내용.
  【마크 저커버그(Mark Zuckerberg, Facebook 공동설립자 · 최고경영자, 1984~)는 세계 10대 부자 중 30 대로는 그가 유일하며 현재 세계 부호 7위다. 세상의 부러움을 한몸에 받아온 저커버그에게도 남모를 아픔 이 있었다. 2012년 5월 소아과 전문의 프리실라 챈(1985~)과 결혼했지만 아이가 잘 생기지 않았다. 챈은 세 번이나 유산했다. 그렇게 간절히 바라던 '새 생명의 선물'을 받은 저커버그 부부는 1일(현지시간) "딸이 더 나 은 세상에서 살아가길 바란다"며 거의 전 재산을 내놨다. 시가 450억 달러(약 52조 원)에 달하는 금액인데, 이는 저커버그가 가지고 있는 페이스북의 주식 12% 중에서 거의 전부인 99%에 해당하는 금액을 부인의 이 름을 딴 비영리단체 '챈 저커버그 이니셔티브'를 설립하고, 이 기관에 자신의 주식 99%를 순차적으로 기부하 겠다는 구체적인 계획을 밝혔다.(…)】
32) 『실리콘밸리 사람들은 어떻게 일할까: 그들이 더 즐겁게, 마음껏 일하는 5가지 비밀』, 정권택 · 예지은 등, 삼 성경제연구소, 2017, p.247.
  이는 2011년 스탠퍼드 대학 교수이자 창업가인 스티브 블랭크(Steve Blank)가 실리콘밸리 기업들의 남다 른 문화를 "선행 나누기 문화"라고 언급하면서 세간에 알려지게 되었다. 그는 "젊은 스티브 잡스가 인텔의 창 업자이자 CEO였던 로버트 노이스에게 멘토링을 받을 수 있었던 것이 바로 이 문화 덕분이다"라고 했다. 실 리콘밸리에서는 수많은 기업가들이 자신의 경험과 지식을 대가 없이 나눠주고, 열정은 있지만 기반은 없는 창업가들에게 적잖은 돈을 투자하거나 꼭 필요한 사람들을 만나게 도와주는 모습을 쉽게 볼 수 있다. 이러 한 문화가 실리콘밸리 기업의 동료 평가에 그대로 투영되면서 동료를 있는 그대로 평가하고 인정하는 등 대 가를 바라지 않고 동료의 성공을 기원하는 모습으로 발전했다고 할 수 있다.(자료: Blank, Steve(2011.9.15.) 〈The Pay-It-Forward Culture〉 https://steveblank.com)

있으며 강연 등을 통해 '돈보다 더 중요한 정신과 태도'를 설파하고 있다. 언어천재라고 불리는 조승연이 쓴 책 『비즈니스 인문학』(2015)에 소개된 내용을 보자.

〔사람은 누구나 부자가 되고 싶어 한다. 부자는 가진 돈으로 하고 싶은 일을 다 할 수 있을 것 같아 보이기 때문이다. 무엇보다 사는 데 돈은 정말로 요긴하다. 그러나 서양 속담에는 "돈이야말로 사는 데 가장 필요하지만 가장 악하기도 한 필요악이다"라는 말이 있다. 성경을 비롯한 대부분의 서양 인문학은, 돈을 버는 것도 힘들지만, **많이 벌면 사람을 사악하게 만드는 무서운 힘을 가지고 있으니 조심하지 않으면 오히려 돈의 노예가 될 수 있다**고 경고한다.

고대부터 쭉 서양 인문학은 돈을 버는 것도 중요하지만, 번 다음에 돈의 노예가 되지 않도록 조심하지 않으면 오히려 독이 된다는 점을 강조해왔다. 서양의 많은 부잣집들은 오래 전부터 돈으로 인한 타락을 막기 위해 아들들에게 일부러 돈 없는 삶을 경험시켜 왔다. 부자 나라 미국에서도 최고의 부자에 속하지만 오지인 네브라스카주의 오마하라는 작은 도시의 소박한 집에서 평생 검소하게 살면서 돈 욕심을 부리지 않는 거부, 워렌 버핏의 자녀 교육을 그 예로 들 수 있을 것이다. 그는 자녀들에게 돈을 주지 않고 각자 원하는 삶을 알아서 개척하도록 키운 것으로 유명하다. 2남 1녀 중 장남은 농사를 지으며 살고, 작은아들은 에미상 수상 경력을 지닌 대중음악가로, 작곡가 겸 프로듀서로 활동한다. 그 작은아들 피터 버핏이 『워렌 버핏의 위대한 유산(Life Is What You Make It, 2010)』(라니프맵, 2010)이라는 제목의 책을 써서 세간의 주목을 받았다. 그는 아버지 도움 없이 스스로의 힘으로 자기 분야에서 성공한 후에 부자들에게 자녀교육 강연 요청을 받고 여기저기 강연을 다니다가 아예 그 내용들을 책으로 묶었다고 한다. 그만큼 미국 등 서구의 돈 많은 부자들에게는 어떻게 자녀를 돈으로 망치지 않고 잘 키울 수 있는가가 큰 고민거리인 것이다.

세상 누구보다 부잣집 아들인 피터 버핏도, 돈이 많아도 절대 자녀들이 달라는 대로 돈을 다 주지 말고 돈 대신 가치관을 심어주어야 자녀를 제대로 키울 수 있다고 강조한다. 그는 **돈 많은 부모가 자녀 스스로 삶을 찾아 나서다가 넘어지고 다시 일어나는 방법을 배울 소중한 기회를 돈으로 박탈하지 말아야 한다**고 강조한다. 그는 **부잣집에서 태어난 것보다 스스로의 힘으로 자신의 삶을 성공적으로 개척할 수 있게 해준 부모님을 만난 것이 더 큰 축복**이라고 말한다. 그는 아버지로부터 **'태어날 때 물고 나온 은수저'가 까딱 잘못하면 '은 비수'가 되어 등을 찌른다**는 가르침을 철저히 받았다고 한다. 부의 상징인 은수저를 입에 물고 태어나는 것은 축복이겠지만 그 특권의식에 취해 살다 보면 오히려 파멸이 찾아온다는 것이다. 그는 모든 제국·왕조의 흥망성쇠도 기본적으로 같다면서, 시작은 강인한 정신과 용맹스런 기세로 하지만 부와 권력이 쌓이다 보면 사치가 등장하고, 사치가 타락과 부패를 불러오면서 쇠망의 길로 접어든다는 것이다. 실제로 바빌로니아, 그리스, 로마, 페르시아, 중국의 진나라·당나라·청나라, 인도 무굴 제국 등이 성공에 안주하다가 허무하게 무너졌음을 상기해볼 수 있겠다.

우리나라 부잣집 자녀들은 가끔 억대 스포츠카를 몰고 도로를 질주하다가 경찰 신세를 져 언론에 오르내리는가 하면 상속받은 재산을 탕진하기도 한다. 무명 시절의 설움을 딛고 인기 절정에 오른 연예인들이 돈과 명예를 얻자 오히려 허무해져 도박에 빠져 중도 하차하고 추락하는 일도 비일비재하다. 기업도 100년을 넘긴 곳이 드문데 대부분 망할 때는 성공 신화에 취했다가 허무하게 무너지곤 했음을 어렵지 않게 알 수 있다. 이처럼 돈이란 벌기도 어렵지만 탈 없이 지키기는 더 어렵다. 돈 욕심을 갖게 되면 돈을 벌기 위한 투쟁이 시작되고 하나의 투쟁이 끝나면 또 다른 투쟁, 나의 인간성을 파멸시키면서 나를 돈의 노예로 만들려는 보이지 않는 힘과 나 자신과의 싸움이 시작되기 때문이다. **자신과의 싸움에서까지 이겨야만 진정한 승자가 된다는 것이 서양**

인문학의 수천 년 고찰에서 배울 수 있는 지혜이다.)[33]

우리나라에도 그에 못지않은 분이 있다. 절대적인 액수야 빌 게이츠나 워렌 버핏에 비교할 바가 못 되지만, 오히려 이분은 전 재산을 깡그리 다 바쳤다. 바로 채현국(1935~) 효암학원 이사장이다. 그는 한때 개인소득세 전국 2위라는 거부에서 신용불량자까지 거침없는 인생을 사신 분이다. 현 KBS인 중앙방송이 박정희 군사정권에 시녀 노릇을 하는 것을 보고 박차고 나와 버렸으며, 언론인 리영희 선생을 포함하여 반독재 노선을 추구하는 지식인·학생·문인들을 도우는 등 한마디로 의지의 한국인이었다. 책 『별난 사람 별난 인생: 그래서 아름다운 사람들』(2016)에는 채현국 이사장의 외침이 수록되어 있다.

〔"노인들이 저 모양이란 걸 잘 봐두어라." "노인이라고 봐주지 마라."(p.12)

"잘못된 생각만 고정관념이 아니라 옳다고 확실히 믿는 것, 확실히 아는 것 전부가 고정관념입니다."(p.15)

"아는 것과 기억하는 것은 다르다. 깨달아야 아는 것이다." "모든 배움은 의심하는 것부터 시작해야 합니다. 배움에서 가장 중요한 것은 의심입니다. 모든 것에 대해서 얼마나 다각도로 의심할 수 있느냐, 의심할 수 없으면 영혼의 자유는커녕 지식의 자유도 없습니다. 의심만이 배움의 자유, 지식의 자유를 가능케 합니다. 그러나 학교는 질서만 가르치지, 방황하라고 가르치지 않고 의심하라고 가르치지 않습니다. 저는 과학도 믿으면 미신이라고 합니다. 확실한 건 아무것도 없습니다."

"우등생은 아첨꾼이 되기 쉽다." "서울대학교(남보다 우위에 서고 성적 올리는 공부

---

33) 『비즈니스 인문학: 언어천재 조승연의 두 번째 이야기』 조승연, 김영사, 2015, p.279~285.

에는 특출하지만, 지혜로운 것과는 별개다. ─이상준)는 97%의 아첨꾼을 키워냅니다. 왜냐면 '우수하다'똑똑하다'는 것은 먼저 있는 것을 잘 배운 것이니, **잘 배웠으니 아첨 잘 할 수밖에요.**"(p.38)」[34]

　　노자는 일찍이 『도덕경』[35](제10장)에서 이렇게 말했다. "아이를 낳고 기르는 여성이야말로 위대한 존재다. 덕을 몸소 실천하는 사람이다." "자식을 무조건 소유하려고 드는 것은 현덕을 모르는 데서 오는 소치다. 자식을 자유롭게 풀어주고, 스스로 세상에 나가 자기 일을 할 수 있도록 하라." 자녀를 기르는 데 있어서 여성만큼 헌신적인 사람은 없다. 그런데 요즘 여성들 중에는 자식을 소유하려고 들고, 자랑하거나 지배하려는 사람들이 있다. 억척같은 맹자의 어머니들, 무서운 한석봉의 어머니들이 자식들을 망친다. 21세기 영적 교사인 에크하르트 톨레(Eckhart Tolle, 1948~)도 비슷한 얘기를 했다. "어린 자식이 있다면 최선의 능력을 다해 돕고 지도하고 보호해야 하지만, 그보다 더 중요한 것은 아이에게 공간을 허용하는 일이다. 존재할 공간을. 아이는 당신을 통해 이 세상에 왔지만 '당신의 것'이 아니다."[36] 박노해(1957~) 시인은 시

---

34) 『별난 사람 별난 인생: 그래서 아름다운 사람들』, 김주완, 도서출판 피플파워, 2016.
　　또한 같은 출판사에서 발행한 『풍운아 채현국: 거부(巨富)에서 신용불량자까지 거침없는 인생』(김주완, 2015)도 그의 일대기를 다룬 책이다.

35) 『초간(初刊) 노자(老子)』, 양방웅, 예경, 2003, p.아래 각 페이지.
　　노자(老子)는 공자(孔子)의 20년 선배다. 노자사상을 요약하면 "무위자화(無爲自化) 청정자정(淸靜自正), 즉 무위로써 스스로 변화하고, 청정으로써 스스로 질서를 찾는다"라고 할 수 있다. 노자(老子) 사상을 대표하는 책은 『도덕경(道德經)』(왕필본) 『덕도경(德道經)』(백서본) 『노자(老子)』(곽점본이자 '초간'임)다.(p.318~319) 노자에 관한 책은 노자사상이 순수하게 쓰여져 있는 책인 진본(眞本)과 후대에 내려와 대폭 고쳐진 여러 종류의 개작본(改作本)이 있다. 『노자-초간』(즉, '곽점본')이 바로 진본이며, 지금까지 알려진 모든 노자 관련 책은 개작본이다. 왕필이 주석을 단 『도덕경(왕필본)』, 『하상공장구(河上公章句)』, 『덕도경(백서본)』, 당 현종이 수차례 고치고 정리한 『도덕진경(道德眞經)』 등 모든 것이 다 후대에 내려와 대략 60% 정도의 내용이 바뀌었거나 추가된 것들이다.(p.371)

〈공부는 배반하지 않는다〉에서 이렇게 읊는다.

[오늘 나는 대학을 그만 둔다/ 아니, 거부한다. 김예슬[37] 선언 이후 점수 좋은 초중고
생들이 답문을 날린다. 공부는 배반하지 않는다. 시험공부는 성적을 낳고/ 성적은 명문대
를 낳고/ 명문대는 학벌을 낳고/ 학벌은 돈과 성공을 낳는다. 공부는 배반하지 않는다.
그래, 공부는 널 배반하지 않지만/ 삶이 너를 배반하고 있으니.][38]

그는 또 〈부모로서 해줄 단 세 가지〉라는 시에서 이렇게 주장한다.

[나는 내 아이에게 일체의 요구와 그 어떤 교육도 하지 않기로 했다. 미래에서 온 내
아이 안에는 이미 그 모든 씨앗들이 심겨져 있을 것이기에. 내가 부모로서 해줄 것은 단
세 가지였다. 첫째는 내 아이가 자연의 대지를 딛고, 동무들과 마음껏 뛰놀고 맘껏 잠자
고 맘껏 해보며, 그 속에서 고유한 자기 개성을 찾아갈 수 있도록 자유로운 공기 속에
놓아두는 일이다. 둘째는 '안 되는 건 안 된다'를 새겨주는 일이다. 살생을 해서는 안
되고, 약자를 괴롭혀서는 안 되고, 물자를 낭비해서는 안 되고, 거짓에 침묵동조해서는
안 된다. '안 되는 건 안 된다!'는 것을 뼛속 깊이 새겨주는 일이다. 셋째는 평생 가는 좋은
습관을 물려주는 일이다. 자기 앞가림을 자기 스스로 해나가는 습관과 채식 위주로 뭐든

---

36) 『삶으로 다시 떠오르기』, 에크하르트 톨레 저, 류시화 역, 연금술사, 2013, p.142.
　　에크하르트 톨레: Eckhart Tolle, 독일 출생, 캐나다 밴쿠버 거주, 1948~.

37) 김예슬(여): 2010년 3월 10일, 고려대학교 경영학과 3학년으로 자퇴해 화재를 모았다.
　　그는 대학교육의 실상에 대해 한탄하며 이렇게 외쳤다.
　　"큰 배움도 큰 물음도 없는 '대학 없는' 대학에서, 나는 누구인지, 왜 사는지, 무엇이 진리인지 물을 수 없었다.
　　우정도 낭만도 사제 간의 믿음도 찾을 수 없었다."

38) 『그러니 그대 사라지지 말아라』, 박노해, 느린걸음, 2010, p.125.
　　박노해: 본명 박기평, 전남 함평 출신, 1957~.

잘 먹고 많이 걷는 몸 생활과, 늘 정돈된 몸가짐으로 예의를 지키는 습관과, 아름다움을 가려보고 감동할 줄 아는 능력과, 책을 읽고 일기를 쓰고 홀로 고요히 머무는 습관과 우애와 환대로 많이 웃는 습관을 물려주는 일이다. 그러니 내 아이를 위해서 내가 해야 할 유일한 것은 내가 먼저 잘 사는 것, 내 삶을 똑바로 사는 것이었다. 유일한 자신의 삶조차 자기답게 살아가지 못한 자가 미래에서 온 아이의 삶을 함부로 손대려 하는 건 결코 해서는 안 될 월권행위이기에, **나는 아이에게 좋은 부모가 되고자 안달하기보다 먼저 한 사람의 좋은 벗이 되고, 닮고 싶은 인생의 선배가 되고, 행여 내가 후진 존재가 되지 않도록 아이에게 끊임없이 배워가는 것이었다.** 그리하여 나는 그저 내 아이를 '믿음의 침묵'으로 지켜보면서 이 지구별 위를 잠시 동행하는 것이었다.」[39]

류시화 시인이 소개한 인디언 연설문집을 엮은 책 『나는 왜 너가 아니고 나인가』(2017)에는 아이를 위한 '시아 족'의 기도가 들어있다. 가슴 찡하다.

〔〈갓 태어난 아이를 위한 기도〉(시아 족)

여기 아이를 잠자리에 눕히네. 이 아이가 생명을 주는 어머니 대지를 알게 되기를. 좋은 생각을 갖고 아이에서 어른으로 자라게 되기를. 아름답고 행복한 사람이 되기를! 선한 가슴을 갖고, 그 가슴에서 좋은 말들만 나오기를. 아이에서 청년으로, 청년에서 어른으로 자라게 되기를. 그리하여 늙음에 이를 때 모두가 그를 존경하게 되기를. 아름답고 행복한 사람이 되기를!〕[40]

---

39) 『그러니 그대 사라지지 말아라』, 박노해, 느린걸음, 2010, p.76~78.
　　 『풀꽃도 꽃이다(1)』(조정래, 해냄, 2016, p.77~78)에도 인용됐다.
40) 『나는 왜 너가 아니고 나인가: 인디언 연설문집』 류시화 엮음, 더숲, 2017, p.61.

"올바른 교육은 어떤 특별한 방식으로 개인을 길들이는 수단이 아니다. 진정한 의미의 교육은 개인이 온전히 자유롭게 성숙하면서 사랑과 미덕으로 크게 피어나도록 돕는 것이다. 우리가 관심을 가져야 할 일은 바로 그런 것이지, 어떤 이상적인 틀에 아이들을 맞추어내는 것이 아니다. 교육의 가장 중요한 역할은 삶을 총체적으로 다룰 수 있는 통합된 개인을 길러내는 것이다."[41]

---

41) 「크리슈나무르티, 교육을 말하다(Education and the Significance of Life」 J. 크리슈나무르티(1895~1986), 한국NVC센터, 2016, p.34~36.

제3장

대한민국 교육 현실과
나아갈 방향은? :
최선이 아니라 차선부터 찾아라!

Lee Sang Joon · Knowledge Series 2

The noblest pleasure is the joy of under standing.

가장 고귀한 쾌락은 이해하는 즐거움이다. (레오나르도 다빈치)

.
.
.

방금 살펴본 교육이 나아갈 방향은 정말 꿈같은 이야기다. 최고 수준의 교육은 그 정도라는 것을 알고는 있되, 너무 자책하지는 말자. 우리 현실과 그 꿈같은 이상을 비교하면 당장 답이 없다. 교육이념 관점에서 보면 한국의 교육은 후진국일지 모르지만, 그래도 우리는 후진국 교육이라는 오명을 뒤집어쓰고도 이만큼 발전했다. 우리 민족의 우수한 유전자와 저력 덕분 아니겠는가. 인구밀도가 극도로 높은 이 좁은 나라에서 서로 부대끼며 경쟁했기 때문에 이 정도까지 온 측면도 있다. 너무 자책만 하지 마라. 다 일장일단이 있는 법이다. 버락 오바마 미국 대통령도 한국 교육을 배워야 한다고 수차례 언급했다. 이 발언에 대해 정작 한국에서는 '백문이 불여일견'이라면서 '오바마가 잘 모르고 하는 소리'라고 반박하는 게 대세다. 오바마는 현실을 말하고 있고, 비판하는 사람들은 앞서 말한 이상의 잣대를 가지고 판단하고 있다. 이 잣대를 갖다 대면 미국 교육은 더 심하다(미국 교육의 실상은 후술하겠다). 그러니 현실을 냉철하게 직시해야 한다. '구슬이 서 말이라도 꿰어야 보배다'는 속담도 있지 않은가. 누가 이상적인 교육을 모르겠는가. 천국 같은 교육 이념을 현실에 적용하려면 한 발짝도 못 나간다. 초등학생에게 대학원생의 이론을 가르치려 들면 지레 겁먹고 아예 포기해버린다. 대안학교의 이념 정말 좋다. 그러나 대부분 학생들이 공부하는 시스템에서 벗어나려면 엄청난 용기가 필요하다. 그리고 장래가 불안한 것도 사실이다. 그럼에도 불구하고 대안학교를 선택하는 부모나 학생의 용기는 정말 대단하다고 본다. 우선 현실성 있는 방안 중심으로 이슈를 검토해야 한다. "천리 길도 한 걸음부터다!"

교육 이전에 사회가 문제다.

오늘날 대한민국은 모든 세대가 힘든 시대가 돼버렸다. 현재 30대 전후인 청·장년(에코붐 세대에 속한다)의 부모들인 베이비붐 세대(1955년~1963년 또는 1972년 출생)도 힘들다.[1] 힘든 정도를 넘어 완전히 샌드위치 신세가 되어 있다. 베이비부머는 그의 부모를 부양해야 하기 때문에, 자식(에코부머)

---

1) 『선대인의 대한민국 경제학: 5천만 경제 호구를 위한』, 선대인, 다산북스, 2017, p.312~313.
〈베이비붐 세대 vs. 에코붐 세대〉
베이비부머란 전쟁 또는 심각한 불경기 이후 사회적·경제적으로 안정된 시기에 태어난 세대를 가리키는 용어이다. 아무래도 안정적이다 보니 출생률이 다른 시기에 비해 현저하게 높다. 베이비부머는 각 나라의 상황에 따라 연령대가 다르다.
한국: 한국전쟁 이후인 1955년부터 1963년 사이에 태어난 세대(700여 만 명)다. 경우에 따라서는 1955년부터 1972년까지 범위를 좀 더 넓게 잡기도 한다.
미국: 제2차 세계대전이 끝난 직후인 1946년부터 1965년 사이에 태어난 약 7,600만 명을 사람들이 베이비부머. 전쟁 동안 떨어져 있던 부부들이 전쟁 후에 다시 만나고, 미뤄졌던 결혼이 한꺼번에 이루어지면서 출생률이 높아진 것이다.
일본: 1947년부터 1949년 사이에 태어난 세대를 베이비부머로 분류하는데, 이들은 다른 말로 '단카이(團塊, 덩어리) 세대'라고 지칭한다. 1967년 경제평론가 사카이야 다이치가 『단카이의 세대』라는 소설에서 처음 사용한 용어로, '단카이'라는 명칭은 이들 세대가 대량생산형 조직사회에 순응적이면서, 동세대끼리 흙덩이처럼 잘 뭉치는 성향 때문에 붙여진 말이다.
한편 '에코부머'의 에코(Echo)는 메아리라는 뜻이다. 즉 베이비부머의 자녀 세대를 가리킨다. 베이비부머가 많이 태어났으니 이들이 낳은 자녀의 수도 많았다. 베이비부머가 비교적 안정적인 시기에 부를 축적한 만큼 에코부머는 이 같은 물질적인 풍요를 바탕으로 적극적인 소비성향을 보인다. 베이비부머에 비해 자기 정체성이 강한 것도 특징이다.

에게까지 신경 쓸 겨를이 없다.[2] 마음이야 꿀떡같지만 그럴 형편이 못 되는 것이다. 먼저 노인인구 문제 등 현재의 실상과 변화 추이를 알아보자.

고령화와 베이비붐 세대(1955년~1963년 또는 1972년 출생) 상황

한국의 노인문제와 관련된 중요 '사실(fact)' 몇 가지를 파악해 보자.

"한국은 2017년 8월말로, 65세 이상의 노인인구가 725만 명으로 총인구 5175만 명의 14%를 넘어서 고령사회에 진입했다. 일본은 세계 최초로 2005년에 초고령사회(65세 이상 20% 이상)에 진입했다."[3]

"2026년이 되면 한국도 초고령사회가 될 것으로 전망된다(2005년에 초고령사회로 진입한 일본보다 20년 늦다)."[4]

"이런 추세라면 2050년이 되면 우리나라 총인구의 37.4%, 다시 말해 국민 1/3이 65세 이상 노인이 될 전망이다."[5]

"우리나라 국민의 기대수명(그해 태어난 아이가 살 것으로 기대되는 수명)에 대한 가장 최근 조사에 따르면 82.4세(2016년 기준. 여자 85.4세, 남자 79.3세)다. 이는 경제협력개발기구(OECD) 회원국 평균(80.8년)보다 1.6년

---

2) 『이제는 부모를 버려야 한다(2016)』 시마다 히로미, 지식의날개, 2018.
　　부모를 부양하기는커녕 자기 자신이 독립적으로 살기도 버겁다는 점을 강조하며, 결국 자신부터 독립해야 하며 그의 부모는 차순위로 두어야 하는 시대가 됐음을 설파하고 있는 책이다.
3) 『당신은 부자: 재미있는 유산상속 이야기』 안영문 변호사, 부산대출판부, 2009, p.82.
　　전체인구 중 65세 이상 노령인구의 비율이 7% 이상이면 고령화사회(Ageing Society)라 하고, 14% 이상이면 고령사회(Aged Society), 20% 이상이면 초고령사회(Post-aged Society)라고 한다. 일본은 세계 최초로 2005년에 초고령사회에 진입했다.
　　{이상준: 〈한국 고령사회 진입… 65세 이상 14%〉 7% 이상 '고령화사회' 17년 만에 끝, 전남 21.4%… 광역단체 유일 '초고령'.(2017.9.4. 여러 매체 종합) 참조.}
4) YTN 뉴스 2014.11.24.
5) 『나의 서양사 편력(1): 고대에서 근대까지』 박상익, 푸른역사, 2014, p.263.

길다. 최장수 국가는 84.1세의 일본이었으며 2위는 스위스(83.7세), 3위는 스페인(83.4세)이었다. 한국은 4위를 기록했다. 평균수명이 이처럼 긴 반면, 자살률도 높았다. 한국의 자살률은 2015년 기준 인구 10만 명당 25.8명으로 세계 1위, OECD 평균(11.6명)보다 2배 이상 높았다. 2011년의 33.3명에 비해 떨어지기는 했으나 아직도 높은 수치다. 특히 고령자의 자살률은 2012년 기준 10만 명당 116.2명으로 2위인 남미 수리남 47.9명의 두 배에 달했다. 청년층의 자살률은 인구 10만 명당 18.2명(2016년 기준)으로 비교대상 60개국 중 9위를 기록했다. 이처럼 고령자와 청년층의 자살률이 높은 이유로는 '어두운 미래'가 꼽혔다."[6]

그리고 2015년 기준으로 한 한국인의 (실제)평균수명은 **81.3세(여자 84.4세, 남자 77.9세)로**[7] 기대수명보다 1살 정도 적고, 행복수명보다는 7살 정도 많다. 따라서 노후의 마지막 7~8년은 질병 등으로 고생하다가 생을 마감한다는 의미가 된다. "한국인 **'행복수명'은** 74.6세로 선진국 꼴찌 수준이다. 기대수명은 80살을 넘어섰지만 노후대책이 부실해 말년이 불안한 것이다. '행복수명'은 건강 상태, 경제적 여유 사회적 활동, 인간관계 등 4개 요소에 대한 설문조사를 통해 노후 삶의 질적 수준을 측정하고 수명 개념으로 개량화한 지표이다."[8]

---

6) 〈'경제협력개발기구(OECD) 보건 통계(Health Statistics) 2018'의 주요 지표 분석〉
　　(2018년 7월 12일 발표, 보건복지부)
7) 2015년 기준 통계청 자료.
8) 「매일경제」, 2017.10.11. 〈'행복수명 국제비교' 연구 결과〉
　　(생명보험사회공헌위원회와 서울대 노년 · 은퇴설계연구소가 공동 개발한 노후 준비 측정지표, 2017년 10월 10일 발표)

폐지 수거 노인은 175만 명(노인인구 725만 명의 24%?)으로 하루에 대략 1만 원 정도를 번다고 한다(폐지는 1kg에 약 100원을 받는다).[9]

"우리나라 노인 빈곤율은 OECD 국가 중 1위다. 노인 스스로 목숨을 끊는 사람들 또한 한 해에 3,500명 정도로 OECD 국가 중 가장 많으며, 노인 10명 중 7명은 가난·질병·고독 등 2가지 빈곤을 함께 경험하는 '다자원 빈곤층'에 빠졌다."[10]

'2018년 5월 경제활동인구조사 고령층 부가조사 결과'에 따르면, 65세 이상 38%는 일하며 이 중 단순노무가 1/3이라고 한다.[11]

9) 「한겨레신문」, 2018.1.17. 〈'폐지 줍는 노인' 첫 전국 실태조사 한다〉(박기용 기자)
　－정부는 2018년 안에 규모, 기초수급 여부 등 파악－
　'폐지 줍는 노인'은 한국 사회 '노인 빈곤'의 상징처럼 떠올려지는 존재지만 정작 그 자세한 실상은 잘 알려져 있지 않다. 정부가 이들에 대한 첫 전국 단위 실태조사에 나선다.

10) 「노후파산: 장수의 악몽(2015)」, NHK스페셜제작팀, 다산북스, 2016, p.뒷표지.

11) 연합뉴스 2018.7.24. 〈고된 노년〉 65세 이상 38%는 일한다…단순노무가 3명 중 1명〉
　통계청이 24일 발표한 '2018년 5월 경제활동인구조사 고령층 부가조사 결과'에 따르면 65~79세 인구 576만5천 명 중 취업자는 38.3%인 220만9천 명으로 지난해 5월에 비해 0.9%포인트인 12만1천 명 늘었다. 65~79세 고령자의 직업별 분포를 보면 단순노무 종사자가 36.1%로 가장 많았다. 이어 농림어업 숙련종사자(26.1%), 서비스·판매종사자(16.3%), 기능·기계 조작 종사자(13.6%)가 뒤를 이었다. 산업별 분포를 보면 사업·개인·공공서비스업이 40.4%로 가장 많았고, 농림어업(27.8%), 도소매·음식숙박업(14.0%), 제조업(6.4%) 순이었다.
　55~64세 인구 767만6천 명 중 취업자는 67.9%인 521만3천 명으로, 65세 이상보다 2배 이상 많았다. 직업별로 보면 기능·기계 조작 종사자가 26.1%로 가장 많았고, 서비스·판매종사자(24.5%), 단순노무종사자(19.4%), 관리자·전문가(12.8%) 순이었다. 산업별로 보면 사업·개인·공공서비스업이 33.5%로 가장 많았고, 도소매·음식숙박업(22.0%), 제조업(13.9%) 순이었다.
　55~64세 취업 유경험자 748만3천 명 중 3분의 2에 가까운 61.5%인 459만9천 명은 생애 가장 오래 근무한 일자리를 그만둔 것으로 집계됐다. 생애 가장 오래 근무한 일자리에서의 평균 근속기간은 15년 4.9개월로 전년 같은 달보다 1.4개월 증가했다. 가장 오래 근무한 일자리를 그만둘 당시 평균연령은 49.1세였다. 50대인 경우가 53.7%로 가장 많았고, 40대는 21.9%, 60대는 9.5%를 각각 차지했다.
　가장 오래 근무한 일자리를 그만둔 이유는 사업부진·조업중단·휴·폐업이 31.9%로 가장 많았고, 건강이 좋지 않아서(19.5%), 가족을 돌보기 위해서(15.8%) 순이었다. 이어 권고사직·명예퇴직·정리해고(11.2%), 정년퇴직(7.5%)이 뒤를 이었고, 일을 그만둘 나이가 됐다고 생각해서 그만둔 경우는 2.3%에 불과했다.
　가장 오래 근무한 일자리를 그만둔 사람 중 현재 취업 중인 사람은 50.6%인 232만7천 명으로 집계됐다.(김현태 기자)

"한국에서는 빈부격차, 청년실업률 문제, 비정규직 문제 이외에 또 다른 불평등 문제가 있다. 바로 노령인구다. 한국 노령자의 45%가 빈곤선 아래에서 살아가고 있는데, 이는 큰 문제이다."(마이클 포터 교수)[12]

"서울중앙지법은 2016년 1월~2월 법원이 파산 선고를 내린 1천727명을 분석한 결과, 60대 이상이 428명에 달했다고 25일 밝혔다. 이는 전체의 24.8%다. 최대 경제활동 계층인 50대(37.2%)보다는 적지만 40대(28.2%)와 비슷하고 30대(8.9%)를 웃도는 수치다. 특히 노년층의 수는 갈수록 많아지는 추세라고 법원은 설명했다."[13]

"건강보험 가입자에게 부과된 보험료가 50조 원을 처음으로 돌파하면서 세대당 월 보험료도 10만 원을 넘어섰다. 65세 이상 노인의 건강보험 진료비도 꾸준히 늘어 전체 진료비의 40%에 육박했다."[14]

"국내 노인 1명당 연간 진료비가 2017년 처음으로 400만 원 선을 넘어섰다. 전체 노인진료비는 28조 원을 웃돌아 2010년의 2배에 달했다. 국내 65세 이상 노인 인구는 총 680만 6,000명으로 전체 인구의 13.4%를 차지했지만 전체 건강보험 진료비 69조 3,352억 원에서 노인 진료비는 28조 3,247억 원으로 비율은 40.9%에 달했다."[15]

"앞으로 40년이 지나면 치매 환자의 수는 220만(독일)으로 지금의 2배에 이를 것이라고 한다. 치매가 전염되기 때문이 아니라, 노인이 점점 많아질 것

12) 「어떻게 차별화할 것인가(How to be different, 2014)」 마이클 포터 외, 레인메이커, 2015, p.56~57.
13) 연합뉴스 2016.3.25. 〈'노후파산' 日처럼 현실로… 파산자 4명 중 1명이 60대 이상〉
14) 〈2017년 '건강보험 주요통계'와 '진료비 통계지표'〉
    (건강보험공단과 건강보험심사평가원, 2018년 3월 21일 발표)
15) 〈2017년 건강보험통계연보〉(2018년 9월 26일 발표)

이기 때문이다. 아무도 그 메커니즘을 알지 못하는 신경병리학적 이상을 제외하면 기억 상실의 주요 원인은 바로 노화인 것이다. 다행히도 70세 이전에 치매가 발병하는 경우는 드물다. 그러나 85세가 되면 1/5이 치매에 걸리고, 90세가 넘으면 1/3 이상이 그렇게 된다. 현재의 기대 수명에서 치매에 걸릴 확률은 남성이 30%, 여성이 50%이다. 장수할수록 치매에 걸릴 확률이 높아지는 건 당연하다."[16]

"OECD에 따르면 한국의 노인 1명당 부양 생산인구는 2014년 5.26명에서 2022년 3.81명으로 줄어들 것이며, 2036년에는 1.96명까지 하락할 것으로 전망하고 있다. 이에 따른 노년부양비도 2011년 15.6%에서 2017년 19.2%, 2020년 22.1%, 2040년 57.2%로 지속적으로 증가할 것으로 전망되고 있다. 결국 저출산, 고령화는 연금·보험·의료 및 기타 사회복지 등의 수요 증가를 가져올 것이며, 이는 정부의 사회보장비용 지출의 급격한 증가로 이어질 것이다. 경제 활력이 떨어지고 세수는 감소하는 데 반해, 복지수요는 폭증함에 따라 국가의 재정적 부담은 커질 수밖에 없다. 우리나라의 합계출산율은 2006년 1.12에서 2013년 1.19로 0.07 증가하는 데 그쳤다(2016년 1.17명, 2017년 1.05명)."[17]

"20년 이상 산 부부의 이혼을 뜻하는 '황혼(黃昏) 이혼'이 갈수록 늘면서 이혼법정 풍경도 바뀌고 있다. 대법원에 따르면 2010년 27,823건이던 황혼

---

16) 「나는 왜 늘 아픈가: 건강 강박증에 던지는 닥터 구트의 유쾌한 처방(Wer Langer Lebt, Wird Auch Nicht Junger, 2014)」 크리스티안 구트, 부키, 2016, p.26.
17) 「대한민국 국가미래전략 2015(National Future Strategy)」 카이스트 미래전략대학원, 이콘, 2014, p.305 ~307.

이혼은 2014년은 33,140건으로 급증했다. 이에 비해 동거 기간 4년 이하인 '신혼 이혼'은 급감 추세다. 2010년 31,528건에서 2014년은 27,162건을 기록했다. 2012년부터 황혼 이혼 건수(30,234건)가 신혼 이혼 건수(28,204건)를 추월하는 역전 현상이 3년 내리 계속되고 있다. 이혼법정에서 갓 결혼한 커플보다 머리 희끗한 노년·중년 부부를 보기가 더 쉬워진 것이다."[18]

한편, 일본의 경우 한국보다 대략 20년 앞서는데, 고령화 문제가 큰 사회적 이슈가 되고 있다. 향후 20년 뒤의 우리나라 모습이라고 보면 될 것이다. 도쿄특파원으로 근무했던 임상균 기자의 책 『도쿄 비즈니스 산책』(2016)에서 고령화로 인한 노인사회의 변화 양상을 볼 수 있다.

〔일본의 독거 세대 비율이 2010년 전국 평균 32.4% 수준이었지만 2035년에는 37.2%까지 올라간다. 젊은층들이 몰려드는 도쿄의 경우 45.8%에서 46.0%로 올라가 거의 절반의 세대가 혼자 살게 된다. 또 2010년 전국 평균 31.2%인 고령 세대 비율이 2035년에는 40.8%를 기록하며 처음으로 40%를 넘길 것으로 내다봤다. 두 가지를 합쳐보면 결국 혼자 사는 고령자가 급증한다는 얘기다. 2010년 독거노인이 498만 명이었지만, 2035년에는 762만 명으로 53%나 늘어난다. 고령 세대 중 배우자나 자식 없이 혼자서 생활하는 독거 고령 세대도 전체의 37.7%가 될 전망이다. 이를 반영하듯 노인을 염두에 두고 하는 사업이 활기를 띠고 있다. 대표적인 분야가 '슈카쓰(終活)'다. 말 그대로 끝을 준비하는 활동인데, 가장 쉽게 볼 수 있는 것이 '엔딩 노트'라는 공책이다. 엔딩 노트는 2000년대 중반 이후 서점의 스터디셀러가 됐다. 2011년에는 이를 소재로 한 「엔딩 노트」

18) 「조선일보」, 2015.11.4. 〈"행복해지고 싶다" 황혼이혼 60대에 판사는 말을 잃었다〉
    -2014년 3만 건 역대 최다-(최연진 기자)

라는 영화도 나와서 일본 사회를 눈물바다로 만들기도 했다. 여생을 마감하면서 미리 준비해야 하는 내용들을 스스로 정리하는 노트다. 이름만 달리해서 여러 종류의 엔딩 노트가 판매되고 있다. 가격은 대부분 1,000엔 안팎이다. 심지어 '무덤친구'라고 하여 사망 후 한 공간에 지인과 같이 안치되는 방식도 유행하고 있다.」[19]

노령화와 관련하여 중요한 이슈를 '사실(fact)'만 간략하게 정리한 것이 이 정도다. 여기까지만 봐도 머리가 지끈지끈할 지경이다. 베이비붐 세대를 1955년부터 1972년까지 출생자로 보면 대략 50세 전후부터 65세까지의 연령대가 된다. 이들은 본인 세대도 힘들 뿐더러 노령의 부모까지 책임져야 하는 실정이다. 따라서 아들인 에코부머를 돌볼 여력이 없는 것이다.

에코부머가 처해있는 여건

그러면 약 40대 후반의 연령까지 해당되는 에코부머는 어떤 상황에 처해 있을까? 특별한 집안이 아닌 한, 전술한 바와 같이 부모로부터 도움을 받기는 어려운 상황이다. 자력으로 결혼을 하고 아이도 양육해야 한다. 2018년 7월에 발표된 우리나라 젊은이들의 초혼연령·신장·연봉 분포도에 따르면, '남자 36세·175cm·연봉 5900만 원, 여자 33세·163cm·연봉 3700만 원'이라고 한다.[20] "우리나라에서 자녀 1명을 키워 대학을 졸업시키기까지 3억 원이 넘

---

19) 「도쿄 비즈니스 산책」 임상균, 한빛비즈, 2016, p.200~204.
   {이상준: 〈아름다운 마침표 '웰다잉': 일본의 임종 대비 '슈카쓰' 바람〉이라는 제목으로「동아일보」 2016.10.22. A6면에서도 유사한 내용을 다루고 있다.}
20) 여러 매체 2018.7.4. 〈'2018년 혼인통계 보고서'〉(결혼정보회사 듀오, 2018.7.4. 발표)
   성혼회원 37,000여 명 중 최근 2년 사이(2016년 6월~2018년 5월) 혼인한 초혼 부부 3,024명(1,512쌍)을 표본 조사한 자료.

는 돈이 필요한 것으로 나타났다. 양육비에는 사교육비 월 22만8천 원, 식료품비 20만4천 원 등 개인비용이 68만7천 원이며, 공통비용은 50만2천원이 소요되는 것으로 조사됐다. 여기에는 대학을 재수하거나 어학연수를 보내는 비용은 제외한 금액이다."[21] 여기에다 학자금 대출과 주택 구입·전세자금 대출까지 감안하면 평생 빚에 허덕일 수밖에 없는 실정이다. 이에 더하여 청년 실업률(15~29세의 청년)이 10%를 상회한다고 정부는 발표하고 있지만 피부로 느끼는 것은 30%도 넘을 것 같다.[22] 여기에 200만 명이 넘는 국내체류 외국인 중 외국인 노동자가 100만 명(불법체류 취업자 미포함)을 넘었고 이들이 해외로 송금하는 금액이 한해 약 13조 원(22조 원 벌어 9조 원 국내사용)에 달한다고 한다.[23] [24]

---

21) 여러 매체 2013.4.10. 〈'2012년 전국 결혼 및 출산동향 조사' 결과〉
　　보건복지부와 한국보건사회연구원이 전국 1만8천 가구의 남녀 13,385명을 대상으로 조사한 결과를 2013년 3월 10일 발표했다.
22) 2018.5.16.일자 여러 매체 〈(2018년) 4월 청년 체감실업률 23.4%〉
　　('4월 고용동향' 보조지표: 청년 체감실업률, 2018.5.16. 통계청 발표)
23) JTBC 2017.9.14. 방송 '팩트체크'(오대영 기자): 9월 13일 국회대정부 질문 자료.
24) 〈법무부 '등록 외국인 수'와 '외국인 많은 읍면동 10곳'〉
　　〈법무부 '등록 외국인 수': 총 1,187,988명〉(2018.3.31. 기준, 법무부 통계자료 근거)

기초자치단체	외국인 수(명)	기초자치단체	외국인 수(명)
경기 안산시 (단원구 국한)	43,504	서울 영등포구	34,860
		경기 시흥시	32,738
경기 화성시	37,070	서울 구로구	32,027

〈'외국인 많은 읍면동 10곳'〉(2014년 지방자치단체 외국인주민 현황, 행정안전부)

기초자치단체	읍면동	외국인 비율(%)	기초자치단체	읍면동	외국인 비율(%)
경기 안산시	단원구 원곡본동	89.4	경기 시흥시	정왕본동	61.1
서울 영등포구	대림2동	83.7	경남 김해시	주촌면	55.2
경기 안산시	단원구 원곡1동	81.5	경기 화성시	양감면	44.5
경기 수원시	권선구 세류1동	79.7	경기 시흥시	정왕1동	42.8
서울 구로구	가리봉동	78.7	경기 포천시	가산면	41.8

일본의 경우 청소년들의 심각한 상황을 보면 상상이 안 될 정도다. 임상균 기자의 책 『도쿄 비즈니스 산책』(2016)에서 몇 가지 특이한 부분만 정리해 봤다.

(1) 불황이 오래가면 외톨이 소비가 많아진다: 일본의 소비시장을 이해하려면 히키코모리(引きこもり)라는 말부터 알아야 한다. 히키코모리는 '은둔형 외톨이'라는 의미로, 사회생활에 적응하지 못하고 집 안에만 틀어박혀 사는 사람을 일컫는다. 이를 표현한 '방콕족'이라는 우리말도 있지만, 이보다는 좀 더 부정적인 느낌이다. 일본에 히키코모리가 얼마나 있는지에 대해서는 의견이 분분하다. 한 연구에서는 2011년 발표 당시 70만 명으로 추산하고, 앞으로 히키코모리로 발전할 가능성이 있는 인구는 155만 명에 달한다고 봤다. 일본 시민단체인 전국히키코모리가족연합회에 따르면 히키코모리의 80% 가량이 20~30대이며 이 중 남성이 8:2 정도로 여성보다 압도적으로 많다.(p.30~32)

2) 수고모리(すごもり): 일본인의 성격과 생활 습관을 상징하는 '히키코모리'를 소비 생활에 연결시켜 만든 신조어다. '둥지 속에 틀어박힌 사람'을 의미한다.(p.39)

3) 리터루족이란 '리턴(Return)'+'캥거루(Kangaroo)': 요즘 일본에는 '아저씨 캥거루족'이라는 신조어가 등장했다. 35~44세의 어엿한 중년이 돼서도 결혼을 않거나 스스로 독립하지 않고 부모에게 얹혀사는 사람들을 뜻한다. 일본 총무성이 조사한 결과 이 나이대의 인구 중 남녀 합쳐서 295만 명이 캥거루족이라고 한다. 같은 나이 전체 인구로 따지면 1/7이다. 이런 아저씨 캥거루족이 1990년에는 112만 명, 2000년 159만 명으로 늘더니 요즘 들어서 더욱 증가하는 추세다. 밖에 나가서 돈을 벌어봐야 수입이 크지도 않고 힘만 드니 그나마 여유가 있는 노부모들에게 얹혀서 생활을 하는 것이다. 일본에서는 이런

사람들을 '기생(寄生) 독신'이라고 표현하기도 한다. 비록 일은 하지만 아르바이트로 생계를 꾸려가는 '아저씨 알바'도 적지 않다. 「니혼게이자이신문」에 따르면 아르바이트나 파트타이머로 근무하는 35~44세 인구가 2013년말 50만 명으로 역대 최고치를 기록했다. 동일 세대 연령대에서 2002년 1.6%→2011년 2.8%로 늘어났다.(p.198)〕

그리고 "일본에서 유행한 신조어로 패러사이트 싱글(Parasite Single)이 있는데, 경제적으로 독립하지 못하고 부모의 경제력에 기대 사는 주로 20대 중·후반의 독신자를 말한다. 실제로 일본에서는 패러사이트 싱글뿐만 아니라, 프리터(Freeter, 구속받는 것을 싫어해, 정식으로 일을 찾지 않고 아르바이트로만 생활하는 사람)들이 늘어나고 있다"[25]고 한다.

그래서 어떻게 하라는 말인가?

생각할수록 답답해지기만 하는 노인과 청년들이 처해 있는 문제를 장황하게 설명한 이유가 있다. 두 눈 똑바로 뜨고 '현재를 정확히 알라'는 뜻이다. 문제를 알아야 뭔가 답이 나오지 않겠는가. '절벽사회'라고까지 불리는 현재의 열악한 상황에 더해 뉴스에서 전해주는 소식은 온갖 비리·범죄·편법·갑질 등 스트레스 요인이 대부분이다. 또 있다. 인공지능(AI)나 자동화 등으로 인간의 일자리는 점점 줄어들고 있다는 점이다. 미래경제학자 제러미 리프킨(Jeremy Rifkin, 1945~)은 저서 『소유의 종말』(2000)에 이렇게 썼다.

〔2050년이 되면 성인 인구의 불과 5%만으로도 기존의 산업 영역을 차질 없이

---

25) 「독설의 기술(2003)」, 기타노 다케시, 씨네21, 2010, p.41.
26) 「소유의 종말(The Age of Access, 2000)」, 제러미 리프킨, 민음사, 2001, p.17.

운영하고 관리할 수 있을 것이다. 사람을 거의 찾아볼 수 없는 농장과 공장, 사무실을 어느 나라에서나 흔히 볼 수 있을 것이다. 새로운 취업 기회도 물론 있겠지만 주로 상업 영역의 문화 생산 분야에 일자리가 생길 것이다. 개인의 삶 속에서 유료로 얻을 수 있는 경험의 양이 많아지면서 문화적 욕구와 필요를 충족시키는 분야에서 많은 고용 창출이 이루어질 것이다.)[26]

우리나라 자살률이 세계 1위이고(노인자살률은 압도적 1위, 청년자살률은 9위), 청년 체감실업률이 20%를 넘고, 자동화 등으로 일자리는 자꾸 줄어들고, 외국인이나 난민들은 밀려들어오고, 뉴스에서는 별로 좋은 소식도 들려오지 않고 미래에 암울한 상황만 보도되는 등 뭔가 하나라도 희망을 찾을 수가 없다. 이게 현실이다. 나도 뾰족한 방법은 잘 모른다. 그러나 중요한 사실은 알고 있다. 모두가 이런 상황에 처해 있으며, 그 사실을 배우자든 자식이든 대충은 알고 있다. 그래서 그런 어려움을 극복해가는 성실한 모습을 보여줘야 한다. 이것도 교육이다. 힘들어서 자포자기해버리면 본인은 물론 가족들도 정상적인 생활 유지가 어려워진다. 자식도 잘못된 길을 갈 가능성이 높아진다. 죽을 각오로 하면 된다. 입에 발린 소리가 아니다. 두 가지만 구체적으로 말하겠다.

첫째, 나만 그렇게 힘든 게 아니라는 사실이다. 비교를 잘해야 한다. 신문 방송에서 보도되는 잘난 분들은 사실 나와는 무관한 사람이다. 언론은 그럴 수밖에 없다. 보통사람들의 밋밋한 스토리에 관중은 반응하지 않는다. 그래서 자극적이어야 하고 감히 일반인들이 넘보지 못할 위인들이나 훌륭한 사람이 보도되는 것이다. 그건 그러려니 하고 우선 자신이 처한 여건에서 조금씩 개선해나가는 자세가 필요하다. 이것이 탄력을 받으면 그 효과는 상상을 초월할 수도 있다.

　물론 세상을 이렇게 만든 위정자나 소위 지도층들에 대한 울분을 참을 수 없다. 그러나 미약한 나 혼자서 당장 세상을 바꿀 수도 없다. 사회가 극도로 피폐해지면 민초들의 울분들이 폭발할 상황이 벌어질 수도 있다. 지금은 '투명사회'이고 스마트폰·SNS 등을 통해 전 국민이 다 알 수 있는 세상이 돼버렸기 때문에 감히 누가 함부로 세상을 좌지우지할 수도 없다. 정치인들도 지금 시대는 '한 방에 스타'가 될 수도 있고 '한 방에 훅 갈' 수도 있는 세상이라는 걸 다 안다. 그래서 세상은 조금씩 바른길로 방향을 틀어갈 것이다. 이런 변화는 정치인들이 도덕성을 회복한 덕분이 아니라, 국민의 눈이 무섭기 때문이다. 이제는 정치인·기업인·학자든 다른 누구든 지금까지 해왔듯이 입으로만 '국민'을 들먹일수록 더 박살난다. 가슴에서 우러나오는 진정한 '국민'을 늘 염두에 둘 수밖에 없는 세상으로 조금씩 나아가고 있다. 이런 변화도 결국 민초들의 힘 덕분인 것이다. 과연 어떻게들 하고 있는지 늘 주시는 하며 살아야 한다. 그렇게 하려면 내가 생생하게 살아 있어야 한다.

　세상이 어떻다는 둥, 신세한탄만 하다가는 자신도 가족도 무너져버린다. 물론 그렇게 되면 주위의 지인들도 다 떠나가버릴 것이다. 내 세대에서는 현상유지밖에 안 될 가능성이 높다. 성실하게 생활하고 열심히 한다고 해서 하루아침에 바뀔 가능성은 적다. 그러나 자식 세대에게는 충분히 희망을 기대해볼 수도 있다. 대부분의 우리 부모들이나 그 위 세대(世代)는 그렇게 했다. 물론 요즘은 환경이 좀 바뀌기는 했다. 하지만 그렇게 크지는 않다. '계층의 사다리'니 '교육의 빈부격차'니 하는 나쁜 소식들이 만연하다. 그러나 정작 공부는 결국 자신이 스스로 하는 수밖에 없는 법이다. 과외를 받고 학원을 다니면 지식을 접근하는 데 좀 수월하다. 넉넉한 형편이 아니라서 스스로 헤쳐나가야 하는 학생은 힘이 더 든다. 그 대신 힘들었던 만큼 그 지식은 온전히 나의 것이 되는 흡착성은 스스로 터득했을 때가 더 크다(물론 성취감이야 두말할 것도 없다). 정작 최상의 교육을 받으면서 인간성까지 갖춘 인물은 그렇게 많지 않다. 대부분의 소위 잘난 사람들과 또 그들의 자식은 다 엇비슷하다. 너무 세상에 현혹되지 마라. 미국의 경우에도 연간 수천만 원의 비싼 학비를 들여가며 시설 좋은 사립에서 공부하는 학생은 고작 10%다 (공부도 공립학교보다 몇 배 더 피 터지게 한다). 나머지 90%는 우리처럼 평범한 공립학교에서 거의 공짜로 공부한다. 교육의 질에 차이가 있는 것은 당연하다. 그 차이는 아마 수백 년이 지나가도 없어지지 않을 것이다. 혁명이나 체제 전복이 일어나지 않는 한 이런 시스템이 바뀌지 않을 것이다. 설사 혁명이 일어나더라도 더 좋아진다는 보장도 없다.[27] 누구는 오토바이를 타고 달리고, 누구는 자전거를 타고 달리는 격이다. 심지어 자전거마저 없어 걸어야만 하는 사람도 있지 않은가. 자전거 페달이라도 열심히 밟아야 한다. 다리에

---

27) 『동물농장(Animal Farm)』 조지 오웰, 코너스톤, 2015, p.156 · 180.
　　조지 오웰(George Orwell, 저널리스트 · 소설가, 1903~1950)이 1945년 발표한 정치우화 소설 『동물농장』에서 보여주는 핵심 메시지는 "혁명적 이상은 권력 욕구와 결탁할 때 부패한다"는 것이다. 메이저 영감(마르크스와 레닌을 비유, p.156)의 혁명 정신에 따라 동물들은 반란을 일으켜 인간을 몰아내고 그 이상을 실천하고자 했지만, 결국 돼지(주인공 나폴레온 등)들의 권력 욕구로 인해 실패하고 만다. 이를 통해 오웰은 러시아 혁명의 실패를 풍자하고 있다. 사회주의라는 기치로 혁명을 일으켰지만, 결국 '사회주의를 배반한 혁명'이라고 강도 높게 비판한 것이다. 오웰은 러시아식 사회주의는 자신이 바라는 진정한 사회주의가 아니라는 것을 세상에 드러내고자 했다. 그렇다고 오웰이 사회주의 자체를 부정한 것은 절대 아니다. 그는 뼛속까지 민주적 사회주의자였다.
　　『동물농장』은 매우 이례적인 작품이었다. 소련의 스탈린을 우화적으로 비판한 소설이기 때문에 소련을 흠모하는 사회주의자들과 제2차 세계대전에 소련의 도움이 절실했던 영국 정부 모두가 싫어할 것이라 보고 작품 완성 후 출판하기까지 6년이나 걸렸다. 그리고 그가 실패작이 될 게 뻔하다고 했던 작품은 아이러니하게도 미래소설 『1984』(1948)였다.
　　"과거를 지배하는 자가 미래를 지배한다. 현재를 지배하는 자가 과거를 지배한다."(『1984』 조지 오웰, 코너스톤, 2015, p.51)

73

없던 근육도 생긴다. 그런 와중에 앞서 휭하고 달리던 오토바이들이 사고로 주저앉는 경우도 많다. 페달 젓기가 힘들어도 일단은 달려야 한다. 미국 16대 링컨 대통령(Abraham Lincoln, 1809~1865)도 "나는 천천히 갈지언정 뒤로 가지는 않는다(Although I walk slowly, but I never go back)!"라고 하지 않았던가. [28] 어느 순간 흘린 땀을 음미할 날이 반드시 올 것이다. 지금 당장 필요한 것은 내 주변부터 안정을 찾는 것이다. 나만 바라보고 있는 여우 같은 아내와 토끼 같은 자식도 있지 않은가.

둘째, 너무 남을 의식할 필요가 없다. 혹자는 외국인 노동자들은 한국에 오고 싶어, 한국에서 일하고 싶어 눈에 불을 켜는데, 실업자로 빈둥거리며 허송세월을 보내는 우리나라 젊은이들에 대해 "아직은 배가 불러서 그렇다"고

---

28) 『지구에서 인간으로 유쾌하게 사는 법(2)』, 막시무스, 갤리온, 2007,
〈조상밖에는 자랑거리가 없는 바보〉(p.176~177)
링컨이 하원으로 출마했을 당시의 일이다. 어려운 환경에서 태어나 독학으로 변호사가 되고 하원의원으로 출마한 것이었다. 하루는 경쟁자와 함께 청중들 앞에 서게 되었다. 경쟁자는 자신이 얼마나 좋은 집안 출신인지를 강조했다. 자신의 아버지는 주지사이고 삼촌은 상원 의원이며 할아버지는 장군이었다고 말이다. 경쟁자가 말을 끝내자마자 링컨이 말했다.
"여러분, 제 집안도 저분 못지않게 훌륭합니다. 저는 행복한 결혼 생활을 꾸려온 조상들의 후손입니다."
"우리는 조상으로부터 이름을 얻지만 그 이름에 달린 명예는 스스로 행동하여 얻는다(From our ancestors come our names, but from our virtues our honor)."(에드먼드 버크: Edmund Burke, 영국 정치인 · 역사가, 1729~1797)
〈과거로 다른 사람을 평가하지 말라〉(p.110~111)
링컨이 어려운 여건 속에서도 열심히 노력해서 상원 의원 후보로 나섰을 때의 일이다. 선거 유세장에서 한 경쟁자가 그가 어려웠던 시절에 잡화상에서 일을 하며 술을 팔기도 했다는 사실을 꼬집었다. 종교적 신념이 강한 유권자가 많았기 때문에 선거 유세장은 순식간에 술렁이기 시작했다. 그러나 링컨은 침착하게 다음과 같이 답했다.
"맞습니다. 저는 어려웠던 시절 잡화상에서 술도 팔고 담배도 팔았습니다. 그래서 지금 전 말씀하신 분에게도 술을 판 적이 있습니다. 그러나 이제 저는 그 자리를 떠나 먼 길을 거쳐 여기 서 있습니다. 그런데 예전에 제가 술을 팔았다고 비난한 분은 여전히 그 가게에서 술을 사 드신다고 들었습니다."
"과거로 다른 사람들을 평가하는 사람들은 그들 자신에게 이렇다 할 현재가 없는 사람이다(People who judge other people by their past are the people who have no meaningful present)."(오스카 와일드: Oscar Wilde, 아일랜드 극작가, 1854~1900)

말하는 경우도 더러 있다. 이 말은 맞을 수도 있고 그렇지 않을 수도 있다. '양반 대추 한 알이 아침 해장'이라는 우리 속담이 있듯이, 주변의 눈이나 체면을 의식하지 않을 수 없다. 누구나 자존심은 있기 때문이다. 아예 남을 의식하지 않으면 최고 경지에 오른 도사이거나 아니면 짐승이다. 이런 측면을 간과하고 '아직은 배가 덜 고파서'아직 정신을 못 차려서' 그러고 있다고만 호도할 일도 아니다. 그러나 정말 '뼈를 깎는 노력'을 해야만 살아갈 수 있을 때는 그렇게 해야 한다. 몇 년 동안이나 그리운 가족들과 생이별을 하여 눈물 흘리면서도 사랑스런 아내와 눈에 넣어도 아프지 않을 자식들의 미래를 떠올리며 다시 꿋꿋하게 산업전선에 뛰어드는 외국인 노동자가 100만 명을 넘어섰다고 하지 않은가. 한국에서 무슨 일이든 하고 싶어 불법으로까지 입국해서 언제든 추방될지도 모른다는 두려움에 떨면서 일하는 사람의 수도 20만 명이 넘는다고 한다.[29] '2보 전진을 위한 1보 후퇴'도 있지 않은가. 나와 내 가족을 위해서 내가 피땀 흘리고, 외국인 노동자보다 더 험한 일도 해야만 하는 상황이라면 그렇게 하는 게 뭐 그리 창피스러운가. 이왕 하는 거 당당하게 해야지. 그런 부모의 모습을 본 자식들은 배려심뿐만 아니라 끈기와 개척정신도 저절로 배우게 된다. 가족을 위해 불철주야 땀 흘리는 모습, 힘들어도 크게 내색하지 않는 내공, 역경을 의연하게 헤치고 나가는 모습. 이런 살아있는 교육은 세상 어디에서도 못 배운다. 당신이 부모이기 이전에 가장 영향력이 있으며 그것도 교육의 출발선인 가정에 있는 선생님이라는 점을 항상 염두에 둬라. 유대인이 바이블로 삼는 『토라』와 『탈무드』는 물론이고,[30][31] 발명가

29) JTBC 2017.9.14. 방송 '팩트체크'(오대영 기자): 9월 13일 국회대정부 질문 자료.

30) 「이매지노베이션(Imaginnovation): 상상을 혁신으로 바꾸는 유대인의 창조 DNA」 윤종록, 크레듀하우, 2015, p.295~297. 〈유대인 창의성의 비밀〉

유대인 창의성 교육의 대가인 헤츠키 아리엘리(Hezki Arieli, Global Excellence 의장) 박사는 그의 저서 「하브루타 러닝」에서 유대인 창의성의 비밀에 관한 비밀을 밝혔다. 「창업국가(Start-Up Nation, 2010)」(다할미디어, 2010)의 저자인 사울 싱어도 역시 창업국가로 크게 성공한 이스라엘의 비밀로 '뻔뻔하고 당당하게 도전하는 후츠파 정신'이라 밝힌 바 있다.

유대인들에게 가장 신성한 책은 「토라(Torah)」다. 「토라」는 모세가 신으로부터 받은 내용이라고 한다(즉 '모세 5경'이다). 신의 메시지를 담은 「토라」는 처음에는 아주 짧은 분량이었다고 한다. 하지만 신의 뜻을 간결한 책 하나로 담아내기에는 역부족이었을 것이다. 따라서 유대인들은 1,500년 동안 이 짧은 내용을 해석하고 보완하고 또 다시 토론하는 과정을 거쳐 거대한 책으로 엮어냈다. 그것이 「탈무드(Talmud)」다.

{카발라는 '전통'을 뜻하는 히브리어로서, 유대교의 신비주의적 전통을 일컫는다. 카발라의 중요 문헌인 「조하르(Zohar)」('빛의 책'이라는 뜻는 「토라」, 「탈무드」에 이어 유대교의 제3경전이라 할 만한 것으로, 신의 성질과 운명, 선과 악, 「토라」의 참뜻, 메시아, 구원 등에 관한 신비주의적 사색을 담고 있다. 「상상력 사전(Nouvelle Encyclopédie du Savoir Relatif et Absolu, 2009)」 베르나르 베르베르, 열린책들, 2011, p.165~166. 참조.}

{그리고 '미드라시(Midrash)'는 책 한 권의 제목이 아니라 서력기원이 시작되었을 무렵(즉 서기 1년 이후) 여러 학자들의 손으로 기록된 이야기와 전설과 성서 주해를 모은 다수의 책을 가리킨다. 유대 전설에 따르면 이것은 수백 년 전부터(일부는 모세 시대부터) 전해 내려오는 지식의 구전이다. 「탈무드」와 달리 미드라시는 율법보다 신학에 더 관심이 많고, 계명 보다는 개념에 더 관심이 많다. 「시스티나 예배당의 비밀(The Sistine Secrets, 2008)」 벤저민 블레흐 외, 중앙북스, 2008, 100~103. 참조.}

31) 「공부하는 유대인(Homo Academicus, 2012)」, 힐 마골린, 일상이상, 2013, p.31~33.
〈공부하는 부모가 공부하는 아이를 만든다〉

서기 400년에 집필된 「탈무드」는 유대교 최대의 율법서이다. 유대인들은 「토라」와 「탈무드」를 통해 종교적 진실을 갈구했다. 유대인 아이들은 어느 정도 나이가 되면 아버지와 함께 「토라」와 「탈무드」를 공부하게 되는데, 아버지도 교육에 적극적이다.

'토라'는 히브리어로 '가르침'을 뜻한다. 따라서 「토라」는 유대인의 인생지침서다. 「토라」는 유대교에서 가장 근본적인 경전이다. 모세가 쓴 5개의 책으로 구성된 「토라」는 비유대인에게는 구약성서의 일부로 일컬어지고 있다. '성문 토라'는 유대교의 기초가 되는 두 기둥 중 하나. 보통 「토라」라고 할 때에는 '구전 토라' 뿐만 아니라, 많은 사람에게 친숙한 '성문 토라'까지 포함해서 말하는 것이다. '구전 토라'는 '성문 토라'에 설명되지 않은 율법의 세밀한 부분들을 다루고 있다. 시내 산에서 하느님이 모세에게 전달한 이 토라는 훗날 여호수아를 거쳐 각 지파의 장로들에게 전달되었다. 이 '구전 토라'는 여러 회중에게 전달된 후 여러 세기를 거쳐 대대로 구전으로 전승되어 내려오다가 후에 「미슈나(Mishna)」로 완성되고, 이 「미슈나」에 주석을 붙인 「게마라(Gemara)」와 함께 「탈무드」의 중심 부분으로 자리 잡게 된다.

「토라」는 선지서(구약선서의 예언서) 및 성문서와 함께 보통 우리가 알고 있는 구약성서인 「타나크(T'anach)」를 구성하게 된다. 이에 더하여 「타나크」의 가르침을 풀어내기 위한 목적으로 「타나크」의 모호하거나 너무 간략한 구절을 설명하기 위한 엄청난 양의 문서가 별개로 존재한다. 이러한 문서들 중에는 '미드라시(Midrash)'가 포함되는데, 이는 '구전·성문 토라'에 포함된 율법들의 의미를 밝혀주는 텍스트의 비판적인 분석서이자 설명서의 역할을 하는 방대한 성서해석 문서이다.

「토라」의 행동 기준들은 삶에서 만날 수 있는 다양한 상황 속에서 가이드라인을 주기 위해 고안된 것이다. 그 상황들이란 가정 내에서 발생하는 문제, 비즈니스 문제, 농사법, 전쟁규칙, 분쟁해결, 행정문제, 사법문제, 창조주와의 관계뿐만 아니라 사람이 살면서 겪게 되는 거의 모든 문제들을 총망라하고 있다. 「토라」는 단지 종교적인 설교에 그치는 것이 아니라 실생활에 유용한 여러 기준을 제시하고 있다. 유대인들은 이 「토라」를 매일 공부하면서 자녀에게도 공부의 중요성 등을 가르치는 것이다. 이를테면 스스로 답을 찾는 아이로 키우기 위해, "자식에게 물고기를 잡아주기 보다는 고기 잡는 법을 알려줘라"(「탈무드」) 등과 같은 교훈 말이다.

에디슨도 "모든 것의 시작은 가정교육에 있다(Start of all things there is to family education)"고 말하지 않았던가. 부모나 선생이나 다 힘든 직업이다, 맑은 영혼을 유지해야 하기 때문에!

　잠시 내가 경험했던 일화를 하나 소개하겠다. 2017년 6월 초에 9박 10일 일정으로 네팔을 방문했다. 2015년 대지진[32]으로 초토화가 돼버린 신두팔촉(수도 카트만두에서 자동차로 약 5시간 거리) 지역의 데비중학교에 교실 10동, 교무실 1동, 화장실 2동을 건축 기부하는 행사였다(총 3억 원). 초록우산 어린이재단이 주최하고 경남교육청은 소속 봉사동아리 '민들레회' 등을 통해, KBS 창원총국은 '잠자는 100원 희망을 열다' 캠페인 등을 통해 후원한 행사였다. '나를 반올림(#)하다'라는 주제를 담은 해외문화체험 행사를 겸해 경남지역 빈곤 가정 학생 15명도 동행해 뜻깊은 자리가 됐다. 부대행사로 강행한(일정상 5일 산행 분량을 3일 만에 해버렸다. 하루 매일 12시간씩, 아!) 거의 극기훈련 수준의 히말라야 안나푸르나 트레킹도 무탈하게 마쳤다. 타국에서 공부하느라 거의 이산가족이 돼버린 딸(당시 고등학교 1학년)과 함께하는 게 여러모로 의미가 클 것 같아 특별히 동행했다(자비 부담했고 현지에서 간식도 좀 대접했으니 오해는 마시라). 그런데 이 행사를 무사히 마치고 귀국하는 비행기에서 뜻밖의 광경을 목격했다. 붉은 모자를 단체로 쓰고 한국으로 오는 100여 명의 네팔 근로자 연수생들이었다. 이들은 사랑하는 가족을 두고 기약 없이 타국으로 떠나는 것임에도, 어떤 고생을 할지 두려울 텐데도 하나같이 표정이 다 밝았다. 아니, 마치 개선장군 같았다. 맞다, 그들은 산업연수

---

32) 〈2015년 네팔 대지진: 2015.4.25.~5.12.까지 최고 진도 7,8의 지진〉
　　피해규모는 최소 8,000명이 사망하고 16,000여 명이 부상을 입었다. 또한 지진으로 인해 에베레스트 산에서 눈사태가 발생하면서 남부 베이스캠프에서 17명이 사망하기도 했다.

생에 합격하기 위해 고시 수준의 공부를 했다. 한국어뿐만 아니라 컴퓨터 등 전문 기술을 배우러 학원까지 다니며 불철주야 노력해야만 했다. 그들은 고시합격생들이었다. 이 광경이 의아했던지 딸이 질문을 했다. "아빠, 저 사람들은 가족을 남겨두고 한국으로 가는데, 왜 다들 웃으면서 기분이 업(up)돼 있지요?" 난 이렇게 대답했다. "물론 내 나라에서 내 고향에서 사랑하는 사람들과 어울리면서 별 지장 없이 살 수만 있다면 그게 최고다. 그러나 상황이 여의치 못할 경우에는 두 가지밖에 더 있겠냐. 계속 신세 한탄만 하면서 힘들게 살든가, 아니면 세상의 현실과 정면승부를 하든가. 저 사람들은 이 순간 이별의 아픔보다 훗날 찾아올 행복을 미리 맛보고 있는 게 아닐까!"

제4장

대안교육에
대한 고뇌

Lee Sang Joon · Knowledge Series 2

Change is the end result of all true learning.

변화는 모든 배움의 마지막 결과이다. (레오 버스카글리아)

⋮

우선 대단한 이념과 용기를 가진 어느 아버지가 '대한민국 교육'의 실상에 대해 쓴 글을 보자. 전병국 씨는 엔지니어이며 인문학에 조예가 깊은 사람이다. 한때 잘나갔던 인터넷 포털 라이코스(Lycos)에서 검색팀장으로 일하며 검색 사업을 총괄했다. 고전교육 아카데미 '로고스 고전학교'와 독서 공동체 '고전 읽는 가족'을 이끌고 있다. 그런 그가 '현대판 루소'[1][2][3] 를 자처하고 나섰

1) 『책의 정신: 세상을 바꾼 책에 대한 소문과 진실』, 강창래, 알마, 2013, p.41~49.
　　장 자크 루소(Jean-Jacques Rousseau, 1712~1778)의 『고백록(Les Confessions)』(1770 완성, 1778 출간)은 소설은 아니지만 외설적이라는 이유로 교황청의 금서 목록에 올랐다. 사실 루소의 대표작은 『사회계약론』(1762)이 아니라 『신(新)엘로이즈(Nouvelle Héloïse)』라는 연애소설이라 해야 할지 모른다. 『신엘로이즈』는 1761년에 출간되어 40년 동안 115쇄를 찍었다(『인권의 발명』 린 헌트, 돌베개, p.45. 참조).
　　루소는 마흔이 되던 1762년 4월에 자유 실현에 관한 『사회계약론(Du contrat social)』을, 5월에 인간 교육에 관한 사상을 담은 『에밀(Émile, ou de l'éducation)』을 출간했으나, 파리 의회는 『에밀』을 압수하는 한편 루소를 체포하라고 명령한다. 그는 스위스로 도피했지만 제네바 당국도 『사회계약론』과 『에밀』에 대해 유죄 판결을 내리고 책을 불태우는 등 적대 분위기는 고조되었다.
2) 『필로소피컬 저니(Philosophical Journey)』 서정욱, 함께읽는책, 2008, p.349~358.
　　루소는 교육소설 『에밀』(1762)을 통하여 당시대의 교육상을 비판하였고, 이로 인해 (사실은 기독교에 반기를 든 내용이 주된 원인이었다) 당시 귀족들에게 핍박을 받아 책은 불태워졌고, 프랑스에 살지 못하고 스위스로 망명하였다. 루소를 비롯한 볼테르·몽테스키외 같은 계몽사상가들의 자유로운 사상에 힘입어 훗날 프랑스 혁명이 일어나게 된다.

다. 학교에 문제없이 다니고 있던 자녀들을 자퇴시키고 직접 스승의 길을 밟은 것이다. 그가 쓴 책『고전 읽는 가족: 세상의 모든 지식에 도전하는 가족 학교 이야기』(2017)의 첫 부분이다.

〖미친 짓이었다. 지금 다시 생각해도 미친 짓이었다. 학교에 잘 다니던 아이들을, 그것도 대한민국 인생살이에서 제일 중요하다는 청소년기에, 학교에서 나오게 했으니 분명 그랬다. 양가 부모님들은 난리가 났다. 이해할 수 있었다. 학교에 가려고 산 넘고 물 건너 십리길 마다 않고 다닌 분들이다. 손주들이 학교를 그만둔다니 청천벽력일 수밖에. 가족

『에밀』은 고아인 소년 에밀이 태어나면서부터 결혼할 때까지의 인생행로 및 교육철학을 기록하고 있다. 루소는 7살 때부터 『플루타르크 영웅전』을 읽으면서 영웅 리쿠르고스의 교육방법을 아주 좋아했다. 루소는 당시 파리 등에서 성행하던 주입식 교육방식을 반대하고, 전인교육을 위한 체육교육과 바른 품성을 위한 교육을 중시했다. 즉, 대안학교와 같은 자연과 함께하는 교육을 중시했다. 어린이는 외적 환경에 많은 영향을 받고 자란다고 생각하여, 자연의 싹인 어린이를 가능한 한 자유롭고 크게 뻗어나가게 하는 것이 루소의 생각이었다. 그래서 루소는 아기를 포대기로 싸서 키우는 것도 반대하였고, 어머니가 아닌 유모가 키우는 것 또한 정서상의 교감 등을 문제 삼아 극히 반대하였다. 『에밀』에서 루소가 강조하는 대목들로는 다음을 예로 들 수 있을 것 같다.
"조물주는 모든 것을 신성하게 창조했으나, 인간의 손길이 닿으면서 모든 것은 타락하게 된다."(첫 문장이다.)
"식물은 재배에 의해서 성장하고, 인간은 교육을 통해 형성된다."

3) 『사람이 읽어야 할 모든 것, 책(Bücher, Alles, Was Man Lesen Muss, 2002)』 크리스티아네 취른트, 들녘, 2003, p.420. 〈루소는 '매정한 아버지'였고, '여성혐오주의자'였다〉
그는 자신의 다섯 아이들 모두를 고아원으로 보냈다. 나중에 그는 그 점을 수치스럽게 여겼고, 궁색한 변명을 늘어놓았다. 그러니까 당시 "아이들을 양육할 돈이 없었다"는 것이다. 그리고 아이들을 "시민적인 교육이 유약한 영향을 받게 내버려두는 것이 아니라 공공 교육기관의 훈육을 받을 수 있도록 하는 것이 더 낫다"고 여겼다. 그리고 "아이들이 집안을 돌아다니며 떠들고 있는데 어떻게 조용히 글을 쓸 수가 있겠는가?"라고도 반문했다. 현대 교육학의 정신적인 아버지가 되려는 사람은 자기 자신의 아이들 교육에만 매달려 지적 능력을 떨어뜨리고 있을 수 없었을 테니까 말이다.
루소의 아이들은 버려진 아이들로 선언되었고 익명으로 자라났다. 그들은 더 이상 그들의 아버지가, 자신은 아이들을 포근한 아버지의 품으로 안는 지극한 행복을 느낄 수가 없었다고 불평했을 때 흥분할 필요가 없었다. 루소는 아이들을 버린 이유를 정당화하고자, 자신도 기꺼이 고아원에서 자랐으면 좋겠다고 궁색하게 변명했다. 그러면 과연 그가 어떻게 『에밀』(1762)을 쓸 수 있었을까?
여기서 주목할 점은 루소에게서 아동교육은 소년의 교육이라는 점이다. 루소에게 여자의 교육은 의미가 없는 것이, 그가 여기에 여자들은 비록 생각은 할 수 있지만, 결코 사물의 복잡한 관계들을 파악할 수 없는 존재로 보았기 때문이다. 즉 여자들은 영원히 아이에 머문다는 말이다. 그들의 존재를 규정하는 것은 결혼과 모성이다. 여자들은 본질적으로 단순하고 약하며 수줍어하고, 또한 어떤 경우라도 독립적인 삶을 영위할 수 있는 상태에 있지 않다는 것이다. 루소에게 여자는 남자가 누리는 즐거움의 대상이며 남자에게 의존하는 존재일 뿐이다.

들이 그 정도였으니 지인들의 반응은 말할 필요도 없었다.

물론 역사를 바꾼 사람들은 미친 사람들이었다. 서기 60년경 사슬에 묶인 채 자신을 변론하던 바울에게 유대 총독이 외쳤다.

"네가 미쳤구나. 공부를 많이 하더니 네가 미쳤구나."

바울은 죄수의 몸이었지만 결국 바라던 대로 로마제국의 심장부로 들어갔다. 역사를 바꾸었다. 하지만 미친 사람들이 모두 역사를 바꾼 사람들은 아니었다. 감히 우리에게 적용할 말도 아니었다. 우리는 그런 거창한 결단으로 거창한 여정을 시작한 게 아니었다. 다만 절박했다. 가족이 무너지고 있었다. 방향 없이 끌려 다니고 있었다. 목이 말랐다. 지금 여기에는 답이 없었다. 떠나야 했다. 어딘가에, 보다 확실한 것에 미쳐야 했다. 모험은 그렇게 시작되었다.

겉으로 보기에 우리 집은 멀쩡했다. 나름 행복했고 큰 문제도 없었다. 학교 공부를 곧잘 했고 친구들과도 잘 지냈다. 우리 부부도 그랬다. 밖에서 활발했고 제 역할에 나름 충실했다. 인생살이 통증이야 있었지만 겉은 멀쩡해 보였다.

문제는 그 '통증'이었다. 어느 날 질문이 찾아왔다. 성장통일까, 아니면 큰 병의 전조일까? 이미 깊어져 나오는 증상은 아닐까? 아이들의 가슴이 굳어가고 있었다. 부모가 전해주는 옛사람들의 지혜를 스펀지처럼 빨아들이던 시절이 막을 내리고 있었다. 차갑고 딱딱해지는 방어막 뒤로 아이들의 마음에 달려드는 것들이 보였다. 욕망의 문화, 돈의 환상, 과대포장된 대학의 가치와 강요, 생각 없는 공부, 판단 없는 결심, 이웃이 빠진 성공 신화 같은 것들이 스며들고 있었다. 영원한 가치를 지닌 것들이 아니었다.

무언가 말을 꺼내려 하면 우리를 에워싼 거대한 시스템이 신호를 보냈다. 각자의 영역이 솟아오르며 서로를 밀어냈다. 아빠는 아빠 일이나 잘하고, 엄마는 엄마 일이나 잘하고, 학생은 공부나 잘하라고 내몰았다. 쿵쿵 소리를 내며 통로들이 닫히기 시작했다. 두려웠다. 부모의 소외됨이 두려운 게 아니었다. 성장이 두렵고 통제가 그리운 게 아니었다. 변해가는 방향이 문제였다. 가족이 함께할 시간과 공간이 철저하게 줄어들고 있었다. 불변의 지혜를 나눌 자리가 사라지고 있었다. 언젠가 아이들을 떠나보낼 날이 있음을 잘 알지만 이런 식은 아니었다.

주위를 둘러보았다. 많은 집이 크고 작은 병을 앓고 있었다. 집은 엘리베이터였다. 밖에서 그리 재잘대던 사람들이 문을 열고 들어서면 침묵한다. 아주 가까이 선다. 어색한 위치, 어색한 숨소리 어색한 시선, 팔이 스친다. 얼른 몸을 뺀다. 계기판을 본다. 층수가 변한다. 내릴 때만 기다린다. 문이 열린다. 제 길로 간다. 재잘대기 시작한다.

아빠는 돈벌이에 바쁘고 엄마는 자녀 (진학)교육에 바쁘고 아이들은 정해진 공부에 바쁘다. 뭔가에 합격해야 잠시 안도한다. 대학 가고 취업하고 결혼하고 늙어간다. 아빠 엄마는 떠난다. 어른이 된 아이들은 부모의 과업을 반대한다. 대한민국의 실상이다.

아빠는 인생에서 배운 가치들을 전해주지 못하고 돈만 전해준다. 엄마는 사랑하지 못하고 다그칠 뿐이다. 절대선(絕對善)은 대학 합격뿐이다. 부부는 그 과업을 위해 동거할 뿐이다. 필요하면 기러기가 되어 부부는 찢어진다. 아이들의 생각은 엉뚱한 것들이 지배한다. 학교는 모든 것을 가르치겠다며 아이들을 데려가 놓고 아무것도 가르치지 못한다. 교육은 학원이 대신하고 학원은 요령만 가르친다. 무엇이 옳은지 아무도 가르치지 않는다. 희미한 목마름 덕에 『정의란 무엇인가(JUSTICE: What's the right thing to do?)』 (2009, 마이클 샌델)가 수백만 부 팔렸지만, 그마저 책상에 전시되고 논술시험 대비 자료로 요약될 뿐이다. 대한민국의 실상이다.

모두 '공부'에 미쳐 있다. 도대체 공부가 뭔가? 뭘 공부하는가? 왜 공부하는가? 공부해서 뭘 어쩌겠다는 건가?

공부(현실적 정의): 대학 가는 기술. 하는 수 없이 하는 것의 대명사. 자유의 반대말. 친구를 이기는 것. 모든 의무에서 빠질 수 있는 면죄부. 영원한 낙오자의 갈림길. 학교보다 학원에서 더 잘 배울 수 있는 것. 대학 들어가면 끝나는 것. 취업하면 끝나는 것. 승진하면 끝나는 것. 제발 좀 끝났으면 하는 지겨운 것.

국문학자 양주동(1903~1977)은 까까머리 중학생이던 어느 날 기하학의 위력에 깜짝 놀라면서 이렇게 말했다. "망국의 슬픔을 당한 내 조국! 오냐, 신학문을 배우리라. 나라를 찾으리라. 나는 그날 밤을 하얗게 새웠다."

요즘 어디서도 이런 말을 하며 공부를 즐거워하고 공부에 매달리는 청소년을 본 적이 없다.)[4]

어떤 느낌이 드는가? 정말 대단하고 용기 있지 않은가. 부모의 사회생활에 대한 희생을 감수하고, 더구나 선뜻 나서기 쉽지 않은 불확실한 소수의 길로 자식들을 인도하는 그 용기는 참 부럽다. 그러나 나의 생각은 다르다. 이유를 세 가지만 들겠다.

첫째, 교육은 사회 전체가 고민해야 하는 '공통된 과제'라는 점이다. 몇몇 의식 있고 진취적인 부모들이 취한 용기 있는 행동을 대부분의 부모들은 하기 어렵다. 각자가 처한 상황이 다르고 생각이 다르고 장래 위험에 대한 태도도 다르기 때문이다. 인간은 누구나 자기중심적으로 생각한다. 어떤 사람에게 최선의 선택 대안이라고 해서 그와 상황이 다른 사람에게도 최선의 선택이 될 것이라는 생각은 위험하다. 결국 사회 전체가, 국가가 교육의 큰 방향을 잡아 바른길로 인도해야 하는 것이다. 이게 나라다. 문제는 우리 사회 전체에 있는 것이다. 훌륭한 나라는 교육의 바람직한 '룰(rule)'을 만들고 국민들은 그에 발맞추어 개인적인 색깔들만 조금씩 입히면 되도록 해야 한다. 그렇게 못해주니까

---

4) 「고전 읽는 가족: 세상의 모든 지식에 도전하는 가족 학교 이야기」, 전병국, 궁리, 2017, p.15~20.

큰 '룰'부터 작은 '물감'까지 개인이 스스로 알아서 다 칠하는 수밖에 없는 상황이 벌어져버린 것이다. 하기야 오죽했으면 전병국 씨가 그런 극단적(?)인 선택을 했겠는가. 어쩌면 그는 자식들 입장에서 볼 때 영웅일지도 모른다. 그러나 나라가 평온하고 바람직한 방향으로 나아갈 때는 영웅이 필요 없다. 소위 법대로 남들처럼 해나가면 그게 정답이 되는 것이다. 영웅을 필요로 하는 오늘의 교육 현실이 아쉬울 뿐이다. 이 대목에서 1633년 종교재판 후 갈릴레이 갈릴레오(1564~1642)가 외쳤던 말이 생각난다. "영웅을 필요로 하는 불행한 나라여!"[5]

둘째, 고전만 읽는다고 해서 꼭 참된 인간이 되는 것도 아니고, 어쩌면 바람직한 것과 그렇지 못한 것에 부대끼며 다양한 경험 속에서 더 단단한 인간성이 만들어질 수도 있다는 점이다. 깊은 산속이나 외딴 섬에서 느끼는 고독과 참선도 나름의 의미는 있겠지만, 살고 있는 현실 속에서 높은 아파트도, 공장 굴뚝도, 지나가는 차들도, 바쁘게 움직이는 사람들도 보면서 고민하는 건 어떨까. 도심 속에도 한적한 곳이 많아 충분히 고독을 씹을 수 있는데(…). 방송이나 신문에서도 인문학 강좌라고 하면 그 분야의 석학들이 강사나 필자가 되어 하나같이 강조하는 내용이, 소크라테스·플라톤·아리스토텔레스·칸트·데카르트가 어떻고 공자·맹자의 사상이 어떠하니까 우리도 그래야만 한다는 것이다. 그만큼 오늘날 인간의 정신은 물질과는 달리 전혀 발달되지 못했는지도 모르

---

5) 「경향신문」 2013.11.14. 정제혁 기자.
  1633년 6월 22일 종교재판의 날, 자신의 학설인 지동설을 부정하고 석방된 갈릴레오 갈릴레이 앞에서 제자 안드레아는 큰소리로 외친다. "영웅을 갖지 못한 불행한 나라여!" 그러자 갈릴레오가 말한다. "영웅을 필요로 하는 불행한 나라여!" 베르톨트 브레히트(Bertolt Brecht, 독일의 극작가·시인, 유대인은 아니었으나 공산주의자로 나치에 저항했다. 1898~1956)의 희곡 「갈릴레오의 생애(Life of Galileo)」에 나오는 한 장면이다.

겠다. 어찌됐건 현대를 살아가는 우리들에게 다가오는 그 느낌은 그런 말씀은 그분들이 그 시절에 하신 거라는 식으로 치부해버린다. 한마디로 '먼 산 불구경'하는 격이다. 사람은 환경의 지배를 받는 동물인지라 현대에는 현대에 맞는 옷을 입는 것도 중요하다. 아직 성숙되지 않은 아이들이기에 내공(內功) 있는 부모나 어른들의 조언은 반드시 필요할 것이다. 어른만 고민할 게 아니라 아이들도 고민하며 자랄 때 더 강해져, 훗날 다 피가 되고 살이 되는 것이다. 저 먼 옛날 '이솝우화'부터 헤겔(『법철학강의』 서문에서)과 마르크스(『루이 보나파르트의 브뤼메르 18일』에서)까지 "바로 이 자리에서 네 실력을 보이라"는 뜻으로 현재성과 현장성이 중요함을 강조한 말도 있지 않은가. "여기가 로도스다, 여기서 뛰어라(Hic Rhodus, hic salta)! 여기 장미가 있다. 여기서 춤추어라(Hic Rhodon, hic salta)."[6]

셋째, 다양한 분야의 지식을 두루 알아야 한다는 점이다. 꼭 관심 분야이거나 전공분야가 아니어도 고등학교까지의 각 과목에 대한 지식은 세상을 살아가는 데 모두 필요한 것이므로 두루 배워야 한다. 세상을 폭넓게 이해하기 위해서는 문학·역사·철학(줄여서 '문·사·철(文史哲)'로도 불린다)을 주된 구성으로 하는 인문학[7][8][9] 분야뿐만 아니라, 수학과 과학(생물·물리·화학·지구

---

6) 로도스(Rhodus)의 명칭은 이 섬에 많이 피는 장미의 이름(Rhodon)에서 유래됐는데 그리스 도데카니사 제도에서 가장 큰 섬으로 그 중심지이다(에게해의 동남부 터키 쪽에 가까운 섬). 그리스 본토와 키프로스 섬 중간에 위치한다. 2017년의 인구는 약 115,000명으로 이 가운데 절반 정도가 현(縣) 소재지이자 상업 중심지인 로도스에 거주하고 있다.
7) 『생각하는 인문학』, 이지성, 차이, 2015, p.100.
고대 그리스에는 이상적인 인간을 기르는 교육이 있었다. 그리스인들은 자신들의 특별한 교육을 '파이데이아'라고 칭했다. 고대 그리스의 교육은 성공적이었다. 고대 그리스 문명, 즉 헬레니즘은 헤브라이즘과 더불어 서양 문명의 뿌리가 되었다. '파이데이아'는 고대 로마로 넘어가서 '후마니타스(Humanitas, 키케로가 이 말을 최초로 썼다)'가 되었다. '후마니타스'는 찬란한 로마 문명을 꽃피웠다. '파이데이아'를 우리말로 바꾸면 '교육'이고, '후마니타스'를 우리말로 바꾸면 '인문학'이다. 즉, 인문학은 교육이다.

과학) 및 경제·경영·컴퓨터와 같은 수리적 분야, 음악·미술·서예 등 예술분야에 대해서도 어느 정도는 알아야 한다. 영어나 중국어·일본어 같은 외국어도 많이 알수록 편리하다. 출장·여행을 미국으로 갔는데 영어를 모른다고 가정해보라. 불편함이 이만저만 아니다. 스마트폰의 '언어 자동번역기'는 불편하기도 하지만 한마디 건네고 나면 끝이다. 더 이상의 대화는 불가능하다. 즉 지식의 수준이 자신의 전공분야에서는 '최상(Excellent)'의 수준까지 올라가야 하겠지만, 다른 분야에 대해서도 '보통(Normal)' 수준은 되어야 한다. 영국 출신의 저명한 철학자·수학자였던 버트런드 러셀(1872~1970)은 책 『러셀의 교육론(On Education)』(1926)에서 다양한 여러 과목의 기초를 배우는 것은 필수적이며, 대체로 14세 이전까지 학교에서 가르치는 지식은 누구나 알아야 한

---

8) 『인문학 명강: 동양고전』, 김상근 외 14명, 21세기북스, 2013, p.10.
14세기부터 시작된 르네상스 시대에 부활한 인문학(Studia Humanitatis)은 지도자들에게 "나는 누구인가(Who am I)?"를 스스로에게 질문하라고 끊임없이 요구했다. 또한 자신이 속한 공동체를 이끌고 가야 하는 지도자에게 "나는 어떻게 살아야 하는가(How to Live)?"에 대해서 끊임없이 질문하도록 요구했다. 또한 지도자는 "무엇을 추구하면서 살아야 하는가(What to do)?"에 대해 늘 숙고해야 한다고 강조했다. 이러한 인문학은 15세기에 접어들면서 '시민을 위한 인문학(Civil Humanism)'으로 발전했다.(김상근 교수)

9) 『절망의 인문학』, 오창은, 이매진, 2013, p.35.
동양 전통은 중국의 학문 흐름에서 살펴볼 수 있다. 중국에서도 인문(人文)을 천문(天文)과 대비해서 이해했다. 중국 칭화대학교 인문학부 왕후이(王暉) 교수는 「죽은 불 다시 살아나(死火重溫, 2000)」(삼인, 2005, p.357)에서 "인문'이 고대 경전인 「주역(周易)·분(賁)」(기원전 403년경)에 처음 나온다고 했다. "관호천문 이찰시변(觀乎天文 以察時變, 천문을 보고 시대의 변화를 살피고), 관호인문 이화성천하(觀乎人文 以化成天下, 인문을 보고 천하를 개선한다)"라는 구절이 적혀 있다. 왕후이 교수는 고대 경전의 인문이 '문화 현상, 곧 예악(禮樂)과 교화(敎化)'를 의미했다고 보고, 천문과 인문의 이원적 관계 속에서 인간의 가치를 구현하는 것에 주목했다. 천하의 개선을 계몽으로 이해한다면, 고대 중국의 인문 전통 또한 큰 틀에서는 서구에서 말한 교양의 형성과 관련 있다고 봐도 무방할 듯하다. 동양에서는 인문학을 문·사·철(文史哲)로 이해한다. 문학·역사·철학을 근간으로 한 학문 영역이 인문학이다.
동양이나 서양에서 공히 인문학은 삶의 의미와 가치에 관한 학문으로 이해됐다. 그런데 현대 사회에서 인문학은 분과 학문의 체계에 묶여 '인간됨'에 관한 학문이 아니라, '인간'을 분석하는 학문으로 바뀌었다. 이것이 인문학의 위기가 발생한 내재적 원인과 연결돼 있다고 생각한다. 기존의 문학·역사·철학은 현대 산업 사회에서 더 잘게 쪼개져 세부 전공으로 분화됐다. 이렇다 보니 보편적 가치를 지향하는 인문학도 자연 과학처럼 자기 전공 영역을 벗어나면 대화가 안 되는 방언의 학문이 되어갔다. 세분화된 분과 학문 영역 때문에 인문학자도 자기 전공 영역 안에서만 전문가일 뿐이다.

다는 것을 강조했다.[10] 즉 좋든 싫든, 그 분야에 관심이 있든 없든 다양한 기초지식은 필수적으로 갖춘 후에 전공분야로 깊이 파고들어가야 한다는 것이다. 특히 요즘과 같은 '제4차 산업혁명 시대'에는 '통합(융합)형 인재'가 절실히 요구된다고 학자들은 강조한다.

---

10) 『러셀의 교육론(On Education, 1926)』 버트런드 러셀, 서광사, 2011, p.215~216.
　　이 세상에는 누구나 알아야 할 지식이 있다는 것과, 어떤 사람은 알아야 하고 다른 사람은 알 필요가 없는 다른 지식으로 나눠져 있다. 어떤 사람은 의학지식이 있어야 하는 데 비해, 인류의 대다수는 생리에 대한 지식과 위생에 대한 기초적인 지식이면 족하다. 어떤 사람은 고등수학을 알아야 하고, 수학에 흥미 없는 사람에게는 초보적인 것으로 충분하다. 어떤 사람은 트롬본을 연주할 줄 알아야 하고, 그리고 고맙게도 모든 학생이 이 악기를 연습해야 하는 것은 아니다. 대체로 14세 이전까지 학교에서 가르치는 지식은 누구나 알아야 한다.

제5장

다양한 분야의 지식이 두루 중요하다

Lee Sang Joon · Knowledge Series 2

Live as if you were to die tomorrow.
Learn as if you were to live forever.

그대가 내일 죽는 것처럼 살아라. 그대가 영원히 살 것처럼 배워라. (마하트마 간디)

⋮

다양한 분야의 지식으로 무장한 '통섭(Convergence)'형[1] 사고가 중요함을 강조한 유명인 몇 사람의 주장을 들어보자.

영국의 사회비평가인 존 러스킨(John Ruskin, 1818~1900)은 "사물을 보는 데

---

1) 『4차 산업혁명은 없다: CEO를 위한 미래산업 보고서』, 이인식, 살림, 2017, p.176~179.
〈컨실리언스와 지적 사기: '통섭'의 영어단어는 'Consilience'가 아니라 'Convergence'다〉
컨실리언스(Consilience)는 '(추론의 결과 등의) 부합 · 일치'를 뜻하는 보통명사이다. 그런데 미국의 사회생물학자인 에드워드 윌슨이 1998년 펴낸 저서 『컨실리언스』에서 생물학을 중심으로 모든 학문을 통합하자는 이론을 제시함에 따라, 컨실리언스는 윌슨 식의 지식 통합을 의미하는 고유명사로도 자리매김했다.
그러나 컨실리언스는 원산지인 미국에서조차 지식융합 또는 기술융합을 의미하는 용어로 사용된 사례를 찾아보기 힘들다. 가령 미국과학재단과 상무부가 2001년 12월 융합기술(Convergent Technology)에 관해 최초로 작성한 정책 보고서인 「인간 활동의 향상을 위한 기술의 융합」이 좋은 보기이다. 이 역사적인 문서에 의견을 남긴 1000여 명의 학계 · 산업계 · 행정부의 전문가 중에서 기술융합을 의미하는 단어로 컨실리언스를 언급한 사람은 단 한 명도 없다.
하지만 우리나라에서는 일부 공과대학 교수들과 정부출연연구기관의 과학기술자들이 컨실리언스를 기술융합과 동의어로 즐겨 사용하고 있는 실정이다. 일례로 대구경북과학기술원(DGIST)은 지난 2017년 6월 준공된 기초학부 건물을 '컨실리언스(Consilience)홀'이라고 명명했다. 아마도 컨실리언스가 융합(Convergence) 연구 중심 대학임을 표방하는 데 안성맞춤인 용어라고 여긴 듯하다.
2005년 국내에 번역 출간된 『컨실리언스』의 제목은 '통섭'(사이언스북스, 2005. 4. 27. 발행)이다. 번역자(최재천 · 장대익 교수, 최재천은 윌슨의 하버드대 제자였다)가 만들었다는 용어인 '통섭'에는 원효대사의 사상이 담겨 있다고 알려져 대중적인 관심을 불러일으켰다. 학식과 사회적 지명도가 꽤 높은 지식인들의 말과 글에서 '통섭'이 융합을 의미하는 개념으로 생동맞게 사용된 사례는 부지기수이다.
한편 불교사상에 조예가 깊은 시인으로 알려진 김지하가 2008년 10월 인터넷 신문의 연재 칼럼에서 통섭이 오류투성이 개념이라고 비판했다. 김지하는 원효대사가 저술한 「대승기신론소(大乘起信論疏)」를 언급하면서, 윌슨의 지식 통합 이론과 원효의 불교 사상은 아무런 관련성이 없다고 갈파했다.

는 오직 한 가지 방법밖에 없다. 그것은 사물들의 전체를 보는 것이다"고 했다.[2]

생물학자인 에드워드 윌슨 교수(1929~)는 이렇게 말했다. "우리는 정보의 바다에서 허우적대고 있으면서도 지혜를 갈구한다. 앞으로 세상은 통섭자가 지배하게 될 것이다. 통섭자는 적절한 때에 적절한 정보를 결합하고 비판적으로 생각하며 중요한 선택을 현명하게 해낼 수 있는 사람을 가리킨다."[3]

로버트 루트번스타인 등이 쓴 『생각의 탄생』(1999)에 나오는 구절은 이렇다.

〔"모든 과학은 예술에 닿아 있다. 모든 예술에는 과학적인 측면이 있다. 최악의 과학자는 예술가가 아닌 과학자이며, 최악의 예술가는 과학자가 아닌 예술가이다."(p.31)(아르망 트루소, 1801~1867)

오늘날의 교육 시스템은 문학·수학·과학·역사·음악·미술 등 과목을 철저하게 분리시켜 학생들에게 가르친다. 수학자들은 오로지 '수식 안에서', 작가들은 '단어 안에서', 음악가들은 '음표 안에서'만 생각하도록 강요받고 있다. 이것은 '생각하기'의 절반만 이해하고 있는 것이다. 그러나 '창조적인 사고'는 통찰을 서로 주고받는 데 있어 말이나 숫자만큼 중요하다.

통찰이라는 것은 상상의 영역으로 호출된 수많은 감정과 이미지에서 태어나는 것이므로 '느낌' 또한 커리큘럼의 일부가 될 필요가 있다.(p.19)〕[4]

---

2) 『제1의 성(The First Sex, 1999)』 헬렌 피셔, 생각의나무, 2008, p.9.

3) 『하버드 학생들은 더이상 인문학을 공부하지 않는다(In Defense of Liberal Education, 2015)』 파리드 자카리아, 사회평론, 2015, p.5. 〈통섭적 사고의 중요성〉
에드워드 윌슨: Edward Wilson, 생물학자, 하버드대 교수, 『통섭: 지식의 대통합(Consilience: The Unity of Knowledge, 1998)』,{사이언스북스, 최재천(윌슨의 하버드대 제자) 역, 2005}의 저자, 1929~.

4) 『생각의 탄생(Spark of Genius, 1999)』 로버트 루트번스타인 등, 에코의 서재, 2007.
아르망 트루소: Armand Trousseau, 프랑스 물리학자·내과의사, 1801~1867.

켄 베인 교수는 『최고의 공부』(2012)에서 연결의 중요성을 강조하면서, "스티브 잡스를 위대하게 만든 2%는 한마디로 말해, 서로 연결되지 않은 많은 '점들을 잘 연결한 일'이었다"고 말했다.[5]

학문 간에 상호연결을 매우 강조했던 1900년대 영국의 과학자인 C.P. 스노(Charles Percy Snow, 소설가·물리학자·정치가, 1905~1980)의 발언은 여러 책에서 자주 인용될 정도로 명쾌하다. 네 가지 정도만 소개하겠다.

"C.P. 스노는 '권위에 대한 어리석은 믿음이야말로 진리의 적'이라고 말한 바 있다. 그러나 어리석은 냉소주의 역시 진리의 적이다."[6]

"과학자는 늘 미래만 말하고, 인문학자는 늘 과거만 이야기했다"도 있다.[7]

"30년 전에는 과학자와 철학자가 만나면, 서로 불편하지만 얼굴에 미소를 띠면서 인사를 했다. 그런데 지금은 서로 마주보면 얼굴을 찌푸릴 뿐이다."(C.P. 스노가 한 말이다. 김인환 고려대학교 국어국문학과 명예교수)[8]

작가이며 미래예측 전문가인 월터 아이작슨은 『이노베이터』(2014)에서 『두 개의 문화(The Two Cultures)』(1959)라는 책에서 과학과 인문학 '두 문

---

5) 『최고의 공부(What the Best College Students Do, 2012)』, 켄 베인, 와이즈베리, 2013, p.5.

6) 『의혹을 팝니다: 담배 산업에서 지구 온난화까지 기업의 용병이 된 과학자들(Merchants of Doubt, 2010)』, 에릭 콘웨이 외1, 미지북스, 2012, p.504.

7) 『(EBS특별기획) 통찰』, EBS통찰제작팀, 2017, p.71~72.
〈과학자는 늘 미래만 말하고 인문학자는 늘 과거만 이야기하고 마는 사회〉
"이건 하나의 문화가 아니다. 문화라는 건 아무리 다르더라도 통합되고 융합되어 서로 균형을 맞춰야 되는 것인데, 이렇게 과학자와 인문학자가 서로 완전히 다른 세계에 살고 있다니! 영국 문화는 지금 하나의 문화가 아니다. 더 나아가 서구문화는 하나의 문화가 아니다. 극심한 빈부의 격차가 한 나라를 둘로 쪼개놓듯이, 과학자와 인문학자들이 전혀 다른 관심을 가지고 서로 대화를 하지 않는다면, 인간의 문화는 영영 '두 개의 문화'로 분단될 수밖에 없다."

8) EBS 특별기획 '통찰'(15회, 2016.5.23. 방송)
"Thirty years ago the cultures had long ceased to speak to each other; but at least they managed a kind of frozen smile across the gulf."

화' 양쪽을 존중할 필요가 있다는 C.P. 스노의 말은 옳다"고 언급하면서, 찰스 베비지(1791~1871)와 함께 컴퓨터 개념의 선구자 그룹에 포함되는 에이다(영국 시인 바이런의 딸, 1815~1852)를 일례로 든다. "에이다의 아버지 쪽에서는 시적 기질이 나왔고 어머니 쪽에서는 수학적 기질이 나왔다"는 점에 주목했다.[9]

건국대 의대 정신건강의학과 하지현 교수는 강상중 재일교포의 책 『나를 지키며 일하는 법(2016)』(사계절, 2017, p.47)을 언급하면서, "한 바구니에 계란을 모두 담지 마라!" "지금까지 해 온 하나의 영역에만 내 모든 역량을 100% 투자하지 마라"며, "시대가 불확실하니 일과 노력의 영역도 '포트폴리오(portfolio)'를 구성하듯 여러 개로 나누는 것이 개인을 지키는 길"이라는 점을 강조했다.[10]

---

9) 『이노베이터(The Innovator, 2014)』, 월터 아이작슨, 오픈하우스, 2015, p.668~669.
　　1900년대 영국의 과학자인 C.P. 스노(Charles Percy Snow, 소설가·물리학자·정치가, 1905~1980)는 『두 개의 문화(The Two Cultures)』(1959)란 책을 썼다. 과학과 인문학 '두 문화' 양쪽을 존중할 필요가 있다는 그의 말은 옳다. 하지만 오늘날 더 중요한 것은 그 둘이 교차하는 방식을 이해하는 것이다.
　　테크놀로지 혁명을 이끄는 데 기여한 사람들은 과학과 인문학을 결합할 수 있었던 에이다(Ada Byron, 영국 시인 바이런의 딸, 1815~1852)의 전통에 선 사람들이었다. 에이다의 아버지 쪽에서는 시적 기질이 나왔고 어머니 쪽에서는 수학적 기질이 나왔으며, 이 때문에 그녀는 그녀가 '시적 과학'이라고 부른 것을 사랑하게 되었다. 그녀의 아버지는 기계 방직기를 부순 러다이트를 옹호했지만, 에이다는 그런 방직기에 천공 카드가 아름다운 무늬를 짜라는 명령을 내리는 것을 사랑했으며, 예술과 테크놀로지의 이런 경이로운 결합이 컴퓨터에서도 표현될 수 있다고 상상했다.
　　에이다(러브레이스 백작부인)는 찰스 배비지의 해석기관에 대한 「주석」을 달았으니, 그녀는 베비지와 함께 컴퓨터 개념의 개척자 그룹에 포함된다. {찰스 배비지(Charles Babbage, 1791~1871)는 영국의 수학자·철학자·발명가·기계공학자로서 '프로그램이 가능한 컴퓨터' 개념의 시초자이다. "컴퓨터의 아버지"로 불린다. 『기계와 생산자의 경제학』(1832) 등의 저서가 있다.(이상준)}
　　혁신은 아름다움과 공학, 인문학과 테크놀로지, 시와 프로세서를 연결지을 수 있는 사람들로부터 나올 것이다. 즉 예술과 과학이 교차하는 곳에서 번창할 수 있고, 경이를 느끼는 감각이 반항적이어서 그 양쪽의 아름다움에 마음을 열 수 있는 창조자들에게서 나올 것이다.(월터 아이작슨: Walter Isaacson, 23년간 「타임」, 편집장, CNN의 CEO 역임, 전기 전문 작가)

10) 「동아일보」, 2017.9.30. [내가 만난 名문장] 《"한 바구니에 계란을 모두 담지 마라."》

일본에서 지성인으로 유명하며 베스트셀러(『니체의 말(2010)』 등 저자)의 작가인 시라토리 하루히코는 책『지성(知性)만이 무기다』(2016)에서 '다방면의 지식이 중요함'을 강조했다. 그는 "스페셜리스트가 아닌 제너럴리스트(Generalist)로"라고 외치면서, 괴테·칸트·파스칼(…) 등을 '19세기까지 지(知)의 제너럴리스트들'이라고 말했다.[11]

중앙승가대 교수이며 4개의 박사학위를 소지하고 있는 자현 스님이 쓴『스님의 논문법: 쫄지마 얼지마 숨지마』(2017)라는 책에 있는 내용 중 일부이다.

〔〈한 우물만 파는 시대는 지나갔다: 공부는 삶의 만족을 높여주는 최고의 반려 수단, 지적인 낭만!〉

불과 한 세대 전만 하더라도 공부는 철저히 생계와 직결된 수단일 뿐이었다. 학교를 졸

---

11) 『지성(知性)만이 무기다: 읽기에서 시작하는 어른들의 공부법(2016)』 시라토리 하루히코, 비즈니스북스, 2017, p.204~212.
〈스페셜리스트가 아닌 제너럴리스트(Generalist)로〉
요한 볼프강 괴테(Goethe, 1749~1832)는 법학과 시학 공부를 했고 승마와 검술에 능했으며, 프랑스어·이탈리아어·영어를 유창하게 할 수 있었을 뿐만 아니라 라틴어·그리스어·히브리어를 자기 것으로 만들어 지금도 고전으로 불리는 〈들장미〉 같은 시와 소설·희곡을 썼다. 또한 자연과학 분야를 연구해 『색채론』이나 『식물변태론』을 저술했고, 30살에는 바이마르공국의 대신이 되었다. 그런데 현대인들은 그처럼 다방면에서 활약한 괴테를 자신과 전혀 다른 별종의 거인으로 여길지도 모른다.
그렇다면 괴테보다 한 세대 빠른 18세기의 철학자 임마누엘 칸트(Immanuel Kant, 1724~1804)는 어떠한가. 칸트의 저작은 『순수이성비판』(1781)이 가장 유명하지만, 그는 철학만 전문으로 했던 대학교수가 아니었다. 저작의 극히 일부만 살펴봐도 다음과 같이 다양한 분야에 걸쳐 있다. 『지구 회전축의 변화』, 『천체의 일반적인 자연사와 이론』, 『불에 관한 고찰』, 『지진 원인론』, 『물리적 단자론』, 『자연지리학 강의』, 『낙천주의에 대한 시론』, 『신의 존재 증명 논거』, 『뇌의 질병에 관한 시론』, 『영혼을 보는 자의 꿈』, 『감성계 및 독지계의 형식과 원리에 대해』, 『단순한 이성의 한계 내에서의 종교』, 『근본적인 악에 대해』, 『도덕형이상학』, 『영구평화를 위해』 등. 그리고 미학·정치철학·역사철학·종교철학·법철학·윤리학·인간학·인식론에 대해 강의하거나 저술을 남겼다. 요컨대 칸트 역시 이 세계의 모든 것을 알고 싶어 했던 것이다.
칸트가 『순수이성비판』을 쓰는 데 결정적인 영향을 준 『인성론(A Treaoise of Human Nature)』(1738)의 저자 데이비드 흄(David Hume, 스코틀랜드 출신 철학자·경제학자·역사가, 1711~1766)도 철학뿐만 아니라 역사·정치·경제에도 해박했고, 실무로는 국무대신 차관을 역임했다.

업하고 취업하게 되면, 직장과 관련된 필요한 공부 외에는 공부랑 담을 쌓는 것이 일반적인 관행이었다. 그러나 이제 100세 시대가 되면서, 공부는 삶의 만족을 높여주는 최고의 반려 수단이 된다. 실제로 내 주위에만도 나이 들어 대학원에 가는 분도 다수가 있을 정도다. 이런 공부는 수단이 아닌 지적인 낭만이자 삶을 윤택하게 하는 취미라고 하겠다. 굳이 만학도가 아니더라도 전공자 역시 예외는 아니다. 100세 시대에 하나의 전공만을 70년 파고 있을 수는 없다. 현대처럼 빠른 사회의 변화 속도라면, 예전과 같이 "한 우물만 평생 팔 것이 아니라 여러 우물을 파고 여기저기 기웃거리는 것이 맞다"는 말이다.

〈전공의 영역을 끊임없이 확대하라〉

박사논문으로 전공이 결정되었다고 하더라도 그것은 학문이 아닌 인간의 영역일 뿐이다. 이런 면에서 전공에 갇힌 삶보다는 전공을 넘어서려는 또 다른 도전이야말로 진정으로 학문을 사랑하는 사람으로서 견지해야 할 자세다. 이렇게 끊임없이 도전하고 넓혀가면서 바다와 같이 넓은 지견(知見)을 이루는 것이 학자의 이상이며 참 행복인 것이다.

참된 공부라면 공부는 언제나 일이 아닌 유희가 되어야만 한다. 이와 같은 관계가 성립하지 않는다면, 그 사람은 진정한 전공의 낭만을 아는 사람은 아니다. 전공이란 나의 내면에서 발아된 씨앗의 싹과 같다. 이 싹이 성장해서 나무가 되면, 주변에 다수의 씨앗들을 뿌리면서 점차 숲이 만들어지게 된다. 즉 숲을 목적으로 나무가 존재하는 것이 아니라, 나무가 성장하면 저절로 숲이 만들어지는 것이다.』[12]

완웨이강은 중국과학기술대학교를 졸업한 뒤 현재 미국 콜로라도대학교 연구원으로 활동하고 있는 물리학자이자 칼럼니스트다. 다양한 학문을 넘나

---

12) 『스님의 논문법: 쫄지마 얼지마 숨지마』, 자현 스님, 불광출판사, 2017, p.290~294.

드는 지식, 유연한 사고와 날카로운 통찰력으로 이성적(?)·과학적 사유에 바탕을 둔 글을 쓴다. 발상의 전환, 시야의 확장을 촉진하는 글로 중국 네티즌뿐 아니라 지식인 계층에서도 유명하다. 전작『이공계의 뇌로 산다』(2014)는 중국 CCTV선정 '올해의 책', 국가도서관 '문진도서상'을 수상하고 2015년 중국 아마존 교양분야 베스트셀러 1위에 올랐다. 그가 2016년에 쓴 책『지식인, 복잡한 세상을 만나다: 4차 산업혁명 시대의 지식인은 어떻게 달라져야 하는가(智識分子·지식분자)』에서 오늘날 지식을 대하는 올바른 태도로, "고슴도치형' 사고방식보다는 '여우형' 사고방식을 하라!"고 외친다. 그가 주장하는 요지는 이렇다. "정도(正道)'를 찾는 법을 배우고 싶다면 적어도 두 가지 서로 다른 이념을 이해해야 하지만, 우리가 현실 생활에서 만나는 수많은 '공공지식인(Public Intellectual)'(지식의 '공공성'을 실천하는 지식인, 즉 사회문제에 관심을 갖고 적극적으로 의견을 표현하거나 행동으로 참여하는 지식인)은 자신의 한 가지 이념을 내세울 줄만 알 뿐이다. 심지어 사실조차 제대로 파악하지 못하는 경우도 허다하다. 실제로 미래를 전망하는 문제에 있어서 상당수의 정치 전문가는 '문외한'과 별로 다를 바가 없다. 다른 분야의 전문가 역시 대부분 이와 마찬가지다. 미래에는 어떤 분야에 투자해야 성공할 수 있을지 또는 어떤 전공을 선택해야 취업에 도움이 될 것인지 궁금한가? 전문가보다 어쩌면 자신에게 물어보는 편이 더 정확한 답변을 얻을 수 있을 것이다. 미국의 정치학자 필립 테틀록(Philip E. Tetlok, 펜실베니아대학교 와튼스쿨 교수, 1954~)은 전문가의 사고방식을 '고슴도치형'과 '여우형'으로 구분했다. 고슴도치형 전문가는 자신이 전문적으로 종사하는 특정 분야에 대한 해박한 지식을 지니고 있으며 '빅 아이디어'를 지향한다. 이에 반해 여우형 전문가는 모든 분야에 대해 넓지만 얕은 지식을 지니고 있으며 수많은 '스몰 아이디어'를 추구한다. 결론적으로 특정 분야의 '전문가'가 아니라 각종 지식을 광범위하게 습득하고 '일반상식'에 정통한 사람이 되어야 한다는 뜻으로 풀이할 수 있다. 사회, 경제, 나아가 일상적인 삶의 문제를 해결하려면 죽기 살기로 한 우물만 파는 것이 아니라, 다양한 유파의 사고방식을 습득할 줄 아는 능력이 필요하다."[13]

문용린(1947~) 서울대학교 교수는 감성지수(EQ)를 국내에 도입했고, 교육부장관(김대중 정부)과 서울특별시 교육감(보수진영, 2012~2014)을 역임한 교육계의 권위자다. 그는 2009년에 펴낸 책 『(부모가 아이에게 물려주어야 할) 최고의 유산』에서, "미래에 대한 정확한 예측은 거의 불가능에 가깝다"는 점을 강조하며 빌게이츠를 사례로 든다. 그 내용은 이렇다.

〖"메모리 640kb면 모든 사람들에게 충분하고 넘치는 용량이다."(?)

컴퓨터의 주요 부품 가운데는 데이터를 일시적으로 저장하는 데 쓰이는 RAM 메모리가 있다. 현재(2009년) 사용되는 컴퓨터에는 평균 2기가바이트(GB)의 메모리가 장착되어 있고, 하루가 다르게 더 높은 사양으로 개선되고 있다. 2기가바이트는 640kb의 3,277배 용량이다. 640kb의 용량으로는 흔히 쓰는 워드 프로그램은 물론 인터넷 검색창조차 열 수 없다. 그러니 이 얼마나 터무니없는 이야기인가!

그런데 과연 이 어처구니없는 말을 누가 했을까? 이 말을 한 사람은 다름 아닌 세계적인 컴퓨터 천재 빌 게이츠다. 1981년 그는 이렇게 말했고, 그 말을 한 지 10년이 채 지나지 않아 예측은 어긋나기 시작했다. 세계 최고의 컴퓨터 전문가인 빌 게이츠도 자신이 평생 몸담아왔던 컴퓨터 분야의 10년 뒤조차 내다볼 수 없었던 것이다!〗[14]

---

13) 『지식인, 복잡한 세상을 만나다: 4차 산업혁명 시대의 지식인은 어떻게 달라져야 하는가(智識分子·지식분자, 2016)』, 완웨이강, 애플북스, 2018, p.379, 14~23.

14) 『(부모가 아이에게 물려주어야 할) 최고의 유산』, 문용린, 리더스북, 2009, p.37~39.

'세상을 다양한 관점으로 봐야 한다!' '지식은 두루 접해야 한다!'는 취지를 강조한 글이, 내가 소개한 것만 해도 이 정도로 많다. 위에서 소개한 바와 같이, 세계적인 석학이나 그 분야의 전문가들이 강조하는 점을 다음과 같이 요약할 수 있을 것 같다. "다양한 분야의 지식을 쌓아야 한다." "유명세를 내세워 마치 족집게인 것처럼, 단편적인 지식으로 세상을 호도하는 수많은 많은 '공공지식인(Public Intellectual)'에게 속지 말라!" "생각없이 떠들어대는 속설에 속아 넘어가지 않으려면 스스로도 알아야 하니까 공부하라." "잘못된 지식에 속아 넘어가 당하게 될 아픈 고통은 전부 내 몫이다!" 세상으로 나아가야만 한다. 은둔은 나약한 회피다. 현실에서 다양한 사람들과 접하면서 좋은 측면이든 나쁜 측면이든 부딪히면서 몸소 체험하는 것도 단단한 공부가 될 것이다. 책에서만 지식을 얻는 것은 절대로 아니다. 이런 경구도 있다. "복잡성을 억눌러서 자꾸 단순한 것으로 토막 내는 게 악마의 주특기다!"[15] 다양한 사고를 하는 것을 막고 생각을 편협하게 하도록 만드는 게 바로 악마와 같다는 말이다. 명심하라.

---

15) 「몰입의 즐거움(Finding Flow, 1997)」 칙센트미하이, 해냄출판사, 2010, p.194.

제6장

이상적인 교육('선진교육'과는 다른 개념)에 관하여

Lee Sang Joon · Knowledge Series 2

Freedom without learning is always dangerous,
learning without liberty is always in vain.

배움이 없는 자유는 언제나 위험하고, 자유가 없는 배움은 언제나 헛된 것이다. (존 F. 케네디)

이상교육 찬양론자들

2016년 tvN에서 인기리에 방영된 드라마 〈도깨비〉를 유추한 3행시를 지어 수록한 책이 있다. 경제 관료인 조원경(1968~)이 쓴 『식탁 위의 경제학자들』(2016)인데, 웃어야 할지 울어야 할지 씁쓸하지만 소개하면 이렇다.

〖"도대체 한국의 교육은, 깨우침을 주고, 비전을 제시하고 있나요?"

"도무지 한국 교육을 이해할 수 없어요. 깨달음이라는 단어는 서랍장에 꽁꽁 숨어 있고 한 자라도 틀리면 깨진다고 생각해서인지 학생들은 소심하고 다양성으로 무장한 기(氣)가 전혀 느껴지지 않아요. 비슷한 생각을 하는 사람을 공장에서 찍어내듯 대량 생산하는 게 학교 같아요."〗[1]

"학교는 감옥보다 더 지독한 곳이다." 1925년 노벨 문학상을 수상한 버나

---

1) 『식탁 위의 경제학자들: 세계경제와 내 지갑을 움직이는 22가지 경제이론』, 조원경, 쌤앤파커스, 2016, p.229~230.

드 쇼의 말이다. 감옥은 육신을 가두는 곳이지만, 학교는 몸·허리·마음 모두를 못살게 한다는 뜻에서다.[2] 인도의 작가·연설가인 J. 크리스나무르티(Jiddu Krishnamurti, 1895~1986)는 "뼛속까지 병든 사회에 잘 적응하고 있다는 것이 잘 살고 있음을 의미하지는 않는다"고 말했다.[3]

대니얼 홍은 40년 전 미국으로 건너가 미국 'C2 교육센터'의 아카데믹 어드바이저로서 미국 대학 입학 관련 교육 상담과 세미나를 주관했고 「미주한국일보」(시애틀) 칼럼니스트 및 미주교육신문 주필로서 활동하는 교육전문가다. 그가 책 『하버드 가지 마라』(2010)에 쓴 의무교육에 대한 비판을 들어보자.

〔캘리포니아 고등법원의 월터 크로스키 판사는 홈스쿨링에 찬물을 끼얹었다. "자녀를 학교에 보내지 않고 집에서 가르칠 법적 권리가 부모에게는 없다. 6~18세 학생은 공립이든 사립이든 학교에서 자격증이 있는 교사들에게만 배워야 한다. 부모가 집에서 홈스쿨링을 하려면 학위(Teaching Degree)가 있어야 하며, 자격증 없이 가르치는 것은 범죄행위로 간주된다"는 판결문이 그것이다. 그는 또한 홈스쿨링 교육 방식을 '웃기는 일'이라고 조소했다. 공립학교의 열악한 환경에서 벗어나 아이를 가장 잘 아는 부모가 직접 가르치는 것이 과연 크로스키 판사의 말대로 '웃기는 일'일까? 미국 의무교육의 역사와 목적, 그리고 학교의 상태를 살펴보면 누가 웃기고 있는지 알 수 있다.

미국 의무교육의 뿌리는 프러시아(현재의 독일) 교육제도로 거슬러 올라간다. 1809년 프러시아는 나폴레옹 군대에 무참히 패했다. 이에 철학자 피히테는 〈독일 국민에게 고함〉이라는 글에서 10년 후 또 다른 참패를 당하지 않으려면 강력한 중앙집권적 체제와 확

---

2) 『하버드 가지 마라』, 대니얼 홍, 한겨레에듀, 2010, p.362.

3) 『좋은 엄마의 두 얼굴(Breaking the Good Mom Myth, 2014)』, 엘리슨 셰이퍼, 아름다운사람들, 2017, p.10.

고한 교육 시스템이 필요하다고 주장했다. 프러시아 왕은 그의 주장에 따라 의무교육 제도를 공포했다. 의무교육의 목적은 1) 명령에 절대 복종하는 군인, 2) 순종형 광산 노동자, 3) 정부 지침에 순응하는 공무원, 4) 고용자 요구대로 일하는 피고용인, 5) 국가 중대사에 대해 똑같이 생각하는 시민들을 양성하는 것이었다.

이런 '순종형 시민 만들기' 교육 제도를 미국으로 수입한 사람은 매사추세츠의 호레스 만이다. 1850년 제7차 연차보고서에서 호레스는 남북전쟁으로 노동력을 잃고 운영이 어려운 공장들을 다시 살리기 위해, 그리고 서부 개척에 필요한 노동자를 대량으로 공급하기 위해 프러시아식 교육 제도를 도입해야 한다고 주장했다. 이를 계기로 미국에서 의무교육이 시작됐다. 나중에는 "기업이 학교를 도와야 한다"고 주장한 에드워드 손다이크, 존 듀이 같은 교육자들의 영향을 받은 카네기와 록펠러 등이 의무교육을 강조하고 나섰다. 그 이유는 이렇다.

"우리는 교육을 통해 학생들이 과학자·예술가·음악가·변호사·의사·정치인이 되는 것에 목적을 두지 않는다. 우리가 할 일은 부모 힘으로는 불가능하고 불충분한 교육을 완벽하게 해주는 것이다. 그것은 우리가 원하는 주물(鑄物)판에 학생들을 끼워 맞추는 것이다." 배우는 방법, 속도, 목적이 제각기 다른 것을 인정하지 못하는 크로스키의 판결은 주물판 교육이 오늘도 계속되고 있다는 증거이다.)[4]

'국어와 수학 교육 중시의 유래'에 대해 최진기(교육전문가, 오마이스쿨 대표)는 이렇게 말한다.

〔1〕 나폴레옹(Napoleon Bonaparte, 1769~1821): 그는 포병 출신으로 일찍이 수학의

---

4) 『하버드 가지 마라』 대니얼 홍, 한겨레에듀, 2010, p.361~362.

중요성을 인식했고, 국민개병제인 당시 프랑스의 전투력 향상을 위해 국민들에게 수학과 국어를 집중적으로 교육시켰다.

2) 비스마르크(Bismarck, 1815~1898): 나폴레옹에게서 힌트를 얻어 당시 세계 최강이던 영국과 프랑스를 따라잡기 위해 국어와 수학 교육을 중시했다. 그 결과 독일은 유럽의 최강이 될 수 있었다.

3) 일본: 메이지유신 후 독일의 비스마르크를 좇아 국어와 수학 중심 교육에 매진했다. 그 결과 아시아의 최강이 되었다.

4) 우리나라: 일본의 교육 방식을 베껴 국어와 수학 위주의 교육이 오늘에 이르기까지 계속되고 있다. 카피캣(Copycat, 독창적이지 않고 남을 모방하는 사람이나 기업 또는 제품) 방식의 현 교육 방식이 인공지능이 대세인 제4차 산업혁명의 시대에 맞을 것인지를 심각하게 고민해야 할 시점이다.]⁵⁾

창조성 연구의 대가인 하버드대학교 발달심리학과 하워드 가드너(1943~) 교수는 저서 『다중지능(Multiple Intelligences)』(2006)에서 획일적 교육보다는 개인중심 교육의 중요성을 강조한다.

[역사적으로 대부분의 학교들은 획일화되어 왔다. 학생들은 똑같은 것을 똑같은 방식으로 배우고 평가받았다. 이런 접근법은 공평해 보인다. 모든 사람이 동등하게 취급되기 때문이다. 그러나 사실 이런 접근은 공평하지 않다. 학교는 언어지능과 논리수학지능이 강한 사람에게는 유리하고, 다른 지능 프로파일을 나타내는 사람에게는 불리하기 때문이다. 개인 중심 교육은 자기중심적이거나 이기주의적인 것이 아니다. 오히려 개인차를 진지하게 고려하는 교육법이다.]⁶⁾

---

5) tvN 2016.5.28. 방송, '어쩌다 어른' 35회, 최진기.

그리고 작가 이지성(1974~)이 저서 『생각하는 인문학』(2015)에서 한국인과 유대인을 비교하면서 인문학의 중요성을 강조하는 글을 보자.

〔첫 번째는 2012년 국제수학 올림피아드 순위다. 한국은 1위, 이스라엘은 33위다. 참고로 같은 해에 우리나라는 국제화학올림피아드와 국제지구과학올림피아드에서도 세계 1위에 올랐다.(이상준: '→' 표시는 오류수정이다.)

두 번째는 국민 평균 IQ 순위다. 2002년 핀란드 헬싱키대학교가 세계 185개국(→60개국)을 조사한 결과다. 한국은 평균 106으로 대만에 이어 2위(→공동 1위인 홍콩·싱가포르에 이어 3위)를 차지했고, 이스라엘은 평균 96(→94)으로 26위(→공동 16위)를 차지했다.(유대인의 IQ는 한국인 평균치보다 12포인트 낮다).[7][8] 두 나라의 비교표를 보자.

인종	인구수	국민평균IQ순위	국제수학올림피아드 순위	노벨상 수상자
한국인	5,000만	2위	1위	1명(김대중 대통령)
유대인	1,400만	26위 (→16위)	33위	184명(185명?) (2016년 밥 딜런의 노벨 문학상 포함)

참 이상하지 않은가. 국민 평균 IQ와 국제수학·과학올림피아드 순위를 놓고 보면 역대 노벨상 수상자[9][10][11] 순은 한국인이 184명, 유대인이 1명이어야 할 텐데 현실은 정반대니 말이다. 여기에는 이유가 있다. 유대인은 교육이 다르다. 유대 교육은 꿈과 인문학을 가르친다.

유대인은 5~6살 때부터 세계 최고 수준의 인문학 교사인 랍비의 지도 아래 서양 인문학의 뿌리인 『토라』, 즉 구약성경과 유대 민족 고유의 인문고전인 『탈무드』를 읽는다. 그

6) 『다중지능(Multiple Intelligences, 2006)』 하워드 가드너, 웅진지식 하우스, 2007, p.83.
   하버드대의 발달심리학자 하워드 가드너(Haward Gardner, 1943~)는 인지적 지능 외의 '다중지능(사회적·창조적·도덕적·성적·직관적·행복·신체지성·집단지성 등)의 발견으로 인간의 지능이 여러 가지로 구성되어 있다는 이론의 초석을 세웠다.
7) 『이매지노베이션(Imaginnovation): 상상을 혁신으로 바꾸는 유대인의 창조 DNA』 윤종록, 크레듀하우, 2015, p.295.

8) 「Medical Times」 2003.11.13.〈한국 국민 지능지수 '세계 2위'(공동 1위 있어 3위)〉
'국가별 지능지수 조사: IQ–Research)'(영국 일간 「더 타임스(The Times)」 보도.
공동 1위(IQ 108)는 홍콩 · 싱가포르, 3위 한국(106), 4위 일본(105), 5위 타이완(104) 등으로 아시아의 IQ 강
세가 두드러졌다. 한편 기술 강국들의 현황은 이렇다. 독일(99) 공동 9위, 미국(98) 공동 11위, 러시아(97) 공
동 13위, 이스라엘(94) 공동 16위로 기술 강국들이 순위가 낮았다. 이스라엘은 한국보다 IQ가 12점 낮았
다.(전경수 기자)
{이상준 정리: 영어 Wikipedia와 「IQ and the Wealth of Nations」Book review 참조.
조사 개요: 세계 60개국 자료를 분석하여, 2002년 1월 11일 논문, 2월 28일 책으로 냄.
조사자: 영국(북아일랜드) 울스터대학교(University of Ulster) 심리학 교수인 리처드 린(Richard Lynn)과 핀란
드 탐페레대학교(University of Tampere) 정치학 교수인 타투 반하넨(Tatu Vanhanen)의 2개 팀이 공동 수행.
타투 반하넨 교수는 핀란드 총리(2003~2010)를 역임한 마티 반하넨(Matti Vanhanen, 1955~)의 아들이다.
발표 논문: 「Energy and the Wealth of Nations: Understanding the Biophysical Economy」2002.1.11. 발표.
도서 출간: 「IQ and the Wealth of Nations」 2002.2.28. Greenwood 출판사}

9) 「평화를 만든 사람들: 노벨평화상 21」 이무영 등, 진인진, 2017, p.24~25, 41~42.
〈왜 노벨평화상만 (스웨덴 스톡홀름이 아니라) 노르웨이 오슬로에서 수여하는가?〉
처음 노벨상은 5개 분야(물리학 · 화학 · 생리학 또는 의학 · 문학 · 평화)로 구성되었으나, 1968년 스웨덴 국립
은행 창립 300주년을 기념해 경제학 분야가 추가되었다. 다른 노벨상을 스웨덴에서 주관하는 것과 달리 평화
상은 노르웨이의 노벨위원회에서 선정한다. 왜 유독 평화상만 스웨덴이 아닌 노르웨이에 위임했는지에 대해
서 노벨(Alfred Nobel, 1833~1896)은 아무 말도 남기지 않았기에 이 또한 추측만이 가능하다. 대략 이렇다.
 1)당시 스웨덴과 노르웨이는 연합국 상태였기에 5개 중 1개 정도는 노르웨이에 위임하는 것이 양국 간 긴장
완화에 도움 된다.
 2)실질적 스웨덴 지배 하의 노르웨이는 독립적인 외교정책을 펼 수 없었기에 오히려 평화상 선정에 보다 객
관적일 수 있다.
 3)노르웨이 의회는 국제의원연맹에 적극 참여하고, 갈등 해결에 있어 조정과 중재를 중시하는 등, 당시 어느
나라보다 민주적이다(…) 라고 노벨이 생각했기 때문이라는 설이다.
그 이외 노벨이 '사랑에 빠졌다'고 표현할 정도로 좋아했던 작가 비에른손(B. Bjørnson, 1832~1910)이 노르
웨이 출신의 평화운동가이기도 했다는 점도 자주 거론된다. 실제 이후 비에른손은 최초의 노벨위원회 위원으
로 평화상 선정에 직접 참여했고, 1903년에는 노벨문학상을 받았다.(p.24~25)
〈노벨평화상 비판〉
김대중 전 대통령은 2000년 노벨평화상을 받았다. 그러나 노벨평화상에 대한 의견은 분분하다.
'세계에서 가장 권위 있는 상' '상금이 가장 많은 평화상' 등 노벨평화상을 따라다녔던 명성에 비해 그에 대한
비판 역시 매우 거셌다. 그간 논란이 되었던 노벨평화상 비판의 주된 논지는 아래와 같이 세 가지다.
1) 백인 · 남성 · 서구중심성   2) 평화 개념의 확장성   3) 정치성(p.41~42)
{이상준: 향후 스웨덴에 실질적으로 큰 이익이 될 기초학문 분야가 아닌 분야라서 노르웨이에서 수여?}

10) 「북유럽 비즈니스 산책」 하수정, 한빛비즈, 2017, p.215~221.
〈스웨덴이 노벨상으로 얻는 것은 엄청나다〉
많은 이가 가장 영예로운 상으로 노벨상을 꼽는다. 노벨상이 유독 유명한 이유가 뭘까? 아마도 어마어마한
상금 때문일 것이다. 각 분야의 수상자는 상금으로 9백만 스웨덴 크로나를 받는다(스웨덴 한림원에서 수여한
다). 한화 12억 원 정도다.
노벨은 의도했든 아니든 노벨상을 제정해 조국인 스웨덴에 지대한 공헌을 했다. 나가는 상금이야 어마어마
하지만 스웨덴 입장에서는 전 세계의 가장 앞선 연구물을 앉은 자리에서 받아볼 수 있지 않은가! 노벨상 후보
로 추천받기 위해 매년 연구자들이 해당 연구의 성과와 진행과정, 의의가 담긴 상세 자료를 노벨 위원회로 보
낸다. 생리의학은 캐롤린스카 의대, 물리학과 화학은 스웨덴 한림원, 문학은 스톡홀름 아카데미다. 심사위원
으로 스웨덴 주요 대학의 해당 분야 교수가 포진해 있다. 각 심사 기관은 그 분야의 연구 기관으로 선정하는
데 수고해도 얻는 게 훨씬 많을 것이다. 심사 과정을 통해 세계 각지에서 어떤 연구가 어느 정도로 진척됐는
지 한눈에 볼 수 있다. 물리 · 화학 · 생리의학 등 주요 기초 학문 분야의 패러다임을 바꿀 만한 연구 내용과,
평화상과 물리학상의 후보를 보면 세계가 어떤 방향으로 움직일지 그 동향을 알 수 있을 것이다.

리고 미국이나 유럽의 명문 사립 초중고교·대학교에 입학, 최고 수준의 인문학 교육을 받는다. 랍비의 지도하에 유대인의 『토라』와 『탈무드』 독서는 계속된다. 물론 엄마 뱃속에 있을 때부터 "너는 선택된 민족의 후예로 인류의 리더가 될 운명을 타고났다"는 긍정적인 메시지를 부여하는 태교 또한 큰 영향을 미쳤을 것이다.)[12]

이런 교육 시스템을 바꿔야 한다는 주장은 다양하다. KBS 박순서 기자는 저서 『공부하는 기계들이 온다』(2016)에서 이렇게 말한다.

[인터넷 사회학자인 하워드 레인골드(Howard Rheingold)는 "로봇이 인간을 위해 남겨둘 일자리는 사고와 지식을 필요로 하는 직업이 될 것"이라고 내다봤다. 감성이나 사회성·창의성처럼 로봇기술이나 인공지능으로 자동화하기 어려운 인간만의 고유한 역량을 교육하고 발전시키는 방향으로 교육 시스템을 재설계해야 한다는 게 미래학자들의 공통된 의견이다. 로봇과 알고리즘·인공지능이 잘할 수 없거나 그럴 만한 가치가 없는 분야에서 인간만의 가능성과 희망을 찾아야 한다는 이야기와 다르지 않다.

컴퓨터는 세상 누구보다 빠르게 계산할 수는 있지만 '수학'이라는 학문 자체를 만들어낼 수는 없다. 이처럼 미래에 필요한 인재는 남들보다 빠르게 계산하는 사람이 아니라 사

---

11) 『염소가 된 인간(Goatman: How I Took a Holiday from Being Human, 2016)』 토머스 트웨이스, 책세상, 2016, p.뒷표지
〈이그노벨상(Ig Nobel Prize)=Ignoble('품위가 없다'는 뜻)+Nobel Prize〉
이그노벨상은 하버드대학교에서 발간하는 과학유머잡지 「별난연구연보(AIR, Annals Improbable Research)」가 1991년에 노벨상을 패러디해 제정했다. 상식에 반하는 엉뚱한 연구를 수행했거나 발상 전환을 돕는 이색적인 연구 업적을 남겼을 때 이를 기념해 상을 주는 하버드대의 연례행사로 총 10개 부문에 걸쳐 수상자를 선정한다. 연구의 내용만큼이나 기이한 수상자들의 시상식 퍼포먼스로 인해 '엽기 노벨상'으로도 불린다.
이 책의 저자 Thomas Thwaites(영국 생물학도·디자이너, TED 강연, 1983~)도 2016년 이그노벨상 중 생물학상을 수상했다.
12) 『생각하는 인문학: 5000년 역사를 만든 동서양 천재들의 사색공부법』 이지성, 차이, 2015, p.30~32.

회 각 분야에서 풀리지 않는 문제들을 찾아 새롭게 정의하고 다양한 지식과 정보를 활용해 문제를 해결할 수 있는 종합적인 사고력과 창의력을 갖춘 이들일 것이다. 국어·영어·수학 문제를 기계적으로 풀고 획일적으로 창의성을 학습하는 방식으로는 더 이상 성공할 수 없는 시대로 이미 바뀌고 있다.

그런데도 여전히 우리의 아이들은 부모 세대들이 그래 왔던 것처럼 수십 년째 변하지 않는 교육환경에 갇힌 채 외로운 싸움을 견뎌내고 있다. 똑같은 교실, 똑같은 칠판 앞에 앉아 선생님이 가르쳐주는 기존 지식을 암기하고 복습하느라 소중한 시간을 낭비하고 있다. 변하지 않는 현실 속에서, 미래의 변화가 가져올 충격과 파장의 깊이를 가늠할 수 없다는 불안감만이 한국사회를 지배하고 있다.(p.17~18)

불확실한 미래를 고민하는 많은 사람들에게는 앤드루 맥아피 교수(『제2의 기계시대 (The Second Machine Age, 2014)』 저자)의 말도 참고하기 바란다.

"저는 미래의 삶을 대비하기 위해 바뀌어야 할 본질적인 부분이 교육이라고 생각합니다. 미국·유럽 그리고 한국을 포함한 많은 나라들이 오래전에 만들어진 교육 시스템을 통해 100년 전에나 필요했던 사람들을 길러내고 있어요. 지금 이 순간에도 읽고 쓰고 수학 문제를 풀 수 있는 노동자들을 키우고 지시사항에 따라 정해진 대로 일하는 노동자들로 교육시키고 있습니다. 앞으로는 이런 사람들이 필요 없을 겁니다. 로봇이 그들을 대신하게 될 테니까요. 로봇은 이미 우리보다 수학 문제를 더 잘 풀고 있습니다. 얼마 안 있으면 우리보다 읽고 쓰는 것도 더 잘할지 모르죠. 기술을 더 잘하는 능력을 길러주는 게 교육의 목적이어서는 안 됩니다. 대신 우리는 기술이 잘하지 못하는 분야를 교육시켜야겠죠. 예컨대 혁신이나 창의력 혹은 정말 흥미로운 질문을 할 수 있는 능력 같은 것들입니다. 과학기술은 그런 분야에서 두각을 나타내지 못합니다.(…)"

외국어는 어떤가? 외국어가 필수인 직업이 있으므로 그들은 계속 외국어를 열심히 해야 한다. 하지만 그 외의 사람들까지 외국어에 목을 맬 필요가 있는지는 생각해볼 문제이다. 온 국민이 외국어 점수를 올리려 공부하는 것보다는 자동번역이 가능한 수준 높은 프로그램을 사용하는 것이 국가적으로 이득이다. 그 시간에 다른 공부를 할 테니까!(p.243~245)」[13]

이상교육 찬양론에 대한 실현가능성 비판

방금 소개한 많은 교육전문가들의 이야기를 들으면 대한민국 교육이 정말로 죽음에 이르렀다고 생각할 가능성이 높다. 그러나 그런 상황에서도 오늘의 대한민국이 이만큼 성장했다. 물론 고난을 참고 공부든·일이든 피땀을 흘린 덕분일 것이다. 그러나 자율교육, 주도적 교육, 개개인의 특성을 살린 교육, 이런 방식이 좋기는 하겠지만 그건 너무 꿈같은 이야기다. 한국 현실에서는 거의 불가능하다. 아무런 대책 없이 잘못됐음을 지적하는 것만으로는 무책임하다. 어떤 현실성 있는 대안을 내놓아야 한다. "지식이 아무리 많아도 실행에 옮기지 않는다면 주머니 속의 동전 한 푼보다 못하다"[14]는 말도 있지 않은가. 찬물 끼얹는 소리 같지만 핵심적인 이유 두 가지만 들겠다.

첫째, 교육 관련 예산상 불가능하다.[15] 미국의 경우 10%밖에 되지 않는 사립학교는 이상적인 교육에 근접해 있다. 그러나 보통 학비가 연간 3천만 원이

---

13) 『공부하는 기계들이 온다: 기계와 경쟁하고, 생존하고, 공존하기 위해 지금 생각해야 할 것』 박순서, 북스톤, 2016.

14) 『후한서(後漢書)』(440년경)「조일전(趙壹傳)」(조일의)〈자세질사시(刺世疾邪詩)〉
"문적수만복 불여일낭전(文籍雖滿腹 不如一囊錢)"
"책이 비록 배에 가득 차더라도 주머니의 동전 하나만 못하다." 원래는 아무리 학문이 깊어도 아첨과 뇌물이 없으면 관직에 나가거나 승진하지 못하는 것을 풍자한 말이었다.
요즘에는 "지식이 아무리 많아도 실행에 옮기지 않는다면 주머니 속의 동전 한 푼보다 못하다"는 뜻으로 쓰이고 있다.

15) 〈2018년 대한민국 국가예산〉(2017.12.6. 국회본회의 통과)
전체예산 428조8천억 중 교육비 예산은 64조2천억(유아초등·중고등이 약 78% 차지)

넘는다(반면 90%의 공립학교는 무료다). 한 학급의 학생 수도 보통 15명 내외다. 학교 선생님도 연구 성과·면접 등을 통해 회사 입사하는 것보다 더 엄격하게 선발한다. 학부모들의 관심도 또한 엄청나 한국의 학부모는 명함도 못 내민다. 학생들도 코피 터지도록, 머리에 쥐가 날 때까지 공부해야 한다. 교육비를 많이 부담하는 만큼 권리 또한 막강하다. 선생님도 능력이 모자라거나 교육상 문제행동을 보일 경우에는 즉시 퇴출된다.

그러나 미국도 90%의 비중을 차지하고 있는 공립학교는 한국과 별반 다르지 않다. 학비도 공짜다. 이런 미국의 공립학교가 아니라 특별한 사립학교와 한국의 공립학교(일부 사립학교는 논외로 하겠다)를 비교하는 건 맞지 않다. 우리나라의 초중고 학생들을 미국 사립학교처럼 이상적으로 교육시키려면 현재 약 49만 명이 넘는 유아초등·중고등 교원 수[16]를 대폭 늘려야 하며 교육기자재도 다양하게 확충해야 할 것인 바, 이로 인한 인건비와 부대비용 예산이 만만치 않을 것이다. 현재 예산의 10%만 늘려도 6조5천억 원이 더 필요하다. 국가의 다른 살림도 고려해야 하기 때문에 현실적으로 쉽지 않다.

둘째, 대한민국의 인구밀도와 교육열을 고려해야 한다. 우리나라 인구밀도는 사실상 방글라데시, 대만에 이어 세계 3위로 높다.[17] 좁은 국토에 자원은 희박하니까 내세울 건 인력밖에 없다. 따라서 경쟁은 높아질 수밖에 없다. 우

---

16) 「에듀프레스」 2018.8.29. 〈'2018년 교육기본통계' 조사결과〉
   (2018년 4월 1일 기준(매년), 교육부와 한국교육학술정보원이 2018년 8월 28일 발표)
   학교 수: 전체 유·초·중고 학교 수는 20,967개교로 전년 대비 29개교(0.1%↑) 증가,
   교원 현황: 전체 유·초·중등 교원 수는 496,263명으로 전년 대비 4,076명(0.8%↑) 증가,
   학생수: 전체 유·초·중등 학생 수는 6,309,674명으로 전년대비 158,955명(2.5%↓)감소.
   학급당 학생 수: 유치원 17.9명, 초등학교 22.3명, 중학교 25.7명, 고등학교 26.2명으로 나타났으며, 학생 수 감소 등의 영향으로 전년 대비 유치원 1.1명, 중학교 0.7명, 고등학교 2.0명 감소하였다.
   교육통계연보, 교육통계서비스: 웹페이지(http://kess.kedi.re.kr)에서 제공.(장재훈 기자)

리 민족은 오래전부터 자식공부에 목숨을 걸었다. 우리 속담에 '고쟁이(여자의 속속곳 위에 입는 걸 속옷)를 팔더라도 자식 공부는 시킨다' '자갈논 서 마지기를 팔아서라도 자식 공부는 시킨다'는 말도 있지 않은가. 또 『명심보감(明心寶鑑)』 「훈자(訓子)편」에는 "잘 가르친 자식하나가 황금 백만 냥보다 더 낫다(黃金百萬兩, 不如一敎子)"는 말이 있으며, 이 글을 옥중 유묵으로 쓴 안중근 의사의 '행서족자'가 경매로 낙찰(안중근 글씨 중 최고가인 7억3,000만 원)되기까지 했다.[18] 이런 공부 열풍으로 지식과 지혜가 쌓이고 그 덕분에 오늘의 대한민국이 있는 것이다. 물론 돼먹지 못한 못된 지식인들도 많았다. 그런 인간들로 인해 백성들이 고통을 당한 적도 한두 번이 아니었다. 이런 지식 우대 풍조는 지금까지도 이어지고 있는 것이다. 그래서 더 민감하게 반응하는 점도 없지 않다. 실상이 어떠하든지 내 자식이 열등하다는 사실을 용납하기 어렵고, 체면을 중시하는 동양의 특징인 '수치심 문화' 때문에 주변 지인이 아는 것은 더 못 참는다. 우열반을 편성하는 데는 동의를 하더라도 내 자식이 열등반에 들어가는 건 절대 용납 못한다. 사실 공부머리는 사람마다 차이가 많다. 발달심리학이나 뇌과학자들도 이건 인정한다. 인정할 건 인정해야 한다. 부모의

---

17) 〈World Population Prospects 2017 Revision: Population Density〉(UN 홈페이지)
   2015년 기준 자료로 보면, 대한민국의 인구 밀도 순위는 전체 23위지만, 인구 1,000만 이상인 국가 중에서는 방글라데시, 대만에 이어 3위로서 매우 높은 편이다.
   모나코가 1㎢당 25,709.4명으로 1위이고, 마카오, 싱가포르, 홍콩이 그 뒤를 잇고 있다. 한국은 520.4명으로 23위이다. 우리나라는 아시아 평균 142.4명과 세계 평균 56.8명보다 인구밀도가 높고, 대다수의 세계 선진국보다 지수가 훨씬 높다.

18) 「서울경제」 2017.12.3. 〈돈보다 더 귀한 문화재의 가치〉(조상인 기자)
   안중근 의사의 옥중 유묵은 2016년 9월 케이옥션 가을경매에도 출품됐고 '황금 백만 냥도 자식 하나 가르침만 못하다'는 「명심보감」, 「훈자(訓子)편」,을 적은 '행서족자'가 경매에 오르자 현장은 잠시 숙연해지기까지 했다. 당시 경매를 통해 국내에 처음 선보인 이 유묵은 시작가 2억8,000만 원을 외치자 경합에 불이 붙어 41회나 경합이 이어져 7억3,000만 원에 낙찰됐다. 그간 거래된 안중근의 글씨 중 최고가 기록이었다.(케이옥션 수석경매사)

머리를 닮지 누구를 닮겠는가. 그런데 성적표를 보고 자식만 닦달한다. 오히려 성적에만 목숨 걸지 말고 자식이 잘할 수 있는 분야에 집중하도록 도와주는 게 자식의 장래를 위해서도 좋다. 앞서 하워드 가드너가 주장한 바와 같이 개인의 특성을 반영한 교육이 더할 나위 없이 좋지만, 교원인력과 예산상 제약이 크므로 공교육에서는 기대하기 힘들다. 그리고 꼭 관심 분야이거나 전공분야가 아니어도 고등학교까지의 각 과목에 대한 지식은 세상을 살아가는 데 모두 필요한 것이므로 두루 배워야 한다. 미국의 경우 특히, 연간 수천만 원의 교육비를 부담하는 사립학교의 경우 수준별 수업이 일상화되어 있다. 아무도 이 시스템에 대해 불평하지 않는다. 내 자식이 하급반에 들어있는 게 문제가 아니고, 어떻게 지식을 각자의 수준에 맞게 효율적으로 쌓을 수 있는지가 핵심이라는 것이다.

돈이 지식을 쌓는 데 편하게는 해주지만 절대적인 영향은 주지 못한다. 즉, 재산이 아무리 많다고 해서 자식이 공부를 잘한다는 보장은 없다. 그러나 다양한 교재든 개인과외든 돈을 물 쓰듯 투자할 수 있기 때문에, 학생 입장에서 보면 편하게 공부할 수는 있다. 반대로, 변변한 학원도 다닐 처지가 못 되는 가난한 집 자식의 경우, 공부하느라 고생이 이만저만 아니다. 그러나 그 외중에도 상위권 성적을 유지하며 소위 명문대에 입학하는 경우도 수없이 많다. 영어 같은 어학은 돈이 없으면 아예 안 된다고? 한 달에 몇 만 원만 시청료를 내면 영어 뉴스나 드라마 같은 생생한 영어를 온종일 들을 수 있다. 물론 엄청나게 비싼 과외비를 부담하고 모셔온 선생님과 직접 대면하면서 수업하는 것보다는 공부 효과가 못할 것이다. 그래서 시간투자를 더 해야만 한다(그렇다고 이 시간차이 전부가 낭비는 아니다. 자력으로 고생한 만큼 더 피와 살이 된다). 이 현상이 공정하지 못한가? 그렇다. 소위 '기울어진 운동장'이 맞다. 당장 '기울어진 운동장'이 평평해지지도 않는다. 그렇다고 해서 사회의 불평등만 탓하고 울분만 토하고 있을 것인가. 더 열심히 달릴 수밖에 없지 않은가. 옛날 우리 조상들은 빈부격차가 지금보다 훨씬 심했다. 심지어 사람이 아니라 가재도구처럼 교환하거나 부숴버려도 되는 노비의 숫자도 전체 인구의 30~40%였다.[19] 일하지 않으려면 죽는 수밖에 없었고, 공부는 하고 싶어도 절대 용납되지 않았다. 노비가 똑똑하면 주인이 힘들었다. 그들 보다는 지금은 내 몸을 내 뜻대로 할 수 있는 자유는 있지 않은가. 이런 논리를 앞세워 불공평하고 가진 자들의 비리가 만연하는 이 세상을 보고도, 그냥 그러려니 하면서 참고 묵묵히 자기 길만 가라는 뜻은 절대 아니다. "의식은 항상 깨어있되 한 걸음씩이라도 올라서자"는 말이다. 혁명이 일어나지 않는 한 사회도 서서히 개선될 뿐이다. 인터넷이 발달하고 스마트폰을 통해 뉴스는 물론 문자·BAND·카톡 등의 SNS까지 더해져 온 세상의 사건을 거의 알 수 있는 환경도 우리의 마음을 더 무겁게 한다. 비교를 통해 내가 더 초라해 보이는 것이다. 문명의 혜택이자 폐해다. 옛날에는 이웃이나 기껏해야 옆 동네밖에는 비교할 대상이 없었다. 아예 갈 수도 없고 알 수도 없었으니까. 그러나 현대는 내 손 안에서 온 세상의 사건사고와 온갖 추태를 거울처럼 훤히 꿰뚫고 있는 것이다. 냉철하게 판단해보라.

모두가 부잣집 자녀들인 사립학교에도 엄연히 1등과 꼴찌가 있으며 이들 간의 학력차이는 엄청나다. 그래서 미국은 사립학교마다 수준별 수업을 하는 것이다. 수학·과학 같은 기초학문은 물론이고 라틴어·불어·스페인어·중국

---

19) 〈조선시대 노비의 비중은 전체 인구의 30~40%였다〉(출처: 나무위키)
　　역사학자들은 『단성호적』과 『숙종실록』 등을 근거로 하여 17세기 조선시대 전인구의 30~40% 정도가 노비라고 추산한다. 울산부·단성 등 일부 지역에서는 노비의 비율이 인구의 50~60%에 육박하기도 하였는데 일찍이 성현(成俔, 1439~1504)은 『용재총화』(사후 20년 뒤인 1525년 간행)에서 '우리나라의 사람 중 절반이 노비'라고 주장했다.

어·일본어 등의 외국어 과목도 수준별 수업을 한다. 예를 들어 최고 수준의 A 반과 최하위 수준의 F반이 있을 경우, A반이 배우는 수준과 F반이 배우는 수준은 거의 하늘과 땅 차이다. 그런데 재미있는 사실이 있다. 학교마다 '쿰라우데 소사이어티(Cum Laude Society)'가 있는데 이는 성적 상위 20%까지 들어가는 우등생모임이다.[20] 그런데 대상 학생을 선발할 때 수준별 난이도를 고려하지 않는다는 사실이다. 절대적인 성적을 기준으로 하면 A반의 학생들이 전부 다 차지해버릴 것이다. 그러나 A~F반을 구분하지 않고 획득한 성적에 따라 '쿰라우데'를 선발해버린다(그러니 여기에 뽑혔다고 해서 공부를 잘했다고 떠들어대는 것은 안 맞는 말이다. F반 소속은 중간순위도 못 된다). 왜 그럴까? 논리는 간단하다. A반 학생만큼 F반 학생도 힘든 건 마찬가지라는 것이다. 각자 자기 수준에서 최선을 다했다는 의미다. 이에 대해 자기보다 공부를 훨씬 못하는 F반 학생이 쿰라우데에 들어갔다고 해서 못 들어간 A반 학생이 기분 나빠하지 않는다(A반에서 공부를 하면서도 쿰라우데로 뽑히면 거의 '공부의 신'이다). 이것도 공부 잘하는 학생의 배려다(마치 가진 자가 베풀 듯이 말이다). 용서와 배려는 강자의 몫이라고 하지 않던가. 물론 사립고등학교

---

20) 「세계 1%를 꿈꾸면 두려움 없이 떠나라」, 박중련, 동아일보사, 2008, p.179~180.
　　필립스 엑시터 고등학교의 경우 졸업할 때 종합점수가 상위 20% 안에 들면 자동으로 가입된다. 12학년 초 가을학기에 상위 5% 안에 드는 15명을 예비 쿰라우데 소사이어티로 선발하고 나머지 15%는 졸업할 때 성적순으로 선발한다.
　　하버드대학에서는 우등생 그룹을 매그나 쿰 라우데(Magna cum laude)라고 호칭한다.

21) 〈SSAT(Secondary School Admission Test): 미국 사립고등학교 입학 시험〉
　　미국 내에서는 정규적으로는 1, 2, 3, 4, 6, 11, 12월에 연 7회 정규시험이 있고, 한국의 경우에는 1, 3, 4, 11, 12월에 연 5회 정규시험이 시행되고 있다. 전체 5개의 섹션으로 구성이 되며 유형은 객관식이며 각 25분 동안 영어와 수학을 평가하게 된다. 각 섹션은 Analogy Math 1, Synonyms, Math 2, Reading Comprehension 그리고 Essay로 나누어져 있다. Essay는 25분으로 정해져 있으며, Essay는 굉장히 빨리 작성해야 한다.

입학시험인 SSAT[21]나, 대학진학을 위한 학력평가시험인 SAT[22] 혹은 ACT[23]에서야 절대적인 실력을 측정하는 것이기 때문에 우열반의 행로가 달라지겠지만 말이다. 그리고 미국은 수능성적과 비슷한 이 점수가 입학 여부를 결정하는 절대요인도 아니다. 간혹 유학생(또는 교포자녀) 누가 SAT 만점을 받았다고 대서특필되곤 하는데, 우리나라 수능만점과는 차원이 다르며, 만점을 받고도 유수대학에서 낙방하는 경우도 허다하다. 각 대학은 우수학생을 선발하기 위해 기본학력(SAT 등)뿐만 아니라 스스로 작성한 에세이 3~5편, 봉사활동 등 Activity 내용, 특히 3~5인의 교사추천서가 필수다. 미국은 교사가 아무에게나 내 제자라는 이유로 칭찬일색으로(사실과 다르게 아전인수식으로) 절대 써주지 않는다. 좋게 써줄 수가 없다는 교사의 제스처는 거절이다. 학생들은 교사가 추천서 써주는 것을 사양하면 이 뜻을 정확히 받아들인다. 그래도 부탁하면 교사가 느낀 그대로를 추천서에 적겠다는 선전포고다. 모든 교사가 이렇게 진심을 담은 추천서를 쓰기 때문에 대학에서도 액면대로 믿고 판단하

---

22) 「공부의 배신: 왜 하버드생은 바보가 되었나(Excellent Sheep, 2014)」 윌리엄 데레저위츠, 다른, 2015, p.55~56.
미국은 대학입학 시 PSAT(Preliminary Scholastic Aptitude Test, 예비 대학수학능력평가)·SAT(Scholastic Aptitude Test)·SAT Ⅱ(과목별 시험)·AP(Advanced Placement, 대학학점 사전인증제도)·평균 학점(GPA, Grade Point Average)·국가장학금(National Merit Scholar) 등과 같은 완벽한 관리 체계를 갖추고 있다.
{이상준: SAT는 1년에 7회 치러지는데 매 시험의 점수를 모두 요구하는 경우도 많으므로 (각 과목당) 3회 이상은 안 하는 것이 좋다. 그리고 2016년부터 SAT의 과목과 점수 배점이 개정됐는데 그 내용은 이렇다.
종전: Reading·Writing(Essay 포함)·Maths 각 800점 만점⇒총 2,400점 만점.
개정: Verbal(Reading & Writing)·Maths 각 800점⇒총 1,600점 만점.
에세이는 선택 사항으로 점수 배점은 없으나 입학사정 시 감안한다.}

23) 「하버드 가지 마라」 대니얼 홍, 한겨레에듀, 2010, p.250~255. 〈ACT(American College Test)〉
ACT는 아직 SAT만큼의 유명세를 얻지는 못하고 있는 듯하다. 그런데 한인 기준으로 ACT의 장점은 무엇인가? 먼저, 한인 학생들이 가장 골치를 썩는 영어 단어와 독해력 문제가 SAT보다 쉽다는 점이다. 또한, 만족스러운 점수를 따기 위해 여러 번 시험을 치러도 피해를 입지 않는다. SAT 점수 기록은 모두 다 보고되는 데 비해, ACT는 높은 점수만 골라서(Score Choice) 대학에 보낼 수 있기 때문이다.

는 것이다. 우리나라는 어떤가? 추천서는 대부분 칭찬 일색으로 도배돼 있다. 아예 변별력이 없는 것이다. 모두가 '룰'을 어기다보니 그 '룰'이 무용지물이 돼 버린 것이다. 내가 느낀 그대로(좋지 않은 모습도 포함하여) 쓰고 싶어도, 아무도 그렇게 하지 않는데 나만 그랬다가는 몰매 맞는다. 이를 반영하듯 교육부는 2018년 중3학년이 대학입시를 하는 2022년(입학) 대학수학능력시험(2021년 시험)부터는 교사추천서를 완전히 폐지하는 내용을 담은 '대입 과제 검토(안)'을 2018년 7월 13일 발표하기에 이르렀다.[24]

그리고 2018년 초에 교육 선진국인 프랑스가 대입제도 개편안을 발표했는데 눈여겨볼 점이 있다. 대학입학시험인 '바칼로레아' 과목을 대폭 줄였는데, 프랑스어와 철학이 절반을 차지하고 나머지는 학생이 전공에 따라 선택하도록 하여 획일성에서 탈피한 것이다. 또한 시험 시기도 나눠 1회성 시험의 부작용을 줄였다.[25]

---

24) 여러 매체 2018.7.14.일자. 〈대입수능의 EBS 연계율을 70%→50%로 낮춘다〉
대입수능 문제를 EBS에서 뽑는 정책은 노무현 정부 때 '사교육비 경감 대책'의 하나로 나왔다. 그러나 이명박 정부에서 연계율이 70%까지 올라가면서 "고3 교실이 EBS 문제집 풀이 현장으로 전락했다"는 교육현장의 비판 목소리를 반영한 것이다.

25) 「동아일보」, 2018.8.16. 〈교육 선진국 프랑스의 대입제도 개편〉
올 초 프랑스 교육부는 2021년부터 시행될 대입제도 개편안을 발표했다. '바칼로레아'로 대표되는 현행 프랑스 대입제도를 개혁하자는 게 골자다. 교육 선진국임을 자부하는 프랑스가 오랜 전통을 깨고 이런 선택을 한 이유는 무엇일까?
현행 바칼로레아 합격률이 80%를 웃돌면서 신뢰도가 떨어진 데다 시험이 너무 복잡하고 방대해 수험생 부담이 컸기 때문이다. 바칼로레아는 고교 졸업자격시험이자 대학수학능력시험인데 고교 교육과 대학 전공 교육의 연계성을 보장하지 못한다는 점에서도 한계가 드러났다. 특히 바칼로레아 과목 대부분이 고교 3학년 말에 집중돼 수험생 부담이 컸다.
개편안은 세 가지 측면에서 근본적인 변화를 꾀하고 있다. 첫째, 기존 10~15개였던 과목을 6개로 대폭 줄이기로 했다. 우리나라 국어에 해당하는 프랑스어 과목 2개(구술·필기)와 학생이 선택한 전공심화 과목 2개 그리고 공통 과목인 철학과 '그랑토랄(grand oral, 전공심화 과목을 주제로 한 면접)'이다.
둘째, 고교 2학년 때 100여 개 전공과목 중 2개를 선택해 대학 교육에 대비한 과목을 미리 학습할 수 있도록 했다. 마지막으로 프랑스어 과목 2개는 고교 2학년 말, 전공심화 과목 2개는 고교 3학년 4월 중순에, 공통 과목 2개는 3학년 말에 나눠 치르도록 시험 시기를 조정했다. 또 대입 시 바칼로레아 반영 비율은 60%로 하고 나머지 40%는 수행평가 등을 포함한 학교 내신과 생활기록부를 반영하도록 제안했다.

하여튼 미국은 최첨단 자본주의의 맹주답게 개인 간의 차이를 있는 그대로 반영하며, 심지어 사립학교의 학생들은 장래에 미국(더 나아가 전 세계까지)을 이끌어나갈 1등급 지도자로 키우고 있으며, 나머지 90%의 공립학생들은 이변이 없는 한 그들의 지배를 받는 2등급이나 그 이하의 계급이 되는 것이다. 우리나라 유명 인사들의 자식들 중 상당수가 미국 등지로 유학을 간다. 한국의 교육 현실은 이런저런 사유로 사실 이상적 교육과는 거리가 멀다. 그렇다고 하루아침에 당장 뜯어고칠 수도 없다. 국민들은 목숨보다 소중한 자식들의 장래와 관련된 문제이기 때문에 어떠한 다른 사안들보다 민감하게 반응한다. 설령 미국의 사립학교처럼 차이를 인정하고 완벽하게 수준별 교육을 한다고 해보자. 아마 대다수의 국민들이 들고일어날 것이다. 대한민국에서 교육에 관한 일은 역린(逆鱗)[26]보다 더 무서운 것이다. 잘못 건드렸다가는 한 방에 훅 갈 수 있는 첨예한 과제다. 이런 위험을 무릅쓰기보다는(현실적으로도 가능성은 희

프랑스 대입제도 개혁안이 우리에게 주는 시사점은 뭘까. 우선 시험 과목 축소는 우리의 경향과 비슷해 보이지만 그 내용은 사뭇 다르다. 바칼로레아 과목 절반이 프랑스어와 철학이며, 나머지는 학생이 선택한 미래와 관련된 과목들이다. 우리처럼 모든 학생이 똑같은 과목을 준비하는 대신 모국어와 철학 과목을 토대로 자신이 희망하는 전공 지식을 쌓도록 하고 있다. 시험을 준비하는 것 자체가 대학 교육과 자연스럽게 연계될 수 있다는 점에서 의미가 크다.

시험 시기를 분리해 일회성 시험의 부작용을 줄이는 점도 눈여겨볼 대목이다. 전공과목 선정을 통해 실용성을 담보한 점과 그랑토랄이라는 독특한 구술시험으로 학생의 창의력과 종합적인 판단력을 향상시키려는 점도 우리가 장기적으로 고려해볼 가치가 있다. 물론 모든 개혁의 바탕에는 확고한 국민적인 공감대가 있어야 한다. 이는 프랑스 바칼로레아 개혁에서도 예외는 아닐 것이다.(김경랑 한국교육과정평가원 부연구위원)

26) 『조선의 지식계보학』, 최연식, 옥당, 2015, p.108.
『한비자(韓非子)』, 「세난(說難)」 편에는 역린(逆鱗)에 대한 말이 나온다. "무릇 용이란 짐승은 길들여 탈 수 있다. 그런데 그 턱밑에 지름 한 자 정도의 거꾸로 박힌 비늘(역린)이 있다. 만일 사람이 그것을 건드리면 그 사람을 죽인다. 군주에게도 마찬가지로 역린이 있다. 유세하는 자가 능히 군주의 역린을 건드리지 않는다면 효과를 기대할 만하다."
(이상준: 영화 「역린(The Fatal Encounter)」,(2014.4.30. 개봉 이재규 감독, 현빈·정재영 주연): '과인은 사도세자의 아들이다'. 정조 1년, 끊임없는 암살 위협에 시달리며 밤에도 잠을 이루지 못하는 정조(현빈). 정조가 가장 신임하는 신하 상책(정재영)은 그의 곁을 밤낮으로 그림자처럼 지킨다.(…) "온 정성을 다해 하나씩 배워간다면 세상은 바뀐다."(『중용』 23장) 정조의 이 마지막 대사로 영화는 끝난다.)

박하지만), 우선 자기 자식만이라도 교육다운 교육을 받게 하기 위함일 것이다. 더 나아가 이런 자녀들이 미국의 심장부에 들어가 장래 세계·미국의 유망주들과 돈독한 관계를 맺는 것이 훗날 대한민국 국익에 큰 도움이 될 수도 있다. 정부를 대표한 외교관들보다는 민간 차원에서 티 나지 않게 진행하는 것이 한층 세련된 외교활동이라는 말도 있지 않은가. "대사관을 설치하고 훌륭한 외교관을 보내 공식적으로 벌이는 의례적인 외교활동과 별개로 이뤄져야 할 일이다. 미 터프츠대 플레처스쿨 학장이었던 에드먼드 걸리언 박사가 1965년 이론으로서 공공외교(Public Diplomacy)라는 용어를 꺼내며 제기한 개념은 이런 거다. 상대 나라 국민으로 하여금 우리를 인식하게 만들고 자연스럽게 마음을 열게 하라는 것이다."[27]

또 혹자는 복지국가의 대명사인 북유럽 국가들의 교육과 한국의 교육을 비교하며 한국 교육현실이 죽을 맛이라고 쓴소리 일변도다. 북유럽 국가는 아예 사회주의가 틀을 잡은 나라다. 스칸디나비아를 방문해보신 분들은 알겠지만 비행기의 우등석(일등석·비즈니스석)도 없다. 잘난 사람이든 못난 사람이든 무조건 이코노미석을 탈 수밖에 없다. 또 세금은 어떤가. 개인소득세를 최고 70% 전후까지 부담한다. 비싼 주세로 인해 맥주 한 잔을 먹으려면 거의 1만 원을 지불해야 된다. 이런 강력한 의무와 사회주의라는 정서 속에서 오늘날 북유럽의 교육이 태어난 것이다. 이런 근원적인 요인은 다 무시해버리고 받는 교육 서비스만 한국과 비교하는 건 어불성설이다. 의무는 부담하지 않고 권리만 찾는 격이다. 빈부 격차가 오로지 개인 자체의 문제로만 볼 수가 없으므로

---

27) 「매일경제」, 2018.8.16. 〈공공외교 이렇게 해야〉 윤경호 논설위원.

('기울어진 운동장', 즉 사회제도상 편파적인 문제도 크다), 교육을 '수익자 부담원칙'으로만 설명하는 건 위험한 발상일 수는 있다. 아무튼 최재천 이화여대 석좌교수는 한 발짝 더 나가 "학생들이 등록금 인하 투쟁을 하면 할수록 대학의 주인은 학생이 아니라 선생(교수)이 차지하게 된다. 그러므로 정말 바람직한 상황은 지금보다 대학들의 등록금이 훨씬 더 비싸져야 한다는 것이다. 한 3배는 돼야 한다고 본다"[28]고까지 주장했다. 그리고 박원순(1956~) 서울시장의 공약 사항이었던 반값등록금을 2012년부터 서울시립대학교에 시행해 학비부담을 줄였다. 그러나 시행 5년 뒤에 나타난 현상은, '100여 명 이상이 대형 강의실에서 수업을 받는 경우'도 허다하며, '수업내용도 부실'해지는 등 '교육의 질(質)이 반토막'났다는 불만이 쏟아졌다.[29] 이 점에 대해 '첫 3선 서울시장'이 된 박원순 서울시장은 2018년 6월 18일 「경향신문」과의 인터뷰에서, "굵직한 박원순표 정책이 안 보인다는 지적이 있다"는 기자의 질문에 대해 "서울시립대 반값 등록금을 만들어냈다"는 점을 짧게(자랑삼아?) 답변했다.[30] 어디든지 그림자는 있기 마련이다. 양지만 있을 수는 없다. 더군다나 현재의 북유럽 교육 현실이 공부를 잘하든 못하든 평준화시키는 측면에서는 최고의 강점이 있지만, 과연 평준화 교육이 가장 이상적인 것도 아니지 않은가.

---

28) 「글쓰기의 최소원칙」, 김훈 등 14인, 룩스문디, 2008, p.117~118.

29) 「매일경제」 2016.11.22. 〈서울시립대 반값등록금 5년…, 교육質 반토막〉
 -학비 부담 줄었지만 100여 명 이상 대형 강의↑ ··· "수업내용 부실" 불만 커져-
 (유준호·임형준 기자)
 〔이상준:「창원일보」2017.10.25. 〈서울시립대, 반값등록금 이후, 세입규모 46% 감소〉
 "총 강좌 수↓, 대규모 강좌 수↑, 시간강사↓ 등 교육의 질 저하 뚜렷해" 지적(박완수 국회의원, 전 창원시장)
 이라는 신문기사도 있다.(송종구 기자)〕

30) 「경향신문」, 2018.6.19. 정제혁·김한솔 기자. [광역단체장 인터뷰]
 〈박원순 서울시장 "서울·평양 간 포괄적 협력 방안, 제 책상 서랍 맨 위 칸에 있어"〉

이와 비슷한 논지로 북유럽의 환상에서 벗어날 것을 외치는 책이 있다. 덴마크인 아내를 둔 덕분에 덴마크의 실상을 낱낱이 파헤쳐 낸 저서가 바로 마이클 부스(Michael Booth, 영국의 베스트셀러 작가이자 저널리스트)가 쓴 『거의 완벽에 가까운 사람들: 거의 미친 듯이 웃긴 북유럽 탐방기』(2014)다. 이 책에서 전체적으로 흐르는 관념은 **"덴마크는 과연 1등으로 행복한 나라일까?"**이다. 저자는 **'행복지수'의 허와 실을 강조**하며 덴마크는 알려진 것보다 행복한 나라가 아니라고 반론을 강력하게 제기한다. 이 책에 수록된 내용 중 교육과 관련된 부분만 발췌해보면 이렇다.

〔1〕 행복하다는 망상

"우리 덴마크인은 쪼들리며 산다. 누구도 우리만큼 세금을 많이 내지 않는다. 누구도 그토록 많은 시간을 일하지 않고, 누구도 우리만큼 많이 아프지 않고, 누구도 우리만큼 자동차 가격이 비싸지 않고, 누구도 우리만큼 무리한 자녀 계획을 세우지 않고, 누구도 우리만큼 학교가 열악하지 않다."(라스무스 베크「폴리티켄」2012년 4월호 칼럼에서) (p.153)

2) '얀테(Jante)의 법칙'과 교육 현실{덴마크의 '얀테의 법칙'과 유사한 스웨덴의 '라곰(lagom)'이 있는데, '자발적인 절제'를 의미한다.}

첫째, 당신이 특별하다고 생각하지 마라.

둘째, 당신이 남들만큼 좋은 사람이라고 생각하지 마라.

셋째, 당신이 남들보다 똑똑하다고 생각하지 마라.

넷째, 당신이 남들보다 더 낫다고 생각하지 마라.

다섯째, 당신이 남들보다 더 많이 안다고 생각하지 마라.

여섯째, 당신이 남들보다 더 중요하다고 생각하지 마라.

일곱째, 당신이 모든 일을 잘한다고 생각하지 마라.

여덟째, 남들을 비웃지 마라.

아홉째, 누구도 당신에게 관심 있을 거라 생각하지 마라.

마지막, 당신이 남들에게 무엇을 가르칠 수 있다고 생각하지 마라.(p.122~124)

그리고 학교에 대한 실상을 이렇게 적고 있다.

폴케스콜레(folkeskole)라고 부르는 덴마크의 공립기초학교는 1800년대 초반에 생겼으며, 덴마크의 지속적 평등은 국가 정체성의 핵심 요소다. 공립기초학교가 덴마크의 사회적 결속을 강화하는 핵심 요소라는 말은 맞다. 하지만 덴마크의 학교들이 성적이 우수한 학생들의 잠재적 성과를 중하위권 학생들을 위해 희생시킨다는 우려가 커지고 있다. 수업 수준을 낮춰 최하위권 학생들을 수업에 참여시키고 시험은 등한시한다. 이런 말을 하면 정신 나간 반동주의자처럼 들린다는 점을 알지만, 실제 교육은 뒷전이고 사회성에만 지나치게 집중하는 것처럼 보인다.

우리 부부는 결국 아이들을 프리바트스콜레(privatskole), 즉 사립학교로 전학시켰다. 사립학교는 의자로 서로 머리를 때리지 못하게 하는 등의 (인간 본연의) 일을 더 강조했다(덴마크의 사립학교는 국가에서 재정 지원을 받으며 부모는 형식적인 추가수업료만 낸다).(p.101~102)

유명한 논평가인 「월란스 포스텐(Jyllands-Posten)」(덴마크 일간지)의 니엘스 릴렐룬은 '얀테의 법칙'에 담긴 덴마크인의 사고방식이 유발하는 더 심각한 부작용을 지적했다. "덴마크는 창의적이거나 근면한 인재, 진취적이거나 성공하거나 남보다 뛰어난 인재를 키우지 않습니다. 우리는 절망감과 무력감, 그리고 독실하고 평범한 보통 사람들만 키웁니다."

메리 울스턴크래프트(괴기 소설 『프랑켄슈타인』을 쓴 메리 셸리의 어머니이자 여권주의자)가 한 말과 일맥상통하는 듯했다. 그녀는 이렇게 말했다. "(덴마크인의 금전욕은)

미국에서처럼 사람들에게 기업활동을 하게 만드는 것이 아니라 검소함과 신중함을 키운다. 그 때문에 나는 코펜하겐처럼 활발한 산업이 없는 수도는 처음 봤다. 덴마크인은 전반적으로 혁신을 극도로 혐오하는 듯하다."

「이코노미스트」가 '북유럽 특별 호(號)'에서 이야기한 것처럼 "스칸디나비아는 태어나기에는 최고의 장소다.(…) 하지만 평범한 경우에 한해서다." **평범한 재능과 야망과 꿈을 가지고 있으면 살기 괜찮지만, 보통 사람들보다 큰 꿈과 뛰어난 목표가 있거나 약간만 달라도 좌절할 것이다.** 그 전에 이민을 가지 않는다면.(p.163~164)」[31]

여유교육과 슬로리딩(Slow Reading) 공부법

'슬로리딩(Slow Reading) 공부법'을 찬양하거나 동경하는 글들이 지금도 꾸준히 '포털사이트'에 올라오는 것을 보면, '책 한 권을 깊고 느리게 읽는 학습법'이 매력적인가 보다. 이런 방식도 그 나름의 매력이 있을 것이다. 그러나 앞서 '제4장 대안교육에 대한 고뇌' 부분에서 설명한 바와 같이, 난 한마디로 반대다. 많은 지식 관련 전문가들과 미래학자들이 말하지 않았던가. 다양한 분야

---

31) 『거의 완벽에 가까운 사람들: 거의 미친 듯이 웃긴 북유럽 탐방기(The Almost Nearly Perfect People, 2014)』, 마이클 부스, 글항아리, 2018. 요약.
〈덴마크는 과연 1등으로 행복한 나라일까?〉
저자는 '행복지수'의 허와 실을 강조하며 덴마크는 알려진 것보다 행복한 나라가 아니라고 반론을 강력하게 제기한다(p.9~11). 그가 주장한 근거는 이렇다.
첫째, 벨기에에 이어 두 번째인 나태지수(p.31~32),
둘째, 세계에서 암 발병률이 가장 높고, 북유럽 국가 중에서 수명이 가장 낮으며 알코올 소비량이 가장 높은 나라 덴마크(p.54),
셋째, 최고 72%까지 부담하는 세금(p.86~89),
넷째, 평등을 위해 자유가 제한된다는 점(p.92~96),
다섯째, '얀테의 법칙(Law of Jante; Janteloven, 당신이 특별하다고 생각하지 마라)'과 평등만 추구하는 교육 현실(p.163~164),
마지막으로, 행복하다는 망상에 사로잡혀 있다는 이유 등을 들고 있다(p.153).
그리고 덴마크의 '얀테의 법칙'과 유사한 스웨덴의 '라곰(lagom)', 즉 자발적인 절제가 있으며, 휘게(Hygge)는 웰빙(Wellbeing)을 의미하는 덴마크어다(p.422~426).

의 지식을 두루 섭렵해야 균형 잡힌 시각을 가질 수 있다고 말이다. 그 바탕 위에서 미래를 내다보는 진정한 혜안이 나오는 거라고 말이다. 지식 과목뿐만 아니라 경험하는 시대도 다양해야 한다. 현실에서 벗어나 선승처럼 자연과 접하면서 삶의 의미와 인생의 행로를 고민하는 것도 좋다. 평생 그런 삶을 유지할 수 있다면 모를까(난 그래도 싫다. 나쁜 일이든 좋은 일이든 정면으로 부딪히면서 살고 싶다), 그렇게 편안하고 안락하게 온상의 화초처럼 자란 후에, 이 험한 세상을 접하게 되면 정상적인 생활이 가능할지 의문이다. 스님이나 서당의 선생님이야 세파에서 벗어난 삶을 살기 때문에 그래도 별 문제가 없다. 그러나 현실에서 투쟁하며 살아야 할 새싹들을 당장 편하라고 현실에서 도피시켜버리면 나중에는 어떻게 되겠는가. '일순간이 행복'보다 '일생의 행복'에 초점을 맞춰야 하지 않겠는가. 현실과 부대끼며 힘든 일도 헤쳐 나가는 과정에서 얻는 지혜도 정말 중요하다. 인본주의 심리학자 아브라함 매슬로우는 '욕구 5단계설(Hierarchy of Needs)'에서 저차원의 욕구가 실현되면 점차 고차원의 욕구를 추구한다고 주장했다.[32] 먹고사는 데 필요한 물리적 욕구(제1단계)가 해결되어야 최고 수준인 자아실현 욕구(제5단계)도 눈에 들어오는 것이다. 당장 배고프고 먹고살기가 힘든데 '어떤 삶이 올바른 삶일까?'와 같은 철학적인 질문이 떠오르겠는가. 요즘 TV에서는 세상에서 벗어나 '은둔형' 삶을 살면서 약초도 캐고, 계곡에 흐르는 자연수로 목욕을 하고, 도를 닦기도 하는 '특이한' 삶을 사는 모습들을 자주 본다(아예 이런 삶만 다루는 고정 프로그램까지 있다). 그

---

32) 아브라함(혹은 에이버러햄) 매슬로우: Abraham H. Maslow, 미국, 1908~1970.
 '1단계 생리적 욕구(본능적인 수준에서의 욕구, 식욕이나 수면욕 등)→2단계 안전의 욕구→3단계 애정과 소속의 욕구→4단계 존경받고자 하는 욕구→5단계 자아실현의 욕구'로 단계별로 욕구가 고차원적으로 된다는 것이다.

런데 그 사람들은 대부분이 지병을 앓거나 부도로 빈털터리가 됐거나 가정파
탄이 났거나 등, 이 세상 속에서는 살기 힘든 경우였다. 그런 원인변수는 무시
하고 단지 지금 사는 모습만을 가지고 멋지다고 할 수 있겠는가. 우리가 사는
모습과는 너무나 동떨어져 있어, 희귀한 삶이라서 '희소성 원칙' 때문에 그리
워하는 건 아닌지 반문해보라. 무턱대고 쉽게 생각하지 마라. 깊은 숙고를 통
해 판단하기 바란다. 내 생각이 그렇다는 거다. '내 인생은 나의 것'이라는 유행
가도 있듯이 판단은 각자의 몫이다. 대안교육과 축을 같이하는 '슬로리딩 공부
법'에 대해 알아보자.

　우리나라에서 '슬로리딩 학습법'이 화제가 된 건『천천히 깊게 읽는 즐거움
('기적의 교실', 2010)』(이토 우지다카, 2012.8.17.)[33]『슬로리딩: 생각을 키우
는 힘, 2010)』(하시모토 다케시, 2012.8.30.)[34] 등의 책들이 소개되면서부터
다. 슬로리딩의 창시자이자 전 교사인 하시모토 다케시(橋本武, 1912~2013,
향년 101세)가 98세에 쓴 책『슬로리딩』에는 그가 평생 활용해온 국어 교육법
이 담겼다. 이토 우지다카(伊藤氏貴, 1968~)의『천천히 깊게 읽는 즐거움』도
하시모토의 학습법을 소개하고 있다. 하시모토의 학습법은 단순하다. 국어 시
간에 교과서 대신 책 한 권만 다루는 것이다. 하시모토가 근무했던 나다학교
(중·고등 과정) 학생들은 6년간 국어 시간 내내 200쪽짜리 문고판 일본 소설
『은수저(銀の匙, 1913)』(나카 간스케 지음) 딱 한 권만 파고들었다. 물론 본문

---

33)『천천히 깊게 읽는 즐거움('기적의 교실' 즉, 奇跡を起こすスローリーディング: 学びと喜びの人生を切り
　　拓く読書法, 2010)』, 이토 우지다카, 21세기북스, 2012.8.17.
　　이토 우지다카: 伊藤氏貴, 중고등학교 영어교사를 거쳐 현재 대학 문학부 강사, 1968~.
34)『슬로리딩(Slow Leading): 생각을 키우는 힘(傳說の灘校教師が教える一生役立つ學ぶ力, 2010)』, 하시모
　　토 다케시, 조선북스, 2012.8.30.
　　하시모토 다케시: 橋本武, 나다중고등학교 국어교사, 1912~2013 향년 101세.

만 읽는 건 아니다. 책 속에 나오는 게임을 해보거나 문장 속 어구를 하나하나 알아보는 등 책을 '느리지만 깊고 넓게' 읽는다. 『은수저』 전편 13장에 '막과자'에 관한 내용이 나오면, 실제로 과자를 먹어보고 이와 관련된 다양한 자료를 조사하는 식이다. 이 음식이 소설에 등장한 의미를 놓고 토론해보기도 한다. 주인공이 일본 시 100개를 암기하는 에피소드를 공부할 땐 "책 내용을 재현해보자"고 제안해 암송 시합을 하기도 했다. 이렇게 이어진 국어 수업에서 학생들은 학습을 '놀이'처럼 받아들였다. 재미있어서 한 공부 덕분에 학습 의욕이 향상되면서 아이들은 스스로 공부하기 시작했다. 그가 『은수저』로 첫 수업을 하던 1951년 당시 '국어 과목을 좋아한다'고 답한 학생은 5%에 그쳤지만, 1년 후 같은 조사에서는 긍정적인 응답이 95%로 치솟았다. 평범한 학교에 불과했던 나다학교는 이 학습법으로 '명문(名門)'이 됐다. 1962년 일본 내 교토대학교 합격자 최다 배출 고교가 됐고, 1968년엔 일본 사립고 최초로 도쿄대학교 합격자 수 1위에 이름을 올렸다. 하마다 준이치 도쿄대학교 총장, 야마사키 도시미스 최고재판소 사무총장, 소설가 엔도 슈사쿠 등 일본에서 내로라하는 명사(名士)와 오피니언 리더 1,000여 명도 이 학교 출신이다. 하시모토는 "노는 것이 곧 배우는 것이라는 원칙 덕분에 학생들의 지식 폭을 넓히고 독서에 대한 관심을 끌어낼 수 있었다"며 "슬로리딩으로 공부의 즐거움을 깨달은 학생은 생활 전반을 포함한 여러 방면에서 능동적인 성향을 갖게 된다"고 강조했다.

슬로리딩의 붐이 일자 2014년 10월 6일부터 3일 동안 EBS는 3부작 다큐멘터리 '슬로리딩, 생각을 키우는 힘'을 방영하면서 슬로리딩에 대한 열기는 점점 더해갔다. 방송에는 경기 용인의 성서초등학교 5학년 학생 60여 명과 3명의 교사가 교과서 대신 박완서(1931~2011) 작가의 자전적 소설 『그 많던 싱아는 누가 다 먹었을까』(1992)만으로 국어 수업을 하는 교육 프로젝트가 소개됐다. 다독에 익숙해져 있던 학생들은 1년간 이 수업을 받으면서 책 한 권에 온전히 몰입하고 생각하는 습관을 갖는 등 긍정적인 변화를 보여주었다.

어떤가? 홀딱 반할 만하다. 자칭 의식과 주견을 가진 교육전문가라고 하는 대학교수·학교선생들은 수시로 신문이나 포털사이트에 대안교육이니 슬로리딩이니 하면서 찬양일색으로 글을 게재한다. 하물며 공영방송인 EBS마저 특집으로 방송할 정도이니 두말할 필요가 없다. 교육현실의 불만에 젖어 있는 대부분의 학부모들은 이들에게 매료돼버린다. 그리고 마치 대한민국의 교육 현실은 지옥을 방불케 한다며 너도나도 경쟁적으로 지인들에게 게시 글들을 퍼 나른다. 먼 산의 꽃은 다 좋아 보이는 법이다. 가보지 못한 곳에 대해서는 동경심이 불타오른다. 그러나 동전에 양면이 있듯이 매사 일장일단이 있는 법이다. 국내 유수 명문대학 입학생들 중에서 그것도 이과·공과대학 같은 자연계 입학생들마저도 미적분이 제대로 안 돼 대학생들을 교육시키는 데 애로가 많다는 기사도 수시로 보도된다. 고등학교까지 국어든 인문학이든 슬로리딩을 통해 깊이 읽은 덕분에 인생의 앞길이 훤히 그려진다고 치자. 그 대신 수학은 기초도 부실하다. 대학에서는 수학을 기반으로 하여 각 전공에 걸맞게 더 높은 응용 단계로 올라가야 하는데, 수학이 발목을 잡고 있으니 한 치도 나아갈 수가 없다. 이게 정상인 건가. 고등학교까지는 형이상학적인 인성과목만 공부하고 형이하학적이고 하찮은(?) 수학·과학 같은 기초학문은 공부하면 절대 안 되는가. 하루 온종일 인생을 고민한다고 해서 완벽한 정답이 나온다는 보장을 할 수 있겠는가. 학교·학원이나 도서관·집에서 수학공식과 열심히 씨름하다가 문득문득 '인생이 무엇인가?'를 고민하면 시간투자가 적어서 절대 답을 구할 수 없는 법인가. '망중한(忙中閑)', 즉 바쁜 가운데 순간순간의 여유로움을 즐기는 그 묘미를 알고 있지 않은가. 모두가 '인생 소프트웨어'만 연구하면 새로운 기계·자동차·선박·비행기 같은 '물질적 하드웨어·소프트웨어'는 누가 만들 것인가. 입법·사법·행정 같은 공적인 업무는 누가 수행할 것이며, 기업 경영은 누가 할 것인가. 온 나라가 대안교육이나 슬로리딩에 매달리는 순간 대한민국 호(號)는 아마 침몰해버리고 말 것이다. 개인 성향에 따라 자식에게 대안교육 아니 절에 들어가서 도를 닦게 한다고 해서 누가 뭐라 하겠는가. 그러나 대안교육만이 살길인 것처럼 호도하여 온 국민에게 스트레스를 가중시키고 오판하게 만드는 지식인들의 행동은 무지한 게 아니라면 무책임한 것이다. 불교에서는 모르고 지은 죄가 더 크다고 했다(『미란다왕문경(彌蘭陀王問經)』). "유일한 선은 앎이요, 유일한 악은 무지이다"라는 소크라테스의 명언도 있다. 동서양을 막론하고 '무지'의 해악은 이루 말할 수 없이 크다. 정말 몰랐다면 본인 일이나 알아서 마음껏 하면 된다. 왜 남까지 구렁텅이로 몰아넣는가 말이다. 교육전문가가 한 말이라 액면대로 믿고 따른 결과, 그들의 목숨보다 귀한 자식들이 잘못되면 책임져 줄 것인가. 앞에서도 많은 학자들이 강조하지 않았던가, 정말 다양한 사고로 세상을 판단해야 한다고. 편협한 지식이 전부인 것처럼 알고 던진 돌에 맞아죽는 개구리들이 많다고 말이다. 현실에서 자주 인용되는 '기울어진 운동장'의 병폐가 '지식' 분야에서는 더 큰 문제다. '기울어진 지식' 말이다.

슬로리딩과 같은 교육을 일본에서는 '여유(ゆとり·유도리) 교육'이라 일컫는다. 학습 시간과 내용을 줄이고 경험을 중시하는 교육 방침으로 2002년부터 시행되었으나 학습능력 저하라는 부작용을 낳았다. 따라서 여유 교육에서 벗어나야 한다는 목소리가 점점 높아졌다. 급기야 일본은 2012년부터 '여유 교육'을 사실상 폐지해버렸다. 방금 강조했듯이 '몇몇 가정에서 그들 나름의 삶의 방식이라 판단하여 여유 교육'을 하는 것이야 누가 뭐라고 할 수 없다. 유도

리 교육이 폐지된 일본에서는 지금도 유도리 교육을 시키는 가정도 많다. 그러나 유도리 교육을 국가적으로 시행한다는 것은 자살행위다. 일본의 경우 시행 10년 만에 문제의 심각성을 깨달은 것이다. 일본의 경우 유도리 교육을 시행한 지 10년 만에 공식적으로 폐지했지만, 사실 문제는 시행 1년 만에 곧바로 발생하기 시작했다. 요시다 타로(吉野太郎, 1961~)는 도쿄 산업노동국 농림수산부를 거쳐 지금은 나가노 현 농업대학교에서 근무하고 있으며, 생태·쿠바 전문 저술가로도 명성을 날리고 있다. 생태전문가인 그마저도 2008년의 저서 『교육천국, 쿠바를 가다』에서 '여유 교육'에 따른 학력저하 문제를 심각하게 우려하고 있다.

【'여유 교육'에 대한 학력저하 문제는 심각하다. 경제협력개발기구(OECD)가 실시한 '피사(PISA)'시험의 결과가 이를 말한다. 국제학력시험에는 국제 교육 성취도 평가협회가 실시하는 '국제 수학·과학 성취도 비교 연구(TIMSS)'와 '피사' 등 두 가지가 있는데, 전자가 지식 능력을 측정하는 일반적인 학력 테스트인 데에 비해 '피사'는 지식의 활용 능력이나 문제해결 능력을 측정하는 내용으로 이루어져 있다. 이 피사에서 특히 차이가 난 것은 독해력 테스트였다.

2000년에는 핀란드가 1위, 캐나다가 2위, 일본은 3위였는데, 2003년에는 핀란드 1위, 한국 2위, 캐나다 3위에 비해 일본은 14위로 크게 뒤지고 말았다. 심지어 일본이 자랑으로 삼고 있는 수학에서도 평균 이하, 특히 하위 25%의 성적이 2000년에 비해 40포인트 가까이 떨어졌다. 현재 일본에서는 '여유 교육'에 따른 학력저하를 만회해야 한다며 국제학력시험에서의 학력향상을 최대의 교육목표로 내건 영국을 본보기로 삼고 있다.】[35]

---

35) 『교육천국, 쿠바를 가다(2008)』 요시다 타로, 파피에, 2012, p.22~23.

그리고 대안학교의 시초로 여겨지는 영국의 서머힐(Summer Hill) 학교를 살펴보자. 이 학교는 1921년에 영국 교육학자 A.S. 니일(Alexander Sutherland Neill, 1883~1973)이 설립했다. 학생은 6세 어린이부터 18세 청소년까지이다. 이들 대부분은 일반 학교에서 내몰린 문제아였다. 그러나 이 학교에선 문제아란 없다(외부의 규율이 없으니까 당연하다). 수업 과목은 물론 여가활동까지 모든 학교생활을 학생 스스로 선택하며, 학칙도 교사와 학생이 동등하게 한 표씩 행사하여 투표로 결정한다. 학교 내에선 타인에게 피해를 주지 않는 한 모든 자유가 보장된다. 만약 의견충돌이 생기면, 옴부즈맨으로 선택한 친구나 연장자의 변호를 받으며 타협점을 찾고, 끝내 타협이 안 되면 학교위원회가 결정한다. EBS에서 교육대기획 10부작 '학교란 무엇인가'(2010.11.15.~12.1. 방송)에서 〈10부, 노는 아이들의 기적 서머힐학교〉(2010.12.1. 방송)에서 마지막 10번째로 소개되기도 했다.[36] 이 학교도 일본의 '여유 교육'과 유사하다. 역시 찬양하는 글이 많은 것도 닮았다. '꿈의 교육' 하면 늘 목표치로 부각되는 북유럽의 경우에는 사회제도 자체가 차원이 다르므로 교육 측면만 봐서는 곤란하다. 하기야 공영방송인 EBS마저 교육특집이랍시고 영국의 서머힐 학교를 다룰 정도이니 무슨 말을 하겠는가. 교육 형태가 다양하다는 측면을 보여주는 선을 넘어, 그런 '여유교육' '자율교육'만이 최고임에도 불구하고 마치 일부로 현실에서 그런 제도를 도입하지 않는다고 질책한다는 느낌이 강하게 들었다. 이런 영향은 가지도 못하는 곳에 대한 기대만 키워 현실교육에 대한 불명과 불만만 부추기고 국민들에게 오히려 스트레스만 가중시킬 수 있다. 다양한 교육방식의 소개 수준을 넘어서버렸다는 것을 지적하는 것이다.

---

36) 『학교란 무엇인가』(EBS '학교란 무엇인가' 제작팀 지음, 2011.11.)라는 책도 출간.

EBS 방송을 꼭 보길 권한다(포털사이트에서도 무료로 얼마든지 볼 수 있다). 정규학교에 전혀 적응 못하는 학생들에(성격장애성 질병이 많은 시대니까 이건 충분히 이해는 간다), 규율도 학생들이 스스로 정하고, 선생님과 친구처럼 농담하고(우리나라 같았으면 엄청 혼났을 것이다), 선생님의 의자가 마치 자기 것인 양 덜컥덜컥 앉고, 공부하기 싫으면 수업도 빼먹어버리고(…) 등, 이런 생활을 어느 누가 좋아하지 않겠는가. 내가 보기에 이 정도면 자유가 아니라 거의 방종 수준이다. 훗날 이 학생들이 조직생활을 할 수 있겠는가. 각자 자기 멋대로 출퇴근해버리고 일하기 싫으면 잠이나 자고, 주변 동료 생각은 아예 안중에도 없이 제멋대로 행동을 한다면, 어느 조직에서 이걸 용납하겠는가. 학교에서 배우는 게 공부가 전부는 아니지 않은가. 타인을 배려하고, 윗사람에 대한 생각도 해야 하며(존경까지는 아니라도 좋다), 힘든 일을 참고 견뎌내는 저력도 길러야 하지 않은가. 학교생활만 행복하게 한다고 잘 자라고 있는 건가. 훗날 어떤 조직생활도 할 수 없고 여러 사람과 어울릴 수도 없다면 그땐 어쩔 건가. 내가 보기에 '자유로운 영혼'은 좋기는 하지만, 타인에 대한 배려가 없는 한 문학·예술 분야 등에서 혼자 창작활동을 하는 것 외에는 별로 할 게 없다. 아니면 시골이나 산골에 가서 은둔생활을 하든지. 물론 우리나라 공교육이 더없이 좋아서 그걸 칭찬하자는 게 아니다. 공교육이 문제 많다는 건 나도 알 만큼 안다. 소위 철밥통이라고까지 불릴 정도로 완고하고 권위적이고 학생들을 볼모로 삼아 갑질을 자행하는 선생님(?)들도 수없이 많다. 그런 선생들 뒤끝도 장난 아니다. 한번 걸리면 거의 졸업할 때까지 그 선생 눈치 보며 살아야 한다. 이런 불합리한 교육환경에서 벗어나고자 무조건 서머힐 같은 학교를 가는 것만이 능사는 아니라는 말이다.

미국 루이지애나주립대학교 교육학과 학과장인 황용길 교수(1958~)가 저서 『부자 교육 가난한 교육』(2001)에서 비판한 부분을 보자.

『아이들의 자율에 교육을 맡겨 성공한 나라는 아직까지 없다. 1970년대 열린교육의 모델로 세계의 주목을 받았던 영국의 서머힐 학교는 현재 어떠한 평가를 받고 있을까?(이 책의 출간일인 2001년 현재) 영국 문부성에서 스스로 평가했듯이 실패의 본보기로 전락하고 말았다.[37]

아이들의, 아이들을 위한 열린학교 서머힐은 학교의 운영까지 아이들에게 결정하도록 맡겼다. 학과목·수업 양식은 물론 심지어는 숙제의 종류와 양까지 아이들이 결정하는 철저한 아동 중심 자율교육을 펼쳤으나 그 결과는 참담할 뿐이다. 졸업하는 날까지 수학수업을 1시간도 듣지 않은 아이들과 신문 한 장 제대로 읽지 못하는 아이들이 부지기수였다. 하루 종일 노래하고 춤추는 즐거운 '놀이마당'에서 따분한 책이나 읽고 앉아 있을 아이가 과연 몇이나 되겠는가?

서머힐은 명랑한 아이들의 즐거운 학교였을지 모르나 그 결과는 돌머리를 만드는 학교였다. 영국 교육의 대표적인 실패작으로 꼽을 수 있을 뿐이다. 그래도 한국 교육 관계자들은 서머힐을 찬양한다. 자유와 해방을 구가하는 즐거운 학교이기 때문에.』[38]

일본의 여유 교육을 답습한 한국의 '행복은 성적순이 아니잖아요' 방식의 교육에 대한 비판을 실은 아래 신문기사(2016.4.26.일자)도 참고해 보시라.

---

37) 〈1999년 서머힐에 내려진 학교 폐쇄 명령에서 승소, 2007년 영국교육청 합격 인정〉
1999년 서머힐 스쿨에 내려진 학교 폐쇄 명령과 이에 따른 법적 공방을 다룬 BBC 미니시리즈 드라마가 방영된 바 있다.
38) 『부자 교육 가난한 교육』, 황용길, 조선일보사, 2001, p.186~187.

〔흔히 한국은 '20년 시차'를 두고 일본을 따라간다고 한다. 일본의 제조업을 그대로 베낀 듯한 한국의 제조업 구조, 한국에 쫓겼던 일본과 중국에 쫓기는 한국, 경제협력개발기구(OECD) 꼴찌를 다투는 출산율과 세계에서 가장 빠른 고령화, 일본의 '잃어버린 20년'과 최근 10여 년간 한국 경제 상황까지 평행이론이 따로 없을 정도다. 한국이 일본과 똑같은 실패의 궤적을 고스란히 따라가는 이유가 뭘까.

'교육' 탓이 아닌가 싶다. 한국의 근대 교육은 일본 교육과 판박이였다. 식민지 교육의 핵심이 교화와 순화였던 탓에 일방주의·전체주의·획일주의에 뿌리를 둔 것도 당연했다. 불과 20여 년 전까지 일본에서도 도쿄대 등 명문대에 입학하기 위해 7수·8수를 마다하지 않고 무시무시한 사교육비를 쏟아부으며 아이들을 몰아세우는 극렬한 입시 경쟁이 지배적이었다. 과도한 사교육과 입시 경쟁의 폐해를 줄인다며 1980년대 도입한 유도리(여유) 교육은, 1998년 '행복은 성적순이 아니잖아요'가 '사토리(さとり·달관) 세대'의 양산으로 이어지면서 2011년 사실상 용도 폐기됐다. 이해찬(1998~1999.5. 교육부장관, 김대중 대통령 시절)식 교육개혁은 오늘날 공교육 황폐화, 사교육 비대의 주범으로 지목되고 있다.

한국과 일본의 교육은 주입식 학습, 객관식 시험, 문부과학성과 교육부로 대표되는 관료주의에 뿌리를 두고 있다는 점에서 똑같다. 교육이 사회 변화를 선도하기는커녕 사회의 발목을 잡고 개혁 사각지대로 남아 있는 점도 닮은꼴이다. (…)〕[39]

윌리엄 골딩[40](1911~1993)이 쓴 『파리대왕』(1954)은 아이들을 통제 없이 두면 어떤 일이 일어날 수 있는지를 그린 책으로, 비행기 추락 사고에서 살아

---

39) 「매일경제」, 2016.4.26. 〈일본 교육혁명 주목하라〉 채경옥 논설위원.

남은 영국의 남학생(6~12살) 한 무리가 태평양의 무인도에 다다랐다가 결국에는 서로를 죽이게 된다는 내용이다. 물론『파리대왕』은 소설이어서 몇 가지 측면에서 완전히 신뢰할 수 있는 내용은 아니다. 예를 들어 아이들은 기회만 있으면 파벌로 나눠지기는 하지만, 작가가 묘사한 방식대로 나뉠 가능성은 낮다. 윌리엄 골딩이 부분적으로 틀렸다 해도 우리는 양육을 전적으로 아이 자신에게 맡기는 것은 바람직하지 않다는 결론을 내릴 수 있다.[41]

일본의 유명 경영컨설턴트인 고미야 가즈요시(1957~)의 책『똑똑하게 화내는 기술: 사람 좋은 리더가 회사를 망친다』(2015)에는 〈높이 뛰는 것을 포기하는 벼룩〉이라는 제목으로 쓴 글이 있다. "몸길이가 2~4㎜에 불과한 벼룩은 최대 20cm까지 높이 뛸 수 있다고 한다. 그런데 이 벼룩을 작은 병에 한동안 가두었다가 풀어놓으면 그 병의 높이만큼만 뛴다고 한다. 현실에 안주해버리는 사람들의 모습과 유사하다."[42] 스포츠와 마찬가지로 공부하는 근력도 여유 교육 방식으로 인해 점점 약해져버린다는 점을 지적한 말이다.

애견훈련전문가 이웅종이 자신의 책에 소개한 빌게이츠의 연설이 있다. 빌게이츠가 마운트 휘트니 고등학교(Mt. Whitney High School, 미국 캘리포니아) 2000년 졸업식에서 학생들에게 해준 〈10가지 인생 충고〉 중 몇 가지만 소개하겠다.

40)『파리대왕(Lord of the Flies, 1954)』윌리엄 골딩, 민음사, 1999. p.작가 소개.
　　윌리엄 골딩: William Golding, 영국 작가, 1983년 노벨문학상 수상, 1911~1993.
41)『아이들은 어떻게 권력을 잡았나(Hur Barnen tog makten, 2013)』다비드 에버하르드(스웨덴 정신의학자), 진선북스, 2016, p.103~104.
42)『똑똑하게 화내는 기술: 사람 좋은 리더가 회사를 망친다(2015)』고미야 가즈요시, 매경출판, 2016, p.32.

[만약 긍정과 칭찬만으로 훈련을 한다고 했을 때 그 성과는 차치하고 그 훈련이 키울 개의 미래를 생각해 보라는 것이다. 우리가 아이를 키울 때 교육의 핵심은 그 아이의 미래다. 즉, 아이가 자립할 수 있도록 돕는 것이다. 자립을 위해서 가장 중요한 건 두 발로 설 수 있게끔 옆에서 지원해주는 것이지 부모가 대신 '서 주는 게' 아니다. 그리고 이런 자립을 위해서는 좋은 곳, 좋은 생각, 좋은 환경도 좋지만 세상의 단면, 실패의 쓴맛도 조금씩 알아가야 한다. 빌 게이츠가 고등학교 학생들에게 해준 10가지 충고를 보면 이를 단적으로 확인할 수 있다.

"인생이란 원래 공평하지 못하다. 그런 현실에 대하여 불평할 생각하지 말고 받아들여라."

"학교 선생님이 까다롭다고 생각되거든 사회 나와서 직장 상사의 진짜 까다로운 맛을 느껴봐라."

"인생은 학기처럼 구분되어 있지도 않고 여름방학이란 것은 아예 있지도 않다. 네가 스스로 알아서 하지 않으면 직장에서 가르쳐주지 않는다."

고등학생에게 해주기에는 너무 냉정한 말이 아닌가? 그러나 어느 정도 인생을 산 사람이라면, 이 말뜻의 진짜 의미를 알 것이다. 정말로 아이들을 생각하기 때문에 이런 충고를 할 수 있다.]⁴³⁾

---

43) 「개는 개고 사람은 사람이다」, 이웅종, 쌤앤파커스, 2017, p.267~268.

제7장

차등을 당연시하는
미국식 교육

Lee Sang Joon · Knowledge Series 2

Reading good books is like talking to the best people of the past.
좋은 책을 읽는 것은 과거의 가장 뛰어난 사람들과 대화를 나누는 것과 같다. (르네 데카르트)

.
.
.

이제는 미국의 교육을 살펴보자. 미국식 차등교육이 옳다는 게 아니다. 우선 서구식 대학의 기원을 보자. 파리대학은 1200년, 옥스퍼드대학은 1249년, 독일의 하이델베르크대학은 1382년에 개교하였다.[1] 미국 매사추세츠주 케임브리지에 있는 하버드대학교는 1636년에 아메리카 식민지에 세워진 최초의 대학교이다. 최초 설립 목적은 청교도들이 후손들 종교교육을 위해 만든 목사 양성소였다. 1638년에 장서 400권과 재산의 절반을 기부한 최초의 기부자 존 하버드(John Harvard, 1607~1638)의 이름을 따서 명명한 학교다.[2] 한국의 경우 최초 대학인 연세대학교는 1885년 최초의 근대식 병원인 광혜원에 기원을 두고 있으며 1916년 연희전문학교를 거쳐 오늘에 이르고 있다(고려대학교는 1905년의 보성전문학교를 기원으로 한다). 서울대학교는 1946년 10월에 개교했다.[3] 연세대학교 전신인 광혜원보다 하버드대학교는 250년이 앞서고, 구

1) 『필로소피컬 저니(Philosophical Journey)』 서정욱, 함께읽는책, 2008, p.205.
2) 『공부하는 유대인(Homo Academicus, 2012)』 힐 마골린, 일상이상, 2013, p.82~83.

대륙의 파리대학은 약 700년 먼저 설립됐다. 이런 유구한 세월 동안 이어져 온 서구식 교육이기 때문에 동의하든 않든 그 제도를 알아야 한다.

미국의 유치원부터 고등학교까지 통틀어 사립학교는 10% 정도이고 나머지 90%는 공립이다. 사립학교는 연간 3~4천만 원(많게는 1년에 6천만 원이 넘게 드는 학교도 있다)의 학비를 부담해야 하지만 공립은 거의 공짜다. 그런데 이들 사립학교는 공립학교와 비교해서 학비 부담만큼 교육의 강도도 높다. 수준별 교육은 기본이고, 타인에 대한 배려가 없거나 인종차별적인 발언을 하거나 마약에 손을 대는 경우는 물론이고 교내에서 음주를 하다가 발각돼도 퇴학시켜버린다. 아무리 부자라도 (연간 수천만 원을 부담할 수 있는 집안들이니까) 얄짤없다. 순위가 높은 학교로 갈수록 그 정도는 더 심하다. 학생들이 공부하느라 밤잠 설치는 건 당연하고 제대로 밥 먹을 시간조차 아까워한다. 이게 현재 미국 사립학교 학생들의 생활상이다. 내가 보기에 한국의 수험생보다 더 혹독하게 더 많은 시간을 공부에 쏟아붓는다. 앞의 슬로리딩 학습법이나 영국 서

---

3) 〈주요 학교에서 여학생 입학이 허용된 시기〉

연세대학교가 한국 최초로 남녀공학이 된 시기는 해방 후인 1946년 9월이었다. 바로 익월인 1946년 10월에 개교한 서울대학교는 당연히 남녀공학으로 출발했다. 그리고 이화학당은 1886년에 설립됐고 1910년 대학과를 신설해(이화여자전문학교 인가는 1925년, 숙명여대는 1948년) 여대생이 입학했다.

한편 미국의 경우를 보면, 오랫동안 남학생만 입학할 수 있었던 하버드대는 1943년이 되어서야 처음으로 여성에게도 문호를 개방했다. MIT는 1871년, 예일과 프린스턴은 1969년에야 여학생의 입학이 허용됐다.

힐러리 클린턴(Hillary Clinton, 1947~)은 웰즐리대학(보스턴 소재)을 졸업했다. 그 당시는 아이비리그 대학들이 남학생 지원자만 뽑던 시절로, 똑똑하다는 여학생들은 모두 웰즐리(Wellesley)로 모였다. 하버드는 1943년에 문호를 여성에게도 개방했지만, 극히 일부 학과에 국한됐고, 남녀유별의 풍습이 팽배하던 때여서 당시에는 웰즐리대학이 여성 최고의 명문이었다.

타이완 대총통 장제스(蔣介石·장개석)의 둘째 부인 쑹메이링(宋美齡·송미령, 1897~2003)도 웰즐리대학을 졸업했다. 쑨원(孫文·손문)의 아내 쑹칭링(宋慶齡·송경령)과 저명한 실업가이며 중화민국 정부 고위관리였던 쑹쯔원(宋子文·송자문)의 여동생이기도 하다. 즉 쑨원과 장제스는 동서지간이다. 쑹메이링은 1908~1917년 미국에서 교육을 받아 철저하게 미국화되었다(뉴욕에서 고등학교, 보스턴의 웰즐리대학교 졸업). 1927년 장제스와 결혼한 뒤 그가 서구의 문화·사상을 받아들이도록 도왔고, 한편으로는 그의 대의를 서방에 널리 알리는 데 힘을 기울였다.

미국 최고 고등학교인 필립스 엑시터(Phillips Exeter Academy)는 1970년, 필립스 앤도버(Phillips Academy Andover)는 1973년, 세인트폴 스쿨(St. Paul's School)은 1971년 남녀공학으로 문호를 넓혔다.

머힐 학교와 비교해보기 바란다. 그런데 아이비리그를 포함한 14개 명문대학에 진학한 학생들 중 44%가 중도 하차하고 만다.[4] 하버드대학교 학생들이 최고의 고등학교로 뽑은 필립스 엑시터(Phillips Exeter Academy) 출신의 경우 얼마나 공부를 빡세게 했든지, 다른 학교 출신들이 죽을 고생을 해도 제 시간에 졸업을 못하는 하버드에서마저 오히려 여유가 있다고까지 한다.[5][6]

4) 「하버드 가지 마라」, 대니얼 홍, 한겨레에듀, 2010, p.390.

5) 「너는 특별하지 않아(You're not special, 2014)」, 데이비드 매컬로, 민음사, 2016, p.48·91. 〈하버드·예일·프린스턴대학교의 합격률과 합격자 등록률〉
매년 미국 전체로 치면 무려 37,000개 이상의 고등학교에서, 최소한 무려 320만 명 이상의 학생들이 졸업한다. 하버드대학교는 매년 지원자 4만 명 가운데 약 5%(2,000명 내외, 경쟁률 20:1)를 합격시키는데(이는 미국 내에서 최고 경쟁률이며, 예일과 프린스턴이 근소한 차이로 그 뒤를 따른다), 합격자들 가운데 95%는 각자의 고등학교에서 상위 10%에 해당한다. 하버드의 (합격자 중) 등록률은 80% 근처로 현재 미국 내에서 가장 높다.(일부 수정보완)

6) 「세계 1%를 꿈꾸면 두려움 없이 떠나라」, 박중련, 동아일보사, 2008, p.161~164.
〈미국 사회에서 엑시터와 앤도버의 위상〉
영화 「뷰티플 마인드(A Beautiful Mind)」(2001 미국, 론 하워드 감독)에서 존 내시(John Nash)의 상상적 룸메이트가 그에게 장꾸한 말투로 "엑시터나 앤도버를 갈 수 있을 만큼 행운아였는가?"라고 묻는 장면이 나온다. 왜 이 두 학교에 가는 것을 행운이라고 표현했을까? 그 답은 미국 사회가 이 학교들을 어떻게 보고 있느냐에 달려 있다.
미국 영화나 드라마에 자주 등장하는 학교가 엑시터와 앤도버, 하버드와 예일이다. 작가는 등장인물의 성격을 부각시키기 위해 극중 인물에 적합한 학교를 선택한다. 이런 식이다. 영화 「식스 디그리스 오브 세퍼레이션(Six Degrees of Separation)」(1993)에서 사기꾼 역인 윌 스미스(Will Smith)가 자신의 형제들이 앤도버·엑시터, 하버드·예일을 나왔다고 떠벌리는 장면이 나온다.{이상준: 영화(1993)보다 2년 앞서 존 그웨어(John Guare, 미국 극작가)가 1991년에 연극으로 만들었다. 스탠리 밀그램(Stanley Milgram, 1933~1984) 교수가 1961년에 연구한 '6단계 분리이론(Six Degrees of Separation)'에서 힌트를 얻어 제목으로 삼았다. 이 법칙은 케빈 베이컨 때문에 더욱 유명해졌기 때문에 '케빈 베이컨의 6단계 법칙(Six Degrees of Kevin Bacon)'이라 부른다.}
코미디 영화인 「새장(The Birdcage)」(1996)에서는 칼리스타 플록하트(Calista Flockhart)가 공화당 보수파 연방 상원의원 진 핵크먼(Gene Hackman)의 딸이며 엑시터 졸업생으로 나온다. 두뇌가 명석한 한 젊은이가 라스베이거스에서 '블랙잭' 게임으로 부를 쌓는다는 내용의 소설 「브링잉 다운 더 하우스(Bringing Down the House)」(1996)의 주인공 케빈 루이스(Kevin Lewis)도 엑시터와 MIT 출신이다. 댄 브라운의 소설 「다빈치 코드((The da Vinch Code)」(2003)의 주인공인 하버드대학 교수 로버트 랭던(Robert Langdon)도 엑시터 출신으로 등장한다. 저자인 댄 브라운 자신도 엑시터 출신이라 특히 자신을 가르친 모교 선생님의 이름을 여러 소설에 등장시켰다.
결론적으로 엑시터와 앤도버 두 학교는 영화나 소설에서 미국 상류사회를 대표하거나 지식층의 교육 배경을 묘사하는 데 많이 이용되었다. 특히 엑시터가 앤도버보다 영화나 소설에 더 많이 등장하는 것은, 극중 인물을 부각시키는 데 엑시터의 이미지가 더 편리했기 때문이다. 하버드와 엑시터, 예일과 앤도버로 짝지어지는 것은, 졸업생들의 대학 선호도와도 연관이 있다.(이상준: 엑시터의 수업 수준과 학습량은 미국 최고로 타의 추종을 불허하며, 앤도버마저 엑시터의 80% 정도다.)

세계 최고의 대학인 하버드의 학생들이 얼마나 피 터지게 공부하고 있는지를 소개한 책이 있다. 도서편집 경력 10년차인 유명한 여류 출판기획자 웨이슈잉(韦秀英)이 중국 CCTV 방송국 다큐멘터리 '세계 유명대학' 중 〈하버드 편〉의 내용을 바탕으로 만든 책 『하버드 새벽 4시 반: 최고의 대학이 청춘에게 들려주는 성공 습관(Harvard's 4:30 A.M.)』(2013)이다. 이 책 일부를 소개한다.

〖하버드는 지금까지 8명의 미국 대통령과 수많은 노벨상 수상자와 퓰리처상 수상자, 수백 곳의 글로벌 기업 CEO를 배출해냈다. 가히, 이 학교의 영향력은 한 국가를 넘어 전 세계를 움직이기에 충분하다. 과연 하버드의 교육문화 속에는 어떤 비밀이 숨겨져 있는 걸까?

이 질문에 대한 답은 바로 하버드의 새벽 4시 반 풍경에서 찾아볼 수 있다. 하버드 학생들에겐 낮과 밤이 따로 없다. 그들은 시간을 가리지 않고 학구열로 불태운다. 이른 새벽이나 깊은 밤에도 하버드 캠퍼스는 언제나 환하게 불이 켜져 있다. 영국의 한 방송사가 제작한 〈하버드 새벽 4시 반〉이라는 프로그램에는 어느 평범한 날 새벽 4시 반, 하버드의 풍경이 고스란히 담겨 있다. 그 시각 하버드의 도서관은 대낮과 같이 공부하는 학생들로 꽉 차 있었다. 그들은 저마다 치열한 얼굴로 책을 들여다보거나 노트에 뭔가를 기록하기도 하며 이 시간을 보내고 있었다.[7]

그런데 놀라운 것은 이런 뜨거운 기운은 비단 도서관에서만 느낄 수 있는 것이 아니란 사실이다. 하버드의 학생식당, 강의실, 심지어 보건실에서도 그런 학구열은 결코 식는 법이 없다. 학생들은 식사를 하는 자투리 시간까지도 전부 공부를 하는 데 쏟는다. 이곳에서는 학생들 모두가 이런 분위기 속에서 서로에게 긍정적인 영향을 주고받는다. 이들에게 하버드란 잠들지 않는 도시와 같다. 공부할 수 있는 장소라면 어디든, 캠퍼스의 구석구석 모두가 그들에게 완벽한 도서관이 된다. 아니, 학생 하나하나가 발을 딛는 곳들이 곧 '움직이는 도서관'이라고 해도 무방하다. 하버드에는 이런 말이 있다.

"졸업 후 시간과 장소에 상관없이 능력을 발휘하여 인정받고 싶다면, 하버드에 있는 동안에는 일광욕을 하러 갈 시간이 있어서는 안 된다."

그들은 촌음(寸陰)의 귀중함을 안다. 너무나 당연한 이 명제야말로, 하버드 정신의 핵심이 아닐까?(저자 웨이슈잉, p.5~7)

하버드 출신들은 이런 말을 입버릇처럼 한다. "성공은 남은 시간을 어떻게 쓰는가에 달려 있다." 아인슈타인도 비슷한 말을 했다. "인생의 차이는 여가 시간에 달렸다."(p.15~16)

하버드 교수들은 이런 말을 자주 한다. "충분한 노력을 기울여 열심히 공부하되, 하찮아 보이는 부분들까지도 소홀해서는 안 된다. 좋은 성적을 거두는 핵심이 바로 그 기본에 있기 때문이다."(p.30)

하버드 출신의 가장 유명한 기업인 가운데 하나인 마이크로소프트의 창업자 빌 게이

---

7) 「한라일보」, 2015.11.4. 〈이준석 "하버드 학생들 새벽 4시까지 공부? 다 뻥이다"〉
  {이상준: 이준석이 대학을 다닌 지는 지금부터 10년 전이지만 그때도 과연 그랬을까? 그의 인기성(?) 발언 한 마디가 하버드 전체를 규정할 수는 없다.
  이준석(1985~)은 서울과학고(2001~2003, 2년 만에 졸업)를 거쳐 하버드(컴퓨터과학·경제학과 학사)를 졸업하고 새누리당(자유한국당 전신)의 혁신위원장(2014.6~8.)을 역임했고, 2018년 6·13 선거에서는 서울 노원(병)에 바른미래당 국회의원 후보로 출마했으나 낙선했으며(27.2% 득표), 현재 '배움을 나누는 사람들' 대표교사이며 TV에도 자주 출연하는 유명인사다. 한편, 2018년 7월 23일 자살한 정의당 노회찬 의원과 관련한 발언은, '포퓰리즘(Populism, 인기영합주의)'의 작태라고 구설수에 오르기도 했다. 7월 31일자 '데일리베스트 뉴스'는 〈홍준표 '노회찬 자살' 관련 발언에 이준석이 왜 나서나〉라는 제목의 보도에서 다음과 같이 이준석을 호되게 비판했다. "'박근혜 키즈'로 자유한국당에 뿌리를 뒀던 그가 전직 두 대통령(박근혜·이명박)이 구속될 때는 말 한마디 없다가 이번에 유독 튀는 이유가 표를 의식한 게 뻔하다."}
  그가 '하버드 새벽 4시 사진'에 대한 진실을 밝혀 화제를 모은 적이 있다. 2015년 11월 3일 방송된 JTBC '학교 다녀오겠습니다' 청심국제고등학교 편에서는 학생들과 마음속 고민에 대해 이야기하는 예은, 이준석, 김정훈, 강남, 샘 해밍턴, 후지이 미나, 혜이니의 모습이 그려졌다.
  이날 이준석은 '새벽 4시 하버드 사진'이라는 제목으로 온라인상에서 화제가 됐던 사진에 대해 "그거 다 뻥이다"라고 말해 눈길을 끌었다. 이어 그는 "왜냐하면 실제 하버드 도서관은 밤 11시에 닫는다. 새벽 4시의 하버드 도서관은 존재할 수가 없다"고 말했다.
  또 이준석은 "제가 졸업하기 전에 24시간 도서관이 만들어졌는데 거기도 사람이 많지 않다"며 "여러분이 가장 가치 있게 즐기면서 할 수 있는 일들은 도서관밖에 있을 가능성이 있다. 제발 도서관에서 밤새지 마시고 다양한 경험을 했으면 좋겠다"고 조언했다.

츠가 언젠가 연설에서 이런 말을 했다. "게으름은 한 사람의 영혼을 집어삼킵니다. 아무리 단단한 강철이라도 먼지처럼 다가가서는 결국 녹이 슬게 만들죠. 게으름은 모든 악의 근원입니다. 그것은 한 사람뿐만 아니라 한 민족 전체를 무너뜨릴 수도 있습니다."(p.34)

『정의란 무엇인가?(JUSTICE: What's the right thing to do?)』(2009) 의 저자이자 하버드 공개강의로 유명한 마이클 샌델(Michael Sandel) 교수가 한번은 강연 중 이런 얘기를 했다. "아무리 기름진 땅이라도 씨를 심어 가꾸지 않으면 결코 달콤한 열매를 기대할 수 없겠지요. 마찬가지로 아무리 똑똑한 사람이라 하더라도 성실하지 못하면 일자무식의 사람보다도 더 우둔한 인간이 될 수도 있습니다." 이와 비슷한 의미로, 중국에는 "성실과 지혜는 쌍둥이이고, 게으름과 어리석음은 형제다"라는 말이 있다. 즉 아무리 우수한 두뇌를 가졌다고 하더라도 노력 없이는 아무 것도 이룰 수 없다는 것이다.(p.39)

'자신을 믿어야 한다'는 점을 강조하는 하버드 한 교수의 말은 이렇다. "스스로에 대한 믿음은 삶을 지탱하는 기둥이다. 그래서 우리의 내일과 운명을 긍정적으로 바꿔놓는다."(p.55)

하버드에서는 게으름을 피우며 시간을 낭비하는 학생을 찾아볼 수 없다. 그들은 "지금 잠자며 흘리는 침이 내일은 고통의 눈물이 되리라"는 사실을 잘 알고 있기 때문이다. 세상은 그토록 공평하다.

자신의 인생을 사랑하는가? 매 순간순간을 충실하고 값어치 있게 보내고 싶은가? 그렇다면 지금 당장 열심히 계획하고, 공부하고, 경험하라.

우리의 인생은 무수한 순간들이 모여 이루어진다. 중국의 고대 명언 가운데 '젊어서 노력하지 않으면 늙어서는 상심과 슬픔뿐 어쩔 도리가 없다(少壯不努力 老大徒傷悲, 소장불노력 노대도상비)'라는 말이 있다.[8] 시간은 화살과 같다. 청춘이 늘 있는 것도 아니

---

8) 한대(漢代)에 지어진 「악부(樂府)」, 〈장가행(長歌行)〉 중에서

다.(p.117)〕[9]

또한 교육전문가 황용길 교수(1958~)가 저서 『부자 교육 가난한 교육』 (2001)에서 주장하는 요지는 이렇다.

〔미국 대입수능시험(Scholastic Aptitude Test, SAT)의 점수분포는 명문 사립학교, 가톨릭을 포함한 종교계 학교, 공립학교 순이며, 명문 사립학교 출신의 점수는 공립학교 출신에 비해 10% 이상 높은 차이를 보이고 있다.

빌 클린턴 대통령: 미국 중남부 아칸소주 남쪽 끝에 위치한 호프(Hope, 희망)라는 벽지마을 출신으로 공부를 통해 계층의 벽을 극복하고 대통령까지 오른 호프 마을의 호프이다. 교육대통령을 자임한 클린턴 대통령이 주위의 비난과 반대를 무릅쓰고 딸 첼시를 사립학교에 보낸 이유는, 차별화된 방식으로 질적으로 우등 교육을 시키며, 이 결과 대부분의 명문대학의 입학을 독차지하고 향후 사회에서도 리더의 계층에 등극하게 되는 이 열매를 놓을 수가 없었기 때문이다.(p.12~22)

▷ 부자들의 자녀교육

부자들이 자녀에게 고비용의 차등 교육을 시키는 이유는 교육투자가 가장 확실한 재산 보존 방법이기 때문이다. 부시 3부자는 필립스 아카데미 앤도버(Phillips Academy, Andover) 출신이다.(p.26~27)

책과 씨름하는 부유층 자녀와 허송세월을 보내고 있는 국공립을 주로 차지하고 있는

---

9) 『하버드 새벽 4시 반: 최고의 대학이 청춘에게 들려주는 성공 습관(Harvard's 4:30 A.M., 2013)』 웨이슈잉, 라이스메이커, 2017.

중하층 자녀들을 상상해보라. 미국 최고 사립명문 고등학교인 필립스 엑시터 아카데미(Phillips Exeter Academy: 1781년 설립, 뉴햄프셔주 엑시터)와 필립스 아카데미 앤도버(Phillips Academy, Andover: 1778년 설립, MA · 매사추세츠주 앤도버 타운)는 교칙에 어긋나는 불량한 행동뿐만 아니라 학습 부진 역시 결코 용납하지 않는다. 긍지와 수준을 지키기 위해 공부 못하는 아이들을 가차 없이 퇴출시켜버린다. 그토록 잔인하고 몰인정한 학교가 무슨 명문이냐고?

생각하기에 따라서는 가혹하다고 할 수도 있다. 그러나 변명의 틈을 한 치도 허용하지 않고 붙잡아 공부를 시켰기에 이들 학교 출신들이 미국 사회를 주름잡을 수 있는 실력을 기른 것이다. 이들 학교 졸업생들은 1960년대 초반까지 대학교를 마음대로 골라서 갔다. 이 학교들의 졸업장은 명문대학으로 가는 직행 티켓이었으니까. 이들이 하버드 · 예일 · 프린스턴 등 아이비리그(Ivy League) 어느 대학이건 원서만 내면 거의 예외 없이 합격됐고, 입학 후에도 월등한 성적을 거두었다. 고등학교에서의 교육이 얼마나 우수했던지 대학에서의 강의가 심심하다고 불평을 할 정도였다. 실제로 이들의 불만을 해소하기 위해 고등학교 때 이수한 과목의 학점을 대학에서 인정하는 상급과목인정제(Advanced Placement, AP)가 1954년에 채택되어 현재에 이르고 있다.

이 학교들의 학생들은 밤을 새워 공부를 한다. 연 4만 달러의 등록금이 아까워서가 아니다. 숙제도 많고 예습 · 복습도 해야 하고 또 명문대학 입학의 필수조건인 SAT도 준비해야 한다. 게다가 특별활동은 또 왜 그리 많은지 도대체 쉴 틈이 없다. 미술 · 음악 · 풋볼 · 승마 · 골프 · 사교댄스.(…) 나중에 대통령이 될지도 모르는 동창들과 좋은 인연도 만들어놓아야 하고, 그러자면 공부를 못해서는 안 되므로 어떻게든 다른 친구들보다 더 많이 공부해야 한다. 자신의 미래와 가문의 영광을 위해 책과 씨름하는 부유층 자제들 때문에 학교 기숙사의 불은 오늘밤도 꺼지지 않고 있다.(p.29~30)

▷ 적성교육과 인성교육

적성교육의 실상은, 결국 공립학교를 다니는 없는 집 아이들은 쓸데없는 지식을 배우는데 신경 쓰지 말고 건강하게 자라서 직장을 얻어 밥벌이나 잘하라는 이야기다. 인성교육이랍시고 외친 구호가 '공부를 안 하면 착해진다?'이다. 인성교육의 결과는 참담하다. 학생들은 착해지고 순해지기는커녕 오히려 더 난폭해졌고 학과 공부도 더 엉망이 되고 말았다.(p.39~64)

(사실 인성교육은 가정 등 학교 밖의 문제이다. p.205)

〈교육에서 인생행로가 결정 된다〉

1) 잘되는 유대인과 망하는 유대인: 똑같은 유대인 가정이지만 잘되는 집 아이들은 공부를 열심히 하고, 망하는 집 아이들은 온종일 거리를 헤매고 다니다가 절도와 마약을 일삼고 결국 교도소행을 반복하는 경우가 허다하다. 같은 유대인의 피를 받았더라도 어떤 부모 밑에서 자랐느냐에 따라 아이는 확연히 달라진다.

미국의 유명 사립학교와 자치 중학교는 하루 10시간 이상의 강도 높은 수업을 강행한다. 미국의 사교육시장이 팽창하고 있는데 수요자의 대부분이 명문학교를 다니는 상류층의 자제들이다.

2) 사립학교 엑시터·앤도버와 자치학교 KIP의 아이들, 유대인의 상류층 아이들, 왕세자 등이 받은 교육의 공통점은?: 덥건 춥건, 좋건 싫건 무조건 공부를 해야 했고 꾀를 부리는 아이에게는 어떤 방법으로든 부모의 제재가 가해졌다. 학교는 쉬운 내용을 조금씩 가르치지(하류층이 다니는 공립학교의 방식) 않고, 깊고 충실하게 그리고 많이(명문사립방식) 가르쳤다. 그 결과 아이들은 공부를 잘하고 행복한 인생을 살게 되는 것이다.(p.129~143)

▷ 부자집 아이가 공부도 잘한다

엘리트 교육을 없앴다며 채택한 열린교육은 실제로는 엘리트 그룹의 틀을 더욱 공고히 한다. 부자와 권력층에게만 엘리트의 반열을 허용하기 때문이다. 공교육은 기득권을 편애하고 부자와 권력층은 이미 지니고 있는 부와 힘을 이용하여 지식교육의 기회를 독점하며 자식들의 배를 더욱 불리게 되며, 하층계급은 학교의 열등생, 이로 인한 사회적 열등생의 계층을 대대로 물려주게 되는 것이다.

상류층은 접하는 정보의 양도 많고 다양하며 질적으로도 높을 가능성이 많다. 따라서 자랄 때부터 차등교육이 이루어지고 있는 것이며, 아이들의 질문에 대한 대답이나 설명의 질도 상류층이 훨씬 논리적이고 교육적일 가능성이 높다. 또한 학교 자체의 질적 차이, 교사의 질적 차이, 사교육의 이점을 수혜 여부 등 많은 것에서 차이가 날 수밖에 없다. 지식이 힘과 돈의 엄청난 영향을 받고 있는 것이다.

미국이건 한국이건 기초 없이는 아무리 공부해도 기초실력의 있고 없음 역시 아이의 집안 형편에 따라 결정된다. 잘사는 집 아이들은 어려서부터 배움의 기회가 많다. 생활에 여유가 있으니 부모들과 연극 구경도 가고 영화도 관람한다. 박물관·도서관·동물원은 물론 해외여행까지 다닌다. 집에 있는 책장마다 책이 가득하고, 사립 유치원에 학원까지 다니면서 미술·음악·외국어·글짓기를 배운다. 많이 보고 듣고 있으니 자연히 다양한 지식이 생기는 것이다.

그러면 가난한 집 아이는 어떨까? 부모들은 일하러 나가서 해가 져야 돌아오고, 집에는 읽을 책이 별로 없으며, 문화생활은 꿈도 꿀 수 없다. 그러니 자연히 보고 듣고 익는 것이 잘사는 집 아이보다 떨어질 수밖에 없다. 학교에 입학하지만 공부에 관한 지식이라고는 한글을 간신히 깨우쳤을 뿐이다. 이웃집 아주머니가 경주에 관광여행을 다녀온 후 석굴암·안압지 등에 관해 이야기를 하는데 아이는 도대체 무슨 소리를 하는지 알아들을 수가 없다.(p.145~149)

▷ 방학생활

상류층 아이들은 학교에서 경험하기 힘든 여행과 체험활동을 하고, 부족했던 공부를 보충하고, 선행학습을 하면서 방학 기간을 알차게 보낸다. 그러나 가난한 집 아이들은 부모가 모두 생활 전선에 뛰어들어 있어 아이에게 관심을 쏟을 겨를도 없다. 자연히 아이들만 집에 남아 학습은커녕 나태하고 지루하게 시간만 허비하게 되는 것이다. 이 결과 방학 기간을 마치고 개학했을 때 초기에는 부유층과 빈곤층의 자녀들의 학습 능력 간 격차가 가장 크게 벌어지게 되며, 학기 중에 서서히 그 간격이 좁혀진다. 다시 방학을 거치면 격차가 커지고 개학으로 약간 좁혀지는 악순환이 반복되는 것이다(이상준 보충).

▷ 엉망인 공립학교

미국의 공립학교는 세계에서 가장 엉망이다. 미국의 공립학교는 '돌머리 만들기' 교육을 하고 있다. 한국의 공립학교도 학교붕괴라는 말이 나올 정도로 심각한 상황에 처해 있다. 싸구려 미국식 교육의 모방은 끝내자.(p.159~172)

▷ 열린교육의 위선

미국식 진보주의 교육은 아동을 각자의 능력과 적성에 맞게 실용적으로 교육시킨다면서 빈곤층의 자식들을 다시는 빠져나올 수 없는 구렁텅이로 밀어 넣는다. 그리고는 더 놀고 즐기라고 부추겨서 아이들을 더 깊은 나락으로 빠뜨린다. 학교가 아이들의 장래를 처음부터 결정해놓고 부자와 가난한 자, 권력층과 피지배계층의 계급구조를 확고히 다져버린다. 그래서 열린학교의 즐거운 교육은 필연적으로 닫힌 사회와 침몰하는 국가를 불러오게 된다.

열린교육은 철저한 위선이요 자가당착이다. 사회 정의와 도덕적 우위를 내세우고 계급 타파와 해방을 부르짖지만 현실에 부딪히면 그 가면은 벗겨지고 만다. 학업을 거부해

기반을 쌓지 못한 아이들은 여지없이 무너지고, 진보주의 교육이 가장 많이 신경을 쓴다는 서민과 빈곤층의 아이들만 손해를 보게 된다.

결국 공산주의 사회에서는 당 간부의 자식만 좋고, 자본주의 사회에서는 부유층과 권력층의 자제만 덕을 보게 되는 것이다. 새 사회의 건설을 빙자해 기득권의 세력 독점을 더욱 공고히 해주는 배반의 교육인 것이다.(p.207~209)〕

제8장

미국 유학에 관하여

Lee Sang Joon · Knowledge Series 2

He who listens to others is not only loved everywhere,
but also gained knowledge over time.

남의 말을 경청하는 사람은 어디서나 사랑받을 뿐 아니라 시간이 지나면 지식을 얻게 된다. (윌슨 미즈너)

지배받는 지배자

경희대학교 사회학과에 재직 중인 김종영 교수는 저서 『지배받는 지배자: 미국 유학과 한국 엘리트의 탄생』(2015)에서 두 얼굴을 가진 미국 유학파의 민낯을 비판했다. 미국의 학문 시스템에 철저히 종속됐으나 한국 학계에서는 지배층으로 군림하는 미국 유학파들의 위상을 파헤친 책이다. 이 책을 〈학계 헤게모니 쥔 美 유학파, 참을 수 없는 존재의 가벼움〉이라는 제목으로 소개한 아래의 신문기사를 보자.

〔최치원과 이승만·박정희의 공통점은? 당시 한반도의 운명을 좌지우지한 강대국으로 유학을 갔다 와서 문화 혹은 정치권력을 손에 쥐었다는 점이다. 신라시대 당나라에서 공부한 최치원과 일제강점기 일본 육군사관학교를 졸업한 박정희, 미국 프린스턴대 박사학위 출신의 이승만은 각각 중국과 일본, 미국에 대한 학문적 종속구조를 여실히 보여준다.

프랑스 사회학자 피에르 부르디외(1930~2002)의 계층이론에서 따온 용어이자 이 책 제목이기도 한 '지배받는 지배자' 역시 미국의 학문 시스템에 철저히 종속됐으나 한국 학계에서는 지배층으로 군림하는 미국 유학파들의 위상을 상징한다.

지식인들은 문화적 영역의 지배자이면서 그것조차 아우르는 경제적 영역을 담당하는 자본가 계층의 지배를 받는다는 의미다.[1] 김종영 교수가 칭하는 '지배받는 지배자'는 지식공동체, 특히 한국 대학사회 속 '미국 유학파'들을 특정한다. 한국 사회에서 교육적·문화적 헤게모니를 갖고 있지만, 미국 대학의 글로벌 헤게모니의 영향력 아래에 있다는 특징을 갖고 있는 이들이다. 김 교수는 단순한 한국 사회 '엘리트 지식인'이라는 담론이 아닌, 지식 생산의 글로벌 위계를 통해 그 생성과 발전의 과정을 분석했다.

미국에서 사회학 석·박사를 딴 저자는 미국 유학파가 점령한 한국 학계가 미국의 학문 풍토와 달리 왜 후진적인 행태를 보이는지 비판적으로 분석했다. 이 과정에서 한국 학계의 한심한 행태를 적나라하게 고발하고 있다. 단순히 자료 분석에만 그치지 않고 10여 년에 걸쳐 80여 명의 유학생을 만나 생생한 인터뷰를 담았다. 저자는 "한국 지식인들은 정치, 시민사회에 민주화와 근대화를 거세게 요구했지만 정작 본인들은 비민주적이고 전근대적인 가장 모순된 집단"이라고 일갈한다.

미국 유학파들의 끝은 창대하나 시작은 미약했다. 책에서는 이들이 부족한 영어실력 때문에 미국의 토론식 수업에 적응하지 못하고 좌절하는 사례가 나온다. 한국에서 좋은 대학을 훌륭한 성적으로 마친 엘리트들이 언어장벽 앞에서 처참히 무너지는 것이다. 일단 시작부터 기가 죽은 유학생들은 점차 미국 대학에 적응하면서 미국 시스템의 우월성을 자연스레 체득하게 된다.

---

1) 「담론: 신영복의 마지막 강의」 신영복, 돌베개, 2015, p.77, 〈공자와 자공(子貢)〉
공자(孔子) 제자 중에 대상인인 자공(子貢)이 있다. 공자의 14년간 망명도 자공의 상권이 미치는 곳을 벗어나지 않았다고 한다. 자공은 자로(子路)·안회(顏回)처럼 공자를 끝까지 수행하지 못했기 때문에 다른 제자들이 공자 3년상(喪)을 마치고 돌아갈 때 움막을 철거하지 않고 계속 시묘살이를 한다. 그리고 이후에 사재를 털어서 학단을 유지한다. 이 학단의 집단적 연구 성과가 「논어」로 나타났다고 할 수 있다.
그래서 사람들은 안회 같은 뛰어난 제자를 갖기보다는 자공 같은 부자 제자를 두어야 대학자가 된다고 한다. 일찍이 「사기(史記)」(기원전 93년경)를 지은 사마천도 그렇게 이야기했다.

한국으로 돌아오지 않고 현지에 정착한 유학파들의 삶도 수월하지는 않다. 백인 중심의 인종질서와 더불어 여전히 해소되지 않는 언어장벽으로 인해 주류 사회에 쉽게 들어가지 못한다. 결국 상당수 유학파들이 도중에 미국 생활을 접고 귀국길에 오르게 된다.

그런데 이들이 한국에 돌아와서는 폐쇄적 학벌주의와 비민주적 소통, 후진적 대학 시스템이라는 또 다른 장벽을 마주하게 된다. 책에는 학회를 마친 뒤 회식자리에서 특정 명문대 출신들이 "형, 동생"을 불러대며 자기들끼리만 뭉치는 모습을 보고 실망한 한 교수의 경험이 소개됐다.

심지어 연구 프로젝트를 진행할 때에도 분야별 전문가들을 모으기보다 학부 선후배를 중심으로 연구자들을 구성한다는 것이다. 교수 임용 과정에서도 미국 학위뿐만 아니라 국내 학부를 일일이 따진다. 저자는 "우리나라는 미국과 달리 학부 학벌과 대학원 학벌이 이중으로 작동하고, 학부 학벌의 인맥과 맞물려 종종 학벌정치로 비화된다"고 꼬집었다.

이와 함께 유교적 가부장 질서와 연공서열에 눌려 자유로운 학문비판이 이뤄지지 못하는 행태도 젊은 학자들의 의욕을 꺾는다. 기존 통설을 공박하는 새로운 학문적 시도를 '예의 없음'으로 받아들인다는 것이다.

결국 한국 학계에 실망한 상당수 유학파들은 틈나는 대로 미국을 찾아가 연구하는 방식으로 나름의 활로를 찾는다. 미국의 첨단 학문 트렌드를 좇고 이곳 연구자들과 브레인스토밍을 하는 것이 국내에서 연구를 하는 것보다 생산성이 훨씬 좋다는 얘기다. 한국에 돌아온 유학파들은 한국과 미국 사이에서 '양다리'를 걸쳐야 하는 상황으로 인해 결국 집중력을 잃게 된다"고 썼다.)[2]

국공립대 외국인교수 45%가 한국계이며, 이는 실력 있는 외국교수에 대한

---

2) 「동아일보」, 2015.5.16. 김상운 기자.

지원이 적은 탓이라고 지적한 신문기사를 보자. 〈영어강의 한국말로 하는 '외국인 교수'〉라는 제목의 글이다.

〔– 128명 중 113명이 유학 때 국적 바꿔… 순수 해외교포는 15명밖에 안 돼… '글로벌 강의' 기대 학생들만 피해 –

"영어 강의인데 거의 다 한국말이었어요." 서울 국립 A대 공대생 박모 씨(22)는 지난 학기 수강한 B교수 수업을 '한강(한국어 강의)'이라고 했다. B교수는 '엄(um)' 같은 말을 남용하며 계속 더듬댔다. 칠판에 영어 스펠링을 잘못 쓰기도 했다. 한 달쯤 되자 B교수는 "한국말로 하자"며 영어를 쓰지 않았다. B 교수는 외국인 교수였지만 '한국계'였다. B 교수는 한국에서 학사를 마치고 미국에서 박사를 받은 뒤 미국 국적을 취득했다.

국내 국공립대는 외국인 교수 채용을 늘리고 있다. 세계 주요 대학평가기관의 평가 지표인 글로벌 경쟁력의 상징이면서 학생에게 질 높은 영어 강의를 제공한다는 취지에서다. 하지만 '무늬만 외국인' '검은 머리 외국인'이 외국인 교수의 상당수를 차지하고 있다. 서울대의 경우 46.4%(112명)만이 순수 외국인 교수다.(…)〕[3]

그리고 '2017 중앙일보 대학평가'에서 나온 분석결과를 보도한 〈국내 박사 교수들 해외파 압도… SCI급 학술지 실린 논문 수 2배〉라는 제목의 신문기사도 있다.

〔–상위 20% 논문 국내파 비율, 울산대 95% 성균관대 71%. 논문 중 최상급 비율, 사회과학 세종대, 공학 UNIST 1위–

---

3) 「동아일보」, 2017.12.18, 〈영어강의 한국말로 하는 '외국인 교수'〉(김배중 기자)

박사 학위를 받은 나라에 따라 국내 대학교수들을 '국내파' '해외파'로 나눠 분석한 결과, 국내파가 우수한 논문을 국제학술지에 더 많이 내는 것으로 나타났다. '해외에서 박사 학위를 딴 교수들의 연구가 더 뛰어날 것 같다'는 선입견이 더는 사실이 아닌 것이다.

「중앙일보」는 창간 52주년을 맞아 '2017 중앙일보 대학평가'에서 국내 대학교수 중 박사 학위 소지자들이 2012년부터 2016년까지 최근 4년간 국제학술지에 쓴 논문 106만 273건을 한국연구재단과 함께 분석했다. 지난해 기준으로 박사 학위를 가진 국내 교수(전임 교원)는 모두 75,308명이며 이 중 국내파는 67%(50,315명)다.

국내파가 지난해 쓴 논문 중 이른바 'SCI'(과학기술논문 인용색인)에 등재된 학술지에 실린 것은 66,340건으로 49.6%의 비중을 차지했다. 국제학술지에 싣는 논문 중 절반이 SCI급인 것이다. 2012년엔 이런 논문이 39.9%(38,772건)였다. 4년 새 비중과 건수 모두 늘어났다.

한편 해외파가 지난해 쓴 논문 중 SCI급은 50.6%, 34,220건이었다. 비중은 같지만 건수로는 국내파의 절반 수준이었다. 해외파의 SCI급 논문 비중은 2012년에도 49.8%(44,630)였다. 건수로는 오히려 1만 건 정도가 줄었다. 최근 5년간 SCI급 안에서도 상위 40% 학술지에 논문을 20편 이상 쓴 교수는 전국 20개 대학에서 1,173명이었다. 이 중 '국내파'가 584명으로 57.2%나 됐다. SCI급 논문 중 특히 국제적으로 주목받는 논문을 많이 쓴 교수 중에서도 국내파가 더 많았다. 대학별로 나눠보면 이런 교수 중 국내파 비중은 서울대·성균관대·연세대·고려대 등 대부분에서 절반을 넘었다.」[4]

주호석 밴쿠버 「중앙일보」 편집위원은 〈한국으로 돌아갔다가 U턴하는 이

---

4) 「중앙일보」 2017.10.25. 〈국내 박사 교수들 해외파 압도… 논문 수 2배〉
대학평가팀 남윤서(팀장)·조한대·백민경·전민희·이태윤 기자, 김정아·남지혜·이유진 연구원.

민 1.5세대들〉이라는 제목의 신문기사에서, 이민 1.5세대들이 겪는 아픔과 민
낯을 보여줬다. 많은 생각을 하게 만드는 글이다.

[올해 27살인 A씨는 한국의 중학교 2학년 때 부모님을 따라 캐나다에 이민 왔습니다.
캐나다 교육시스템으론 '세컨더리 스쿨(Secondary School, 중·고등학교) 8학년이었습
니다. 본인의 의지와는 상관없이 순전히 부모의 뜻과 계획에 따라 한 번도 와 본 적이 없
는 낯선 나라로 오게 된 것입니다. 외국 여행을 해본 적이 없는 A씨는 한국과 전혀 다른
캐나다 학교생활이 처음엔 두렵기도 했지만, 시간이 지나면서 오히려 한국의 학교보다
더 재미있어졌습니다. 무엇보다 성적에 대한 중압감에서 벗어나고 하기 싫은 과외공부
를 하지 않아도 되는 게 좋았습니다. 학교생활이든 학교 외 생활이든 자신에게 자유가 주
어져 있다는 사실에 캐나다라는 나라가 무척 매력 있는 곳으로 인식되기 시작했습니다.
대학을 졸업하면 캐나다에서 직업을 구하고 캐네디언으로 살아가겠다는 생각까지 하게
되었습니다.

▷ 영어 콤플렉스로 한국 학생들끼리만 어울려

그런데 학년이 올라가면서 당초 예상치 못했던 어려움이 하나둘 현실로 나타나기 시
작했습니다. 우선 시간이 지나면 저절로 영어가 완벽해질 것으로 생각했는데 그렇지 못
했습니다. 캐나다 학교에서는 학생들에게 에세이 쓰는 숙제를 많이 내주는데 가뜩이나
글쓰기가 어려운 데다 영어 능력이 따라주지 못해 에세이 점수가 늘 평균 이하밖에 안 됐
습니다. 그로 인해 생긴 영어 콤플렉스 때문에 캐네디언 아이들하고 어울리는 것도 꺼려
져 친구라야 한국 아이 몇 명밖에 사귀질 못했습니다.

또 생계를 위해 무척 힘든 일을 하는 부모님을 볼 때마다 마음 한구석이 편치가 않아
한국식당에서 아르바이트로 식기 닦는 일을 해 용돈을 벌어 쓰기도 했습니다. 고생하시

는 부모님이 외아들인 자기한테 큰 기대를 걸고 있다는 사실을 은연중에 알게 되었습니다. 일에 지쳐 피곤한 부모님이 가끔 하는 말이 '좋은 대학 가서 나중에 돈 많이 벌어야 한다'였기 때문이었습니다. 부모님이 원하는 대로 소위 좋은 대학 중 한 곳에 진학했지만 졸업하기까지 7년이나 걸렸습니다. 캐나다 대학은 공부를 무지막지하게 시키기 때문에 입학은 쉬워도 졸업은 무척 어렵습니다. 거기다 영어 능력이 부족해 성적이 나오질 않아 재수강을 밥 먹듯 해야 했습니다.

우여곡절 끝에 졸업은 했는데 그다음이 더 큰 문제였습니다. 취직을 위해 몇 군데 이력서를 제출했지만, 직장을 구하는 데 번번이 실패했던 것입니다. 무엇보다 인터뷰할 때마다 자신감이 없었습니다. 마음속에 '과연 내가 캐나다 회사에서 캐네디언들과 어울려 일을 할 수 있을까'하는 두려움과 열등감이 자리 잡고 있었기 때문입니다.

▷ 구직 실패하자 한국으로 돌아가 임시 영어 강사

구직에 몇 차례 실패한 뒤 고민 끝에 한국으로 돌아가기로 마음을 고쳐먹었습니다. 어쩐지 한국이 정서적으로 더 잘 맞는 것 같고 캐나다에서는 부족한 수준의 영어지만 그 영어를 한국에 가면 써먹을 수 있을 것이라는 막연한 생각이 들었기 때문입니다. 지금은 임시로 한국의 수도권에 있는 어느 영어학원에서 영어 강사로 일하면서 안정된 직업을 찾고 있는데, 장래가 불안하고 불투명한 것은 마찬가지입니다. 원하는 일자리를 찾기도 어려운 데다 한국정부가 병역을 미필하고 외국 시민권자가 된 남자가 한국에 돌아가 취업하는 것을 금지하는 법(일명 '홍준표 법[5]'이다)을 시행했기 때문입니다.

A씨처럼 한국에서 태어났지만, 부모를 따라 이민 와 영주권자나 시민권자로 살아가는 세대를 이민 1.5세대라고 부릅니다. 이민 와 잘 안 풀린 1.5세대는 부모한테 억지로 끌려온 세대라고 자신을 비하해 부르기도 하지요. 이들 이민 1.5세대 가운데 교육환경이 한국과 다른 캐나다에 오자마자 물 만난 물고기처럼 공부에 두각을 나타내기 시작해 주위 사

람들을 깜짝 놀라게 하는 아이들도 심심찮게 볼 수 있습니다. 원래 타고난 능력이 있지만, 한국식 교육시스템에 체질적으로 안 맞는 아이들이 대개 그런 모습을 보이지요.

그런데 그렇지 못한 1.5세대들, 즉 학교생활도 제대로 적응하지 못하고 대학까지 마치고서도 캐나다 사회에 진출하지 못하는 아이들이 적지 않습니다. 위에 예를 든 A씨도 이민 와서 캐나다생활에 제대로 적응하지 못한 축에 들어갑니다. 이민 초기에 가졌던 꿈을 이루지 못하고 한국에 돌아가 장래가 매우 불안하고 불안정한 생활을 하고 있기 때문입니다.

---

5) 『경제의 창으로 보는 세상: 한국 사회를 날카롭게 진단한다』, 윤경호 논설위원 칼럼집, 매경출판, 2016, p.190~193.(「매일경제」, 2016.1.14. '매경포럼') 〈홍준표 법〉
우리나라 국적법은 속인주의를 원칙으로 한다. 출생 때 부모 중 한쪽이라도 한국인이면 자동으로 한국 국적을 갖는다. 부모 양계 혈통주의. 한국 국적이었는데 자진해서 외국 국적을 취득하면 대한민국 국적을 상실한다. 외국인도 한국 국적을 취득할 경우 6개월 내에 본래 국적을 포기해야 하며 이를 행하지 않으면 한국 국적을 잃는다.
이중국적 보유는 한국 사람으로 미국 같은 속지주의를 택하는 나라에서 태어나야 가능하다. 그나마 1998년 개정된 국적법에서는 20세 이전에 이중국적이 된 사람은 22세 이전에, 20세 이후에 이중국적을 갖게 된 사람은 2년 내 하나의 국적을 선택하도록 돼 있다. 이를 이행치 않을 경우 자동적으로 한국 국적을 상실하게 된다.
남자의 경우 국적을 포기해 군대 안 가는 걸 막기 위해 국적법 외에 병역법으로도 엄격하게 묶어놓았다. 이중국적을 가진 한국 남자는 만 18세 되는 해 3월 31일 전까지 한국 국적을 포기하지 않으면 자동으로 병역대상자에 편입된다. 병역을 면제받거나 병역의무를 마치고 나면 2년 안에 원하는 국적을 선택할 수 있다.
법무부 통계를 보면 군대 가지 않으려고 한국 국적을 포기한 이중국적자가 2014년과 2015년에만 각각 한 해 1,000여 명씩이다. 이중국적이면서 병역의무를 이행한 이는 30여 명에 불과했다.
국적 규정 악용을 막기 위해 2005년 개정된 이른바 '홍준표 법'에서는 원정출산이나 군대 안 가려 국적을 포기한 경우 (현역 의무에서 벗어나는) 38세 이후에도 한국 국적을 회복하지 못하게 막아버렸다.(다시 말해, 한국 국적을 포기한 후 다시 국적 회복은 원칙적으로 가능하지만, 병역기피나 원정출산 등의 극히 악질적인 경우에는 아예 한국 국적을 재취득할 수 없다는 것이다. ─이상준) 군대 안 가려 한국 국적을 포기한 미국 시민권자 가수 유승준(1976~) 씨는 15년째 국내에 발도 못 붙이는 가혹한 대가를 치르고 있다. 공직사회도 자녀의 이중국적 문제로 곤욕을 치르는 경우가 허다하다.
우리 재외동포는 181개국에 걸쳐 720만 명에 달한다. 광복 전 떠난 중국·일본·옛 소련 등의 400만 명을 빼면 320여만 명은 대한민국 정부 수립 후 이민이나 유학을 가 현지에 정착한 이들이다. 미국 교민사회에서는 우리 국적법의 선천적 복수 국적 규정이 한인 2세의 미국 내 주류사회 공직 진출에 불이익을 받는 요인이라며 개정 요구가 거세다. 당사자의 선택으로 정리할 수 있겠지만 복수국적 이민자나 후손에게는 한층 엄격한 기준이 적용되기 때문이다.
아버지의 나라 케냐 국적이 자동말소돼 아무 지장 없이 대통령까지 된 버락 오바마 같은 환경을 만들어주자는 것이다. 선천적 복수국적이 이민 2세·3세에게 족쇄로 작용한다면 풀어주는 게 맞다. 그래야만 코메리칸에서도 오바마의 후예가 나올 수 있다.(미국 헌법상, 미국 대통령은 시민권자라도 미국에서 출생하지 않으면 자격이 안 된다. ─이상준)

주변을 살펴보면 A씨와 비슷한 과정을 밟는 1.5세대가 의외로 많습니다. 물론 이민 와서 대학을 졸업하고 한국으로 돌아가 직업을 구하는 것을 나쁘게만 볼 수는 없습니다. 한국 정서가 더 잘 맞고 한국에서 좋아하는 일을 할 수만 있다면 굳이 캐나다에서 살아야 할 필요가 없는 것이지요. 하지만 영주권자 또는 시민권자로 캐나다에서 살고 싶은데 영어 능력이나 직장문화 등 이런저런 이유로 할 수 없이 한국으로 돌아가는 경우는 안타깝습니다. 또 캐나다에서 적응하지 못해 한국으로 돌아가 직장을 잡은 아이 중에는 한국의 직장문화에 적응하지 못하고 다시 유턴해 캐나다로 돌아오는 경우도 적지 않습니다. 캐나다에서 학교생활 하는 동안 익숙해진 서양식 사고방식이나 생활방식이 한국의 그것들과 너무나 다르다고 느껴지기 때문입니다. 캐나다에 제대로 적응할 수 없어 한국에 돌아갔는데 거기서도 적응하기 어려워 다시 돌아오는 것이지요.

▷ 한국에서 다시 유턴하는 이민 1.5세대의 공통점

이민 1.5세대 아이가 그런 상황에 부닥치는 데는 몇 가지 공통적인 이유가 있습니다. 우선 자신이 안고 있는 문제입니다. 학교 다니는 시절부터 영어권 아이와 어울리지 못하거나 안 하는 경우입니다. 그렇게 학교생활을 하다 보면 우선 영어 능력이 뒤처지기 쉽고 캐네디언 생활문화를 제대로 배우지 못해 졸업 후 직장을 구해도 적응하기가 어려워집니다.

또 하나는 부모가 가진 문제입니다. 대부분의 이민 1세대는 생계문제 때문에 고생하며 시간을 보냅니다. 그러다 보니 학교 다니는 자식한테 세심하게 관심을 가져주기가 쉽지 않지요. 한국 같으면 담임선생을 찾아가서 상담도 하고 과외 학원을 수소문해 아이를 데려가기도 하지만 이민자 부모들 대부분은 그럴 형편이 못됩니다. 그저 '자기가 알아서 잘 하겠지' 정도에 그치고는 합니다.

대부분의 1.5세대 아이들이 특히 이민 초기에 많은 고민을 하며 스트레스를 받는다고 합니다. 우선 영어 때문에 스트레스를 받고 교우관계나 이성 교제 등에 있어서도 고민하는 아이가 많습니다. 심지어 학교생활에 적응하지 못하고 대마초에 빠져드는 아이도 종종 있습니다.

〈김치와 버터를 동시에 먹고 사는 아이들〉

이민 1.5세대들 가운데는 자신의 정체성에 대해 고민하는 아이도 적지 않습니다. 자신이 한국 사람인지 캐네디언인지에 대한 고민과 갈등입니다. 말하자면 김치와 버터를 동시에 먹고 살아가는 세대라고 할 수 있습니다. 밖에 나가면 서양문화 속에서 시간을 보내고 집에 들어오면 부모와 함께 한국식 생활방식에 의해 살아가기 때문입니다.

따라서 이민생활이 힘들고 고달프기는 하지만 가끔이라도 아이와 대화를 나누는 시간을 갖는 게 매우 중요하다고 학생 상담 전문가들은 말합니다. 그리고 이민 1세대가 영어권 사람과 교류를 하고 어울리려 노력하는 자세가 필요하다고 합니다. 먹고사는 일이 녹록지 않고 영어도 짧기 때문에 쉬운 일은 아니지만 1세대를 따라온 1.5세대 자식을 위해서라도 그런 마음가짐과 노력하는 자세가 필요하다는 것이지요.)[6]

한국에서 미국 유학을 갈 때에 학생비자(F-1)를 받는다. 초중등 학교든 대학·대학원이든, 학생비자는 비교적 쉽게 나오기 때문에 공부는 얼마든지 할 수 있다. 그러나 그다음 취직할 때가 문제다. 취업비자 문제가 그리 녹록지 않다는 점이다. 〈미국 유학생들이 취직 못하는 이유〉라는 제목의 신문기사(2016.6.6.일자)를 보면, 미국에 거주 자격이 없으면 '난민'과 같은 처지가 되어 운신의 폭이 거의 없음을 강조하고 있다. 미국에서 취직하는 데 있어 가장 중

6) 「중앙일보」, 2018.5.30. 〈한국으로 돌아갔다가 U턴하는 이민 1.5세대들〉(주호석)

요한 요소는 대학 간판도·성적도·영어도 아니고, 바로 체류 신분증(시민권·영주권, 아니면 취업비자라도)이라는 것이다. 체류 자격이 없는 경우에는 설사 취직을 했다고 하더라도, 고용주들이 '해고하면 본국으로 추방된다!'는 약점을 악용하여 제대로 된 인건비도 지불하지 않는다고 한다.

〔미국 국제교육원(IIE)에 따르면 미국 내 한국인 유학생 수(2015년 기준)는 63,710명으로 전체 유학생의 6.5%를 차지했다. 1위 중국(31.2%), 2위 인도(13.6%)에 이어 세 번째로 많다.[7]

「동아일보」와 KOTRA가 운영하는 미국 내 한국인 유학생 취업 및 창업 멘토링 프로그램 '청년드림 뉴욕캠프'를 취재하면서 유학생들의 고민을 들을 기회가 많았다. 비싼 학비와 생활비를 대준 부모에 대한 감사함과 미안함, 하루빨리 미국에서 좋은 직장을 구해 은혜에 보답하고 싶어 하는 간절함과 조바심이 느껴졌다.

미국 취업의 꿈을 가로막는 큰 걸림돌은 대학 간판도·성적도·영어도 아닌, 체류 신분이란 사실도 알게 됐다. 한 재미동포가 "이른바 '아메리칸 드림'은 아메리칸(미국 시민)이 됐을 때 실현될 수 있는 것"이라고 했던 말이 떠올랐다.

미국 회사 취직이 그렇게 어려우면 한인 회사나 미국에 진출한 한국 기업들이 유학생을 채용해주면 어떨까. 뉴욕시에서 중소업체를 운영하는 A씨(38)는 이런 제안에 고개를 가로젓는다. "10년 전 창업했을 때 시 관계자들은 '뭐 도와줄 것 없느냐'고 했다. 그런데

---

7) 〈일본 학생들이 미국 등지로 유학을 많이 가지 않는 이유〉
　일본은 국내 교육에 대한 신뢰도가 높고, 서구학문보다 일본 자체 학파에 대한 자긍심도 높아, 한국처럼 유학에 목매는 현상이 덜하다. 따라서 상대적으로 일본은 유학생의 숫자가 적은 것이다.
　일례로 2018년까지 일본인이 수상한 노벨상은 24개이며(공동수상자가 있어 인원 수는 27명), 분야별로는 화학상 7명, 물리학상 11명, 생리학상 5명, 문학상 3명, 평화상 1명이다. 일본은 압도적 1위인 미국(271명)과 영국, 독일, 프랑스에 이어 전체 5위를 달리고 있다. 하지만 2000년 이후 자연과학 분야만 따지면 미국에 이어 2위다.
　물론 한국은 노벨평화상 1개뿐이지만, 기초과학 분야보다는 실용과학 분야에 초점을 맞춘 요인도 있다.

몇 년 전 한국인 유학생을 1명 채용했는데 당국에서 '왜 미국인이 아닌 외국인을 뽑았는지를 소명하라는 요구가 빗발쳤다. 툭하면 조사를 나와서 온갖 트집을 다 잡았다." 그동안 그들이 A씨에게 베푼 친절은 '미국인에게 일자리를 만들어준 대가'였던 것이다. 한국 금융기관의 한 뉴욕 지점장도 "유학생을 채용했다가 그런 피해를 보는 일이 반복되면서 아예 '현지인(미국인)만 뽑아라!'는 내부 지침을 만들어 넣은 지점도 꽤 있다"고 귀띔했다.[8]

미국 체류 자격(학생비자 · 취업비자 · 영주권 · 시민권)

미국의 교육은 연방 헌법 규정상 주 정부의 권한이기 때문에 각 주마다 교육제도가 다르며, 주 내에서도 지방마다 교육제도가 다르다. 한국과 비교했을 때 전체 12년 기간은 같지만 약간 차이가 난다. 미국은 초등학교(5년)·중학교(3년)·고등학교(4년)의 학제, 즉 '5+3+4' 방식이 주류이다(교육의 메카인 보스턴 등). 그리고 '6+2+4' 방식 또는 한국처럼 '6+3+3' 방식을 적용하는 일부 주도 있다.

학교별로 부르는 명칭은 초등학교는 'Elementary School' 'Primary School' 또는 'Grammer School', 중학교는 'Junior High School' 또는 'Intermediate School', 고등학교는 '(Senior) High School'이다.

미국은 고등학교까지 의무교육이므로 공립학교에 다닐 경우 학비가 면제된다. 그리고 공립학교는 교내에서 종교 교육을 시키는 것은 금지하고 있다. 공립학교는 거의 90%이며 나머지 10% 정도가 사립이다. 사립학교는 연간 수천만 원, 많게는 1년에 5천만 원(4만 달러)이 넘는 학비를 부담하는 곳도 있다(영

---

8) 「동아일보」, 2016.6.6. 〈미국 유학생들이 취직 못하는 이유〉(부형권 뉴욕 특파원)

국·호주 같은 국가는 외국인인 경우 자국민보다 연간 1천만 원 이상 더 부담 시킨다). 기숙사 생활을 할 경우에는 2천만 원에 육박하는 기숙사 비용도 추가로 부담해야 한다. 실로 어마어마한 교육비를 부담하는 대가로 얻는 교육의 질은 공립학교와는 천양지차다. 그래서 미국의 부유층 자제들이나 한국에서 조기유학을 떠나는 학생들은 대부분 이런 사립학교에 다닌다.

만일 자녀를 중학교(Junior School)부터 조기유학을 시킨다고 할 때, 미국 시민권이나 영주권이 있는 경우와 그렇지 않은 경우로 크게 구분되지만, 대략 다섯 가지 형태로 구분된다.

첫 번째, 자녀가 미국시민(미국 출생)이나 영주권자인 경우라면, 친척이나 지인의 도움을 받아 사립학교(데이스·보딩스쿨)는 물론 공립학교에도 다닐 수 있다.

두 번째, 학생비자(F-1)를 받아 떠나는 형태다. 이 경우 공립학교는 I-20 (F-1비자 신청 시 필수 서류인데, 당해 학교가 발급하는 입학허가서)를 발급하지 않으므로 사립학교밖에 입학이 안 된다.

세 번째, NIW(National Interest Waiver, 투자 없이 영주권을 취득하는 정책)로 가족 영주권을 취득하여 유학을 가는 방식이다. 금전보다 더 중요한 인적자원의 자질을 인정받아 영주권을 취득하는 방식인데, 의사나 박사급 이상의 이공계에게 문호가 넓으며 문과 계통은 박사라도 어려운 게 현실이다.

네 번째, 가족이 취업비자(H-1B)나 소액투자비자(E-2)로 들어와서 엄마와 학생은 남고 아빠는 한국으로 되돌아가는 형태다. 전형적인 기러기 가족이 돼버리는 아픔은 있지만, 공립학교를 포함한 여러 종류의 학교선택이 가능하다는 장점도 있다. 소액투자비자(E-2)의 경우 '상당한 금액'(보통 10만 달러) 이상을 투자하고, 수익성이 일정 수준 이상이라는 '사업계획서'가 인정되어야 대사관에서 승인이 된다. 미국 국무부 비자통계에 따르면, 2017년 발급된 E-2비자는 43,000여개로 투자이민(EB-5) 쿼터의 4배가 넘고, 비자승인율도 92~93%에 달할 정도로 심사가 까다롭지는 않다고 한다.[9] E-2를 한 번 받으면 처음 체류기간은 2년이지만, 한 번 한국을 방문하고 들어올 때마다 처음 비자 기간 5년의 한도 내에서 2년씩 그 기간이 자동적으로 연장된다는 장점은 있다. 하지만 5년 뒤에는 다시 심사를 받아야 하는 까다로운 점도 고려해야 한다.

다섯 번째, 투자이민(EB-5, EB: Employment Base)을 통해 영주권을 취득하는 방식이다. 50만 달러 이상을 경제특구지역(Regional Center)에 간접투자를 해도 되고(한국 투자이민의 90%가 이 방식이다)[10] 직접투자도 가능하며, 고용촉진지구가 아니면 100만 달러를 투자해야 한다. 그리고 돈만 있다고 해서 투자승인이 되는 게 아니고, 완벽한 자금출처 입증, 범죄사실 유무 등 요구하는 서류가 장난 아니다. 이 투자가 승인되면 투자한 본인은 물론 가족들도 영주권(5년 후에는 시민권 자격 부여)을 취득하여 자녀는 공립학교에도 입학이 가능해진다. 투자이민(EB-5)의 경우 소액투자비자(E-2)와는 달리 진행기간은 상당히 길지만(보통 2년 걸린다), '비자'보다 훨씬 권리가 많은 '영주권'을 받는다. 이에 영주권과 관련한 모든 권한과 혜택을 누릴 수 있다는 장점이

---

9) 「미주한국일보」 2018.4.10. 〈H-1B 막히자 E-2로〉 (LA 김상목 기자)
   취업비자(H-1B) 받기가 갈수록 어려워지자 비교적 문턱이 낮은 소액투자비자(E-2)에 한인 등 이민자들의 관심이 쏠리고 있어 최근 E-2 비자신청이 크게 늘고 있다. H-1B 비자가 쿼터 제한과 심사강화로 문턱이 갈수록 높아지고 있는 것과 달리 E-2 비자는 쿼터가 없고, 심사도 까다롭지 않는 이유 때문이다.
   이런 추세에 따라 한인들의 E-2 관심도 다시 커지고 있다. 지난 2014년 2,042명까지 급감했던 E-2 비자 취득이 2017년 2,358명으로 20% 가까이 증가했고, 최근 E-2를 문의하는 한인들도 늘고 있다.
10) 「미주중앙일보」(LA) 2018.4.30.〈투자이민 EB-5 투자금 50만 불로 미국영주권 취득〉
   2017년 EB-5 미국투자이민 통계를 보면 한국인으로서 투자이민을 통해 영주권을 받은 사람은 약 200명으로 세계 4위였다. 흥미로운 점은 이 중 100만 불(TEA 50만 불) 직접 투자를 통한 이민은 13명밖에 되지 않지만, 리저널센터를 통한 케이스는 14배가 많은 182건이나 된다는 것이다. 2015~2016년도에도 한국인의 90% 이상이 리저널센터로 진행되었다.(로스앤젤레스)

있다. 여건만 허락한다면 투자이민(EB-5)이 미국 시민으로 살아가는 데 있어 가장 확실한 방법이다. 그 절차는 미국 이민국(https://egov.uscis.gov)에 이민청원서(I-526)를 접수하고, 2년 정도 심사하여 신분조정 서류(I-485)을 받게 되고, 이를 가지고 미국대사관(한국 거주자)이나 미국 이민국(미국 거주자)에서 인터뷰를 하면 영주권(임시 영주권)이 집으로 배달된다. 임시 영주권자는 21~24개월 사이에 영구 영주권 청원서(I-829)를 이민국에 제출하여 승인 받으면 영주권 취득 절차가 종료된다. 임시 영주권 취득일로부터 5년이 경과하면 시민권을 획득할 수 있다. 미국 영주권자는 미국 출국 후 1년 이내에 미국에 재입국해야 하며, 시민권자의 경우에는 미국을 떠나 있는 기간이 한 번에 6개월을 넘으면 안 된다. 투자이민(EB-5) 신청(I-526)할 때 많은 서류나 증빙자료들이 함께 제출되므로(거부될 가능성이 높은 경우 신청 대리를 맡은 변호사가 아예 만류해버린다), 승인될 가능성이 80%를 넘는다.[11] 한편, 투자이민(EB-5)에 대해 트럼프 정부는 최소 투자금액인 50만 달러를 80만~1백만 달러까지 올리려는 움직임도 있지만 반대의견도 만만치 않아 당분간은 그대로 유지될 것으로 보인다.[12] 또 투자이민(EB-5)은 한시법 성격으로 보통 6개월씩 연장되는 형태다. 현재 2018년 12월 7일까지 연장되어 있다(물론 다시 연장될 것이다. 여태까지도 계속 그래왔다).[13]

---

11) 「미주중앙일보」(뉴욕) 2013.1.4. 〈투자 통해 영주권 신청하려고 하는데 승인율은?〉
   투자이민(EB-5)의 첫 단계인 I-526 청원서의 경우 최근 몇 년간 꾸준히 80% 이상의 승인율을 보이고 있다.(차현구 이민법 전문 변호사)

12) 〈유학 컨설팅 업체들은 최소투자금액 50만 달러가 곧 상향될 것처럼 분위기를 조장〉
   신문지상에도 세미나 개최에 대한 광고성 기사가 판을 친다. 한시라도 빨리 고객을 붙잡기 위한 마케팅 방법의 일환일 것이다. 각자 잘 판단하시길.

13) 「미주한국일보」 2018.9.14. 〈50만 달러 투자이민 시효 3개월 또 연장: 9월 30일 → 12월 7일〉

미국 소수집단우대정책(Affirmative Action) 폐지(2018년 7월 3일)

도널드 트럼프 행정부가 대학 신입생 선발 과정에서 인종의 다양성을 고려하도록 한 '소수집단우대정책(Affirmative Action, 어퍼머티브 액션)'을 2018년 7월 3일 철회했다. 미국 내에서는 인종의 다양성을 선호하지 않는다는 의미로 해석돼 큰 반발을 사고 있지만, 그동안 우수한 성적에도 불구하고 소수계 입학 할당 수 때문에 불이익을 받아온 아시아계 학생은 오히려 반사이익을 볼 전망이다.[14] 어퍼머티브 액션은 인종차별이 극심한 1961년 당시 존 F 케네디 대통령이 '평등고용기회위원회'를 설립하는 행정명령을 내리면서 시작됐다. 취지는 여성·흑인·장애인 등 구조적으로 외면 받아온 미국 내 사회적 소수자에게 대학 입학과 취업·진급 등 우대를 해주자는 일종의 '긍정적 차별'이었다.

하지만 특히 교육 분야에서는 '역차별 논란'이 끊이지 않는 등 계속해서 잡음이 있었다. 소수인종에게 일부 인원을 할당함으로써 정작 성적이 우수한 백인 학생이 입학을 거부당한다는 이유에서다. 마찬가지로 성적이 뛰어난 한국·중국 등 아시아계 학생은 소수인종에 속하면서도 흑인·히스패닉 등 다른 소수인종 우대로 인해 차별당해 왔다는 주장이 있다. 아시아계는 미국 전

---

14) 『무엇을 놓치고 있는가: 보이지 않는 것을 보는 하버드 관찰 수업(The Power of Noticing, 2014)』, 맥스 베이저만(하버드대 석좌교수), 청림출판, 2016, p.228~229.
2012년 12월 「뉴욕타임스」에 실은 논설에서 캐롤린 첸(Carolyn Chen) 노스웨스턴 대학 교수는 아시아계 학생들이 입시 과정에서 정상급 미국 대학들로부터 차별받는다고 주장했다. 그 근거로 아시아계 학생들이 대개 시험 성적과 내신 등급 같은 객관적인 요건에 따라 입학하는 "정상급 고등학교에 합격하는 비율은 정원 수의 40~70%를 차지한다"는 사실을 들었다.
그럼에도 2009년에 사회학자인 토머스 에스펀쉐이드(Thomas J. Espenshade)와 알렉산드리아 월튼 래드포드(Alexandria Walton Radford)가 실시한 조사에 따르면 백인 학생들이 까다로운 미국 대학에 입학할 확률이 아시아계 학생들보다 3배나 높았다.
두 사람이 내린 결론에 따르면 아시아계 학생들이 대단히 까다로운 대학들에서 백인 학생들과 같은 입학 가능성을 얻으려면 수능 수학영역 및 언어영역에서 평균 140점을 더 받아야 했다.

체 인구 중 6%에 불과하지만 아이비리그를 포함한 명문대에서 차지하는 비율은 20%에 달해 입시에서 소수자가 아닌 우세 집단으로 분류된다. 트럼프 행정부 관계자 역시 "기존 지침으로 인해 법이 '허용하는 것 이상으로' 대학이 소수인종을 우대하는 상황이 있었다"고 밝히기도 했다. 어퍼머티브 액션으로 실제 대학 내 소수인종 입학 비율은 점차 늘고 있다. 지난해 가을에는 하버드대 개교 이래 381년 만에 처음으로 소수인종 비율이 절반을 넘어서며 백인 비율을 앞질렀다. 「보스턴글로브(The Boston Globe)」에서 분석한 자료에 따르면 지난해 가을 학기 하버드대에 입학한 학생 중 소수인종 비율이 50.8%(아시아인 22.2%, 흑인 14.6%, 히스패닉 11.6%, 기타 2.4%)로, 백인 비율(49.2%)보다 1.6%포인트 높았다. 흑인 비중은 전년 대비 4%포인트 늘었지만, 아시아 학생 비율은 오히려 0.4%포인트 줄었다. 하버드대는 미국 내에서도 어퍼머티브 액션 정책을 적극적으로 운영하는 대학으로 꼽힌다. 주로 흑인이나 히스패닉계에 가산점을 부여해 일부 아시안도 역차별을 당한다는 주장이 제기돼왔다.[15]

급기야 '공정한 입학을 위한 학생들(SFFA)'이란 단체는 2018년 6월 15일, "어퍼머티브 액션 정책으로 인해 아시아인은 오히려 역차별을 당한다"고 주장하며 소송을 제기하기에 이르렀고,[16] 이 소송 과정에서 하버드대학교 입시에서 특정집단, 즉 '출신·동문(Legacy)·재산'이 SAT만큼 중요하다는 사실이 드러났다. 이를 보도한 2018년 7월 31일자 「동아일보」의 기사는 이렇다.

〔〈하버드대 입시, 특정집단 우대… '출신—동문—재산'이 SAT만큼 중요〉
 —'아시아계 차별' 소송과정서 베일 벗는 입학사정 시스템—

---

15) 「매일경제」, 2018. 7. 5. 〈美 대학 소수인종 입학우대 없앤다〉(이새봄 기자)

"'입학처장 리스트(dean's list)'가 뭡니까?"(변호사)

"(학생의) 지원과 관련해 일어날 수 있는 일들을 확실하게 인식하기 위해 사용하는 겁니다."(윌리엄 피츠시먼스 미국 하버드대 입학처장)

"하버드대 기부자와 이해관계가 있는 지원자라면 리스트에 올라갈 수 있나요?"(변호사)

"가능합니다."(피츠시먼스 처장)

지원자의 95% 이상을 걸러내는 미국 최고 명문 하버드대의 입학사정 시스템이 베일을 벗었다. 하버드대와 아시아계 단체 연합체 '공정한 입시를 위한 학생들(SFFA)' 간의 소송 과정에서 입학사정 시스템의 윤곽이 드러난 것이다.

▷ 5% 바늘구멍의 비밀, 성적+4가지 α

「뉴욕타임스(NYT)」는 "하버드대가 인종 간 균형을 맞추기 위해 입학전형 과정에서 아시아계를 차별했다는 소송에서 이 대학의 비밀스러운 선발 과정이 드러나고 있다"고 29일 전했다. 하버드대는 매년 미국 전역에서 학업 성적 등이 뛰어난 고교생 4만 명이 지원하며 합격자는 2,000명이 채 되지 않는다. 지원자들은 합격률 5% 미만의 바늘구멍을

---

16) 「조선일보」, 2018.7.4. 〈트럼프, 대학입학시 소수계 우대정책 폐지… 아시아계 '어부지리' 혜택〉(배정원 기자)
   최근 미국 동부 보스턴에 위치한 하버드 대학은 학업성적이 우수한 아시아계 학생들을 차별해 불합격처리했다는 논란을 빚고 있다. '공정한 입학을 위한 학생들(SFFA)'이란 단체는 지난 6월 15일 보스턴 연방 법원에 2010~2015년 하버드대 지원학생 성적 기록 분석을 제출하며 하버드 대학이 다른 소수계 우대를 위해 성적이 뛰어난 아시아계 학생들을 차별했다고 소송을 제기했다. 이 단체는 대학 입학사정 과정에서 인종을 고려하는 것은 헌법에 어긋난다고 주장하고 있다.
   트럼프 행정부의 입장은 SFFA의 소송 결과에 유리하게 작용할 전망이다. 「뉴욕타임스」는 "행정부의 새로운 정책이 '법률적 힘'이 있는 것은 아니지만, 연방정부의 공식 입장이 되기 때문에 향후 대법원의 결정에도 영향을 미칠 수 있다"며 "대학 역시 가이드라인을 바꾸지 않으면 트럼프 행정부로부터 조사를 받거나, 소송을 당하거나, 재정적 지원이 끊길 수 있다"고 전했다.
   다만, 다양한 인종을 인정하지 않는다는 비판의 목소리도 거세다. 캐서린 라몬 전 교육부 민권담당 차관보는 "트럼프 행정부가 또다시 혼란을 야기하고, 불필요한 진흙탕 싸움을 만들고 있다"며 "대법원은 수십 년간 소수계 인종을 우대하는 정책을 합법이라고 판결했는데, 앞으로 정당한 교육 발전을 손상시키는 것"이라고 비판했다. 오바마 행정부 때 법무부에서 일했던 아누리마 바르가바는 "트럼프 행정부의 행동은 인종적 다양성을 선호하지 않는다는 신호로, 아무에게도 도움이 되지 않는 정치적 공격"이라고 비판했다.

통과해야 하지만, 대학이 학생들을 어떻게 걸러내는지는 구체적으로 알려져 있지 않다.

「NYT」에 따르면 하버드대는 지원자를 출신지에 따라 미국 20개 지역의 목록으로 분류하고 해당 지역과 고교에 친숙한 입학사정관이 배속된 하위 위원회에 각각 배당한다. 일반적으로 2~3명의 입학사정관이 지원서의 학업(academic), 비교과(extracurricular), 체육(athletic), 인성(personal), 종합(overall) 등 5개 항목을 평가한다. 교사와 지도교사 추천서도 등급을 매기는 것으로 알려졌다. 「NYT」는 "지원자가 어디 출신이며, 부모가 하버드대를 다녔는지, 돈이 얼마나 많은지, 학교의 다양성 목표에 얼마나 부합하는지 등이 완벽한 수능(SAT) 성적만큼 중요할 수 있다"고 평가했다.

하버드대는 특정 집단을 우대하는 '팁스(tips)' 제도를 운영하고 있는 것으로 알려졌다. 소수 인종과 민족, 동문의 자녀(레거시·Legacy), 기부자 친척, 교수나 직원 자녀, 선발된 운동선수 등 5개 그룹을 우대한다는 게 소송을 제기한 SFFA 측 주장이다.

▷ 입학처장 리스트와 '뒷문 입학' 논란도

학교 기부자와 이해관계가 있거나 학교와 관련이 있는 지원자 명단도 '입학처장 리스트' 형태로 별도 관리된다. 동문이 입학 면접관으로 자원봉사하고 지원자인 자녀 이름을 '입학처장 리스트'에 올릴 수 있다는 것이다. 동문회 관계자, 기부금 모집 부서 자문을 거쳐 명단의 지원자가 학교와 얼마나 관련이 있는지에 따라 등급도 부여된다. 기부금 규모가 클수록 더 좋은 등급을 받을 수 있는 셈이다. 피츠시먼스 처장은 "명단의 지원자는 동문회, 장학금 및 대학 발전사업 관계자 가족인 경우가 있고 하버드대 입학이 얼마나 힘든 일인지 알고 있어 충분한 자격을 갖추고 지원한다"고 해명했다.

하버드대는 성적은 아슬아슬하지만 대학이 선발하길 원하는 지원자 명단인 'Z리스트'라는 명단도 별도 관리하고 있는 것으로 알려졌다. 2014~2019학년도 신입생 중 연간 50~60명이 Z리스트를 통해 합격증을 거머쥐었으며 이들의 대부분이 백인이나 동문 자녀

등 입학처장 리스트에 이름이 올라 있었다는 것이다.

▷ 아시아계 '가지치기' 했느냐가 쟁점

이번 소송의 쟁점은 하버드대가 아시아계 지원자에게 불이익을 줬느냐다. 1990년 교육부 보고서는 하버드대가 아시아계 미국인을 차별하지 않았지만 그들에게 '팁'(입학 우대)을 주지도 않았다고 지적했다. 2013년 하버드대 내부 보고서는 아시아계 미국인이라는 점이 입학과 부정적인 상관관계가 있다고 밝혔다. SFFA는 "2000~2015년 하버드대 지원자 16만 명의 입학 전형 자료를 분석한 결과 학교가 아시아계 지원자의 성격, 호감도, 용기 등 인성 평가 점수를 낮게 매겨 차별을 했다"고 주장한다. 입학사정관들이 지원자의 5가지 정보(이름, 가문, 민족, 운동선수, 재정 지원) 등이 적힌 서류를 이용해 최종 판정을 내렸다는 의혹도 제기했다.

이에 대해 하버드대 측은 "조직적 차별은 없었다"며 "2개 집단(아시아계 중 캘리포니아주 출신과 여성)의 특징을 부풀려 전체 아시아계를 차별했다고 잘못된 주장을 하고 있다"고 반박했다.(뉴욕, 박용 특파원)】

그간 소수집단우대정책 논쟁도 많았다. 지지자들의 논지는 첫째, 표준화된 시험의 불균형 바로잡기, 둘째, 과거의 잘못 보상하기, 셋째, 다양성 증대로 압축된다. 지난 30년간, 법정은 소수집단우대정책으로 생기는 난해한 도덕적·법적 문제로 골치를 앓았다. 미국 연방대법원은 1978년에 일어난 데이비스에 있는 캘리포니아 의과대학의 소수집단우대정책(배키 소송사건)을 아슬아슬한 표 차로 지지해주었다. 1992년에는 텍사스 법학전문대학원(홉우드 사건)이, 2003년에는 미시간 법학전문대학원(그루터 사건)이 관련된 소송에서, 대법원은 찬반이 팽팽히 맞선 가운데 결국 인종은 입학 심사에서 고려 사항이 될 수 있다는 판결을 내렸다. 한편 캘리포니아·워싱턴·미시간에서는 최근에 주민 투표로, 공교육과 취업에서 인종별 우대정책을 금지하는 내용을 발의하기도 했다.[17]

그러면 진짜 미국인이란 과연 어떤 사람을 말하는 것일까? 보통의 미국인들에게는 진짜 미국인은 당연하게도 유럽인 유형의 백인이다. 이때 그가 실제로 미국 출신인가 아닌가는 중요하지 않다. 배우 휴 그랜트(Hugh Grant, 영국인, 1960~)와 제라르 드파르듀(Gerard Depardieu, 프랑스인이지만 부자 증세 정책에 반대해 프랑스 국적을 포기하고 러시아 국적을 취득했다, 1948~)도 지체 없이 미국인으로 분류되었다. 반면에 아시아의 얼굴을 가지고 있다면 미국인으로 분류될 가능성이 전혀 없다.[18]

"백인 피 외에 단 한 방울의 유색 피가 섞여도 백인이 아니다." 바로 '(피) 한 방울 법칙(One Drop Rule)'이다. '민족자결주의'로 유명한 우드로 윌슨(Woodrow Wilson, 1856~1924, 28대 대통령, 1913~1921)도 인종차별주의자였다. 그가 제창한 민족주의도 인종차별주의에서 나온 것이었다.[19][20]

"1900년대 중반까지 미국에서는 흑백분리 정책이 만연했다. 그러자 이에 반기를 드는 운동이 점차 활기를 띠었고 마침내 연방 대법원은 1941년 열차 객

---

17) 『정의란 무엇인가?(JUSTICE, 2009)』 마이클 샌델, 김영사, 2010, p.235~255

18) 『뇌 속에 또 다른 뇌가 있다(Mein hirn hat seinen eigenen kopf, 2016)』 장동선(한국계 독일 뇌과학자) 저/ 염정용 역, 아르테, 2017, p.177~178.
    테니스 선수 마이클 창(Michael Chang)이나 방송기자 코니 정(Connie Chung) 같은 미국에서 유명한 아시아계 미국인들조차 그 테스트에서 가차 없이 '이국적'인 인물로 배제되었다. 다양성과 복잡성 때문에 우리의 서랍 사고(흑백논리)는 그야말로 과도한 부담을 떠안고 있다.

19) 함재봉 아산정책연구소 원장, 2018.3.31. 열린 연단 강의 〈문명충돌과 다문화주의〉
    함재봉 박사: 연세대 정외과 교수를 역임했고, 전두환 대통령 비서실장으로 동행했다가 1983년 10월 9일 버마(1989년 6월부터는 미얀마) '아웅산 테러'로 51세에 사망한 고 함병춘 박사의 아들, 1958~.

실에서 흑인 칸과 백인 칸을 따로 두는 것은 평등권을 침해한다고 판결했고, 1945년 열차 외의 다른 교통수단에서 흑인을 차별하는 것도 위헌이라고 판결했다. 1948년에는 백인 거주 지역에 흑인이 들어와 살지 못하게 한 주택관리 규정도 무효라고 선언했다. 이런 분위기는 교육 분야에까지 확대됐다.

1950년대 중반까지 미국 공립학교에서 인종을 분리해 교육하는 것이 수정헌법 제14조에서 보장한 평등권을 위반하는 것인지가 쟁점이었다. 그때까지 대법원은 물리적 시설이 평등한 이상 흑인 학교와 백인 학교를 별도로 운영하는 것은 분리하되 평등하므로 차별이 아니라는 원칙을 고수해왔다. 그런데 올리버 브라운(Oliver Brown, 캔자스주)이 제기한 재판에서 연방 대법원은 1954년 5워 17일, 획기적인 판결을 선고해 미국을 뒤흔들었다. 일명 '브라운 재판'으로 불리는 이 사건에서 대법원은 "인종을 기준으로 한 분리정책은 그 자체가 불평등하다"는 새로운 법 원칙을 선언했던 것이다. 연방 대법원이 내

---

20) 《(피) 한 방울 법칙(One Drop Rule)》〈지식백과〉
　　미국에서 과거의 인종 구별 방식으로, 부모 중 하나가 백인이라도 비백인계의 피가 섞이면 비백인계로 보는 것이다. 법적인 규정은 아니었는데 미국의 주법에서는 쿼터나 1/8 이하의 흑인 피가 섞인 사람은 백인으로 보았다. 워런 거메일리얼 하딩(Warren Gamaliel Harding, 미국 제29대 대통령, 1865~1923)은 외모는 백인이지만 조상 중에 아프리카계가 있으므로 역시 흑인이라는 설이 있었는데, 경쟁자들의 루머로 밝혀졌다. 버락 오바마의 경우 외형이 누가 보더라도 흑인이고, 본인이 흑인으로 정체성을 가지기 때문에 흑인이라고 불리는 거다. 반면 머라이어 캐리(Mariah Carey, 미국 가수, 1970~)는 누가 봐도 외형은 백인 또는 라티나이지만 부계에 흑인이 있고 미국사회는 양자택일을 하길 원해서 스스로 흑인이라고 선언해 흑인으로 간주된다.
　　1940년까지도 이런 게 영향력을 행사하던 주가 있었으나 50년대부터는 외형이나 본인의 정체성을 기준으로 삼는다. 그나마 그것도 본인의 이의 제기가 있으면 재고하기도 한다. 이게 중요한 이유는 이때까지만 해도 미국은 평등하되 분리한다는 취지의 인종분리주의가 지배적이었기 때문이다. 흑인들은 백인들과 같은 학교를 다닐 수 없다거나, 같은 식당을 이용할 수 없다거나, 같은 벤치에 앉을 수 없다거나, 버스에서도 뒤쪽 자리에 앉아야 한다거나.(…) 그렇기 때문에 사실상 제도적인 인종차별로 기능했다. 흑인들이 백인들과 같은 학교를 다닐 수 있게 된지는 아직 반세기도 채 지나지 않았다.
　　인종차별이 심했던 시절에는 이 법칙을 들먹이며 비백인계는 물론, 외모가 거의 백인 수준이 돼버린 혼혈인계열도 불순물이라 욕먹으며 인종차별을 당하고, 독일에서도 비슷한 기준을 들이대며 인종 학살의 빌미로 사용하기도 했다.

린 판결의 요지는 "어린 학생에게 열등감을 심어주고 정서적으로 상처를 주기 때문에 평등권을 보장한 헌법에 위배되어 부당하다"는 것이었다."[21]

학생 캠프(Camp)에 대한 단상

미국 학교의 겨울방학 기간은 연말을 전후로 하여 15일 정도밖에 되지 않는다. 대신 여름방학은 거의 3개월(6~8월)로 매우 길다. 따라서 이렇게 긴 여름방학 기간에는 많은 학생 캠프가 열리며 각 대학교들도 앞다투어 홍보를 한다. 그러나 여러 가지 사항을 면밀히 고려하여 좋은 캠프에 참석해야 한다. 그렇지 못할 경우 금전적 낭비는 물론 아까운 시간까지 허비해버리게 된다. 학생 캠프에 대해 교육전문가인 이인호 원장(에듀아시아 자문위원)의 글을 소개한다.

〖〈HYP(Harvard, Yale, Princeton)를 위한 최고의 Summer 프로그램 'TASP'와 'TASS'〉

오늘은 TASP에 관한 얘기를 하려 한다. 미국 이민가정의 우수한 학생이나 유학생 중 최상위권 학생들이 희망하는 프로그램 중, 사회과학분야 최고의 프로그램이라고 할 수 있는 TASP는 Telluride Association Summer Program이라고 일컫는다. TASP는 11학년을 끝낸 학생에게 참가자격이 주어지고, 선발조건은 11학년 가을에 응시한 PSAT 또는 SAT 최상위권 학생에게 지원할 자격이 주어지며 교장선생님의 추천서에 의해서도 지원할 자격이 주어진다.

본 프로그램은 Cornell University와 University of Michigan의 캠퍼스에서 진행이 되고 참가비용은 무료이다. 지원할 자격이 주어지면, 이 프로그램에 지원하는 과정 자체가 Ivy League 급의 학교를 지원하는 절차와 거의 유사하게 진행이 되며, 신청서/ 추천서/

---

21) 『재판으로 본 세계사: 판사의 눈으로 가려 뽑은 울림 있는 판결』, 박형남, 휴머니스트, 2018, p.312~323.

에세이/ 인터뷰의 절차를 거쳐 참가자가 결정이 된다.

매년 1,000여 명의 학생에게 지원 자격이 주어지고 그중에서 약 130여 명을 선발한 뒤 최종적으로 인터뷰과정을 거쳐서 60~70명을 선발한다. 이 프로그램에 드는 학생은 Top5 대학의 최상위권에 무난히 합격하는 수준이다. 특히 Harvard University에 합격하는 학생들의 스펙을 보면 TASP 출신자들이 적지 않다. 프로그램은 총 6주간 진행이 되며 저명한 교수님들과 한팀이 되어 인문사회과학 분야의 깊이 있는 강의와 토론으로 프로그램이 진행이 된다. 주어진 과제의 단순한 이해와 습득보다는 대학교 3학년 수준의 강의를 듣게 되며, 매일 많은 양의 작문숙제를 해내야 하는 매우 수준 높은 프로그램이다.

130여 명의 서류전형 합격자의 카테고리에 들어가기 위해서는 '매우 우수한 Application Essay'가 작성되어야 하며, 이때 작성해 본 지원 에세이는 실제로 대학입학원서에 사용할 정도의 공을 들인 수준의 에세이를 작성해야 한다. 서류전형을 통과한 학생은 매년 3월 중순에 인터뷰 대상자가 발표되며, 최종선발 발표는 매년 5월 초에 실시된다.

TASP는 HYP 대학을 지원하는 데 있어 매우 특별한 여름 프로그램으로 명문대학을 지원하는 요소와 비슷한 우수한 학교성적/ 높은 SAT I & II 성적/ 다양한 활동과 우수한 리더십/ 스페셜한 추천서/ 뛰어난 작문실력을 드러내는 에세이 및 인터뷰 등을 갖춰야 하는 기본요소라고 할 수 있다.

기본적으로 TASP에 지원하는 모든 학생은 11학년을 끝내는 6월까지 대입진학에 필요한 모든 것을 다 마무리한 학생에게 적합한 프로그램이며, 6주간은 TASP에 참여하고 남은 기간에 대학교 지원 원서를 준비하는 시간으로 활용하는 것이 좋은 전략이다.

TASP와 선발과정이 유사하고 10학년을 대상으로 하는 프로그램으로 TASS(Telluride Association Sophomore Seminars)라는 프로그램도 있다.

특별한 'Summer Program'이란 바로 이런 것이다. 신청비를 내고 누구나 참석 가능한 프로그램은 실제로 그 대학의 프로그램이 아니라 대학에서 외주를 주고 대학교수 강사진이 아닌 파견 강사진이 프로그램을 진행하는 것들도 많이 있으니 사전에 꼼꼼히 확인 후 신청하는 것이 필요하다.

좋은 프로그램을 선별하는 것도 학생과 부모님의 몫이고 전적으로 본인의 노력과 조사에 의해 알 수 있다. 조사하고 공부해서 우리 아이에게 선별된 좋은 프로그램을 추천해 보자!(멘토스테이블 이인호 원장 blueinho@gmail.com)}[22]

22) 「아시아경제」, 2014.7.18. 멘토스테이블 이인호 원장(에듀아시아 자문위원).
〈HYP(Harvard, Yale, Princeton)를 위한 최고의 Summer 프로그램 'TASP'와 'TASS'〉
{이상준: 수학·과학 분야의 최고봉 캠프인 RSI(Research Science Institute)와 어깨를 나란히 하는 사회과학 분야 최고의 캠프다. MIT의 RSI캠프는 미국 영주권자·시민권자만 지원이 가능한 반면, TASP·TASS는 전 세계에 문호가 개방되어 경쟁이 더 치열하다.
TASP·TASS 캠프는 하버드대학교나 MIT에 입학하는 것보다 더 어렵다는 캠프다! 둘 다 합격하기가 하늘의 별따기만큼 어렵지만, 이 둘 중에서도 10학년을 대상으로 하는 TASS 합격이 TASP보다 더 어렵다.(TASS를 한 학생은 1년 후 TASP에 목을 맬 필요가 없다. 그리고 TASP 운영 결과 흑인 학생들이 상대적으로 더 열악하다는 사실이 나타나, TASS는 흑인 위주로 선발하고 백인·아시아·히스패닉계는 17% 정도 −10명 미만− 수준으로 뽑는다고 하니 가히 바늘구멍이다.)
'Telluride Association'은 1911년 공식 재단으로 설립된 이후 100년 이상 교육사업에 기부하고 있다! 'Telluride'는 미국 콜로라도(Colorado) 근처의 지명인데, TASP를 만든 L.L. 넌(L.L. Nunn, 미국의 선구적 개척자, 1853~1925, 향년 72세)이 전력회사 'AC Power Plant'를 창업한 곳이다. L.L. 넌은 1891년부터 교육사업을 시작했으나, 1911년 공식적인 재단을 설립했고, TASP는 1954년, TASS는 1993년에 시작됐다.
홈페이지 'www.Tellurideassociation.org'에서 'About Us'를 클릭하면, 캠프와 관련한 자료나 해설 및 지원 서류 등을 자세히 알 수 있다.}

제9장

‘천성(天性=본성)
대 양육(養育)’ 논쟁

Lee Sang Joon · Knowledge Series 2

Desire is called hope when the idea of achievement is shared.
If there is no such idea in the same desire, it is despair.

욕구란 성취에 대한 생각이 함께할 때 희망이라 불린다.
같은 욕구에 이러한 생각이 없다면, 이는 절망이다. (토머스 홉스)

'천성론(天性論) 대 양육론(養育論)'

학계에서는 '천성 대 양육'에 대해 그간 수없이 많은 논쟁을 벌여왔다. 천재 연구자들은 20세기 후반에 접어들자 천성 대 양육 논쟁에서 양육 쪽의 손을 들어준다. 찰스 다윈(Charles Darwin, 1809~1882)의 4촌인 프랜시스 골턴(Francis Galton, 1822~1911)이 창시한 우생학(Eugenics)이 독일 나치 정권에 의한 유대인 대량 학살의 이데올로기로 악용됐기 때문이었다. '창조성의 10년 규칙'(1985년 벤저민 블룸, 1993년 하워드 가드너)이 있는데 '1만 시간의 법칙'(1993년 앤더스 에릭슨 플로리다주립대 교수, 2008년 말콤 글래드웰 『아웃라이어』 저자)과 유사한 개념이다. 하루 4시간씩을 매년 250일(365일에서 토·일요일 및 공휴일을 차감) 동안 매진하는 경우 10년이면 1만 시간이 된다. 대표적인 사례가 미국 교육심리학자인 벤저민 블룸(Benjamin S. Bloom, 1913~1999)이 1985년 발표한 '10년 규칙(10-year rule)'이다.[1]

---

1) 『융합하면 미래가 보인다』, 이인식, 21세기북스, 2014, p.16.

그리고 창조성 분야의 대가인 하버드대학교 발달심리학자 하워드 가드너(Haward Gardner, 1943~) 교수는 지그문트 프로이트·알베르트 아인슈타인·파블로 피카소·이고르 스트라빈스키·T.S. 엘리엇(미국 시인, 1888~1965)·마사 그레이엄(미국 현대무용가, 1894~1991)·마하트마 간디 등 7명의 거장들에 대한 연구를 수행하는 과정에서 '창조성의 10년 규칙'을 발견했다. 7명의 창조적인 인물들은 물론 분야마다 약간씩 기간은 달라도 대략 10년을 사이에 두고 창조적인 도약을 이루었다. 인지 심리학 계통의 연구를 통해 알려진 바와 같이 한 사람이 어느 분야를 기본적으로 통달하는 데 필요한 기간은 대략 '10년' 정도이다. 피카소처럼 4살에 시작하면 10대에 거장이 될 수 있고, 10대 후반에 창조의 노력을 시작한 스트라빈스키와 같은 작곡가와 그레이엄 같은 무용가는 20대 후반이 되어서야 비로소 창조성의 본 궤도에 올라선다. 즉 아무리 선천적인 재능이 있는 천재들의 경우라도, 10년간의 견습 기간을 거쳐야 중대한 혁신을 이룰 수 있는 것이다.[2] 근면함과 성실성 및 끈기도 어쩌면 선천적 요인으로 볼 수도 있다. 그리고 컨설턴트이자 펜실베이니아대 심리학 교수인 앤절라 더크워스는 저서 『그릿: IQ, 재능, 환경을 뛰어넘는 열정적 끈기의 힘(Grit)』(2016)에서 "재능도 필수적인 요소지만 노력이 더 중요하다!"고 강조한다.[3]

그러나 천성론자들의 반박도 만만치 않다. 하버드대 심리학 교수인 스티븐 핑커(Steven Pinker, 1954~)는 저서 『빈 서판(The Blank Slate)』(2002)에서 ('빈 서판'은 원래 존 로크가 최초로 주장했다) 인간의 본성은 문화와 환경보다

---

2) 『열정과 기질(Creating Minds, 1993)』 하워드 가드너, 북스넛, 2004, p.637.
3) 『그릿: IQ, 재능, 환경을 뛰어넘는 열정적 끈기의 힘(Grit, 2016)』 비즈니스북스, 2016, p.67~73, 285.

는 태어날 때부터 유형화된 뇌의 영향을 훨씬 더 많이 받는다는 사실을 강조했다.[4] 이들이 외치는 구호는 이런 식이다. "유전학과 진화심리학에 의하면, 인간의 본성을 환경에 의한 단순한 사회화의 결과로 보기 어렵다." "1만 시간 훈련한다고 누구나 리오넬 메시, 크리스티아누 호날두가 될 수는 없다." 『스포츠 유전자(The Sports Gen)』(2013)의 저자인 데이비드 엡스타인은 '1만 시간의 법칙'이란 허상에 불과하다고 목소리를 높였다. 한국에선 '김연아의 법칙'으로 더 잘 알려진 '1만 시간의 법칙'은 전문가가 되기 위해서는 1만 시간 이상의 훈련이 필요하다는 것이다.[5] "이와 관련된 천성론자들의 결론은 아무리 노력해도 선천적 재능을 따라잡기 힘들다는 것이다. 잭 햄브릭 미시간주립대 교수 연구팀이 연구한 결과 학술 분야에서 노력한 시간이 실력의 차이를 결정짓는 비율은 4%에 불과한 것으로 나타났다. 음악·스포츠·체스 등의 분야는 실력의 차이에서 차지하는 노력 시간의 비중이 20~25%였다. 어떤 분야든 선천적 재능이 없으면 아무리 노력해도 대가가 될 수 있는 확률은 그리 높지 않다는 결론이다."[6]

그리고 천재들은 천재성을 잃지 않기 위해서 어떤 대가를 치러야 했다. 하워드 가드너는 이들 7명의 거장들에 대한 연구를 수행하는 과정에서 '파우스트 거래'를 발견했다. "파우스트 전설이란 창조적인 인물은 뛰어난 재능을 타고

---

4) 『내 인생의 탐나는 심리학 50: 프로이트에서 하워드 가드너까지(…)(50 Psychology Classics, 2007)』, 톰 버틀러 보던, 흐름출판, 2008, p.417~422.
  『빈 서판(The Blank Slate: The Modern Denial of Human Nature, 2002)』 사이언스북스, 2017(초판은 2004). 참조

5) 『매일경제』, 2014.6.11. 〈'1만 시간 법칙'은 틀렸다, 노력만으론 최고 못돼… 타고난 유전자 역량 중요〉(안명원 기자) 『스포츠 유전자(The Sports Gene, 2013)』 데이비드 엡스타인, 열린책들, 2015.

6) 『중앙일보』, 2014.7.17. 〈노력하면 된다?… '1만 시간의 법칙' 틀렸다〉(하선영 기자)

난 점에서 특별나지만 그런 재능을 잃지 않기 위해서는 어떤 대가를 치르거나 모종의 계약을 맺어야 한다는 통념의 가장 유명한 판본일 뿐이다. 물론 이런 통념은 사소한 의미에서 사실이다. 전문 작가나 공연가로 계속 활동하려면 자신의 재능을 지속적으로 갈고닦아야 한다. 7인의 창조적인 인물들이 모두 자신의 재능을 잃지 않기 위해서 미신을 믿거나 비합리적이고 강박적인 행동을 하는 모습을 보였다. 보통 그들은 창조 활동을 지속하기 위한 일환으로서 정상적인 인간관계를 희생했다. 계약의 종류는 다양할지 몰라도 그것을 고집스럽게 지키는 모습에는 일관성이 있었다. 이러한 거래는 다른 사람이 아닌 자기 자신과의 계약인 경우가 대부분이며, 파우스트 박사와 메피스토펠레스를 연상시키는 그런 반쯤의 마술적이고 신비적인 계약이라고 할 만하다. 그만큼 종교적인 특색도 포함하고 있는데, 이를테면 각각의 인물은 자신의 개인적인 신과 계약을 맺은 것처럼 보인다."[7]

물리학자인 정재승 교수는 저서 『과학콘서트』(2011)에서 아인슈타인의 뇌에 대해 다음과 같이 설명하고 있다.

[인간이 죽을 때까지 뇌의 10%도 채 못 쓰고 죽으며, 아인슈타인도 자신의 뇌를 15% 밖에 못 쓰고 죽었다는 얘기를 들어보았을 것이다. 두뇌 개발에는 끝이 없다는 이야기를 할 때 늘 따라붙는 예다. 두뇌 개발에 끝이 없는 것은 사실이겠지만 아인슈타인이 자신의 뇌를 15%밖에 못 쓰고 죽었다는 얘기는 말도 안 되는 거짓말이다.

fMRI와 PET(양전자 단층 촬영) 같은 뇌 촬영 영상 기술로, 우리는 두개골을 열지 않고

---

7) 『열정과 기질(Creating Minds, 1993)』 하워드 가드너, 북스넛, 2004, p.663.

도 뇌가 사고할 때 어느 영역이 얼마나 활동하는지 알 수 있게 됐다. 이들 영상기술에 따르면, 아주 단순한 사고 작용을 수행할 때도 뇌의 다양한 영역이 활발히 활동하며, 우리는 일상생활에서 항상 뇌 전체를 골고루 사용한다고 한다. 물론 아인슈타인의 뇌도 예외는 아니다.

물론 아인슈타인의 뇌도 예외는 아니다. 1955년 프린스턴 대학 근처 자택에서 아인슈타인이 사망했을 때, 그의 뇌가 일반인들의 뇌와 어떤 차이가 있는지 과학적인 검토를 위해 병리학자인 토머스 하비 박사 등의 손에 넘겨졌다. 그들의 연구에 따르면, 아인슈타인의 뇌는 대체로 보통사람의 뇌와 매우 유사하다고 한다. 다만, 뇌의 위쪽 가운데 부분(두정엽, Parietal Lobe)과 양쪽 옆부분(측두엽, Temporal Lobe)을 가르는 실비안 주름(Sylvian Fissure)이 보통 사람들에 비해 커서 '하두정엽(Inferior Parietal Lobe)'이라 불리는 영역이 상대적으로 크다고 한다. 하지만 아인슈타인도 의심할 여지없이—우리와 마찬가지로—평생 자신의 뇌를 한껏 사용하며 살았다.]8)

그리고 영국 신경 심리학자인 이언 맥길크리스트는 좌뇌는 언어, 우뇌는 시각과 긴밀하게 관련되어 있다는 기존의 관점을 일축하고 새로운 견해를 제시했다. "맥길크리스트는 좌뇌와 우뇌의 정보 처리방식 자체가 근본적으로 다르다는 주장을 펼친다. 좌뇌는 입력된 정보를 잘게 쪼개고 개별화해 분할하는 역할을, 우뇌는 맥락 안에서 전체상을 처리하는 역할을 한다는 것이다. 진화론적 측면에서 보면 서로 다른 두 형태의 주의력을 동시에 활용하는 능력은 생존에 매우 유리하다. 내부를 지향하는 좌뇌는 당장 눈앞에 닥친 문제에 집중하

---

8) 『과학콘서트』 정재승, 어크로스, 2011, p.80~86.

고, 개방된 상태로 외부를 지향하는 우뇌는 광범위하게 의식하고, 주위를 경계한다. 이는 다른 포식자들의 먹잇감이 되는 상황을 피하는 데 필수적인 능력이다. 바로 이러한 인간 체험의 기본 구조는 좌뇌와 우뇌의 독립적인 인식 수단의 통합과 상호작용을 통해 형성된다. 좌뇌와 우뇌의 다른 인식 방법은 이처럼 동시적인 관계 안에 녹아 있다."[9]

역대 천재들 282명의 유년 시절의 지능지수를 조사한 콕스의 연구 결과(1926년)가 있다고 한다. 지능검사가 존재하지 않았던 시대에 생존한 천재들의 지능 정보는 전기 등에서 어렸을 때의 행적(예를 들면 3살 때 라틴어를 배웠다 등)을 살펴서 추정한 것이라고 한다. 결과와 순위는 이렇다. "J.S. 밀 190, 괴테 185, 라이프니츠 185, 파스칼 180, 모차르트 150, 바이런 150, 멘델스존 150, 헤겔 150, 디킨스 145, 헨델 145, 갈릴레오 145, 미켈란젤로 145, 바그너 135, 베토벤 135, 레오나르도 다 빈치 135, 발자크 130, 뉴턴 130이다. IQ 1위는 3살 때 그리스어를 배웠고 셰익스피어의 문학 작품을 암송했다고 하는 J.S. 밀이다. 밀은 영국의 철학자이자 경제학자로 『논리학 체계』 『경제학 원리』 『여성해방』 등의 저서가 있다. 학교는 다니지 않았고 엄격한 아버지 밑에서 공부했다고 한다."[10] [11]

9) 『언플래트닝, 생각의 형태(Unflattening, 2015)』, 닉 수재니스, 책세상, 2016, p.71.
   이언 맥길크리스트: Iain McGilchrist, 영국 신경 심리학자, 『주인과 심부름꾼』(뮤진트리, 2011) 등의 저자
10) 『IQ 210 김웅용: 평범한 삶의 행복을 꿈꾸는 천재(2011)』, 오오하시 요시테루, 문학세계사, 2012, p.34~36.
   김웅용(1962~)은 2살 때 IQ가 210으로 나왔다고 한다. 현재 신한대학교 교양학부 교수, 경기북부개발원 부원장으로 활동하고 있다.
   그리고 천재소년으로 유명한 송유근이 있다. 1997년 경기도 구리시에서 출생했고 아버지는 교사였다. 현재 과학기술연합대학원대학교(UST)에서 박사과정을 밟고 있다. 〈최연소 박사 앞둔 송유근, 논문 표절 논란: "10월 국제학술지에 발표한 것 지도교수 과거 논문 인용표기 안해"〉라는 신문기사가 났다(「동아일보」, 2015.11.21.). 국제학술지 「천체물리학저널」이 블랙홀 자기장을 주제로 한 송 군(당시 17세)의 논문이 표절됐다며 게재를 철회한다고 24일 밝혔다(여러 매체 2015.11.26.)

우리나라 광고계의 전설로 불리는 이용찬은 저서 『노자 마케팅』(2017)에 "선천적 천재들은 단명하나 후천적 천재들은 장수한다"는 의미심장한 내용을 실었다. 그의 논지를 보자.

〔유명한 천재들 중에는 20~30대에 죽은 사람들이 많다. 천재 기타리스트 지미 핸드릭스 27세, 슈베르트 31세, 모차르트 35세, 화가 모딜리아니 36세, 반 고흐 37세, 파스칼 39세에 죽었다. 그리고 천재 시인 이상 26세, 윤동주 시인 29세, 가수 김현식 32세(음주 등으로 인한 간암이 원인), 가수 김광석은 35세(자살? 아내에 의한 타살?)[12]였다.

---

11) 「경향신문」, 2018.8.28. 〈최연소 박사와 영재교육〉(한왕근 교육컨설턴트)
　　최근 송유근(21)은 박사논문 심사에서 불합격한 반면, 유호정(22)은 최연소 박사학위 취득자가 됐다. 유호정 씨는 공교육이라고는 초등학교만 마치고 대학교까지 독학으로 끝낸 흔치 않은 과정을 거쳐 최연소 박사가 됐다. 최연소 박사의 기록은 이전까지 학위 취득 당시 만 23세(1963년)였던 정근모 전 과학기술처 장관이었는데, 이 기록은 송유근 씨가 깰 것이라고 예상됐다. 그런데 공교롭게도 송유근 씨에게 불합격 판정을 내린 과학기술연합대학원대학교(UST)에서 거의 같은 시기에 유호정 씨가 최연소로 박사학위를 취득했다. 이 때문에 더 큰 화제가 된 것이다. 과거에도 화제가 된 영재가 있었다. 아이큐 210으로 유명했던 김웅용 씨는 일곱 살에 일본에서의 테스트에서 만점을 받아 천재로 불렸다. 하지만 그의 이후 행적에 대해 워낙 많은 이야기들이 있어 우리나라의 영재들에 대한 관리와 육성(?)의 문제로 논쟁이 커지기도 했다.
12) OSEN 2018.7.3. 선미경 기자.
　　〈경찰 "故 김광석, 부인이 살해 주장 명예훼손" vs 이상호 "황당, 적극 소명"〉
　　이상호 기자가 가수 고 김광석의 부인 서해순 씨가 남편과 딸을 숨지게 했다는 의혹을 제기한 것에 명예훼손 판결을 받은 가운데, "적극적으로 소명하겠다"라는 입장을 밝혔다.
　　서울지방경찰청 지능범죄수사대는 3일 이상호 기자를 형법상 명예훼손, 정보통신망법상 명예훼손 등의 혐의로 불구속 기소하는 의견으로 검찰에 송치한다고 밝혔다. 이상호 기자와 함께 영화를 제작한 영화사 쪽도 명예훼손 혐의로 검찰에 송치할 예정이다.
　　이상호 기자는 앞서 지난해 8월 개봉된 영화 「김광석」을 통해 서해순 씨를 고 김광석 타살 주요 혐의자로 지목했다. 또 SNS와 기자회견 등을 통해서도 의혹을 제기한 바 있다.
　　이상호 기자는 이날 오후 자신의 SNS를 통해 경찰의 수사결과에 대한 입장을 직접 밝혔다. 이 기자는 "지난 겨울과 봄을 거치며 반 년 넘는 시간 동안, 지난 20여 년 기자생활을 통틀어 가장 혹독한 조사를 받았습니다"라며, "이 과정에서 충분한 소명이 이뤄졌다고 판단했습니다. 특히 최근 내려진 서울고등법원의 '영화상영금지 등 가처분 신청' 항고심 결정 역시 재차 기각되었기에 경찰 수사결과도 낙관적으로 기대하고 있었습니다"라고 말문을 열었다. 이상호 기자는 경찰 수사 결과에 대해서 "그럼에도 오늘 경찰이, 20여 년 전 경찰의 초동수사의 문제점을 인정하고 반성하기보다는 진실 추구를 위해 오랜 시간 노력해온 언론의 문제제기를 단순히 제시된 자료가 충분하지 않다는, 사건 당시가 아닌 현재 시점을 기준으로 판단하여 검찰에 사법처리를 요청한 것은 실망스럽기 그지 없습니다"라는 입장을 밝혔다. 경찰은 고 김광석의 사망을 두고 의문이 제기됐던 것은 사실이고 국민의 알 권리 등을 고려하면 의혹을 제기할 수 있지만, 이상호 기자가 합리적이고 객관적인 자료 없이 단정적 표현을 쓴 것은 명예훼손이라고 봤다고 설명했다.

반면 아인슈타인 76세, 화가 피카소 92세, 발명왕 에디슨은 94세까지 살았다. 공자 72세, 석가모니는 80세까지 살았다. 이렇게 천재들을 조사하면서 한 가지 재미있는 사실을 알게 됐다.

"천재에는 두 가지 종류가 있다. 선천적 천재와 후천적 천재. 선천적 천재들은 단명하나 후천적 천재들은 장수한다.")[13]

결론은 명확하다. "재능도 필수적인 요소지만 노력이 없으면 무의미하다!" 토마스 에디슨도 "천재란 1%의 영감과 99%의 노력"이라고 하지 않았던가.[14] 소위 '전국 0.001%, 공신 9명의 스타일별 공부 전략'이라는 부제를 단 책 『공부의 신: 공신들의 공부법)』(2007)이라는 책이 있다. 이 책에서 소위 '공부의 신(神)'이라는 9명이 각자의 공부법을 소개하고 있는데, 서울대 기계항공공학부에 입학(2001년)한 강성태가 〈기억 오래 저장하는 법〉이라는 제목으로 강조한 부분이다. 망각곡선이 있기 때문에 복습의 즉각적인 타이밍이 중요함을

한편 지난해 11월 서울지방경찰청에서 서해순 씨의 유기치사 등 고발 사건과 관련해 광역수사대에서 최종 수사 결과를 발표한 바 있다. 서 씨가 미성년자인 딸을 급성폐렴에 걸리도록 하고 적절한 치료 없이 방치해 지난 2007년 12월 23일 사망에 이르게 했고, 지적재산권 확인 소송에서 사망한 딸이 살아있는 것처럼 기만해 이듬해 2008년 유리한 조정 합의를 취득했다는 혐의로 김광석의 친형 김광복 씨로부터 고소당했었다. 2017년 9월 21일 서울중앙지방검찰청에 고발장이 접수됐고, 서울지방경찰청 광역수사대가 수사에 착수해 수사한 결과, 서 씨가 딸을 유기했다는 고의 및 사실을 인정할 만한 증거를 발견할 수 없어 불기소 의견을 내린 바 있다.

13) 『노자 마케팅: 도덕경으로 배우는 새로운 생각법』, 이용찬, 마일스톤, 2017, p.27~28.
14) 『열두 발자국: 생각의 패러다임을 뒤흔드는 신선한 지적 충격』, 정재승, 어크로스, 2018, p.199~200.
　 토머스 에디슨(Thomas Edison, 1847~1931)이 제너럴 일렉트릭(GE)을 창업한 후, 미국에 전기를 다 깔고 수많은 전기제품을 만들어 엄청난 돈을 벌었다. 그래서 「라이프」라는 잡지가 그와 인터뷰를 했다. 기자가 "하나의 아이디어를 내기도 어려운데 당신은 수 많은 아이디어를 냈고, 그걸 상업적으로 상용화하는 건 쉽지 않은 일인데 당신은 대부분 성공했습니다. 어떻게 그런 일이 가능했나요?" 라고 물었더니, 에디슨이 이렇게 말했다고 한다.
　 "그야 99%가 노력이죠. 그런데 사람들은 모두 저처럼 노력을 합니다. 저는 그들이 갖고 있지 않은 1%의 영감이 있습니다." 그러니까 이 말은 사실 에디슨이 잘난 척을 한 것이다.

애써 말하고 있다. 즉 복습을 하더라도 가급적 빠를수록 효율성이 훨씬 높아진다는 것이다. 부지런하게 노력해야 하는 건 두말할 필요도 없다. 그의 주장을 들어보자.

〔원칙 1: 한꺼번에 5개씩 수시로 떠올린다!

걷는 동안에도 참선을 하는 선승들처럼, 길을 가면서도, 차를 타면서도, 쉬는 시간에도, 밥을 먹을 때도, 화장실에서도 수시로 머릿속으로 떠올리기를 통해 기억 속에 저장한다. 영어 단어의 경우 한꺼번에 많이 생각하지 못하기 때문에 5개 정도씩 번갈아가면서 떠올린다. 그 외에도 수업 시간에 어떤 설명을 했는지, 잘 안 풀리는 문제는 어떻게 풀었는지 등 그 과정을 천천히 떠올리며 뇌에 각인을 시킨다.

남들이 보기에는 가만히 있는 것 같지만 머릿속으로는 계속해서 떠올리기를 반복한다. 자주 기억을 되새기는 것이야말로 암기의 기본이다. 단어장을 들고 다니지만 암기 노트 등은 들고 다니지 않는다.

원칙 2: 적절한 복습 타이밍을 놓치지 않는다

복습할 때도 마구 복습하는 것이 아니라 적절한 타이밍에 해야 한다. 수업 시간 끝난 뒤에 10분 동안, 그날 밤 잠자기 전에, 다음날 등 최소한 한 번 머리에 입력한 것은 3일 안에 반드시 한두 번 복습하는 것을 원칙으로 삼는다. 그리고 그 이후에도 지속적인 떠올리기를 통해서 기억을 상기시킴으로써 장기기억으로 만들어간다. 처음에 학습한 것은 단기기억으로 보관되다가 복습을 통해 장기기억으로 전환하게 된다. 한 번 공부한 것은 최대한 장기기억으로 관리를 하자. 장기기억이 된 지식이야말로 실력이라고 말할 수 있다.

원칙 3: 망각률 곡선을 이용해 잊기 전에 다시 한 번 외운다 사람에게는 기억한 것을 잊는 망각률 곡선이 있다. 예를 들면, 공부를 한 경우 1시간 뒤에는 몇 %가 기억 속에 남아 있고, 2시간 뒤에는 몇 %가 남아 있다는 식이다. 보통 3일 뒤면 거의 0%가 되어 다 까먹는다. 복습은 완전히 까먹기 전에 빨리 하는 것이 좋다. 10분 뒤에 보면 나중에 1시간 공부할 것을 10분 만에 볼 수 있다. 1일 뒤에 보면 2시간, 그 다음날 보면 시간이 더 걸리고, 3일 뒤에 보면 거의 새로 해야 한다. 복습은 반복적으로 빈번하게 할수록 좋다. 이렇게 실행하는 것이 쉽지는 않지만 효과는 확실하다.

망각률 곡선에서 기울기는 잊히는 속도를 의미한다. 이 곡선의 특징은 어떤 내용을 반복할수록 그 내용에 해당하는 기울기가 완만해진다는 것이다. 결국 계속 반복하면 잊히는 속도가 거의 0%에 가깝게 되어 시간이 지나도 까먹지 않는다.

원칙 4: 아침에 본 것 저녁에 본다. 오늘 본 것 내일 본다

고3 시절 나름대로 철칙이었다. 일단 공부를 하고 나면 그것은 계속될 반복의 시작에 불과했다. 만약 전에 공부한 내용이 전부 기억이 안 나면 새 진도를 안 나가는 게 좋다. 욕

---

15) 『공부의 신(공신들의 공부법): 전국 0.001%, 공신 9명의 스타일별 공부 전략』, 강성태 외 8인, 중앙m&b, 2007, p.81~83. 〈기억 오래 저장하는 법〉
〈에빙하우스의 망각률과 망각곡선〉(지식백과)
망각률(%)=(처음 학습에 소요 시간-복습에 소요된 시간)÷처음 학습에 소요된 시간×100
인간의 기억은 반비례하는 것에 입각하여, 감소하는 기억을 장기기억으로 영구히 보존하기 위해 망각곡선의 주기에 따라서 적절한 시점에 적절한 반복(4회 주기)이 중요하다는 이론이다.
16년간 기억을 연구했던 독일 심리학자 헤르만 에빙하우스(Ebbinghaus, 1855~1909)는 여러 실험으로 반복하는 것의 효과, 즉 같은 횟수라면 '한번 종합하여 반복하는 것'보다 '일정시간의 범위에 분산 반복'하는 게 훨씬 더 기억에 효과적이라는 것을 발견했다.
에빙하우스의 주장에 따르면 "학습 후 10분 후부터 망각이 시작되며, 1시간 뒤에는 50%가 하루 뒤에는 70%가 1개월 뒤에는 80%를 망각하게 된다."
이러한 망각으로부터 기억을 지켜내기 위한 가장 효과적인 방법은 '복습'이다.
에빙하우스는 복습에 있어서 그 주기가 매우 중요하다는 사실을 발견하게 된다.
10분 후에 복습하면 1일 동안 기억되고, 다시 1일 후 복습하면 1주일 동안, 1주일 후 복습하면 1개월 동안, 1개월 후 복습하면 6개월 이상 기억(장기기억)된다는 연구결과를 바탕으로 했다. 학습한 내용을 잊지 않고 장기기억화 시키기 위해서는 10분 후 복습, 1일 후 복습, 1주일 후 복습, 1개월 후 복습이 반드시 필요하다는 것을 실험을 통해 밝혀냈다.

심이 앞서 진도를 빨리나가는 경우가 많지만 복습을 하면서 완만하게 진도를 유지해 나가야 진정한 실력이 쌓일 수 있다.]15)

IQ와 다중지능

지능지수를 나타내는 IQ(Intelligence Quotient)는 두뇌의 명석함을 말할 때 무엇보자 널리 인용되는 용어지만 그 기본 개념을 모르는 경우가 의외로 많다. 심리학 분야의 전문가이자 다수의 책을 쓴 김문성이 『마음공부: 마음을 열어주는 판도라의 심리상자』(2014)에서, IQ가 탄생된 배경을 자세히 설명하고 있는 내용을 보자.

〔영국의 찰스 다윈(Charles Darwin, 1809~1882)이 저작 『종의 기원(On the Origin of Species by Means of Natural Selection)』(1859)을 통해 발표한 진화론이 널리 전파되고 있을 때, 생물학과 심리학 사상도 프랑스에 전해졌다. 지능검사의 창시자 비네(Alfred Binet, 1857~1911)는 바로 생물학과 심리학의 학습과정 중 지능검사를 연구 발명하게 되었다. 비네는 그의 의사 시몽과 함께 하나의 실험을 고안해 낸다. 실험 내용은 쉬운 것부터 어려운 것까지 사물의 명칭, 선의 길고 짧음의 비교, 빈칸 채워 넣기, 간단한 문제 등을 포함하고 있다. 이것은 비교적 믿을 만한 첫 지능검사였다. 이 검사의 대상은 3~11살의 아동으로 30개의 검사항목을 포함하고 있다. 1908년과 1911년 두 차례의 수정을 거쳐, 지능검사는 결국 사람들의 인정을 받게 되었다.

비네-시몽 검사가 세상에 나온 후인 1916년 미국 스탠퍼드대학교의 루이스 터먼(L. Terman) 교수는 미국 학생의 상황을 근거로 지능검사를 수정하여 표준화하였는데(터먼은 오늘날 IQ 측정처럼 지능을 수치로 단순하게 만든 인물이며, 이로 인해 그는 유명해졌고, IQ가 오늘날 표준화된 지표로 발전되었다), 이것은 스탠퍼드-비네 지능검사라고 한다. 1937년과 1960년 또다시 두 차례 수정을 하게 된다. 모든 검사문제는 연령별로 6개씩 있고, 한 문제를 맞혔을 경우 2점, 모든 문제를 맞혔을 경우 12점이 된다.

5살 아동을 예로 들어보자. 이 아이가 5살의 문제를 모두 맞히게 되면 60점(12점×5살=60)이 되는데, 이는 그가 5살 아동의 지능수준에 도달했음을 의미한다. 만약 그가 다시 6살의 문제 중 4개를 맞추면 8점, 다시 7살의 문제 중 3개를 맞추면 6점, 또다시 8살의 문제를 2개 맞추면 4점이 추가되는 것이다.

이렇게 하여 그가 얻은 총 점수는 78(=60+8+6+4)점이 되는 것이다. 이것은 그가 검사를 통해 얻은 지능연령의 점수로, 정신연령이라고도 한다. 이 아동의 정신연령은 78점이다.

그러나 그는 5살이므로 나이에 따른 실제 연령, 즉 생활연령은 60(=6문제를 다 맞히는 경우인 12점×5살)이다. 이렇게 하여 지능지수 공식에 따라 계산하면, 지능지수(IQ)는 130(=정신연령/생활연령×100=78/60×100)이 나온다. 이 5살 아동은 지능지수가 높은 편에 속한다.

만일 이 아동이 5살의 문제 6개만 맞추었다면 그가 얻은 정신연령 점수는 60점이고 생활연령도 60이므로, 지능지수는 100(=60/60×100), 즉 5살의 평균인 100이 나오게 된다.」[16]

그리고 방금 설명한 부분을 조금 응용해보면 'IQ의 평균은 100으로 설정되어 있음'을 알아챘을 것이다. 영국의 정신의학 전문가인 딘 버넷(Dean Burnett) 교수가 저서 『뇌 이야기』(2016)에서 설명한 부분을 소개한다.

---

16) 『마음공부: 마음을 열어주는 판도라의 심리상자』 김문성, 스마트북, 2014, p.345~347.

〖IQ는 지능의 파악 곤란성과 모호한 특성을 바탕으로 계산한다. 그런데 대부분의 사람들은 IQ 테스트가 실제보다 더 완벽하다고 생각한다. 여기서 여러분이 기억해야 할 중요한 사실이 하나 있다. 전체 인구의 평균 IQ는 100이라는 사실이다, 예외는 없다. 만약 누군가가 "00 국가의 평균 IQ는 85밖에 안 된다"라고 말한다면, 그는 잘못 알고 있는 것이다. 이는 "00 국가에서 1미터는 85센티미터밖에 안 된다"라고 말하는 것과 같다. 이는 논리적으로 불가능한 일이다. IQ도 마찬가지다.

적절한 IQ 테스트라면 '일반적'인 분포도에 따라 여러분의 지능은 전체 국민 중 일반적인 그룹에 속한다고 평가할 것이다. 일반적인 분포도는 '평균' IQ를 100으로 설정한다. IQ가 90~110이면 평균, 110~119이면 '평균에서 조금 높은', 120~129이면 '뛰어난'으로 분류된다. 그리고 130을 초과하면 '매우 뛰어난' 그룹에 속한다. 반대로 IQ가 80~89라면 '평균에서 조금 낮은', 70~79라면 '평균과 낮음의 중간쯤', 69 이하는 '매우 낮은' 그룹으로 분류된다.

이 체계를 이용하면 인구의 80% 이상이 80~110 사이의 평균적인 그룹에 속한다. 여기서 점점 더 멀어질수록 해당 IQ를 지닌 사람 수는 줄어든다. 전체 인구의 5% 미만이 아주 뛰어나거나 매우 낮은 IQ를 가지고 있다. 즉, 일반적인 IQ 테스트는 지능 자체를 직접 측정하는 것이 아니라 다른 사람들과 비교해서 얼마나 지능이 뛰어난지를 측정하는 것이다.

이런 방식은 다소 혼란스러운 결과를 도출한다. 예를 들어 강력한 바이러스가 전 세계에 퍼지게 되었다고 하자. 이 바이러스는 이상하게 특정 사람들에게만 전염되어서 IQ가 100 이상인 사람들이 다 죽어버렸다. 하지만 남아 있는 사람들의 '평균 IQ는 여전히 100'이다. 이 전염병이 퍼지기 전에 IQ가 99였던 사람은 IQ가 더 높은 사람들의 죽음으로 인해 갑자기 130 이상이 되고, 엘리트 중의 엘리트 그룹에 속하게 된다.

앞에서 말한 것처럼 IQ는 전체 인구의 평균치에 따라 일반화되므로, IQ 측정법은 다소 제한적일 수 있다. 알베르트 아인슈타인(Albert Einstein, 1879~1955)이나 스티븐 호킹

(Stephen Hawking, 1942~2018.3.14. 향년 76세)과 같은 사람들은 IQ가 160 근처였다고 한다. 이는 아주 높은 수치이지만 평균이 100인 점을 감안해보면 엄청나다는 생각이 들지는 않는다. 만약 누가 자신의 IQ가 270이라고 한다면, 아마도 점수를 잘못 알고 있는 것이다. 아니면 과학적으로 입증되지 않은 다른 테스트 결과이거나, 테스트 결과를 잘못 해석한 경우일 것이며, 따라서 자신이 대단한 천재라는 주장은 터무니없다.

---

17) 『나의 서양사 편력(1): 고대에서 근대까지』, 박상익, 푸른역사, 2014, p.151.
『기네스북(Guinness book of world records)』을 발간하는 맥주회사 기네스는 1932년에 본사를 아일랜드 더블린에서 런던으로 옮겨 사실상 영국 회사다. 『기네스북』은 세계 최고 기록만을 모아 해마다 발행하는 세계 기록집이다. 맥주를 누가 많이 마시는지, 누가 가장 무거운 기관차를 끌 수 있는지, 맨손으로 1분 동안 콘크리트 벽돌을 몇 개나 격파할 수 있는지 따위를 다룬다.

18) 『(이코노미스트가 팩트체크한) 세계의 이면에 눈뜨는 지식인들(Go Figure: The Economist Explains, 2016)』, 톰 스탠디지, 바다출판사, 2018, p.215~217.
〈기네스가 생각만큼 아일랜드 맥주가 아닌 이유: 뼛속까지 매국노 기업이다〉
3월 17일의 세인트 패트릭 데이(St. Patrick's Day)는 아일랜드적인 모든 것을 기념하는 연례행사인데, 한 가지를 더 기념한다. 아일랜드 전역에서 그리고 전 세계에서 사람들은 아일랜드의 비공식 국민 맥주인 기네스를 한두 잔(또는 서너 잔)씩 들고 이날을 기념한다. 술집 주인들은 세인트 패트릭 데이를 손꼽아 기다리고, 너무 그렇다 보니 때로는 이날이 아일랜드 문화를 기념한다기보다는 기네스 제조사인 디아지오(Diageo)의 마케팅 이벤트처럼 느껴질 정도다. 이제 120개국 이상으로 수출되는 이 흑맥주는 아일랜드의 대표적인 상징이 되어 가고 있다. 그런데 기네스가 정말 아일랜드 맥주일까?
1759년 아일랜드 더블린에 맥주 양조장을 세운 아서 기네스(Arthur Guinness, 1725~1803)는 그의 맥주가 훗날 이렇게 강력한 국가적 상징이 된 것을 알면 아마 놀랄 것이다. 그는 아일랜드 민족주의에 반대하고 영국과 아일랜드의 통일을 주장했던 통합주의자로, 1798년 아일랜드 반란 이전에는 영국 정부의 스파이로 고발당한 적도 있었다. 회사를 물려받은 후손들도 통일주의를 열정적으로 지지했고, 1913년에는 아일랜드의 자치 법안을 저지하려는 준군사 작전을 후원하기 위해 얼스터 의용군에게 1만 파운드(오늘날의 가치로 약 100만 파운드 = 140만 달러 = 15억 원)를 기부했다. 이 회사는 또 1916년 부활절 봉기 때는 아일랜드 반란군 진압을 돕기 위해 영국군에게 군인과 군사 장비를 지원했고, 나중에는 아일랜드 민족주의에 동조한다고 판단되는 직원들을 해고한 것으로 알려졌다.
기네스를 가장 유명하게 만든 맥주인 포터 스타우트(Porter Stout)는 런던 코벤트 가든과 빌링스게이트 어시장의 거리 짐꾼들이 즐겨 마시던 런던 에일에서 비롯된 술이다. 기네스는 1886년에 런던 증권거래소에 상장했고, 1932년에 본사를 런던으로 옮겨 줄곧 그곳에 기반을 두고 있다(그리고 1997년에 그랜드메트로폴리탄(Grand Metropolitan)과 합병하여 디아지오로 사명을 변경했다). 1980년대에는 심지어 아일랜드의 유산이란 이미지를 버리는 방안까지 고려했다. 북아일랜드 분쟁(1960년대 말부터 1990년대 말까지 북아일랜드 독립을 요구해 온 소수파 가톨릭 북아일랜드공화국군(IRA)과 영국의 무력 충돌) 중에는 아일랜드 공화국군의 테러 활동이 맥주 판매에 미칠 악영향을 염려하여 1982년에는 런던 서부에서 양조되는 영국 맥주로 브랜드를 재정립할 계획을 세우기도 했다. 그러나 1990년대에 북아일랜드의 사태가 진정되면서 이 회사의 마케팅 전략은 다시 아일랜드 맥주로 포지셔닝하여 아일랜드의 관광객과 전 세계에 흩어져 있는 약 7,000만(4,000만?) 명의 아일랜드계 후손을 공략하는 쪽으로 선회했다. 이제는 2000년에 원조 더블린 공장의 일부를 관광 명소로 개조한 기네스 스토어하우스에서 관광객들에게 기네스를 또다시 아일랜드 맥주라고 홍보하고 있다.

물론 이렇게 높은 IQ가 전혀 존재하지 않는다고 말하는 건 아니다. 세계 기네스북에 따르면 가장 지능이 뛰어난 사람들 중 일부는 IQ가 250 이상이라고 한다. 하지만 IQ 신기록 항목은 높은 점수를 측정하는 IQ 테스트의 불확실성과 모호함 때문에 1990년 『기네스북』[17] [18] 에서 제외되었다.)[19]

그러나 IQ가 지닌 한계에 대해 많은 학자들이 비판해왔다. 제임스 헤커먼(James J. Heckman, 미국 시카고대학 교수, 1944~)은 경제학과 통계학을 접목한 미시계량 경제학 분야의 선구자다. 교육 수준과 임금의 상관관계, 남녀 임금 차이를 연구하는 등 노동시장을 분석한 세계적인 석학으로 2000년 노벨 경제학상을 수상했다. 유아교육에 관심이 높은 그는 인지 능력 가운데 유독 IQ를 중시하는 주장에 반기를 든다. 인간의 능력은 본질적으로 다중적이고 다차원적이라며 사회·정서적 능력, 즉 성격, 건강, 인내심, 시간 개념, 위험에 대한 태도, 자기 존중, 자제력 등 많은 비(非)인지적 요소들이 사회적 성공 가능성을 예측하는 강력한 변수가 될 수 있다고 주장했다.[20]

또한, IQ가 지능의 다양한 면을 모두 표현할 수 없다는 비판 속에서 다중지능이론(Multiple Intelligence Theory)이 탄생했다. 다중지능이론은 미국 하버드대학교의 하워드 가드너 박사가 만든 이론으로 우리의 지능은 다양한 속성

매출을 늘리기 위해 출신 국가를 감추거나 조작하는 기업은 비단 기네스뿐이 아니다. 제이콥스(Jacob's) 비스킷도 본래는 워터포드(Waterford) 출신의 아일랜드 기업이지만 일부 상점들은 영국 기업이라고 마케팅 한다. 립튼(Lipton)도 100여 개 국가에서 전통 영국 기업의 이미지를 내세워 홍차를 판매하지만, 정작 영국 내에서는 그다지 인기가 없다. 다국적 기업이 전 세계 식품 공급망을 상당 부분 통제하는 요즘 세상에서는 국가 정체성이 적어도 브랜딩 차원에서는 과거 어느 때 못지않게 중요한 것이다.
(저자 Tom Standage: 영국 경제 주간지 「이코노미스트」 부편집장, 1969~)

19) 「뇌 이야기(The Idiot Brain, 2016)」 딘 버넷, 미래의창, 2018, p.175~177.

20) 「식탁 위의 경제학자들」 조원경, 쌤앤파커스, 2016, p.193.

을 가진 독립적인 8개 형태의 지능이 있고 그것이 유기적으로 작용하여 개인마다 독특한 지능으로 발전된다는 것이다. 가드너 박사는 우리의 지능을 공간(Visual-Spatial)·언어(Linguistic)·논리수리(Logical-Mathmatical)·신체운동(Bodily-Kinesthetic)·음악(Musical)·대인관계(Interpersonal)·자기성찰(Intrapersonal)·자연친화(Naturalistic) 등으로 분류하였다. 인간을 획일적으로 판단하게 되는 스탠퍼드-비네 시스템에 비해 다양하게 지능을 분류·관찰하면서 교육적으로 유용하게 응용할 수 있다는 장점 때문에 다중지능이론은 지능이론의 대표 선수로 성장하고 있다.[21]

그리고 성격 설문지 '마이어스 브릭스 유형지표(MBTI, Myers-Briggs Type Indicator)'는 수도 없이 반복되어 사용되고 있다. 심리학 교육을 받지 않은 캐서린 브릭스와 그녀의 딸 이사벨 마이어스가 카틀 융(Korl Gustav Jung, 스위스 정신의학자, 1875~1961)의 이론을 바탕으로 1940년대에 만든 성격검사가 MBTI이다. MBTI는 일반인에게 수많은 흥밋거리를 제공했음에도 불구하고 개인의 성격에 대해 일관성 있는 결과를 제공하지 못한다는 비판을 받기도 했다. 그렇기에 심리학에서 성격을 연구하는 학자들은 MBTI가 특정 성격 이론이나 성격에 대해 의미있는 개념을 제공한다고 생각하지 않는다. 일반적으로 MBTI는 1921년에 나온 융의 성격유형을 기초로 만들었다고 주장하지만, 사실은 MBTI 검사와 융의 검증받지 않은 미완성 성격 이론을 임의적으로 연결한 것뿐이다. 여하튼 MBTI는 1975년 미국의 CPP사가 인수한 뒤 상업적으로 크게 히트한 대표적 성격검사다. 독일의 심리학 전문 잡지 「게이른 운트 게이스트」의 편집장인 스티브 아얀(Steve Ayan)이 저서 『심리학에 속지 마라』

---

21) 「메타생각-생각의 2중 스캐닝」 임영익 변호사, 리콘미디어, 2014, p.54.

(2014)에서 MBTI를 비판한 논지를 보자.

〔심리학자 융은 외향-내성, 직관-감각, 사고-감정, 그리고 판단-인식이라는 4가지 성격 척도를 만들었는데, 미국인 캐서린 마이어스(Katehreine Myers)와 딸인 이사벨 브릭스 마이어스(Isabel Briggs Myers)가 융의 성격 척도에서 영감을 받아 16가지의 성격 유형의 체계를 고안했다.

MBTI 검사는 질문이 16가지 성격 유형을 제대로 담지 못했거나 측정해야 할 것을 빠뜨릴 경우, 동일인의 성격이 완전히 다르게 진단된다. 심지어 아침에 MBTI 검사를 했는지 아니면 저녁에 검사를 했는지에 따라 전혀 다른 결과가 나올 수 있다. 따라서 MBTI 검사로 직업 적성을 측정하기란 어렵다. 이런 비판에도 불구하고 1975년부터 컨설팅 사이콜로지스트 프레스(CPP)가 독점적으로 판매하고 30여 개 언어로 번역된 이 심리 진단 방법은 아직도 높은 인기를 누리고 있다. 많은 대기업이 인재를 채용할 때에 MBTI 검사를 보조 수단으로 사용하며 배우자·직업·학교상담가도 이를 참고한다. 왠지 학문적으로 검증된 것 같은 냄새를 풍기기 때문이지만 결과가 실제 현실을 제대로 반영하는지 아닌지를 점검할 다른 기준은 없다.〕[22]

심리학적 사기술: '모차르트 효과' '바넘효과' '포러효과' 등

MBTI뿐만 아니라, 심리학이라는 가면을 쓰고 사람들을 호도하는 경우는 허다하다. 이스라엘의 사회학자인 에바 일루즈(Eva Illouz)는 '언어의 음영' 실험을 마음을 다루는 데 적용했다. 그는 심리학이 현대인들에게 오히려 혼란만 가중시킨다고 일갈하면서 이렇게 말했다. "치료를 위한 설명이 자아의 위기를 강조하고, 병명을 붙이기 때문에 자아는 더욱 길을 잃게 됩니다. 심리학적 토

---

22) 『심리학에 속지 마라(Hilfe, wir machen uns verrückt!, 2012)』 스티븐 아얀, 부키, 2014, p.206~207.

론은 모순과 현대인이 갖는 정체성의 함정을 잘 벗어나도록 실제로 도움을 주기보다는 더욱 심각하게 만들 뿐입니다."[23]

'모차르트 효과((The Mozart Effect)'라고 들어본 적이 있을 것이다. 이것 또한 희대의 사기극이다. 먼저 장기간 기자로 활동하다가 현재는 저널리스트이자 출판기획자로 활동하고 있는 조우석(1956~)이 저서 『굿바이 클래식』(2008)에서 신랄하게 비판한 논지를 보자.

〔국내의 경우 음반 시장의 황금기는 1990년대 말이다. 당시 음반 가게는 전국에 걸쳐 2만 개. 외환위기를 거쳐 오늘에 이르는 10년 뒤 음악 파일 전성시대로 환경이 바뀌면서 음반 가게는 엄청 쪼그라들었다. 불과 3,000곳으로 추산될 정도다. 그래도 상대적으로 잘 팔리는 음반은 있다. 그 하나가 '모차르트 이펙트' 음반이다. 한국적 풍토에서 미술의 경우 인상파 대가 전시회, 루브르박물관 명품 전시회류의 개성 없는 '보따리 문화 상품'들이 코흘리개 아이들의 호주머니를 노리고 수입되는데, 그 한편에서 '모차르트 이펙트'가 불티나게 팔리는 것이다.

"○○병원 선정 감상 음반, 대한민국 4대 육아지 '○○○' 등이 공동으로 추천한 대한민국 대표 아기 음반 '모차르트 이펙트' 70만 장 판매 기념 10,000세트 한정판 발매! 특별한 가격, 특별한 선물, 보너스CD 1장 추가 증정."

한 국내 음반사의 홍보 카피가 이렇듯 호들갑스럽다. 이들에 따르면 모차르트가, 모차르트의 음악이 당신 자녀의 수학 실력을 높여줄 수 있다. 과학지 「뉴 사이언티스트」를 포함해 「뉴욕타임스」 등이 수년 전부터 가설로만 전해지던 이 질문에 오래전 확실한 답

23) 『Die Errettung der Modernen Seele』 Eva Illouz,, 2009, p.405. 재인용.
    에바 일루즈는 「사랑은 왜 아픈가: 사랑의 사회학(Warum Liebe weh tut, 2011)」(돌베개, 2013)라는 책도 썼다.

을 해줬다는 것이다. 피아노 음악을 학습하고 오래 들어온 사람들의 뇌 자체가 변화한다는 것이다. 그들은 말한다. 특정한 모차르트의 음악을 들은 학생들과 그렇지 않은 학생들의 공간 과제 처리 능력을 비교해본 결과 '모차르트 그룹'의 시험 점수가 다른 그룹보다 30%나 높게 나왔다고. 무엇보다 90%의 엄마들은 이 음반을 틀어줬을 때 자기 아기가 무언가 정서적 반응을 보였다고 입을 모았다. 세계 5대 메이저 음반사인 워너 뮤직 역사상 최다 판매의 기획 음반으로 꼽힌다니 야단을 떨 만하다.

　음반사가 자체 조사한 소비자 의견 조사라니 대충 접어들어야겠지만, 무려 95%의 엄마들은 이 음반을 이웃에게 선물하고 싶다고 했다. 한국은 물론 홍콩·대만·싱가포르·중국 등 아시아 각국에서도 선풍적 지지를 받고 있다. 불과 두 장의 음반에는 「교향곡 25번 g단조 K.183」 제1악장, 「클라리넷 5중주 A장조 K. 581」 「디베르티멘토 K.13」 「오 신이여, 제 이야기를 들어보소서 K.418」 등 20여 곡이 빼곡하다.

　이걸 두고 논란이 끊이지 않는다. 얼마 전 「동아일보」는 사회면에 〈모차르트 음악 무작정 들려줘봐야 소용없다〉는 외신기사(2008년 3월 27일)를 실었다. 영국 「텔레그라프」 보도를 인용한 것인데, 독일의 교육통계부가 의뢰해 실시한 실험 결과 '모차르트 이펙트'는 가짜라는 얘기였다. 밝히지만, 이런 갑론을박 자체가 내 비위에 맞지 않는다. 저네들이 설정해 놓은 의제를 뒤따라가는 구조 자체가 민망하기 때문이다.」[24]

　모르기 때문에 당하는 거다. 그러니 힘들어도 하는 수 없이 공부해야 한다. "영화 「아마데우스」의 대성공 이후에 또 다른 모차르트 신화를 탄생시킨 것이 모차르트 효과이다. 그러나 그것은 음반사와 모차르트로 인하여 돈을 벌 수 있

---

24) 「굿바이 클래식」, 조우석, 동아시아, 2008, p.66~68.

는 조직들의 치밀한 로비에 의한 광고성 기사와 집중적인 광고 살포의 결과이다."[25] 앞에서 MBTI를 비판했던 독일의 스티븐 아얀도 모차르트 이펙트가 사기라고 말했다.

〔약 20년 전에 캘리포니아대학교의 심리학자 프랜시스 라우셔(Frances Rauscher) 박사팀은 어미 쥐의 뱃속에서부터 모차르트의 음악을 들었던 새끼 쥐가 그렇지 않았던 쥐보다 더 빨리 미로를 빠져나왔다며 '모차르트 음악이 IQ를 상승시킨다'고 주장했다. 하지만 얼마 지나지 않아 태아 상태의 새끼 쥐는 아예 아무것도 듣지 못한다는 사실이 드러났다. 결국 전 세계를 뒤흔들었던 모차르트 효과는 완벽한 사기극이었던 것이다.

라우셔 연구진이 1993년 「네이처(Nature)」지에 자신들의 실험 결과를 발표하자마자 '모차르트 효과'는 크게 화제가 되었다. 실험집단에게는 모차르트의 「2대의 피아노를 위한 소나타 d단조(K.448)」 중 한 곡을 10분 동안 들려주었고, 이들은 평균 IQ가 8~9 정도 높아졌다고 한다.

음악교육학자 돈 캠벨(Don Campbell)도 이 일에 관심을 드러냈고 그로부터 몇 년이 지나 『모차르트 효과(The Mozart Effect)』라는 동명의 책이 베스트셀러가 되었다.〕[26]

독일의 주간지 「디 차이트(Die Zeit)」의 과학 담당 편집자로 활동하고 있는 크리스토프 드뢰서는 저서 『음악 본능』(2009)에서 모차르트 이펙트에 대해 좀 더 구체적인 근거를 가지고 비판하고 있다. 내용은 이렇다.

---

25) 「만들어진 모차르트 신화: 모차르트에 대한 불편한 진실」, 백진현, Music Disk, 2012, p.65.
26) 「심리학에 속지 마라(Hilfe, wir machen uns verrückt!, 2012)」, 스티븐 아얀, 부키, 2014, p.125~128.

〔베를린의 철학자 랄프 슈마허(Ralph Schumacher)는 독일 연방 교육과학부의 의뢰로『모차르트가 지능 향상에 이로울까(Machat Mozart schlau?)』라는 제목의 소책자를 편집했다. '음악이 아동의 정신적 능력 전반을 향상시키는 데 적합한가?'라는 질문을 깊이 있게 다루는 그 소책자는 1993년에 저명한 과학 잡지 「네이처」에 발표된 한 논문을 계기로 제작되었다. 그 논문은 '모차르트 효과'라는 핵심어로 유명해졌다. 이른바 이 효과의 역사는 과학적 성과가 어떻게 과장되고 위조될 수 있는지를 아주 잘 보여준다.

언급한 「네이처」 논문은 본래 〈음악과 공간적 과제 수행〉이라는 제목의 짧은 연구 보고서에 불과했다. 이 보고서에서 미국 캘리포니아 대학의 프랜시스 라우셔(Frances Rauscher)와 고던 쇼(Gordon Shaw)는 모차르트의 음악이 대학생들의 인지 능력을 단기적으로 향상시킨다는 연구 결과를 얻었다고 발표했다.

모차르트를 들은 집단은 대조군보다 평균 8~9점 높은 점수를 받았다. 그러나 효과는 그리 오래가지 않았다. 10~15분이 지나자 모차르트 집단과 대조군들 사이의 점수 차이는 사라졌다. 이 연구 결과에서 '모차르트가 지능을 향상시킨다'는 결론을 끌어내는 것은 여러 이유에서 타당하지 않다.

첫째, 피 실험자들은 실제로 지능이 향상된 것이 아니라 단지 아주 단기적인 성적 향상 효과만 얻었다.

둘째, 이 연구는 음악 교육이 뇌에 미치는 효과를 검증하는 데 전혀 적합하지 않다. 그 효과를 검증하려면 피 실험자 각각의 개인사를 알아야 할 것이다.

셋째, 논문의 저자들은 유독 모차르트의 음악만 효과를 발휘하는지에 대해서 아무 말도 하지 않았다. 모차르트를 예컨대 바흐나 헤비메탈과 비교하지 않은 것이다.

그럼에도 모차르트라는 이름은 언론의 관심을 사로잡았다. '모차르트 효과'라는 정형화된 개념까지 미디어에 등장했다. 사기꾼으로 의심되는 돈 캠벨(Don Campbell)이라는 인물은 이 개념의 창시자로 자처하고 나서서 이후 여러 책과 CD로 큰돈을 벌었다. 라우셔와 쇼도 자신들의 연구가 일으킨 유행에 편승하여 '음악 지능 신경 발달 연구소(Music Intelligence Neural Development Institute, MIND)'를 설립했다. 쇼는 『모차르트를 마음에 담아두기(Keeping Mozart in Mind)』라는 제목의 책을 출판했다. 정치가들도 재빨리 나섰다. 미국 테네시 주와 조지아 주의 주지사는 관내의 모든 신생아에게 모차르트 CD를 선물하기도 했다.

그러나 '모차르트 효과'는 거센 비판에 직면했다. 일례로 토론토 대학의 심리학자 글렌 스켈렌버그는 곧바로 '모차르트 효과'에 관한 일련의 실험을 했다. 그는 실제로 모차르트 효과를 재현할 수 있었지만, 또한 동일한 강도의 슈베르트 효과도 확인했다. 그뿐만 아니라 추리소설을 좋아하는 학생들에게 흥미진진한 이야기를 읽어주면, 단기적인 '스티븐 킹(미국 추리소설 작가) 효과'가 발생한다.

스켈렌버그는 성적 향상의 원인을 모차르트의 음악에서 찾을 것이 아니라 그 음악이 학생들의 기분을 좋게 하고 각성 수준을 높였다는 사실에서 찾아야 한다는 결론을 내렸다. 각성 수준이 높아지면 인지 능력이 향상된다는 것은 여러 연구에서 밝혀진 사실이니까 말이다.

정작 '모차르트 효과'를 발명한 인물들 중 하나인 프랜시스 라우셔는 많은 이들이 그녀의 첫 실험을 보고 품었던 드높은 희망을 어느새 상대화한다. 그녀는 2006년에 빈에서 발행되는 주간지 「팔터(Falter)」와 대담하면서 "모차르트의 음악이 우리를 일반적으로 더 영리하게 만든다고 주장한다면, 이는 확실히 틀린 주장일 것이다"라고 말했다. 라우셔는 태아의 지능을 향상시킨다는 CD를 구매하지 말라고 조언한다.

그녀에 따르면, 태아가 들으라고 임신부의 배를 직접 겨냥해 음악을 트는 것은 바람직하지 않다. 왜냐하면 태아의 수면 리듬이 교란되기 때문이다. 또 헤비메탈을 좋아하는 여성은 임신 중에도 헤비메탈을 듣는 것이 바람직하다. 왜냐하면 태아에게 가장 좋은 것은 어머니의 만족과 좋은 기분이기 때문이다. 요컨대 수동적인 음악 듣기가 지능을 향상시

킨다는 주장은 별로 타당성이 없는 것이다.)²⁷⁾

심리학에서 대표적인 사기 수법으로 꼽히는 것이 바로 '바넘효과(Barnum Effect)'와 '포러효과(Forer Effect)'다. 바넘효과는 일반론만을 제시해도 스스로 자기에게 들어맞는 것이라고 특정화해버리는 현상이다. 그리고 포러효과는 누구나 하나라도 해당되도록 다양한 것을 열거하면, 이 다양한 것들 중에서 본인에게 맞는 특정한 것에 스스로 감탄해버리는 현상을 말한다. 이 두 현상에 대해 스티븐 아얀 교수가 해설한 부분을 보자.

〔바넘효과: 수많은 심리학책이 제공하는 조언은 대개 의도적으로 일반적인 내용만 다루고 있어서 구체적인 상황에서는 별 도움이 되지 않는다. 사람들은 흔히 누구에게나 해당되는 일반적인 특성을 자신에게만 해당되는 특성이라고 받아들이는 실수를 저지른다. 이를 바넘효과라고 한다.(p.40) 이는 누구나 즐길 수 있게 다양한 볼거리를 제공한 미국 서커스계의 선구자이자 정치가였던 피니어스 테일러 바넘(Phineas Taylor Barnum, 1810~1891)의 이름에서 유래했다.(p.275)²⁸⁾

포러효과: "때로는 외양적이고 개방적이지만 어쩔 때는 소극적이다"와 같은 글은, 의도적으로 애매모호하게 설명해서 누구에게나 잘 들어맞도록 처리한 일종의 혼합된 예술작품이다. 그래서 누구나 마치 자기 이야기를 읽는 듯한 느낌을 받게 된다. 심리학자 버트럼 포러(Bertram Forer, 1914~2000)는 약 50년 전에 로스앤젤레스에 있는 실험실에

---

27) 「음악 본능: 우리는 왜 음악에 빠져들까?(Der Musikverführer, 2009)」 크리스토프 드리서, 해나무, 2015, p.428~432.

28) 영화 「위대한 쇼맨(The Greatest Showman)」(2017 미국, 마이클 그레이시 감독, 휴 잭맨 주연)의 실존인물이 바로 피니어스 테일러 바넘이다.(영화 소개)

서 실험 대상자들에게 이런 식의 질문을 선보였다. 이때 포러는 단순히 신문의 〈오늘의 운세〉란에서 발견한 문장을 복사하고는 마치 이전에 작성해서 학술적으로 높은 평가를 받은 '인성에 관한 설문 조사'인 것처럼 실험 대상자에게 설명했다. 성격에 관한 질문은 0 점에서 5점까지의 범위에서 평균 4.3점 수준의 평가치를 받을 정도로 거의 모든 참가자에게 높은 점수의 동의를 얻었는데, 역설적인 것은 모든 참가자가 같은 내용을 읽고 답했다는 점이다.

심리학자 사이에서 포러효과라고 익히 알려진 이런 종류의 검사는 언제 누가 되었든 설문에 응한 사람을 정확히 묘사하는 것처럼 보인다. 이는 우리가 자동적으로 대충 그럴듯한 것을 모아 둔 글에서 본인의 상황과 가장 비슷한 정보만 뽑아내기 때문이다. 상담소·잡지, 그리고 인터넷에서 접할 수 있는 심리테스트라는 무적함대의 임의성도 역시 포러효과의 원리에서 기인한다. 누구나 하나라도 건질 수 있도록 모든 성향에 맞는 무엇인가를 내용에 포함시킨 것이다. 사람들은 이런 테스트를 하면 자신에 대해 더 잘 알게 될 거라 생각하지만 정작 검사 결과는 자신과 전혀 상관이 없으며 오히려 더 좌절하게 할 뿐이다.(p.202~203)』[29]

예언가로 유명세를 떨쳤던 노스트라다무스(Michel de Nostredame, 1503~1566)는 1503년 프랑스 남부의 생레미 드 프로방스에서 태어났다. 그런데 그가 이용한 수법이 바로 '바넘효과'(애매하게 예측했다)와 '포러효과'(다양한 예측을 했다)였다. 그가 예측을 다양하게 한 수법(즉 '포러효과')은 특별히 '진 딕슨 효과(Jeane Dixon Effect)'로 불린다. 영국의 세계적인 통계학자 데이비드 핸드(David J. Hand)가 저서 『신은 주사위 놀이를 하지 않는다』

29) 「심리학에 속지 마라(Hilfe, wir machen uns verrückt!, 2012)」 스티븐 아얀, 부키, 2014.

(2014)에서 설명하는 논지는 이렇다.[30]

〔미셸 드 노스트르담, 일명 '노스트라다무스'의 예측에서도 예언의 다의성을 확인할 수 있다. 16세기 프랑스의 약·치료사·신비주의자인 노스트라다무스는 수많은 예언을

---

30) 「신은 주사위 놀이를 하지 않는다(The Improbability Principle, 2014)」 데이비드 핸드, 더퀘스트, 2016, p.37~39.
근본적으로 확률적인 세계관을 누구나 쉽게 받아들인 것은 아니었다. 아인슈타인은 1944년 막스 보른(Max Born)에게 다음과 같은 편지를 썼다. "당신은 주사위 놀이를 하는 신을 믿는 반면, 나는 객관적으로 존재하는 세계의 완전한 법칙과 질서를 믿는다(…) 양자이론이 일단 큰 성공을 거뒀다 하더라도, 나는 주사위 놀이를 믿지 않는다."
그러나 오늘날 과학자들의 일반적인 견해는 실제로 우연이 자연을 근본적으로 움직인다는 것, 불확정성이 자연의 중심에 놓여 있다는 것이다.(p.92~95.)
〔이상준: "신은 주사위 놀이를 하지 않는다!"는 명언에 부연설명을 한 책이 이렇게 많다.
• 「우연의 설계: 종의 탄생과 인공지능… (Chance: The Science and Secrets of Luck, Randomness and Probability, 2015)」 마크 뷰캐넌 외, 반니, 2017, p.9~10.
〈우연(Chance)의 중요성〉
우연은 물리법칙에서 가장 근본적인 과정인 듯 보인다. 세상만물의 작동방식을 깊숙이 파고들다보면 결국에는 양자론과 만나게 된다. 양자론은 모든 물질을 구성하는 지극히 작은 것들의 세계를 기술하는 이론이다. 원자, 전자, 양성자(그리고 양성자의 구성요소인 쿼크) 모두 양자물리학의 법칙을 따른다.
그리고 이 법칙들은 여러 모로 '무법 상태'처럼 보인다. 양자론의 심장부로 들어가면 그곳에는 원인도 결과도 존재하지 않는다. 내가 전자의 스핀 같은 속성을 측정해보면 시계방향 또는 반시계방향으로 나온다. 하지만 어느 한 번의 측정에서 그 실제 결과가 어떻게 나올지는 결코 미리 알 수 없다. 이 결과는 무작위로 발현된다.
이에 대해 아인슈타인이 남긴 말은 과학사에서 가장 유명한 문구 중 하나가 되었다. 그는 우주가 실제로 이렇게 작동한다는 사실을 부정하며 물리학자 닐스 보어(Niels Bohr, 덴마크의 물리학자로 플랑크의 양자 아이디어를 수소원자로 확장시키고 그때부터 양자이론의 대부 역할을 한 위대한 사람, 1885~1962)에게 이렇게 말했다. "신은 주사위 놀이를 하지 않습니다."
여기에 보어는 아주 현명하게 대응했다. 그는 "왜 신에게 이래라 저래라 훈수를 두느냐"고 아인슈타인을 질책했다. 그가 옳았다. 우리는 당연히 모든 결과에는 원인이 있어야 한다고 여기지만, 그런 직관을 그대로 믿어서는 안 된다. 이런 직관은 가혹한 환경에서 살아남으려면 반드시 필요했기 때문에 장구한 세월에 걸쳐 진화한 것뿐이다. (마이클 브룩스: 물리학 박사, '뉴 사이언티스트' 편집자 등을 거친 언론인)
• 「놀이와 예술 그리고 상상력」 진중권(1963~), 휴머니스트, 2005, p.22.
"신은 주사위 놀이를 하지 않는다"는 아인슈타인의 주장에 (양자역학의 대부였던) 닐스 보어는 "신이 주사위 놀이를 하든 말든 당신이 알 바 아니다"라며, 오히려 그에게 "왜 신이 주사위 놀이를 하는지 생각해보라"고 권했다.
• 「현대물리, 불가능에 마침표를 찍다」 김영태, 다른세상, 2015, p.187.
"신은 주사위 놀이를 하지 않는다"는 아인슈타인의 주장에 닐스 보어는 "우리는 신학자가 아니라 물리학자이다"라고 말했다고도 전해진다.
• 「아인슈타인과 오펜하이머(Einstein and Oppenheimer, 2008)」 실번 S. 슈위버, 시대의 창, 2013, p.423.
"신은 난해하다. 그러나 심술궂지는 않다"는 말을 했다. 이 말의 의미는 '자연의 법칙을 이해하기는 어렵다. 그러나 불가능한 것은 아니다'는 뜻이다.〕

일련의 연감·달력·4행시에 담아 출판했다. 그의 예언은 유행병·지진·전쟁·홍수 등에 초점을 맞추었는데, 특정 사건을 명료하고 상세하게 지목한 것은, 내가 아는 한 단 하나도 없다. 게다가 그의 예언들은 먼 미래의 사건들을 다뤘다. 이것은 매우 훌륭한 전술이다. 왜냐하면 먼 미래를 예언하면 예언자가 살아 있는 동안에 그 예언이 틀렸음이 드러날 리 없기 때문이다. 또 주목할 만한 것은 노스트라다무스가 정확히 무엇을 예측했는가에 대한 견해가 그의 수많은 추종자들 사이에서도 엇갈린다는 사실이다. 어느 모로 보나 '애매성의 승리'라고 해야 할 것이다. 그러면 그 예측들을 강조하면서 틀린 예측들을 편리하게 외면할 수 있다. 이 같은 예언의 특성들을 감안하여 성공적인 예언자가 되는 법을 알려주는 책을 쓴다면 다음 3가지 기본 원리를 훌륭한 출발점으로 제시할 수 있을 것이다.

첫째, 당신 이외에 아무도 이해할 수 없는 징후를 활용하라.

둘째, 모든 예언을 애매하게 하라.

셋째, 최대한 다양한 예측을 하라.

처음 2개의 원리를 정반대로 뒤집으면 과학적 방법의 기초가 됨을 주목하라.

첫째, 당신의 측정 과정을 명확하게 서술하여 당신이 무엇을 했는지를 다른 사람들이 정확히 알게 하라.

둘째, 당신의 과학적 가설이 함축하는 바를 명확하게 서술하여 언제 그 가설이 틀렸다고 판정해야 하는지 밝혀라.

예언자를 위한 세 번째 원리, 즉 최대한 많은 예측을 내놓으라는 것은 20세기 중반, 여러 매체에 점성술 칼럼을 쓴 진 딕슨(Jeane Dixon)의 이름을 따 '진 딕슨 효과'로 불린다. 진 딕슨은 루스 몽고메리(Ruth Montgomery)가 1965년에 펴낸 평전 『예언의 재능(A Gift of Prophecy)』 덕분에 유명해졌다. 이 책이 수백만 부나 팔렸다는 사실은 사람들이 예언과 예언자를 열렬히 믿고 싶어 한다는 사실과 무관하지 않을 것이다. 심지어 세계 지도자들도 진 딕슨의 예언에 귀를 기울였다. 리처드 닉슨(Richard Nixon)은 그녀의 예측을 토대로 (결국 발생하지 않은) 테러 공격에 대비했고, 낸시 레이건과 로널드 레이건 (Nancy and Ronard Reagan)은 그녀에게 개인적으로 조언을 들었다. 레이건 부부가 의지한 심령술사는 그녀뿐만이 아니었다고 한다.

애매성의 도움을 감안하더라도 진 딕슨의 예언이 실제로 들어맞은 적도 몇 번 있다. 예컨대 그녀는 1956년, 주간지 「퍼레이드(Parade)」에 1960년 미국 대통령 선거에서 민주당 후보가 이긴 뒤 임기 중에 암살되거나 죽으리라고 예언했다. 대단히 놀라운 예언이었다. 그녀의 예언 중에는 더 극적인 것들도 있었다. 그녀는 소련 사람이 최초로 달에 착륙할 것이며 1958년에 3차 세계대전이 터지리라고 예언했다.

우리는 어떤 유형의 예측이든 그것을 신뢰하기에 앞서 그 근거를 제대로 설명해달라고 요구해야 마땅하다. 결국 예측이 옳은 것으로 판명되더라도 그렇다.」

제10장

소위 박사·교수는 지식인인가? 앵무새인가?

Lee Sang Joon · Knowledge Series 2

The ideal is like a star. We cannot reach our ideals, but we,
like sailors, set our course of life based on ideals.

이상은 별과 같다. 우리는 이상에 다다를 수는 없지만,
뱃사람들과 마찬가지로 이상을 기준으로 인생의 항로를 설정한다. (카를 슈르츠)

·
·
·

수년 전부터 한국에는 인문학 광풍이 불고 있다. 신문이나 TV 등 대중매체에서도 온갖 부류의 지식인들이 저마다 인문학적 지식을 뽐내며 인문학이라는 이름으로 수많은 지식을 전달하고 있다. 인문학은 자기 성찰의 학문임에도 출세와 성공을 위한 필수적인 도구로 이미 전락했으며, 이를 반영하듯 대기업의 입사시험에 인문학 지식은 필수과목이 돼버렸다. 역사·예술·과학·서양철학·동양철학 등 거의 모든 분야가 인문학이라는 이름을 달고 쏟아지고 있다. 현대의 추세는 '통섭(Convergence)', 즉 고유 인문학 분야(문학·역사·철학)와 자연과학 분야를 넘나드는 융합형 지식이다. 스티브 잡스를 위대하게 만든 2%도 한마디로 말하면, 서로 연결되지 않은 많은 '점들을 잘 연결한 일'이었다. 그러나 지식인이라고 자처하는 대부분의 사람들은 자기 분야만이 중요하며 그것만이 인생에 중요함을 강조해왔기 때문에, 오히려 우리를 혼란에 빠뜨리기도 한다.

참된 지식인에 목말라하는 사회

지식인은 어떤 부류의 사람을 지칭하는 것일까? 이 정의를 나름대로 명쾌하게 해놓은 책이 있다. 미국 역사학계의 거물이었고 퓰리처상을 두 번이나 수상했던 리처드 호프스태터(Richard Hofstadter, 1916~1970) 교수의 역작『미국의 반지성주의』(1962·1963)다. 그는 '직업적 지식인(전문직 종사자)'과 '순수 지식인'을 확실히 구분 짓는다. 그의 주장을 보자. "장인의 일이라고 부를 만한 것 – 변호사·편집인·기술자·의사, 그리고 일부의 작가나 대다수 대학교수의 일– 의 대부분은 지식에 전면적으로 의존하기는 하지만 뚜렷하게 지성적이지는 않다. 학문적이거나 그에 준하는 성격의 전문직에 종사하는 사람은 자기 일을 하기 위해서는 관련 지식을 확실하게 축적하고 마음대로 구사해야 한다. 나아가 잘 구사할 뿐만 아니라 지적으로 활용해야 한다. 하지만 직업적 입장에서는 이런 지식을 주로 도구로서 활용한다. 이 문제의 핵심은, 막스 베버(Max Weber, 1864~1920)가 정치에 관해서 한 구분을 빌리자면, '전문직 종사자는 지식을 위해서가 아니라 지식에 의존해서 살아간다'는 것이다. 직업적 역할이나 직업적 기능이 지식인을 만들지는 않는다. 그들은 정신노동자이고 기술자다. 집에서는 지식인일지 몰라도 직장에서는 주어진 목적을 위해 두뇌를 사용하는 고용된 정신적 기술자이다. 즉 두뇌를 자유로운 사색이 아니라 직업상의 목적을 위해 사용하는 정신적 기술자인 것이다. 이 경우에 목표는 외부로부터 주어진 것이고 스스로 결정한 것이 아닌 반면, 지적인 삶에는 모종의 자발적 성격과 내적인 결단이 따른다. 지적인 삶에는 또한 나름의 독특한 안정감이 있다.(p.51~52) 이상론

---

1) 『미국의 반지성주의(Anti-intellectualism in American Life, 1962·1963)』 리처드 호프스태터(Richard Hofstadter, 1916~1970), 교유서가, 2017.

으로서는 진리 탐구가 지식인이 하는 일의 핵심이다(p.57)."[1]

지금 우리 사회는 지식인의 홍수 시대이기도 하다. 아니, 호프스태터 교수의 지적대로 보면 '직업적 지식인' 또는 '전문 직업인'이 대다수에게 들어맞는 표현일 것이다. 사실 그들이 주로 하는 행동을 보면 '순수 지식인'이라고 볼 수도 없는 것이다. 즉 대부분의 지식인들이 저마다의 도덕적 명분을 내세우며 지혜를 강조해 왔지만 일방적으로 떠들어대는, 즉 소리 없는 메아리뿐인 경우가 많았다. 얄팍한 지식으로 언론과 유착한 채, 상업적으로 자기 얼굴 알리기에 급급한 미디어 지식인이 판을 치는 세상이 돼버렸다. 영국의 역사학자 겸 독립 다큐 감독인 프랜시스 스토너 손더스의 책 『문화적 냉전: CIA와 지식인들』(1999)에서 한국어판으로 2016년 발간될 때, 한형식 당인리대안정책발전소 소장의 '발문' 중 한 구절이 따끔한 일침을 가하고 있다.

〔그들에게 돈을 주고 지적 활동에만 전념하게 하고 그들의 생각을 대중들에게 전달하는 매체를 제공하는 누군가가 없었다면 어땠을까? 사상의 훌륭함이 대중적 지지를 낳는다는 것은 선불교나 초능력의 세상에서나 통할 생각이다. 지식인들은 대체로 자신들이 지식인으로서의 특권적 지위를 유지하기 위해 민중들을 배신했다. 이런 선택을 하지 않은 이들도 많았을 것이다. 그러나 지배계급이 통제하는 지식인 제도 안에서 그들의 흔적은 거의 남아 있지 않다. 체제 내에서 남기 위해 노골적으로 우경화된 경우도 많다.〕[2]

그리고 프랑스의 사회학자 피에르 부르디외(Pierre Bourdieu, 1930~ 2002)

---

2) 『문화적 냉전: CIA와 지식인들(WHO PAID THE PIPER?: The CIA and the Cultural Cold War, 1999)』, 프랜시스 스토너 손더스, 그린비, 2016, p.731~733.

는 계층이론에서 '지배받는 지배자'라는 용어로 '지식인'을 설명했다. 그에 따르면 현대 사회의 지배층은 자본가 계층과 지식인 계층으로 양분되어 있다. 이 중에서도 경제적 영역을 지배하는 자본가 계층이 문화적 영역을 지배하는 지식인 계층보다 우위에 있다. 자본주의 사회에서는 돈이 지식보다 우선한다는 것이다. 지식인은 지배층에 속하지만 이런 이유로 지배층이면서도 지배를 받는 모순적인 집단이다.[3] 공인회계사·변호사·교수·박사 등 각 분야의 전문 지식인들은 해당 분야에서는 지배자의 위치에 있으나, 재벌과 돈 앞에서는 자본의 지배를 받는 노예가 되어 자본가들의 배를 불려주기 위해 편법수단까지 동원하며 혼신의 노력을 하고 있다. 피에르 부르디외는 진정한 지식인은 세속적 권력과 정치적·경제적 권위의 간섭에서 자유로워야 한다는 점을 강조했다.[4] 명예와 명분이 돈 앞에서 고개를 숙여야만 하는 경우가 얼마나 많은가!

헌법재판소 헌법연구관(1989~1994), 제28대 법제처장(2008.3.~2010.8.) 등을 역임한 이석연 변호사(전북 정읍 출생, 1954~)는 책 『사마천 한국견문록: 『사기』의 시각에서 본 한국사회의 자화상』(2015)에서 지식인을 질타한 한고조 유방과 마오쩌둥의 이야기를 들려준다.

[마오쩌둥은 지식은 존중했지만 지식인은 무시했다. 그 이유는, 지식인들이 "①거지 근성이 강하고, ②고마워할 줄 모르고, ③남 평계대기 좋아하고, ④정확히 알지도 못하는 주제에 온갖 잘난 척은 다하고, ⑤무책임하다"는 것이었다. 물론 지식인에는 정치인도 당연히 포함되고 있다.

---

3) 『지배받는 지배자: 미국 유학과 한국 엘리트의 탄생』, 김종영, 돌베개, 2015, p.20~23.
4) 『지식인(Vita Activa 개념사 27)』, 이성재, 책세상, 2012, p.72~74.

『사기』의 「역생·육가열전」을 보면 한 고조 유방도 마오쩌둥이 지적한 것처럼 입만 살아있는 선비들을 무척 싫어했다는 것을 알 수 있다. 유방은 만나는 사람마다 목청을 높여 선비들에 대한 욕을 늘어놓는 것은 물론, 자신을 찾아온 선비의 관(冠)을 빼앗아 그 안에 오줌을 누기까지 했다. 유방의 무례한 태도는 그의 오만한 성품 탓도 있었겠지만 더 중요한 것은 실천이 없이 말만 늘어놓는 선비들의 고약한 습성 때문에 유발된 것이라 여겨진다. 그러나 모든 선비들이 그렇지는 않았다. 역생(酈生) 이기(食其)는 패기와 지조가 있는 인물이었지만 당대 사람들로부터 미치광이 취급을 받았다. 그가 광인(狂人)으로 내몰리게 된 것은 현실논리와 야합하지 않았기 때문이다.」[5]

양력과 음력의 표기 문제

역사를 공부할 경우 계절 등 당시의 상황을 이해하기 위해서는 정확한 계절이나 월일이 중요하다. 그런데 아무 생각 없이 음력과 양력을 염두에 두지도 않고 설명해버리는 경우가 허다하다. 하물며 임진왜란의 전투 장면 하나를 보더라도 그 시기가 정확히 무슨 계절인지는 정확히 알고 있어야 한다.

우리나라는 1896년 1월 1일부터 양력을 사용했다(참고로 일본은 1873년, 중국은 1912년, 러시아는 1918년 2월 14일(음력 1918년 2월 1일)부터 서양력을 사용했다. 러시아의 경우 양력의 일종인 율리우스력을 사용해오다 오늘날의 그레고리우스력으로 바꾼 경우이다. 즉, 1895년까지의 문헌상 기록은 모두 음력 기준이다(음력 1895.11.17.일을 양력 1896.1.1.일로 했다).[6] 예를 들어 세종대왕 탄신일은 1397년 4월 10일(양력 5월 15일-스승의 날), 임진왜란 발발일은 1592년 4월 13일(양력 5월 23일), 이순신 제독 탄신일은 1545년 3

5) 「사마천 한국견문록: 『사기』의 시각에서 본 한국사회의 자화상」 이석연, 까만양, 2015. p.40~41.

월 8일(양력 4월 28일–충무공 이순신 탄신 기념일), 원균이 칠천량(거제 칠천도)해전에서 대패하여 자신의 목숨뿐만 아니라 거북선(총 3척)을 포함한 대부분의 조선 군함을 잃게 된 날은 1597년 7월 15~16일(양력 8월 27~28일), 이순신의 노량해전에서 사망일은 음력 1598년 11월 19일(양력 12월 16일, 선조 31년), 부산대첩일은 1592년 9월 1일(양력 10월 5일–부산시민의 날), 제1차 진주성전투는 1592년 10월 5~10일(양력 11월 8~13일 6일간, 충무공 김시민 장군 사망)이고 비운의 제2차 진주성전투는 1593년 6월 22~29일(양력 7월 20~27일, 8일간 진주시민 10만 명 중 6만 명 희생), 병자호란 발발일은 1636년(병자년) 12월 10일(양력 1637년 1월 5일) 등이다. '스승의 날' '충무공 이순신 탄신 기념일' '부산시민의 날' 등은 양력으로 환산하여 오늘날 양력을 기준으로 기념식 등 행사를 한다.

그러나 아직도 양력·음력을 구분하지 못하고 사용하여 혼란을 초래하는 경우가 비일비재하다. (통합)창원시 진해구 남문지구 입구에 창원시가 2016년 2월 조성한 '세스페데스 기념공원'이 있다. 스페인의 그레고리오 데 세스페데스(Gregorio de Céspedes, 1551~1611) 신부는 고니시 유키나가(세례명은 아우구스티노)의 진영인 웅천왜성(창원)을 근거지로 삼아 1년간 머물면서 왜군들과 조선인 포로들에 대한 진중(陣中) 포교에 힘썼다. 조선은 1426년(세종 8년)부터 부산포·내이포(진해 웅천)·염포(울산) 등 삼포(三浦)를 개방하고 왜관

---

6) 양력 사용, 단발령 실시(1896.1.1): 우리가 양력을 공식 역법으로 채택한 것은 조선 고종 32년인 1895년 갑오개혁(갑오 1894년 7월~병신 1896년 2월 사이에 개화파 김홍집 내각에 의해 추진된 근대적 제도 개혁 운동) 때였다. 김홍집(金弘集, 1842~1896) 내각이 1895년 음력 11월 15일(양력 12월 30일)에 공포하여 2일 뒤인 1896년 1월 1일 시행했다. 즉 1895년까지의 문헌에 있는 날짜는 모두 음력임에 유의해야 한다.
한편, 김홍집 총리는 아관파천(俄館播遷, 1896.2.11~1897.2.20)이 시작된 1896년 2월 11일 군중들에게 살해됐다. 그의 사위가 독립운동가 이회영(李會榮, 1867~1932)의 동생으로 대한민국 초대 부통령을 지낸 이시영(李始榮, 1869~1953)이다.

(倭館)을 설치해 쓰시마의 왜인들이 교역을 할 수 있도록 허락했다. 세종시대의 쓰시마 섬의 정벌이 왜에 대한 강경책이라면 삼포 개방은 왜에 대한 온건책이었다. "왜군을 위한 종군신부를 기리기 위해 공원까지 조성한 것은 지나치다"라는 비판은 별개로 치고, '기념비'에 양력·음력에 대한 언급도 없이 "1593년 12월 27일 한국 땅을 밟은 최초의 가톨릭 선교사"로 기록돼 있다. 이 기념비가 세워질 당시(2016년 2월)에는 세스페데스가 최초라는 게 정설이었으니 그렇다 치더라도(우광훈 감독이 영화 「직지코드」를 통해 이의를 제기한 시기는 2016년 10월이었다),[7] 양력·음력에 대한 언급도 없이 '1593년 12월 27일'로 표시한 것은 문제가 있다. 이에 한술 더 떠 세스페데스 신부에 대한 기념식도 매년 12월 27일 열린다고 하니 참 어처구니가 없다. 그가 한국에 도착한 시기는 양력으로 1594년 1월(음력 1593년 12월)인데 양력 12월 27일 기념식을 행한다니 아무 생각이 없다고 볼 수밖에 없지 않겠는가. 창원시 관계자들과 역사학자들, 더 나아가 성직자들은 반성해야 한다.

이세돌과 알파고(AlphaGo)와의 '세기의 대결', 금융위기에 대한 처신

2016년 3월 9일부터 16일까지 벌어진 프로바둑기사 이세돌 9단과 구글 인공지능 바둑 프로그램 '알파고(AlphaGo)'와의 '세기의 대결'이 기억날 것이다. 대국 결과는 알파고가 4승 1패로 승리했고, 이세돌이 이긴 4국도 "알파고가

---

7) 「경향신문」, 2016. 10. 3. 〈고려왕과 교황 친서: 서양 신부가 한반도를 최초로 방문한 해는 1333년으로, 기존 학설보다 261년을 앞당겼다〉라는 제목의 기사.
　우광훈과 데이빗 레드먼(David Redman, 캐나다) 감독은 이 사실을 폭로하는 다큐멘터리 영화 「직지코드(Dancing with Jikji)」(2017.6.28. 개봉, 주연: 데이빗 레드먼, 명사랑 아녜스(재독 교포), 김민웅 경희대 교수·목사)를 공동 제작했다.

이세돌에 져준 것"이라는 주장도 많았다.[8] 이세돌의 '백 78의 끼우는 묘수?' 는 대국 당시 알파고도 생각하지 못한 '신의 한 수'로 알려졌으나, 나중에 성립되지 않는 수로 판명 났다. 그런데 이 세기의 대결이 벌어지기 전에 모든 전문가들은 이세돌의 압도적인 승리를 예측했다. 그러나 **이세돌이 처참하게 무너지자 그 후 아무도 이 사실에 대해서 언급하지 않았다.** 그것이 소위 지식인들의 습성이다. 2016년 2월 10일자 「한국경제신문」의 〈국내 교수 10명 긴급설문 "이번엔 이세돌이 알파고 이기겠지만…" "알파고가 이긴다" 한 명도 없어〉라는 제목의 기사 중 일부는 이렇다. **"빅데이터 전문가인 김진호 서울과학종합대학원 MBA 교수만 알파고 압승 점쳐!** 김대식 KAIST 교수(전기·전자공학과), 박충식 영동대 교수(스마트IT학과) 등 저명한 국내 IT전문가들 모두 이세돌의 압승을 예측했다!"

니체는 말했다. "세상에서 중요한 것은, 꽃에 물을 주며 관찰하듯 세상을 해

---

8) 「한겨레」, 2017.1.15. 〈"알파고, 이세돌에 져준 것" 주장 놓고 갑론을박〉(유덕관 기자)
빅데이터 전문가인 김진호 서울과학종합대학원 MBA 교수는 최근 "알파고의 승리가 확정된 상황(3 대 0)에서 인공지능 공포감을 상쇄하기 위해 구글 딥마인드 쪽이 승부를 조작했다. 구글 쪽은 사과하고 재발 방지를 약속해야 한다"고 주장(1월12일 「중앙일보」「한경닷컴」 인터뷰)했다. 그는 구글 딥마인드의 패배 조작 근거로 △시뮬레이션을 통해 검증한 인공지능에서 나오기 힘든 버그가 수차례 나온 점 △구글 딥마인드 쪽이 4국 데이터를 공개하지 않는 점 △알파고의 버전 정보를 숨긴 점 등을 꼽았다. 김 교수는 이 9단이 이길 것이란 전망이 압도적이었던 대결 전부터 드물게 '알파고 압승'을 예측했다. 구글 딥마인드는 1~5국 데이터 모두를 공개하지 않았다.
조작 주장이 제기된 4국을 돌이켜보면, '신의 한 수'로 극찬 받았던 이 9단의 78수에 알파고가 연달아 실수를 하며 이 9단에게 격기를 내줬다. 위기를 맞은 알파고가 격전과는 상관없는 '이상한 수'를 두어 보는 이들을 황당하게 하고, 초보적인 실수를 이어가 "고장이 난 것 아니냐"는 우스갯소리도 나왔다. 그러나 '승착'으로 평가 받던 이 9단의 78수가 사실은 '성립하지 않는 수'였다는 점이 뒤늦게 밝혀졌다. 중국의 커제 9단 등이 복기 과정에서 78수의 결함을 찾아냈다. 이 때문에 "인간의 한계를 뛰어넘는 계산력을 보여준 알파고가 이 9단의 실수에 제대로 대응했어야 할 국면이었다"는 주장이 나왔다.
최근 박정환 9단, 장웨이제 9단, 커제 9단 등 전 세계 초일류 프로기사들과의 온라인 대국에서 60연승을 거둔 점도 '알파고 고의 패배설' 의혹을 키우고 있다. "이 9단과의 대국에서 드러난 알파고의 결점이 해소되기까지는 오랜 시간이 걸릴 것이다"는 전문가들의 예상과 달리 '뉴 알파고'에게는 결점이 전혀 안 보였기 때문이다. {이상준: 그리고 2017.5.29.일자로 〈알파고, 바둑 은퇴 선언하고 의료과학 분야로 영역을 확대하기로 했다〉는 기사가 신문방송에 보도되기에 이르렀다.}

석하는 학자들이 아니라, 망치를 들고서 우리의 정신을 얽매고 있는 낡은 이념들을 깨어 부수는 사람들"이라고.[9] 아이슬란드 수도 레이캬비크 시장을 역임한 욘 그나르(1967~)는 『새로운 정치 실험, 아이슬란드를 구하라』(2014)는 책에서 이론만 떠들어대다 막상 현실에서 그의 이론이 명백히 엉터리였음이 밝혀졌을 경우 숨어버리는 지식인을 빗대어 이렇게 일갈했다. "아이슬란드에 2008년 금융위기가 찾아왔다. 금융위기에 원인을 제공한 정·재계 인사들은 대중 앞에 밝혀지고 공모를 인정했으나, 학계에 있는 사람들 중에는 사과하는 사람이 아무도 없었다. 위기의 알을 부화시키고 금융 바이킹을 훈련시키는 온상이 된 곳이 대학임을 언급하는 사람조차 없었다."[10]

'통섭(Convergence)', 즉 다양한 관점을 빚어서 들려다오, 제발!

지식은 세상의 보배이며 지식인은 이의 전령사 역할을 똑바로 해야 한다. 그들이 우왕좌왕할 때 다수의 민중은 방황할 수밖에 없다. 그러나 현실은 여러 측면에서 괴리가 심하다. 지식 자체가 정확해야 하며, 그것이 올바로 해석되어야 하며, 확실하게 전달되어야 한다. 몇 가지 측면에서 살펴보자.

첫째, '고전'의 지식을 현대에 접목하는 데의 시간적 괴리의 문제다. '고전'은 인간의 경험이 종속되었던 근본적인 조건들에 대한 인간의 반응을 기록해 놓았다. 그런 반응은 시대에 속박되지 않는다. 크게 보면 시간적 거리와 상관없이 여전히 우리 가슴을 친다. 그러나 지금 이 시대를 사는 우리가 '고전'을 그대

9) 『책 여행자』 김미라, 호미, 2013, p.47.
10) 『새로운 정치 실험, 아이슬란드를 구하라(Hören Sie gut zu und wiedreholen Sie!!!, 2014)』 욘 그나르 (2010~2014년 아이슬란드 수도 레이캬비크 시장 역임, 1967~), 새로운발견, p.51~53.

로 따르기에, 내용은 너무나 시대착오적이고, 더 나아가 위선과 가식으로 가득차 있음을 쉽게 간파할 수 있다. 오히려 그런 직접적이고 목표지향적인 사고를 벗어나기 위해, 아니, 내려놓기 위해 작품을 읽어야 할 경우가 더 많다. 그리고 지금 우리가 사는 세상과는 엄청나게 다른 세상의 이야기이므로 그 시대 상황을 고려한 정확한 해석도 어려운 게 사실이다.

그러나 동양고전이든 서양고전이든 불문하고 하나같이 석가모니 왈, 공자 왈, 맹자 왈, 소크라테스 왈, 플라톤 왈, 데카르트 왈, 칸트 왈(…) 하면서 옛날 성현들의 말씀을 앵무새처럼 전달만 하는 지식인이 허다하다. 물론 받아들이는 개인의 역량에 따라서 옛 성현의 말씀을 현대적으로 응용하여 삶의 윤활유로 만들어 쓰는 사람도 많을 것이다. 그러나 현대의 상황을 늘 염두에 두고 고전과 현대를 넘나드는 연결고리를 그 높고 깊은 지식으로 만들어주면 얼마나 좋을까? 학점을 따기 위한 교실의 수업이 아니라 청중들이 탁 트인 마음으로 세상을 향해 달려가게 만들 수는 없는 걸까? 교수이고 나만을 위한 지식인이기 때문에 대학의 울타리를 넘기가 그렇게 어려운 걸까?

둘째, 숲을 본 다음 나무를 보는 넓은 시야가 필요하다. 예를 들면 유교를 '충효사상'으로 변질시킨 것은 일본 제국주의라는 사실이다. "유교의 바이블인 『논어』를 읽다보면, 결코 '부모에 효도, 나라에 충성'은 없다. 도리어 "부모에겐 효도하되, 나라에는 무작정 충성해선 안 된다"는 이야기가 나온다. 실은 '부모에 효도, 나라에 충성'이라는 표현은 일본 제국주의 영향을 받은 군국주의 구호이다. 우리들 대부분은 '충효'를 『논어』나 『맹자』란 책 속에 들어있다고 생각한다. 그러니까 '부모에게 효도하는 것은 나라에 충성하기 위함이다'와 같은 논리가 유교철학의 바탕이라고 생각하기 쉽다. 그러나 결코 그렇지 않다. 이건 바로 일본 군국주의의 논리일 뿐이다. 도리어 군국주의적 충효사상은 맹자가 특히 저항했던 논리다. 그리고 퇴계 이황이나 남명 조식 같은 유학자들이 저항했던 것 역시 '충은 곧 효'라는 논리다. 그래서 사화(士禍)가 났다."[11]

서양철학에 대한 인식도 마찬가지다. 서양 문물이나 사상을 무조건적으로 우월시하는 오리엔탈리즘적인 사고는 경계해야 한다. 유명한 수학자 화이트 헤드는 "모든 서양사상은 플라톤의 각주에 불과하다"라고 할 정도로 플라톤이 서양철학에 미친 영향은 크다. 그러나 플라톤의 철인정치론은 아이러니하게 도 반민주주의 독재사상의 이론적 근간이 되기도 했다.

셋째, 학문과 학문과의 연계가 되지 않는 영역의 벽이다. 다시 말해 통섭적 사고가 절실하다는 말이다. "대표적인 파생금융상품으로 선물(Futures)과 옵션(Option)이 있다. 파생상품의 위험 분석과 가격 결정에 획기적인 기여를 한 연구는 1973년 피셔 블랙과 마이런 숄즈의 「옵션가격 결정이론(Option Pricing Theory, Option Pricing Model, OPM)」이다(이 연구로 마이런 숄즈 는 1997년 노벨경제학상까지 수상했다). 그런데 놀랍게도 이 방정식은 물리 학에서 도체(導體, Conductor) 내 열 전달을 기술하는 '열전도 방정식과 유사 한 형태'를 가지고 있었다. 이 방정식의 해는 물리학자들이 이미 100여 년 전 에 풀어놓았던 것이다. 그러나 블랙과 숄즈는 그 사실을 모르고 한동안 이 방 정식의 해를 구하려고 무진 애를 썼다고 한다."[12] 인공지능(AI)으로 세상의 주 목을 받고 있는 인지과학의 경우는 또 이렇다. "인지과학은 철학·심리학·언 어학·인류학·신경과학·인공지능 등 6개 분야의 공동 연구를 전제하고 있다. 개별적인 노력으로는 마음 연구가 불가능할 뿐만 아니라, 학문 간 연구로부

---

11) 「글쓰기의 최소원칙」, 김훈 등 14인, 룩스문디, 2008, p.138~139. 배병삼 교수.
12) 「과학콘서트」, 정재승, 어크로스, 2011, p.202~219.

터 더욱 많은 결실이 기대되기 때문이다."[13] 프랑스 물리학자·외과의사인 아르망 트루소(1801~1867)는 이렇게 말했다. "최악의 과학자는 예술가가 아닌 과학자이며, 최악의 예술가는 과학자가 아닌 예술가이다."[14] 국악인 황병기(1936~2018.1.31.) 선생은 장한나(Han-Na Chang, 한국 첼리스트·지휘자, 1982~)에게 "우물을 깊게 파려면 우선 넓게 파라"는 조언을 했다고 한다.[15]

잘 모르면서 온갖 잘난 체는 다하는 지식인들을 실험 대상으로 삼아 이를 입증한 사건이 있었다. 1996년에 있었던 이른바 '소칼 사건(Sokal's Hoax)'이라 불리는 유명한 일화다.

〔앨런 소칼(Alan D. Sokal, 1955~)은 뉴욕대학교 물리학과 교수였는데, 소위 포스트모던 철학자란 분들이 발표하던 글을 보면 자기 자신도 이해하지 못하는 과학 용어를 남발하면서 말장난을 한다는 생각이 들었던 것이다. 그래서 소칼은 그것을 입증하려고, 아주 고상해 보이지만, 실제로는 아무 의미도 없는 엉터리 논문을 하나 썼다. 자연과학 이론을 인문학에 적용해서 제목도 그럴듯하게 〈경계를 넘어서-양자 중력의 변형적 해석학을 위하여〉라고 달았다. 그리고 그것을 1996년에 「소셜 텍스트(Social Text)」라는 권위 있는 포스트모더니즘 계열 잡지에 보냈다. 소칼은 '겉으로 보기에 그럴 듯하고, 편집자의 이념 성향에 맞기만 하면 헛소리로 가득한 논문도 출판해주는지' 알아보려고 했던 것이다. 그런데 이게 채택되어 출판된 것이다. 그러자 소칼은 그 논문이 사실은 엉터리라는 것을 폭로했다.〕[16]

---

13) 「지식의 대융합(Convergence): 인문학과 과학기술은 어떻게 만나는가」, 이인식, 고즈윈, 2008, p.51~52.
14) 「김상욱의 과학공부: 철학하는 과학자, 시를 품은 물리학」, 김상욱, 동아시아, 2016, p.318.
15) EBS 2015.11.29. 기획특강 방송 '찾아가는 강의'

'박사·교수'라는 학자의 타이틀을 내세워 '지식인'인 양 나대고 있지만, 정작 '직업전문가' 수준에도 미치지 못하는 최근의 사례 두 가지를 들겠다. 이들은 탈법을 저지르면서까지 연구비를 타서 유흥비로 탕진하고, 자녀들을 공저자로 논문에 끼워 넣는 등 온갖 추태를 다 보여줬다.

〔〈대학교수 86명 논문에 미성년 자녀 공저자 138건 확인〉: 자녀의 대학 입학 시 스펙 쌓기 위한 편법 자행.

대학교수의 논문에 자신의 미성년 자녀가 공저자로 등록된 실태조사를 지난 1월 교육부가 발표했었다. 이번에 당시 누락된 논문까지 추가로 조사한 결과가 나왔는데, 교수 80여 명에게서 130건이 넘는 사례가 드러났다.

교육부가 대학교수의 논문에 미성년 자녀가 공저자로 등록된 실태에 대해 추가 조사한 결과, 총 교수 86명에게서 138건의 사례가 확인됐다. 조사 대상은 전국 4년제 대학 전임 교원 7만5천여 명이 지난 10년간 발표한 논문에 중·고등학생 자녀가 공저자로 기재된 경우이다.

이번 조사에는 1차 조사 당시 국내에 없었거나 대학 자체 조사에서 누락됐던 사례까지 포함되면서 첫 조사보다 교수는 36명, 논문 건수는 56건 늘어났다.

▷ 대학도 스무 곳이 추가로 드러나 확인된 대학은 모두 49곳. 대입 활용 여부를 조사해 입학 취소 조치도 할 계획.

학교별 건수는 서울대가 14건으로 가장 많았고, 성균관대가 10건, 연세대가 8건, 경북대 7건 등의 순서였다. 교육당국은 해당 논문 전체를 대상으로 부당한 저자 표시 등 연구

---

16) 「인문학 콘서트(2)」, 김경동 외 다수, 이숲, 2010, p.46~47. 이어령 박사.

부정 여부를 조사해 부정이 드러나면 관련자에 대한 징계와 함께 연구비를 환수하고, 대입 활용 여부를 조사해 입학 취소 조치도 할 계획이다.

또 관련 규정을 개정해, 미성년자가 논문 저자로 포함될 경우에는 소속 기관은 물론, 학년과 나이까지 추가로 표시하도록 할 방침이라고 교육부는 밝혔다.]¹⁷⁾

[〈가짜 학술대회 과학자들, 국가 R&D 사업서 아웃〉: 교수·학생 700명 조사 받을 듯, 연구재단 "연구비도 환수할 것", 자녀명 논문 게재, 대필도 터져, 과학단체들 오늘 연구윤리 성명.

"얘기를 듣고 나서 참담했다." "있어서는 안 될 일이 일어났다." "관련자들은 단호하게 처벌하도록 할 것이다."

한국 과학기술계가 '홍역'을 앓고 있다. 가짜 국제학술대회 참가와 연구비 횡령 등이 연이어 터져나오고 있는 탓이다. 과기계는 사과성명 발표는 물론, 최대 총 700명에 달하는 연구자에 대한 조사와 징계까지 할 전망이다. 특히 최근 가짜 국제학술대회에 연루된 연구자 중에는 서울대와 KAIST 등 국내 최고 대학의 교수와 학생, 과기계 대표 연구기관인 한국과학기술연구원(KIST) 연구자들이 다수 포함된 것으로 알려져 충격을 주고 있다.

한국과학기술단체총연합회와 국가과학기술연구회·한국과학기술한림원·한국공학한림원·대한민국의학한림원 등 5개 과학기술 단체의 단체장들은 17일 오전 서울 역삼동 과총회관에 모여 '연구윤리 재정립을 위한 과학기술계 성명서'를 발표할 예정이다. 성명서에는 가짜 국제학술대회뿐 아니라 연구개발(R&D) 사업 예산의 부적절한 집행, 저명 연구자의 저서 대필, 미성년 자녀를 논문 공동저자로 포함하는 일 등 최근 국내에서 연이어 터져나오고 있는 연구윤리 이슈 전반에 대한 반성과 방지 대책 등이 들어갈 것으

---

17) MBC뉴스 2018.4.4. 정준희 기자.

로 보인다.

가짜 국제학술대회 사태란 '세계과학공학기술학회(WASET)'라는 이름의 유령 국제학술대회 단체가 전 세계 연구자들을 대상으로 심사 과정 없이 논문을 게재해주거나 이름뿐인 국제학술대회에 참석하게 해 준 것을 말한다. 학술대회에 참석한 연구자 중 상당수는 형식적인 발표를 한 뒤 현지 관광과 유흥에 대부분의 시간을 보낸 것으로 알려졌다.

최근 국내 한 탐사 전문 매체에서 처음 보도한 이 가짜 국제학술대회에는 700명에 이르는 한국 명문 대학의 교수와 학생, 정부 출연연구소 연구자들이 연루된 것으로 밝혀졌다. 이들은 국가 R&D 과제로 지원받은 연구비나 BK21장학금 등을 유용해 해외 출장비로 썼다. 이들 중에는 WASET가 주도한 국제학술대회에 22회나 참석한 연구자도 있는 것으로 알려졌다.

국가과학기술연구회(NST)에 따르면 정부 출연연구소 연구자들 중 WASET에 참여한 사람은 지난 10년간 75명에 이르는 것으로 나타났다. 또 심사 과정 없이 논문 게재를 승인해 주는 WASET 관련 국내 연구는 380여 건에 달하는 것으로 나타났다. NST는 이번 조사를 통해 허위 학술단체에 참가한 것으로 확인된 연구자에 대해 경고와 징계 등의 인사 조처를 취할 것을 해당 출연연구소에 권고할 계획이다.

원광연 NST 이사장은 "연구자의 허위 학술단체 참가는 명백한 연구윤리 위반으로 국민의 세금으로 연구하는 출연연의 경우 그 심각성이 더욱 위중하다"며 "관련자들은 단호하게 처벌토록 소관 출연연에 권고할 것"이라고 말했다.

한편 노정혜 한국연구재단 이사장은 16일 취임 첫 기자간담회에서 "연구자들의 부실 학술활동을 막을 수 있는 가이드라인을 마련할 것"이라고 말했다. 노 이사장은 "최근 들어 부실 학술단체를 홍보하는 e메일이 부쩍 늘었다"며 "학계에서 나온 경고가 없었기 때문에 지난 10년 동안 이런 (가짜) 단체가 성행할 수 있었다"고 했다. 한국연구재단은 반복성과 고의성이 의심되는 연구자를 중심으로 징계와 연구비 회수에 나설 계획이다. 노

이사장은 이날 연구비 횡령 의혹을 받고 있는 서은경 한국과학창의재단 이사장에 대한 감사 결과도 언급했다. 노 이사장은 "검찰 수사와는 별도로 재료비 부정 집행에 대해선 연구재단 차원에서 연구비를 환수하고 국가 R&D 사업 참여를 제한하는 것을 검토하고 있다"고 말했다.

국내 과학기술계의 한 고위 인사는 "이번 사태를 계기로 자발적인 자정 노력을 더해 한국 과학기술계에 대한 사회적 신뢰를 높이고, 국민을 위한 과학기술의 사회적 책임성을 강화하는 계기로 삼아야 할 것"이라고 말했다.)[18]

완웨이강은 중국과학기술대학교를 졸업한 뒤 현재 미국 콜로라도대학교 연구원으로 활동하고 있는 물리학자이자 칼럼니스트다. 다양한 학문을 넘나드는 지식, 유연한 사고와 날카로운 통찰력으로 이성적(?)·과학적 사유에 바탕을 둔 글을 쓴다. 발상의 전환, 시야의 확장을 촉진하는 글로 중국 네티즌뿐 아니라 지식인 계층에서도 유명하다. 전작『이공계의 뇌로 산다』(2014)는 중국 CCTV선정 '올해의 책', 국가도서관 '문진도서상'을 수상하고 2015년 중국 아마존 교양분야 베스트셀러 1위에 올랐다. 그가 2016년에 쓴 책『지식인, 복잡한 세상을 만나다: 4차 산업혁명 시대의 지식인은 어떻게 달라져야 하는가(智識分子·지식분자』(2016)에서 오늘날 지식을 대하는 올바른 태도로, "고슴도치형' 사고방식보다는 '여우형' 사고방식을 하라!"고 외친다. 특정 분야에 깊은 지식보다는, 깊이는 얕더라도 다양한 분야의 지식을 토대로 세상을 보는 것이 훨씬 정확하다고 강조한다. 소위 공공지식인들, 즉 사이비 지식인들은 유명세를 앞세워 자기 분야의 편협한 이론을 근거로 하여 온갖 세상을 다 해석하려

---

18) 「중앙일보」 2018.8.17. 최준호 · 강기헌 기자.

든다. 정말 반성해야 할 대목이다. 책의 몇 부분을 살펴보자.

〔〈오늘날 지식을 대하는 올바른 태도〉(p.379)

가장 신뢰도가 낮은 지식은 아이러니하게도 우리가 일상생활에서 가장 유용하게 쓰이는 분야의 지식이다. 어떤 종목의 주식을 살 것인가? 아이가 말을 안 들으면 어떻게 해야 할까? 제각각인 전문가의 의견 중에서 무엇을 선택해야 할까? 선택의 기로에 설 때마다 무엇이 옳고 무엇이 그른지 어떻게 알 수 있을까? 누구도 여기에 명쾌하게 답하기 어렵다. 하지만 지식인으로서 우리는 최소한 두 가지는 명심해야 한다.

첫째, 전문가마다 들려주는 이야기가 다르다면 특정 이론에만 매달리지 말고 유연한 태도를 지녀야 한다. 이 이론이 통하지 않는다면 다른 이론을 시도해보는 것이다.

둘째, 누군가가 (여전히 학설이 분분한) 우주의 진리와 같은 이론에 정통하다고 자신감을 드러낸다면 최대한 멀리하는 게 좋다(이들은 신이 아닌 한 거의 사기꾼일 것이다).

〈'고슴도치형' 사고방식보다는 '여우형' 사고방식을 하라〉(p.14~23)

복잡한 세상에서 모든 존재는 저마다의 장단점을 지니고 있다. 어떤 도구를 쓸 것인지 선택할 때는 대상이 지닌 가치의 숫자 외에 당신이 짊어져야 할 대가의 무게도 따져봐야 한다.

'정도(正道)'를 찾는 법을 배우고 싶다면 적어도 두 가지 서로 다른 이념을 이해해야 하지만, 우리가 현신 생활에서 만나는 수많은 '공공지식인(Public Intellectual)'(지식의 '공공성'을 실천하는 지식인, 즉 사회문제에 관심을 갖고 적극적으로 의견을 표현하거나 행동으로 참여하는 지식인)은 자신의 한 가지 이념을 내세울 줄만 알 뿐이다. 심지어 사실조차 제대로 파악하지 못하는 경우도 허다하다.

자유시장을 동경하는 교수는 모든 경제전문가 시장에 의해 해결되어야 한다고 주장하고, 자유민주주의를 부르짖는 칼럼니스트는 미국 정치의 단점을 선동의 소재로 둔갑시키기도 한다. 유교문화를 사랑하는 역사 애호가는 송나라의 모든 것을 숭배하고, 자칭 보수주의자라는 중국의 사상가는 제1차 세계대전 당시 수립된 국제조약 체제를 현대 영국인·미국인과 비교도 안 될 만큼 추종하기도 한다. 미국의 정치학자 필립 테틀록(Philip E. Tetlok, 펜실베니아대학교 와튼스쿨 교수, 1954~)은 이와 같은 이들을 '고슴도치'라고 표현했다.

1980년대부터 테틀록은 무려 20년에 걸쳐 정치적 사건에 대한 전문가들의 예측 정확도를 과학적인 방법으로 평가하는 실험을 실시했다. 요란스레 온갖 이야기를 하고 결국 '사후약방문'식 분석이나 엉터리 전망을 내놓은 자칭 전문가가 수두룩한 탓에, 테틀록은 이들이 함부로 '뒷북'을 치지 못하도록 무척 복잡하고 엄격한 평가방법을 적용했다. 이를테면 소련이 해체되기 전에 정치 전문가들에게 그 미래를 점쳐 달라고 주문한 것이다. 소련의 미래가 지금보다 나아질 것인지 나빠질 것인지, 그것도 아니면 지금과 유사한 상태를 유지할 것인지 세 개의 보기 중에 하나를 고르도록 했다.

그로부터 20여 년이 지난 후 문제의 답이 수면 위로 떠올랐다. 당초 전문가들의 예상을 평가한 결과, 그들의 '성적표'는 동전을 던져서 앞뒷면을 맞히는 확률보다도 낮은 것으로 나타났다.

실제로 미래를 전망하는 문제에 있어서 상당수의 정치 전문가는 '문외한'과 별로 다를 바가 없다. 다른 분야의 전문가 역시 대부분 이와 마찬가지다. 미래에는 어떤 분야에 투자해야 성공할 수 있을지 또는 어떤 전공을 선택해야 취업에 도움이 될 것인지 궁금한가? 전문가보다 어쩌면 자신에게 물어보는 편이 더 정확한 답변을 얻을 수 있을 것이다.

테틀록의 연구에서 특기할 만한 점은, 모든 전문가가 그렇게 엉터리는 아니며 심지어 일부 전문가는 상당히 정확한 예측을 내놓는다는 사실이다. 그렇다면 정확성은 무엇에 의해 결정되는가? 전문가가 전문 영역에 몸담은 시간? 기밀자료의 확보 여부? 아니면 전문가가 추종하는 정치집단의 색채? 그것도 아니라면 삶에 대한 자세? 결론적으로 말해서 이런 요소들은 아무런 도움도 되지 못한다. 정확성에 영향을 주는 유일한 요소는 바로 전문가의 사고방식(즉 '여우형' 사고방식)이었다.

테틀록은 전문가의 사고방식을 '고슴도치형'과 '여우형'으로 구분했다. 고슴도치형 전문가는 자신이 전문적으로 종사하는 특정 분야에 대한 해박한 지식을 지니고 있으며 '빅 아이디어'를 지향한다. 이에 반해 여우형 전문가는 모든 분야에 대해 넓지만 얕은 지식을 지니고 있으며 수많은 '스몰 아이디어'를 추구한다. 그의 저서 『전문가의 정치적 판단 (Expert Political Judgment: How Good Is It? How Can We Know?)』(2005)은 그 차이를 자세히 설명하고 있는데, 요지는 다음과 같다.{'여우와 고슴도치'라는 비유는 영국 철학자 이사야 벌린(Isaiah Berlin, 1909~1997)에 의해 처음 제시되었다.} "고슴도치형 사고방식은 진취적이지만 '빅 아이디어'만 취급한다. 고슴도치형 전문가는 새로운 분야로 자기 이론의 해석력을 성급하게 확대한다. 이에 반해 여우형 사고방식은 한결 타협적이다. 다양한 '스몰 아이디어'에 대해 파악하고 있으며, 빠르게 변하는 세상과 발걸음을 맞출 줄 안다. 여우형 전문가는 시대에 따라 적절한 해결책을 찾아내는 능력을 지녔다."

결론적으로 특정 분야의 '전문가'가 아니라 각종 지식을 광범위하게 습득하고 '일반 상식'에 정통한 사람이 되어야 한다는 뜻으로 풀이할 수 있다. 사회, 경제, 나아가 일상적인 삶의 문제를 해결하려면 죽기 살기로 한 우물만 파는 것이 아니라, 다양한 유파의 사고방식을 습득할 줄 아는 능력이 필요하다. 단순함은 복잡함을 이기지 못한다(인생은 단순하게 사는 게 편하지만 복잡한 문제를 해결하고 해석하는 데서는 복합성이 이긴다는 뜻. – 이상준). 복합적인 사고력을 갖춘 사람만이 복잡함을 상대할 수 있다. 그리고 그런 능력을 얻으려면 죽도록 공부하는 수밖에 없다.}[19]

---

19) 「지식인, 복잡한 세상을 만나다: 4차 산업혁명 시대의 지식인은 어떻게 달라져야 하는가(智識分子 · 지식분자, 2016)」 완웨이강, 애플북스, 2018, p.379, 14~23.

편협한 지식으로 '멘토' 역할을 한다고 나대는 사이비 지식인들

제 앞가림도 잘 못하면서 소위 '멘토'의 역할을 한답시고 떠들어대는 사이비 지식인[20]도 경계해야 한다. 얕은 지식을 유명세로 가린 후 '멘토'라고 한 말들이 상대방을 '더 망하게' 할 가능성 말이다. 비중 있는 사람은 정말 말에 신중해야 한다. 일반인들은 그가 박사이기에, 유명 대학의 교수이기에, 대중매체에 자주 등장하는 유명인이기에, 베스트셀러의 저자이기에(…) 그의 말을 무조건 받아들인다. 비판적 사고로 취사선택할 정도의 역량이 못 된다. 그러니 **현실성도 없는 그럴듯한 명구(名句)로 혹세무민(惑世誣民)하지 말고, 청춘들을 오히려 혼동 속으로 몰아넣지 말고, 함부로 나대지 말고, 정말로 심연(深淵)에서**

---

20) 「지식인(Vita Activa 개념사 27)」, 이성재, 책세상, 2012, p.103~105, 〈사이비 지식인〉
일부 연예인과 운동선수들은 종종 자신들의 인기를 이용해 대중이 사태의 본질에 접근하는 것을 가로막는다. 감성에 호소하는 것이 항상 잘못된 것은 아니지만 사회에 대한 비판이 지나치게 감성적으로 흐르는 것은 경계해야 한다. 사실 이러한 경향은 소위 지식인이라는 사람들에게서도 나타난다. 나서서 말할 때와 말하지 말아야 할 때를 스스로 잘 구별하지 못하면 인기에 영합하는 지식인이 될 가능성이 크다.
피에르 부르디외(Pierre Bourdieu, 프랑스 사회학자, 1930~2002)는 이런 사람들이 언론계에서는 지식인으로서의 이득(박사 학위나 교수직 등으로 제도화된 권위)을, 학계에서는 언론인으로서의 이득(공적인 명성과 영향력)을 챙기면서 공공 토론에 필수적인 올바른 문제 제기의 가능성을 약화시키고 있다고 비판했다. 그는 이들을 사이비 지식인으로 규정하고, 이들이 미디어가 요구하는 흥미 위주의 단편적 지식을 제때에 제공하기 위해 임기응변으로 지식 상품을 생산하고 있다고 지적한다. 이러한 흐름에는 상업 언론의 확산이 큰 몫을 했다.
상업 언론은 이윤 획득에 집중했고 이를 지식인에 대한 평가의 잣대로까지 확장했다. 결국 대중의 흥미를 끌지 못하는, 혹은 지배 계급의 이익에 봉사하지 않는 지식인의 문장은 사라져버린다. 부르디외는 이러한 지식인들을 가리켜 전문 지식 또는 문화적 자산을 소유한 지배 그룹의 일원이라고 말한다. 단, 그들은 진정한 지배 세력에는 포함되지 못하는, 지배 계급에 종속된 피지배 계급에 불과하다. 부르디외는 지식인들이 이런 상황을 벗어나려면 외부에 휘둘리지 않으면서 정치와 문화에 개입할 수 있는 지식 생산자가 돼야 한다고 주장한다. 진정한 사회학을 위해서는 언론과 비판적 거리를 두면서 개념적 엄밀성을 추구해야 하고 이론적 체계화와 객관화 기술(연구 방법과 자료)등을 활용해서 사회학적 에세이주의를 극복해야 한다는 것이다.
프랑스의 문화 평론가 기 소르망(Guy Sorman) 역시 이 점에 주목해 지식인은 미디어를 통해 알려지는 것을 목표로 해서는 안 된다고 주장한 바 있다. 그는 자연스럽게 이름이 알려지는 것은 무방하지만 최소한 지식인이라면 정치·경제적 반대급부 없이 현실을 탐구해야 한다고 말한다. 즉 현실에 대한 탐구와 비판은 외부의 압력에서 벗어나 사상적 독립을 이룰 때 가능하다는 것이다. 현재 우리 사회가 필요로 하는 지식인도 바로 이런 사람일 것이다.

우러나온 고뇌의 말이 아니면 아예 하지를 말라. 무심코 던진 돌에 수많은 개구리들이 죽을 수 있으니까!

「뉴스위크」편집장을 역임했던 파리드 자카리아는 '미국 대학은 교양과목을 축소하는 흐름이다'라는 사실을 강조했다. "1930년대와 1940년대쯤에는 1921년과 1924년에 국가별 할당제가 도입되며 이민자 수가 줄어든 때문인지 공통과목에 대한 관심도 차츰 시들해졌다. 오늘날 미국에서는 약 150개 대학이 위대한 고전을 기초로 한 일종의 필수 교양 프로그램을 운영하지만, 모든 학부생에게 그 프로그램을 의무적으로 요구하는 대학은 이제 컬럼비아대학교와 시카고대학교 및 세인트존스칼리지를 비롯한 극소수에 불과하다."[21] 〈미국 명문대들의 구조조정〉이라는 제목의 신문기사에서는 "미국 명문대들이 인생을 위한 교육보다 생계에 필요한 지식을 가르치는 데 초점을 맞추고 있다"는 점을 부각시켰다.[22] 〈과학 없는 인문학은 존재 의미가 없다〉라는 제목으로 이덕환 서강대 교수가 쓴 글도 참고해보기 바란다.[23]

---

21) 「하버드 학생들은 더 이상 인문학을 공부하지 않는다(In Defense of Liberal Education, 2015)」, 파리드 자카리아, 사회평론, 2015, p.66.

22) 「동아일보」 2017.5.3. 〈미국 명문대들의 구조조정〉(이세형 국제부 기자)
최근 「월스트리트저널(WSJ)」은 미국 대학들이 취업과 전문대학원 진학에 용이한 방향으로 교육과정과 학교 구조를 바꾸고 있다고 전했다. 하버드대 등 오랜 전통을 자랑하는 미국 명문대들은 취업용 지식보다 순수 인문·사회과학적 교육을 강조해 왔다. 하지만 학생들의 취업난이 심각해지면서 자의 반 타의 반으로 교과과정 및 학과 구조 개편, 나아가 '학풍 리모델링'에 나서고 있다. 학교마다 차이는 있지만 취업에 불리한 인문·사회과학계열 관련 전공 비중을 줄이고, 경영학·통계학·공학 같은 실용적인 전공과 융합교육을 늘리는 것이 큰 방향이다. 이른바 '미국판 대학 구조조정'인 셈이다.
미국 명문대의 상징인 '아이비리그'(미 동부지역 8개 명문 사립대를 의미)도 이런 흐름에서 예외는 아니다. 철학·경제학·정치학 같은 순수학문을 육성해온 프린스턴대는 최근 '이공계 키우기'에 적극 나서고 있다. 특히 정보기술(IT) 관련 전공과 창업 교육에 우선적으로 투자하고 있다. 공대의 소수정예 교육 방침을 없애고 최대한 많은 학생을 받아들이는 것도 검토 중이다. 역시 순수 인문·사회과학 중심의 학부교육을 지향해온 다트머스대도 최근 순수 인문학 전공을 통계학이나 수학과 연계시키는 융합전공을 개발하고 있다. 2014년 남부의 명문인 에모리대가 인류학·영문학·역사학을 통계학·수학과 결합해 개발한 융합전공과 유사하다 는 평가를 받는다. 에모리대는 이 전공을 개설하면서 인문학 전공자들의 취업률을 높이는 데 효과를 본 것으로 알려졌다.

미국 언론인·정치평론가인 크리스토퍼 헤이즈의 저서 『똑똑함의 숭배』 (2013)에서 역자 한진영이 쓴 〈엘리트주의의 병폐〉라는 글을 보자.

〔한때 우리는 모두 엘리트를 선망하고 존경했다. 그들은 똑똑하고 공정하고 무엇보다도 복잡한 이 사회를 이끌어갈 혜안이 있었으니까. 우리가 길을 잃었을 때 방향을 알려주는 선지자였으니까.

하지만 엘리트는 언제부턴가 부끄러운 이름이 돼버렸다. 대중의 눈에 그들은 출발선보다 한참 앞에서 시작하여 온갖 반칙으로 그 자리에 오른 사람들일 뿐이다. 그래서 존경은커녕 그들이 하는 주장마저 모두 의심의 대상이 된다. 바로 이 나라에서도 소위 엘리트들이 적극 가담한 대사기극은 우리의 기대(?)를 배반하지 않았고, 2016년부터 밝혀지기 시작한 조직적 범죄는 1년이 지난 지금도 전체적인 규모를 가늠할 수 없을 정도로 나날이 추악한 모습을 드러내고 있다.

저자 크리스토퍼 헤이즈는 사회 시스템을 붕괴시키는 이러한 엘리트들의 배신이 명석함에 대한 엄청난 보상 때문이라고 말한다. 평범한 사람들과 비교도 안 될 정도의 막대한 보상은 그 자리를 어떻게든 지키기 위한 부정행위를 낳았고, 새로운 능력자들의 유입이 차단된 사회는 공멸의 길로 가고 있다는 것이다.

이를 바로잡기 위해 저자는 시작의 평등함뿐 아니라 결과의 평등함도 중요시해야 한다고 역설한다. 이는 능력주의라는 원칙으로 사회를 운영하더라도 그 간극이 너무 벌어

경영학과 공학 전공으로의 '쏠림' 현상도 커지고 있다. 중부 명문으로 인문·사회과학계열 명성이 높은 노터데임대의 경우 전공을 정한 학부생(6,524명)의 절반 이상이 경영대(2,047명)와 공대(1,321명) 소속이다. 190년의 역사를 자랑하는 소수정예 리버럴아츠 칼리지(교양교육 중심대학)인 하노버대는 전교생의 1/3이 경영학과 회계학 프로그램에 참여하고 있다. 전통적으로 공대 등 응용학문이 강한 연구중심대학인 코넬대는 창업과 취업 관련 교육 역량을 강화하기 위해 최근 기업 근무 경력이 있는 실무 교수 채용을 늘리고 있다.
23) 「조선일보」 2014.10.11.

지지 않게 조절하자는 것이다. 능력주의를 신봉하는 사람들은 이러한 조절이 능력주의의 정신을 해친다며 반대하겠지만, 생각해보면 결과의 평등은 지극히 당연한 주장이다.

먼저, 명석함은 유전자가 중요한 역할을 한다는 것을 누구도 부인할 수 없을 것이다. 성장 환경도 어떤 부모를 만났느냐가 크게 좌우한다. 좋은 유전자를 물려받고 ─정확히 말하면 사회에서 인정해주는 유전자를 물려받고─ 좋은 환경에서 자란 사람들은 사회에서 성공하기가 상대적으로 수월하고, 그래서 자연스럽게 계층사다리의 꼭대기를 차지할 것이다. 다소 거칠게 말하면 우리 사회는 운 좋게 태어났다는 이유로 돈과 권력을 쉽게 차지하는 사회다.

둘째, 사회에 기여한다는 이유로 엘리트는 큰 보상을 받지만, 우리가 목격했듯 엘리트는 사회에 심각한 병폐를 남기기도 한다. 게다가 사회에 기여한다는 기준도 애매하다. 매일 쓰레기를 치우는 환경미화원과 유명 연예인 중 사회에 더 기여하는 사람은 누구인가. 환경보호 활동가와 기업 소속 변호사 중 사회에 더 기여하는 사람은 누구인가. 농부와 대학교수는 어떤가. 관점에 따라 다를 것이다. 하지만 전자와 후자의 사회적 대우는 천지차이다. 나름의 방식으로 사회에 기여하고 있는데도 말이다. 그러니 부질없이 사회의 기여도를 세세히 따지기보다는 모두가 능력껏 양심에 따라 살아간다는 것을 전제로 평등한 대우를 해주는 것이 인간적일 뿐 아니라 사회정의에도 맞지 않겠는가.(현실 상황은 '희소성의 원칙'이 작동하는 듯하다. ─ 이상준)]24)

보스턴대학 사회학 교수이며 미국 급진주의 저널 「자코뱅」의 편집주간인 니콜 애쇼프가 쓴 『자본의 새로운 선지자들: 21세기 슈퍼엘리트 스토리텔러

---

24) 「똑똑함의 숭배(Twilight of the Elites, 2013)」 크리스토퍼 헤이즈(미국 정치평론가 · 언론인), 갈라파고스, 2017, p.367~370.

신화 비판』(2015)에는 "누구든지 (노력만 한다면) 성공을 손에 넣을 수 있다?"는 구호에 대해 호된 비판을 가한다.

〔〈셰릴 샌드버그(Sheryl Sandberg, 페이스북 최고운영책임자)가 『린 인: 여성과 일, 세상을 움직이는 힘(Lean In)』(2013)에서 주장한 내용상 모순점〉

페이스북 최고운영책임자 셰릴 샌드버그는 2013년에 바로 이런 세상을 향해 자신의 표현에 따르면 "일종의 선언문"이라고 할 수 있는 책을 발표했다. 바로 『린 인: 여성, 일, 리더가 될 의지(Lean In: Woman, Work, and the Will to Lead)』인데, 엘리트직업 내의 꾸준한 젠더 불균형을 알리는 한편, 100년 동안 이어져 온 직장 내 평등을 위한 투쟁에 샌드버그 역시 발을 들여놓았음을 선언했다. 사원들을 위해 탁구대와 미니 냉장고를 구비해 놓는 기술계 회사의 맨 윗자리에서, 더 많은 여성들에게 '안으로 들어가서', '기업이라는 정글짐'의 꼭대기에 오를 때까지 멈추지 말라고 훈계한다.(p.34~36)

샌드버그의 이야기가 가진 문제점은, 자아실현과 평등에 이르는 여성의 길은 "자기 노동의 꾸준한 가속화"에, 즉 성장을 위해 부단히 탐색하고 이 성장의 결실을 고용주에게 갖다 바치는 데 있다는 『린 인』의 핵심 메시지다. 이 공식에서 기업의 성장과 노동자의 성장은 불가분의 관계다. 중요한 것은 『린 인』이 근면 성실한 노동자를 찬미한다는 사실이 아니라, 기업의 정글짐에 오르는 것을 젠더 불평등 문제의 해법으로 제시하고 있다는 점이다.(p.58~68)

〈오프라 윈프리(Oprah Winfrey, 언론계 유력 인사)의 부르짖음에 대한 오류들〉

오프라 윈프리에 대해 항간에 떠도는 여러 이야기 중에서 반복적으로 되풀이되는 특별한 이야기가 하나 있다. 오프라는 17살에 테네시 주 내슈빌에서 개최된 미스화재예방 콘테스트에서 우승을 했다. 그 전까지만 해도 모두 붉은 머리를 갈기처럼 늘어뜨린 여자들이었지만, 오프라는 자신이 게임의 판도를 바꾸는 사람임을 입증했다. 커서 뭐가 되고 싶냐는 질문에 오프라는 이렇게 대답했다. "저널리스트가 되고 싶어요. 다른 사람들의 삶과 세상에 변화를 일으킬 수 있는 방식으로 사람들의 이야기를 전달하고 싶어요." 이 일화가 회자되는 이유는 두 가지다.

먼저, 이 이야기를 통해 우리는 오프라가 처음으로 미디어 거물이자 누구나 아는 인물이 되는 경로에 들어선 시점을 상상할 수 있다. 또한 이 이야기는 오프라의 놀라움을 보여준다. 가난한 흑인 여자아이가 미국의 남부에서 1971년 백인 여자아이들을 위한 미인 대회에서 승리할 수 있었다는 것은 그녀의 위대함을 입증하는 증거와도 같다.(p.118~121)

그녀의 이야기에서 성공은 운이 아니라 올바름과 노력에서 비롯된다. 따라서 누구든지 (노력만 한다면) 성공을 손에 넣을 수 있다! 과연 그럴까?(p.124~128)

우리가 우리 자신을 교정할 수만 있다면 목표를 달성할 수도 있다. 어떤 사람에게는 아메리칸드림이 성취 가능할 수 있지만, 모든 사람 앞에 어떤 기회가 놓여 있는지 이해하려면 성공을 결정하는 요인들을 냉정하게 살펴보아야 하는 것이다. **사회적 자본(연줄과 네트워크에 대한 접근)과 문화적 자본(기술과 교육)은 경제적 자본(돈)과 마찬가지로 자본의 또 다른 중요 요소이다.** 사회 자본과 문화 자본은 그 자체를 목적으로 여기고, 그러니까 재미나 품성 계발을 위해 습득할 수도 있다. 하지만 역사적인 목적은 언제나 재산을 지키고, 부를 손에 넣기 위한 경쟁에 힘을 보태며, 내부자(부유한 자)와 외부자(천민)를 가리는 데 이용되어 왔다. 아메리칸드림은 당신이 노력하면 경제적 기회는 저절로 찾아올 것이고 금전적 안정성도 뒤따른다는 가정에 입각해 있다. 하지만 부와 성공에 이르는 길을 찾아가거나 그 길로부터 멀어질 때 문화 자본과 사회 자본의 역할은 경제적 자본만큼이나 중요할 수 있다. 자신의 기술과 지식, 연줄을 경제적 기회와 금전적 안정성으로 변화시킬 수 있는 사람도 있지만, **그렇지 못한 사람들이 대부분이다.** 갖고 있는 기술과 지식, 연줄이 별 볼일 없어서 그럴 수도 있고, 워낙 가난하다 보니 애초에 그런 것을 손에 넣지 못했기 때문일 수도 있다.(p.148~153)]25)

〈청춘이여, 인문학 힐링 전도사에게 속지 마라〉는 제목으로 김인규 한림대 경제학과 교수가 쓴 글을 보자. 김 교수는 유명세라는 가면을 앞세워 자신의 돈벌이에 목매달고 있으면서, 현실성도 없는(오히려 앞날을 망치게까지 하는) 인문학으로 청춘들에게는 멘토 전도사가 된 강신주·김난도 교수 등을 호되게 비판한다.

[중세 유럽의 이야기다. 사악한 용(龍)을 잡는 방법을 가르치는 '용잡이 학원'이 있었다. 학생들은 비싼 수업료를 내고 기초부터 고급 과정에 이르기까지 열심히 공부하고 연마했다. 졸업반 학생 하나가 스승에게 조심스럽게 여쭈었다. "용은 어디 있습니까?" 스승이 대답했다. "용은 없다." 화들짝 놀란 학생이 "그러면 지금껏 배운 공부가 무용지물이란 말씀입니까?"라고 따지자 스승은 미소를 띠며 말했다. "너도 나처럼 학원을 차려 학생들을 가르치면 될 것 아니냐."

대학 공부, 특히 인문학이 용잡이 학원 수업을 닮았다는 비판이 끊이질 않는다. 이에 대해 인문학 교수나 소위 힐링 전도사들은 인문학이 상상력을 키워 주는 쓰임새가 큰 학문이라고 역설한다. 애플 창업주인 스티브 잡스가 대학에서 철학을, 페이스북 창업주인 마크 저커버그가 심리학을 전공한 것을 즐겨 예로 든다.

그런데도 왜 기업들은 잡스나 저커버그를 배출한 인문사회계를 외면하고 이공계나 상

---

25) 「자본의 새로운 선지자들: 21세기 슈퍼엘리트 스토리텔러 신화 비판(The New Prophets of Capital, 2015)」, 니콜 애쇼프(Nicole Aschof), 펜타그램, 2017.

경계 졸업생을 선호할까? 이유는 두 가지다.

첫째, 고교 시절 잡스는 HP 인턴으로 컴퓨터 기초를 다졌고, 저커버그는 컴퓨터 신동이었다. 다시 말해, 그들 성공의 원동력은 컴퓨터 공부다. 인문학 지식은 부차적인 것이었다. 이것은 일반 대졸자에게도 그대로 적용된다. 모 일간지 기자가 "인문계 인재를 뽑아 직무 능력을 키워 주면 되지 않느냐"고 어느 재벌 그룹 인사 담당자에게 물어봤다. 그 담당자는 "인문계를 뽑아 하나부터 열까지 직무 교육을 하니 차라리 이공계를 뽑아 인문학 강의를 해 주는 게 훨씬 더 경제적이다"라고 대답했다고 한다.

둘째, 잡스와 저커버그는 천재 중의 천재다. 천재(天才)는 말 그대로 하늘이 내린 재주라 대학에서 뭘 전공해도 성공한다. 보통의 학생들은 이런 예외적인 천재의 성공 스토리에 현혹되지 말고 인문계의 평균적인 모습을 살펴봐야 한다.

3주 전 어느 일간지의 조사에 따르면 지난 1년간 서울대 연세대 고려대(SKY) 인문사회 계열 졸업생의 취업률은 45.4%로 나타났다. SKY가 이럴 정도니 다른 대학들은 어떻겠는가. 그래서 나온 씁쓸한 신조어가 "인문계 90%가 논다"는 '인구론'이다. 이것이 인문학 전공자의 평균적 모습이다.

두 달 전 서울의 어느 명문대는 비인기 인문계 학과의 통폐합을 시도했다. 하지만 이 학제 개편은 곧 해당 학과 교수들의 거센 반발에 부닥쳤다. 개편이 유야무야되면 교수의 기득권이야 지켜지겠지만 학생은 '인구론'의 직격탄을 맞게 된다.

대학의 인문학 위기와는 달리 지난 몇 년간 중장년층을 중심으로 인문학 열풍이 불고 있다. 그 이유는 인문학이 '사치재(luxuries)'이기 때문이다. 사치재란 소득 수준이 높아지면 수요가 급증하는 재화를 일컫는 경제학 용어다. 어느 개인의 평생 소득의 변화를 보면 중장년 무렵에 최고조에 달하는데 그때 인문학 수요가 급증한다.

인문학이 사치재란 걸 받아들이면 학제 개편의 방향은 명확해진다. 먼저, 인문계 정원을 필요 최소한으로 축소할 필요가 있다. 그 대신 이공계 학생을 포함한 전교생의 인문학

교양 교육을 강화하라. 그래서 학생들이 중장년층이 됐을 때 인문학을 다시 찾도록 만들어라. 그리고 현재 중장년층의 인문학 수요에 부응해 새로운 프로그램을 적극적으로 개발하라.

인문학 힐링 전도사들 역시 '인구론'에 일조한다. 작가인 남정욱 숭실대 교수는 『차라리 죽지 그래』(2014)라는 저서에서 철학자 강신주 박사나 서울대 김난도 교수가 그런 전도사라고 주장한다. "일하는 것은 노예가 되는 것"이라는 등 인문학을 빙자한 반(反)자본주의 논리로 청춘을 오도(誤導)하는 강 박사가 정작 자신은 일의 노예가 돼 자본주의적 돈벌이에 몰두한다고 남 교수는 개탄한다.

남 교수는 김난도 교수의 『아프니까 청춘이다』(2010)가 선한 의도에도 불구하고 서울대생처럼 선택받은 소수가 아닌 대다수 청춘에게는 독이 될 수 있다고 경고한다. 김 교수가 설파하는 '인문학적 방황'을 믿고 따르다간 낭패 보기 십상인 게 '인구론'의 현실이기 때문이다.

이제 이틀 뒤면 입학식과 함께 신학기가 시작된다. 인문학 전도사에게 속아서가 아니라 자발적으로 인문학을 선택해 열정적으로 공부할 수 있다면 그것은 축복이다. 하지만 그 선택이 초래할 결과가 어떨지는 미리 헤아려라. 그래야 '용잡이 학원'이나 '인구론'에서 벗어날 수 있다.」[26]

인문학협동조합이 기획·발간한 『거짓말 상회: 거짓말 파는 한국사회를 읽어드립니다』(2018.5.14.)에는 '멘토'의 위험성을 질타하는 **〈헬조선이 싫어서 탈조선〉**이란 제목의 글이 들어 있다. '멘토'랍시고 온갖 책을 써 청소년들을 코치하는 김난도(1963~) 서울대 교수는, 오히려 청소년들에게 잘못된 지식을

---

26) 「동아일보」 2015.2.28. 김인규 한림대 교수.

전달해주는 위험한 인물이라고까지 비판하고 있다. 시사점이 크다.

〔박근혜 전 대통령은 2016년 광복절 기념사에서 "우리의 위대한 현대사를 부정하고 세계가 부러워하는 우리나라를 살기 힘든 곳으로 비하하는 신조어들이 확산되고 있다" 고 말했다. 그 시기에 하나의 개념어가 되었던 헬조선이나 흙수저·금수저 등을 빗대어 언급한 것이다. 이어서 "자기비하와 비관, 불신과 증오는 결코 변화와 발전의 동력이 될 수 없으며, 대한민국 발전의 원동력이었던 도전과 진취, 긍정의 정신을 되살려야 한다" 고 했다.

일국의 대통령은 그간 전 세계에 걸쳐 강요된 자기계발의 서사를 그대로 다시 끌어올 렸다. 어떤 문제가 있는 그것은 개인의 문제, 혹은 일탈이며 모두가 열정을 가지고 '노오 력'해야 한다는 논리에서 한 치도 어긋남이 없다.

그러나 대한민국의 현대사를 부정한 것도, 청년에게 불신과 증오를 심어준 것도, 오히 려 대통령 그 자신이었다. 정유라 부정 입학과 최순실 국정 농단으로 시작해 그해 겨울부 터 이어진 촛불 시위에는 많은 청년들이 함께했다. 헬조선이란 단어에는 노오력, 열정 페 이 등, 개인에게 가혹한 자기계발을 요구하는 현 사회에 대한 조소가 담겨 있다. 그러한 현상이 겹겹이 쌓이고 더 이상 어떤 수사로도 규정할 수 없는 막다른 골목에서 비로소 탄 생한 단어다. 그러나 대통령은 현상을 외면한 채 단어 자체만을 문제삼았고, 이때부터 이 미 그의 운명은 결정되어 있었는지도 모르겠다.

〈헬조선(Hell朝鮮, 지옥이 돼버린 한국사회)은 누가 발견했을까〉
헬조선이란 단어 이전에 그 현상이 있었다. 우리 사회는 인간을 주조하는 계발의 틀을 만들어 두고, 모두에게 거기에 들어갈 것을 강요했다. 거부하는 이들에게는 대개 '잉여' '패배자'와 같은 낙인이 붙었다. 그중에서도 청년 세대에게 은밀하게 장착된 내비게이션은 명확한 목적지를 계속해서 제시했다. 정해진 도로에서 벗어나는 순간 그들은 "경로를 이탈했습니다" 하는 경고에 시달려야 했다. 그 어느 때보다도 많은 기회가 주어진 세대인 것처럼 보이지만 실상은 그렇지 않다. 결국 그들은 막다른 골목에서 함께 만나 자신들이 달려온 도로를 헬조선으로 규정했다.

그런데 이러한 현상을 가장 먼저 진단하고 원인을 분석하여 대안을 제시해야 할 이들이 있다. 특히 정치인과 지식인이 그렇다. 그들은 어깨에 진 사회적 책임의 무게만큼 존중받는다. 그러나 놀라울 만큼 그 누구도 헬조선의 시대가 개막될 것임을 경고하지 않았다.

이 현상을 가정 먼저 대중에게 알린 것은, 내가 기억하기로는 한 명의 소설가였다. 그는 자신의 등단작인 『표백』(한겨레출판사, 2011)에서 젊은 세대를 '표백 세대'로 명명했다. 소설의 주인공들에게 이 사회는 어떤 것을 보탤 수 없는 흰 그림이며, '완전한 사회'이고, 그들이 할 수 있는 일은 그에 물들어 표백되어 가는 것뿐이다. 결국 그들은 저항의 방식으로 자살을 선언하기에 이른다. 이 작품에서 소설가 장강명은 누구보다도 먼저 표백되는 젊음을 포착했고, 그것으로 자신의 이름을 날렸다. 그의 또 다른 작품 『한강이 싫어서』(민음사, 2015)는 헬조선의 시대가 활짝 열린 이후에 나온 소설이다. 이미 '탈조선'이라는 단어가 유행할 시점이었다. 이 책에서도 드러나듯, 표백 세대들은 자살 대신 한국을 떠나는 것을 선택했다. 물론 절망과 자조에서 나온 저항의 한 방식이고 이를 실행할 수 있는 청년들은 많지 않았다. 그래도 캐나다와 호주에서 용접공으로 일하면 얼마를 벌 수 있다더라, 트럭 운전도 괜찮다더라 하는 내용의 글들이 온라인상에서 인기를 끌었고 홈쇼핑에서도 경쟁적으로 해당 국가로의 이민 상품을 내놓았다. 이 소설의 주인공 계나에게 한국이라는 곳은 "가까이에서 보면 정글이고 멀리서 보면 축사"다. 거기에서 개인은 톰슨가젤에 불과하다는 것을 깨닫고 자신의 행복을 위한 호주행을 결심한다. 장강명은 평범한 청년이 어떻게 한국이 싫어서 한국을 떠나게 되는가에 대해 글을 썼고, 그것으로 자신의 이름을 날렸다. 그는 이후에도 『댓글 부대』(은행나무, 2015), 『우리의 소원은 전쟁』(예담, 2015) 등 한국사회를 담아낸 문제작들을 계속 내놓고 있다.

▷ 위로에도 분노에도 실패한 교수들

한 명의 소설가가 한국사회를 진단하는 동안, 정작 그 역할을 해야 할 이들은 침묵하거나 외면했다. 특히 대학교수인 **김난도(1963~)는 『아프니까 청춘이다』(쌤앤파커스, 2010)로 청년들의 아픔을 더욱 심화시켰다.** 그의 전공이 한국사회의 경향을 다루어야 하는 '소비자학'인 것을 감안하면, 그는 무척 탁월하게 청년 세대의 현실을 짚어냈다고 할 수 있다. 그러나 **그 대안을 제시하는 데는 몹시 무책임했다.** 그것이 그 시기의 청년들에게 큰 위로를 주기는 했으나, '아프니까 청춘'이라는 수사 자체는 청년들의 아픔을 정당화하고 열정을 강요하는 데 활용되었기 때문이다. 하지만 김난도는 그것을 외면하고 『천 번을 흔들려야 어른이 된다』(오우야, 2012), 『웅크린 시간도 내 삶이니까』(오우야, 2015) 등의 연작을 내놓았다.

오랜 시간이 지나지 않아 그에 대한 비난이 밀려들었다. 영화감독 변영주는 2012년 한 인터뷰에서 『아프니까 청춘이다』 등의 자기계발서를 두고 **"지들이 애들을 저렇게 힘들게 만들어놓고서 심지어 처방전이라고 써서 그것을 돈을 받아먹나?" 하고 비판했다**(「프레시안」 2012.10.1.일자). 이를 두고 김난도 교수는 "제가 사회를 이렇게 만들었나요?"라며 모욕감에 한숨도 잘 수 없다는 내용의 글을 자신의 트위터에 올렸다.

그런데 김난도가 받았을 모욕감과는 별개로, '내가 이런 사회를 만들지 않았다'고 하는 이 발언을 우리는 기억해야 한다. 그는 청년들의 아픔에 공감하고 싶다고 했으나, 그것은 그의 역할이 아니다. 물론 타인의 처지에 공감하는 능력이야 누구에게나 필요한 덕목이겠으나, 그 역할은 다른 이들에게 맡기고 현상 진단과 대안을 제시했어야 한다. 그가 어떻게 항변하든 '아프니까 청춘'이라는 수사는 헬조선의 시대를 앞당기는 데 일조했다. **소비자학과 교수인 그는 지식인으로서 자신의 역할과 책임을 제쳐두고, 하지 않아도 될 일**

에 열을 올렸다. 말하자면 직무유기인 셈이다. 진중권(김난도와 동갑내기, 1963~) 교수는 이를 두고 "김난도 교수도 청춘인 듯. 뭐 그런 것 같고(…)" 하고 비아냥댔다.

한편 2015년에는 '대표적인 진보 경제학자'로 불리며 현재 청와대 정책실장이기도 한 장하성 교수가 쓴 『왜 분노해야 하는가』(헤이북스)가 등장했다. **김난도가 '공감'을 이야기했다면 장하성은 '분노'라는 키워드를 내세웠다.** "이 한마디를 하기 위해 1년 내내 통계를 분석했다. **청년들아, 제발 아프지 마라. 아픈 건 당신들 탓도, 당연한 것도 아니다. 이 불평등을 야기한 세력에 분노하고 요구하라!**"(장하성 〈청년들이여, 제발 아프지 말고 분노하자〉 「동아일보」 2015.12.4. 일자)라는 그의 태도는 가장 진보한 것이었다. 이에 더해 통계를 기반으로 한 구조적 접근을 시도했다는 데도 의미가 있다. 그러나 '왜 분노해야 하는가'는 시대의 수사가 될 수 없었다. 그 포착이 너무 늦었다. 분노보다는 무력감이 청년 세대를 감싸고 있던 때다.

장강명은 자신의 소설에서 자기 계발을 강요하는 주체를 '사자'라는 동물로, 그것을 강요받는 피주체를 '톰슨가젤'로 그려냈다. 이것은 말하자면 자본과 노동, 기성세대와 청년 세대 간의 대립 구도라고 할 수 있다. 하지만 장하성은 분노의 구도를 고소득 노동자와 저소득 노동자 간에도 대입했다는 비판을 받았다. 육식 동물뿐 아니라 톰슨가젤과 같은 초식 동물에게도 문제의 원인이 있다는 것이다. 결국 서로에게 분노하라는 메시지가 더욱 부각되었다.

이제 장하성은 지식인(교수)에서 정치인(청와대 정책실장)이 되었다. 자신이 구상해 온 정책을 입안하고 실행시킬 수 있을 만한 자리에 올랐다. 청년들에게 분노하기를 요구했던 그가 어떤 모습을 보일지 궁금하다. 우선은 자신을 위한 분노보다는 그가 주목했던 청년 세대를 위한 분노를 보여주기를 기대한다.

▷ 정치인과 지식인, 제 역할이 중요

우리에게는 저마다 부여된 사회적 역할이 있다. 대통령은 정치인으로서의 역할을, 대학 교수는 지식인으로서의 역할을 다해야 한다. 기업인도, 종교인도, 우리 사회의 그 누구도 마찬가지다. 『표백』에서 『한국이 싫어서』로 이어지는 장강명의 작업은 자신의 역할에 충실했던 것이고 그에게는 박수를 보내야 한다. 하지만 **그보다 한발 앞서 문제를 포착했어야 할 이들은 모두 침묵했다. 혹은 문제를 더욱 심화시키는 데 앞장서기도 했다.** 이처럼 자신의 역할을 도외시하는 것 역시 우리 사회가 안고 있는 큰 거짓의 서사 중 하나다.

김난도는 아픈 청춘을 위로하기 이전에 그들을 아프게 한 사회현상을 진단하고 대안을 내놓았어야 했다. 학자로서 장하성은 아픈 청춘에게 분노를 종용하기 이전에 그 표적을 제대로 겨냥했어야 했다. 하지만 그를 비롯한 우리 사회의 여러 지식인들은 그러지 못했다. 결국 자리에서 끌어내려진 대통령 또한 헬조선이라는 단어에 민감하게 반응할 것이 아니라, 그러한 문제를 해결하기 위한 제도를 마련했어야 했다. 그러나 그를 비롯한 정치인들은 그렇게 하지 않았다. 무엇보다도 자신들이 구축한 자기 계발의 서사, 그 거짓이 지금의 시대를 불러왔음을 인정하려 하지 않는 것이야말로 절망적이다.

자신의 역할을 다한 것은 한 사람의 소설가와 평범한 '우리'였다. '한국이 싫어서'라는 제목의 소설은 여전히 베스트셀러 순위에 올라 있다. 이러한 현상을 만들고 방조한 것이 누구인지 돌아보아야 한다.」27)

2018년 7월 28일자 한 언론에 〈"꿈 없어도 괜찮아"… 힘 빼니 행복해졌다〉라는 제목의 기사가 "'거창한 꿈 없어도 지금 행복하자'는 분위기 확산… '만능맨' 강요받는 청춘들에 큰 위로"란 부제를 달고 실렸다. 씁쓸하다.

---

27) 『거짓말 상회: 거짓말 파는 한국사회를 읽어드립니다』, 인문학협동조합, 블랙피쉬, 2018.5.14., p.57～65.
〈헬조선이 싫어서 탈조선〉(김민섭)
김민섭: 『나는 지방대 시간강사다』(2015) 『대리사회』(2016) 등의 저자, 서울 출생, 1983～.

[꿈이 없어도 괜찮다는 사회 분위기가 퍼지고 있다. 과거 혁명가 체게바라가 "리얼리스트가 되자, 그러나 마음속엔 불가능해 보이는 꿈을 꾸자"고 한 것과는 대조적 모습이다. 거창한 꿈보단 지금의 행복을, 최선을 다하기보다는 적당히 힘을 빼자는 자기계발서와 유명인사 발언이 공감을 얻고 있다. 그리고 이는 일자리 난과 생활고에 허덕이는 청년들에게 큰 위로가 되고 있다.

대표적인 것이 방탄소년단(BTS)이다. 지난 5월 발매된 노래 〈낙원〉에서 BTS는 "꿈이 없어도 괜찮아 잠시 행복을 느낄 네 순간들이 있다면"이라는 가사로 팬들의 큰 공감을 얻었다. 빨리 달리지 않아도, 멈춰서도 괜찮다는 가사에 꿈을 강요 받던 청춘들은 더없는 위로를 받았다. BTS 팬인 직장인 김민희 씨(28)는 "직장서 하루 종일 쪼이고 퇴근길에 BTS 낙원을 듣는데 나도 모르게 눈물이 났다. 정말 고마웠다"고 말했다.

지난 20일 방영된 MBC 예능 프로그램 '나혼자 산다'에선 웹툰 '패션왕'으로 유명한 작가 '기안84'가 초등학생들에게 들려준 말이 따뜻한 화제가 됐다. 기안84는 눈망울이 초롱초롱한 학생들에게 "꿈이라는 게 되면 좋은 거다. 그런데 모두가 꿈꾸는 자리는 TO가 없다"고 말을 건넸다. 아직 어린 학생들에게 다소 현실적인 얘기일 수 있었다.

하지만 기안84는 이어 "너희들이 그냥 행복했으면 좋겠다. 꿈이 있으면 좋지만 꿈을 못 찾는다 해도 괜찮다. 꿈을 못 찾으면 그거대로 행복하면 된다. 내가 살아보니 그렇더라. 이걸 꼭 말해주고 싶었다"고 덧붙였다. 이에 초등학생들은 크게 호응했다. 방송을 본 시청자들도 비슷한 반응이었다. 주부 송다영 씨(33)는 "뭔가 이루는 걸 강요하지 않고 그대로 가치 있는 인생이라 말해주는 게 참 좋았다"고 말했다.

이와 관련된 자기계발서도 속속 나오고 있다. 꿈을 최대한 구체적으로 꾸고 매일 생각하고 대단한 사람이 돼야 한다는 식의 과거 내용과는 달라진 것이다. 이달 교보문고 베스트셀러에 오른 하완 작가의 『하마터면 열심히 살 뻔했다』는 내 인생을 살기 위해 더 이상 열심히 살지 않기로 결심했다고 말한다. 대입 4수와 3년간 득도의 시간, 회사원과 일러

스트레이터의·투잡 생활까지 인생 매뉴얼에 따라 살았지만 행복하지 않았다는 것. 이에 "꿈같은 소리 하지 말라"며 자신만의 길을 찾길 권한다.

꿈은 거창하기보다 얼마나 설레는지가 오히려 더 중요하다고 조언하는 이도 있다. 파워블로거인 이태화 작가는 저서『꿈 따위는 없어도 됩니다』에서 "제 꿈은 이런 거라고 말했을 때 '우와, 멋지다'라는 말을 들으려고 억지로 힘을 짜내지 않아도 된다"며 "그냥 재밌고 즐겁고 생각만 해도 힘이 나면 뭐라도 좋다. 얼마나 크냐보다는 꿈이 얼마나 설레느냐가 중요하다"고 말했다.]28)

에밀 졸라, 알베르 카뮈, 그리고 니코스 카잔자키스

에밀 졸라(Émile Zola, 1840~1902)는 120년 전인 1897년 12월에 '드레퓌스 사건'을 접하고 옳지 못함을 온 프랑스에 1898년 1월 13일자로 고했다. 소설『목로주점』(1877, 총서 20권 중 제7권)을 포함하여 '루공—마카르' 총서 20권 작업을 22년 만인 1893년에 마무리한 상태여서 한창 이름을 떨치던 시기였다. 그러나 그는 명성과 부를 뒷전으로 하고, 유대인이라는 이유 때문에 누명을 벗지 못하는 젊은 대위의 억울함을 풀어주기 위해 온 힘을 다 쏟았다. 그 결과 조국 프랑스에서 영국으로 도피까지 해야 했고 1년 후 좀 잠잠해진 틈을 타 프랑스로 귀국했으나 결국 의문의 가스 사고로 사망하고 만다. 그러나 그의 희생 덕분에 드레퓌스는 누명을 벗고 훈장까지 받았다.

에밀 졸라보다 43년 후인 1883년 그리스 크레타 섬에서 태어난 니코스 카잔자키스(Nikos Kazantzakis, 그리스 작가, 1883~1957)는 뼈대 있는 독립운동

<hr>

28)「머니투데이」, 2018.7.28. 〈"꿈 없어도 괜찮아"… 힘 빼니 행복해졌다〉(남형도 기자)

가 집안의 자손답게 29세 때(1912년)에 발칸전쟁에 자원입대하여 조국을 위해 싸웠다. 그리고 서양 철학과 과학의 메카인 조국 그리스가 오스만의 지배하에 놓여 있고 점점 퇴보하는 현실에 눈을 떴다. 그는 조국의 발전에 밀알이 되기 위해 많은 국가를 여행했다. 이 여행이 그에게 준 또 하나의 선물은 니체의 '초인'이었다. 맹목적인 기독교에 대한 믿음이 아니라 진정한 종교인의 자세였다. 결국 그는 이를 비판하는 책까지 발간하여 세상에 바람몰이를 한 탓으로 교황청으로부터 금서로 지정(1954년)당했다.

알베르 카뮈(Albert Camus, 1913~1960)는 에밀 졸라보다는 73년, 니코스 카잔자키스보다는 30년 늦은 1913년에 태어났다. 그가 태어난 알제리는 당시 프랑스의 식민지였다. 카뮈는 이 두 사람과는 반대의 삶을 살았다. 카뮈는 제국주의자였고 인종 차별주의자였다. 그는 알제리의 독립에 격렬하게 반대했다. 동시대인이었던 사르트르(Jean-Paul Sartre, 1905~1980)[29] 같은 지식인의 비판을 들을 귀도, 품을 마음도 없었다. 그러나 그는 1957년 노벨문학상을 받았다. 노벨상은 그만큼 정치성이 강한 측면이 있으니까! 여러 강연에서는 그의 이중성을 탓하는 지적에 애매한 답변으로 피해갔다. 원래 마음 흐린 사람들의 이야기는 들어보면 맞는 것 같기도 하고 아닌 것 같지 않던가. 결국 그는 1960년 1월 4일, 향년 47세에 교통사고를 당해 갑자기 객사해버렸다. 후대 사

---

29) 『재판으로 본 세계사: 판사의 눈으로 가려 뽑은 울림 있는 판결』 박형남, 휴머니스트, 2018, p.261.
　　드레퓌스 사건 이후 프랑스에서는 양심에 따른 지식인의 사회참여가 활발해지고 의무가 되었다. 철학자 사르트르로 대표되는 프랑스 지식인들은 제2차 세계대전(1939~1945) 때에는 레지스탕스 운동을 벌였고, 알제리 독립전쟁(1954~1962)에서는 식민지 알제리를 해방시키려고 조국 프랑스에 대항했고, 인도차이나 전쟁 때에는 프랑스(1차 전쟁 1946~1954)와 미국(2차 전쟁, 즉 베트남전쟁 1964~1975)을 비난했고, 체코를 침공한 소련(1968.8.20)을 비난했다. 1961년 권력의 눈엣가시인 사르트르를 체포하자는 제안을 듣고 프랑스 대통령 드골이 "볼테르를 바스티유(감옥)에 넣을 수는 없다"라고 대답했다는 일화는 유명하다.

람들은 『이방인』(1942)이나 『시지프의 신화』(1942)에 대해서는 자주 언급하지만 그의 어두운 면은 굳이 말하려하지 않는다.

'호사유피 인사유명(虎死留皮 人死留名)' 즉 '호랑이는 죽어서 값비싼 가죽을 남기고 사람은 죽어서 이름을 남긴다!'고 하지 않았던가. 오늘날뿐만 아니라 후대 사람들도 두 사람과 나머지 한 사람(알베르 카뮈)에 대한 기억의 방식은 다를 것이다. 그리고 또 있다. 카잔자키스는 교회의 핍박에도 불구하고 당당한 내공으로 70을 넘게 활동성 있게 살았다. 에밀 졸라도 살해됐지만(?) 60을 넘겼다. 그러나 카뮈는 겨우 47살로 객사해버렸다. 왜 그런 건지는 신은 과연 알고 있을까.

참 좋은 공부거리라서, 특히 지식인이라면 더 깊이 고뇌해볼 만한 좋은 소재(素材)라 특별히 이 자리에 이 세 분을 모셔온 것이다. 잘 판단해보시길! 특히 지식인이라면 더 찬찬히 자신을 되돌아보시길.

(1) 에밀 졸라(Émile Zola, 1840~1902)

미국 역사학계의 거물이었던 리처드 호프스태터(1916~1970) 교수는 역작 『미국의 반지성주의』(1962·1963)에서 '지식인'이라는 용어가 탄생한 것은 에밀 졸라가 고발한 '드레퓌스 사건' 덕분이라고 한다. "지식인(Intellectual)이라는 말이 처음 쓰이게 된 것은 프랑스에서였다. 드레퓌스 사건 때, 지식인 사회의 수많은 사람들이 들고 일어나 반(反)드레퓌스 음모에 항의했고, 이 사태는 프랑스 반동세력에 대한 이데올로기상의 성전(聖戰)으로 비화되고 있었다. 당시에 양 진영 모두에서 이 용어를 사용했다. 우파는 일종의 모욕을 담아서 썼고, 드레퓌스 지지파 지식인들은 자랑스러운 깃발로 내세웠다."[30] {드레퓌스 사건은 1897년 12월부터 알려지기 시작하여 1906년 7월 12일 대법원에서 무

죄판결로 종결됐다. 그러나 에밀 졸라는 이미 사망(1902년 9월 29일)한 뒤였다.}

　에밀 졸라하면 『목로주점』 같은 세계적인 명작도 떠올리지만, 드레퓌스 사건도 그에 못지않다. 에밀 졸라는 소설 작품도 모두 민중들의 처참한 생활상을 배경으로 했으며, 드레퓌스 사건도 유대인이라는 이유로 부당하게 차별받는 것을 보고 '불의에 저항'한 것이었다. 드레퓌스 사건의 전모를 보자.

　{드레퓌스 사건은 1894년 12월 프랑스 참모 본부의 대위 알프레드 드레퓌스(Alfred Dreyfus, 프랑스 유대인, 1859~1935)가 간첩 혐의로 체포되어 유죄 선고를 받은 것이 발단이 되었다. 그러나 그 당시에는 크게 주목을 받지 못하다가 1897년에야 일간지 「르 마탱(Le Matin)」을 통해 알려지게 되었다. 이후 프랑스 사회는 각각 드레퓌스의 유죄와 무죄를 주장하는 두 진영으로 나누어 충돌하기 시작했다.

　사건은 군대의 부정에서 시작됐다. 1894년 9월에 프랑스 정보국은 독일 대사관에서 몰래 빼낸 한 장의 편지를 통해 프랑스의 군사 정보가 독일 대사관으로 정기적으로 새어 나간다는 것을 확인한다. 장교 드레퓌스가 문제의 편지와 필체가 유사하다는 이유로 간첩 혐의를 받아 체포된다. 필적을 감정한 감정사들이 서로 다른 의견을 내놓았음에도 드레퓌스는 유죄 판결을 받는다. 여기에는 그가 유대인이라는 사실이 크게 작용했다. 1894년 당시에 프랑스 전역에는 반유대주의가 넓게 퍼져 있었다. 군대도 예외는 아니었다.

　1896년 3월 조르주 피카르 중령은 다른 스파이 사건을 조사하던 중 우연히 드레퓌스 관련 서류를 보게 된다. 피카르는 이 서류가 드레퓌스의 유죄를 증명하지 못하고 있으며,

30) 『미국의 반지성주의(Anti-intellectualism in American Life, 1962·1963)』 리처드 호프스태터(Richard Hofstadter, 1916~1970), 교유서가, 2017. p.69.

진짜 범인은 보병 대대장인 에스테라지 소령임을 밝혀낸다. 그러나 군대는 오히려 피카르를 위험한 인물로 판단해 튀니지로 보내버렸다. 군대는 자신의 최초 주장을 굽히지 않았다.

이러한 상황을 지켜 본 작가 에밀 졸라는 1898년 1월 13일 「로로르(L'AURORE)」('여명'이라는 뜻)지에 〈나는 고발한다(J'acusse)〉[31]라는 글을 발표해 드레퓌스를 옹호하고 나섰다. 이날 「로로르」지는 약 30만 부가 팔려나갔고 이후 세계 도처에서 졸라를 지지하고 프랑스를 비판하는 문인들의 글이 줄을 이었다. 졸라는 군 당국의 거짓을 입증할 결정적인 증거를 가지고 사태를 꼼꼼히 조사한 것은 아니었다. 그는 다만 사건과 관련해 공개된 기록을 살펴보면서 행간을 읽었고, 자기가 생각하기에 꼭 밝혀야 할 사항을 글로 썼을 뿐이다. 결국 졸라는 군 당국이 드레퓌스 사건을 은폐했다는 증거를 제시하지 못했기에 반역죄로 기소되어 유죄 선고를 받게 된다. 피카르 역시 군사 기밀을 누설한 혐의로 체포되었다. 하는 수 없이 에밀 졸라는 선고 당일 영국으로 피신하여 1년간 망명생활을 했다.

이후 프랑스는 재심 지지파와 재심 반대파로 갈렸다. 마침내 1906년 7월 12일에 대법원은 드레퓌스에게 무죄를 선고했다. 군대로 돌아간 드레퓌스는 사관학교 연병장에서 레종 도뇌르 훈장을 받았다. 프랑스에서 드레퓌스가 복권될 때까지의 이 기간은 프랑스 지식인들이 자신들의 사회적 가치를 분명하게 보여준 순간이라고 할 수 있다. 드레퓌스 사건을 계기로 지식인들이 대거 등장했으며 지식인이라는 단어가 도처에서 사용되었다. 대중의 생활에서 지식인 집단의 개입이 중요성을 띠기 시작한 것이다.」[32]

---

31) 『명작에게 길을 묻다』, 송정림, 갤리온, 2007, p.187~189.
　　에밀 졸라가 펠릭스 포르 대통령에게 보내는 격문은 이런 내용이다.
　　"대통령 각하, 저는 진실을 밝히겠습니다. 왜냐하면 정식으로 재판을 담당한 재판부가 만천하에 진실을 밝히지 않는다면 제가 진실을 밝히겠다고 약속했기 때문입니다. 제 의무는 말을 하는 것입니다. 저는 역사의 공범자가 되고 싶지 않습니다."
32) 『지식인(Vita Activa 개념사 27)』, 이성재, 책세상, 2012, p.44~49.

〔졸라는 드레퓌스 사건에 대해 계속해서 글을 써서 발표했다. 처음에는 당대 최고 신문이던 「르 피가로」지에 실었지만 보수적인 독자들이 신문을 끊겠다고 협박하며 해지 운동을 벌이자 신문사는 졸라의 글을 더 이상 게재할 수 없다고 물러섰다. 우여곡절 끝에 졸라의 글은 「로로르」지에 실리게 되었고, 편집장이자 정치가였던 조르주 클레망소(Geprges Clemenceau, 1841~1929)가 나서서 제목까지 바꿔 1면을 장식했다. 졸라의 격문이 실린 이 신문은 순식간에 30만 부가 팔렸다.

일단 주의를 끄는 데는 대성공이었다. 졸라의 이 격문에 호응한 사람들은 이후 드레퓌스 재심 청원서에 서명했는데, 그 면면을 보면 아나톨 프랑스,[33] 마르셀 프루스트, 에밀 뒤르켐, 클로드 모네 등 여러 분야의 지식인들이 망라되어 있었다. 이런 호응에 힘입어 드레퓌스 사건에 대한 재심 청원은 점점 빠르게 확산되었다. 에밀 졸라는 단호하게 선언했다. "단언하건대 드레퓌스는 무죄다. 나는 거기에 내 생명을 걸고, 내 명예를 걸겠다."〕[34]

하지만 졸라가 드레퓌스 사건으로 치른 대가는 컸다. 재판에 회부된 그는 훈장까지 박탈당하고 영국으로 망명을 떠나야 했다. 드레퓌스 사건은 1906년 드레퓌스가 복권되면서 진실이 밝혀진다. 하지만 그보다 4년 앞서 사망한 졸라

---

33) 「시대와 지성을 탐험하다」, 김민웅, 한길사, 2016, p.24~25.
　　아나톨 프랑스(Anatole France, 1844~1924)는 저명한 프랑스 작가·소설가이다. 그는 동물을 빗대 명언을 여럿 읊었다. "베르제 선생의 강아지는 하늘의 푸르름을 쳐다본 적이 없다. 먹을 수 있는 것이 아니기 때문이다. 그 강아지에게는 푸른 하늘, 여름 저녁의 노을, 눈 내린 숲의 아름다움은 관심사가 아니다."
　　〔이상준: 가장 유명한 그의 명언은 "한 동물을 사랑하기 전까지, 우리 영혼의 일부는 잠든 채로 있다"이다. 「동물을 사랑하면 철학자가 된다」, 이원영, 2017, p.73 참조.
　　〈아나톨 프랑스 거리(Left Bank of River Seine): 센 강변의 헌책 노점상거리 일부 구간〉
　　예부터 작가와 예술가들이 한가로이 강바람을 맞으며 책을 들춰보던 이곳은 파리를 배경으로 하는 소설이나 영화에도 빈번히 등장하곤 했다. 이곳을 즐겨 찾던 피츠제럴드·헤밍웨이 같은 미국 작가들에 의해 '레프트 뱅크(Left Bank)'로 불렸으나, 파리 출신 작가인 그의 이름을 따서 '아나톨 프랑스 거리'로 불리는 구간도 있다. 아나톨 프랑스 자신도 센 강변에서 고서점을 하던 집에서 태어났다. 「책 여행재(히말라야 도서관에서 유럽 헌책방까지)」, 김미라, 호미, 2013, p.200~202 참조〕
34) 「생각의 융합」, 김경집, 더숲, 2015, p.131~132.

는 애석하게도 그 순간을 보지 못한다. 영국에서 다시 몰래 파리로 돌아왔으나, 집에서 두통과 호흡곤란을 호소하다 죽었다. 에밀 졸라는 의문의 가스 중독으로 사망하였는데(작가를 매국노라고 여긴 한 굴뚝 청소부가 그의 집 굴뚝을 틀어막았다는 설도 있다), 애국심을 중시하는 프랑스 정부와 언론 등은 졸라의 사망 원인에 대해 더 이상 캐묻지 않았다. '드레퓌스 사건'을 **빼놓고** 에밀 졸라를 설명하는 건 불가능하다. 그가 얼마나 작가로서의 양심에 투철한 사람이었고, 얼마나 인간과 사회에 대해 따뜻한 시선을 지니고 있었는지를 낱낱이 보여주는 사례이기 때문이다.

프랑스 자연주의 문학의 거장 에밀 졸라는 통속소설가임을 자청했다. "돈을 벌기 위해, 먹고살기 위해 소설을 쓴다"라고 얘기했는가 하면, 책은 팔리기 위해 만들어야 한다고 주장하기도 했다. 그럼에도 불구하고 파리 노동자 계급을 그린 『목로주점(L'Assommoir, 木櫨酒店)』은 19세기 자연주의 문학을 대표하는 고전으로 자리매김 되고 있다. 1877년 발표한 장편소설 『목로주점』은, 19세기 파리의 하층계급의 비참한 생활을 실감나게 담아냈다. '목로주점'은 그 어원이 '때려눕히다'에서 왔다. 이 소설은 그렇게 마치 목로주점에 놓인 알코올 증류기로 때려눕혀지듯, 파멸의 길을 걷는 사람의 이야기다. 그러므로 절대 달콤하지 않은, 쓰고 독한 술을 마시는 듯한 소설이다.

에밀 졸라는 장장 20여 년에 걸쳐 '루공 마카르' 총서(叢書) 20권을 집필했는데, 그가 남긴 유명한 소설은 대부분 이 속에 포함된다. 창원대학교 불문학과 최태규 교수가 저서 『유럽문학 기행 2』(2015)에 수록한 내용을 보면 전체적인 흐름을 알 수 있다.

〔프랑스 제2제정 시절의 '어둡고 불만스러운' 사회를 총체적으로 그려내려는 비판적

목적을 갖고 있던 에밀 졸라는 1869년 『루공가(家)의 운명(La Fortune des Rougon)』을 시작으로 장장 20여 년에 걸쳐 '루공 마카르'[35] 20권을 집필했는데, 1871년부터 출간되기 시작한 '제2제정 시대 하의 한 가족의 자연적·사회적 역사'라는 부제(副題)가 붙은 이 총서는, 사실 1868년경부터 구상에 착수하여 1869년에 완성한 제1권 『루공가의 운명』 (1871)을 프로이센–프랑스 전쟁 후에 발표하고, 그 뒤 매년 1권 정도씩 계속 써서 1893년 『파스칼 박사(Le Docteur Pascal)』를 출판함으로써 드디어 22년 만에 한 가문의 5대에 걸친 역사를 그린 총서 20권을 완성했다.

치밀한 현장답사와 방대한 양의 자료 수집 후에 쓰여진 이 총서에는 우리에게 잘 알려진 『무레(Mouret) 사제의 잘못』(제5권, 1875), 『목로주점(木櫨酒店, L'Assommoir)』 (제7권, 1877), 『나나(Nana)』(제9권, 1880), 『살림』(제10권), 『여인들의 행복 백화점(Au Bonheur des Dames)』(제11권, 1883), 『제르미날(Germinal)』(제13권, 1885, 제르미날은 공화력의 7번째 달로 '씨 뿌리는 달'이라는 뜻이다. 그레고리력으로는 3월 21일~4월 18일), 『작품(L'oeuvre)』(제14권, 1886, 이 소설로 인해 30년 절친이었던 폴 세잔과 결별), 『꿈(Le Reve)』(제16권, 1888) 등 대표적인 걸작들이 들어 있다.

한편, '루공–마카르 총서'를 구상하기 직전인 1867년에 발표한 『테레즈 라캥(Thérèse Raquin)』은 그의 첫 자연주의 소설이다. 박찬욱 감독의 영화 「박쥐」(2009)의 기본 구도와 인물 관계 등 많은 점이 에밀 졸라의 소설 『테레즈 라캥』에 바탕을 두어 화제가 되기도 하였다.」[36]

---

35) 〈아델라이드 푸끄(Adélaïde Fougue, 일명 디드 · Dide 아주머니로 불림)의 남편들〉
    총서의 배경이 되는 루공 가문 5대의 시조 격인 디드의 첫 남편 이름이 루공(Rougon, 농부)이고, 루공이 요절하자 결혼한 두 번째 남편 이름이 마카르(Macquart, 밀렵꾼)다.
36) 『유럽문학 기행 2』최태규, 도서출판나래, 2015, p.233~239, 254~255.

(2) 알베르 카뮈(Albert Camus, 1913~1960)

1942년 발표되어 수많은 논란을 불러일으켰던 알베르 카뮈의 『이방인 (L'Étranger)』. 노벨문학상 수상(1957년) 작가이면서 사르트르와 함께 전후 프랑스 문단의 대표적인 실존주의 작가이기도 한 그가 27세에 발표한 작품이다. 2부로 나뉜 이 소설의 1부는 주인공 뫼르소가 충동적 살인을 하기까지, 2부는 살인한 후 사형 집행을 당하기까지 뫼르소가 겪는 일을 담고 있다. 소설은 이렇게 시작된다. "오늘 엄마가 죽었다. 아니면 아마 어제였는지도 모른다"는 주인공 뫼르소의 독백으로. 카뮈는 『이방인』을 통해 기계문명으로 인한 이기주의로 잘 무장된 냉혈한 뫼르소를 탄생시킨다.

알베르 카뮈는 『이방인』을 사람들이 정확히 이해를 못하자, 그의 에세이 『시지프 신화(Le Mythe de Sisphe)』(1942)를 통해 반항과 저항의 의미를 알려주고자 한 것이다.[37]

시지프의 형벌은 '하늘 없는 공간, 깊이 없는 시간'과 싸우며, 부단히 바위를 밀어 올려야만 하는 것. 이것이 시지프가 치러야 하는 가없는 형벌이었다. "무용하고 희망 없는 노동보다 더 끔찍한 형벌은 없다"는 점을 신들은 이미 알고 있었던 것이다. 알베르 카뮈는 그의 에세이 『시지프 신화』에서 부조리한 삶을 사는 현대인들의 일상을 시지프의 형벌과 비교하고 있다. 카뮈는 시지프를 '부조리의 영웅'이라고 불렀다.[38]

"나는 반항한다. 고로 나는 존재한다(I revolt, therefore I am)." 바로 알베르

---

37) 『유럽문학 기행』최태규, 창원대학교출판부, 2008, p.5.
38) 『영화관 옆 철학카페』김용규, 이론과실천, 2002, p.99.

카뮈가 했다는 명언이다. 그런 알베르 카뮈는 자신의 출생지인 알제리(당시 프랑스 식민지였다)의 독립에 대해서는 무관심했다. 알제리는 1962년 7월 3일 독립을 이루어냈고, 그동안 알제리 독립운동에 대해 엄청나게 박해를 했으므로 대부분의 프랑스인 거주자들은 알제리를 떠날 수밖에 없었다. 에밀 졸라와는 극명하게 비교된다. 판단은 독자에게 맡기고 그의 인종차별적이고 제국주의적인 행태를 서술한 글 몇 편을 소개하겠다.

[마르크스는 동양에 대하여 동시대의 편견에서 벗어나지 못했으며, 근대 서구의 지성이란 거의 대부분이 서구중심주의자였고, 인종차별·제국주의자였다. 알베르 카뮈조차 자신의 출생지인 식민지 알제리의 독립에 대해서는 무관심했다. 그의 『이방인』은 식민지 알제리가 배경이지만 당시 알제리인과는 아무 상관이 없었고, 오늘날 그의 이름은 알제리에서 전혀 논의되지 않고 있다.(박홍규 영남대 법대 교수의 해설)]39)40)

[『이방인』(1942) 『페스트(La Peste)』(1947), 그리고 『추방과 왕국(L'Exil et le royaume)』(1959)이라는 제목의 대단히 흥미로운 단편 소설집의 무대로 카뮈는 왜 알제리를 배경으로 삼았을까? 이야기의 기본 틀(『이방인』이나 『페스트』의 경우)에서 본다면 그 무대가 프랑스 본국의 어느 곳이든가, 또는 굳이 특정한다면 나치스 점령 하의 프랑스 본국 어느 곳이라도 무방한데 왜 알제리를 배경으로 삼았을까? 오브라이언(Conor Cruise O'Brien, 아일랜드 작가, 1917~2008)은 더욱 나아가 카뮈의 그런 선택이 결코 우연한 것이 아니라, 이야기의 대부분은 (가령 뫼르소의 재판과 같이) 당시 프랑스의 알제리 지배를 은밀하게 또는 무의식적으로 정당화하려는 것이었거나, 프랑스 지배의 외형을 장식하고자

39) 『오리엔탈리즘(Orientalism, 1978)』 에드워드 사이드(1935~2003), 교보문고, 2007. p.13, 659~660.

하는 이데올로기적 시도였다고 지적했다.』[41]

〔〈알베르 카뮈(1913~1960)와 사르트르(Jean-Paul Sartre, 1905~1980)〉

카뮈는 알제리 출신이었다. 작품들 대부분이 자신이 태어나고 성장한 알제리를 무대로 삼고 있을 정도로 알제리에 대한 그의 사랑은 의심의 여지가 없다. 그러나 인구 99%를 차지하는 아랍인 사회 속에서 1%도 채 못 되는 프랑스-알제리인 출신이었던 그는 자신을 알제리인 이전에 프랑스인이라고 생각하고 있었다.

---

40) 『문학의 명장면: 현대 영미 문학 40』 김성곤, 에피파니, 2017, p.113~117.
　　〈세계를 놀라게 한 책, 에드워드 사이드의 『오리엔탈리즘(Orientalism)』(1978)〉
　　서구 문헌에 나타난 동양에 대한 서구인들의 편견을 고발한 이 책은 출간되자마자 서구의 문단과 학계에 커다란 충격을 주었다. 우리가 미처 제국주의자라고 생각하지 못했던 수많은 서구의 작가들과 지식인들이 사실은 자기도 모르게 (어떤 이들은 의도적으로 -이상준) 제국주의 이데올로기에 젖어 있었다는 것을 이 책이 지적했기 때문이다.
　　사실 『오리엔탈리즘』을 피해갈 수 있는 19세기 유럽의 명사들은 거의 없다. 이 책에서는, 아라비아 편인 줄 알았던 영화 「아라비아의 로렌스(Lawrence of Arabia)」(1962)〔'아랍대봉기'(오스만튀르크 제국을 상대로 아랍부족연합이 1916년에 일으킨 국토회복 무력항쟁)를 그린 영화. -이상준)의 T.E. 로렌스도, 또는 약자인 동양 편인 줄 알았던 칼 마르크스조차도 동양은 미개한 지역이고 서구화되어야 한다는 편견을 가진 제국주의자였다는 사실이 드러난다. 찰스 디킨스나, 제인 오스틴조차도 에드워드 사이드(Edward Said, 1935~2003)의 예리한 화살을 피해가지는 못한다.
　　이 책이 "오리엔탈"이라는 말에 담겨있는 편견을 지적했기 때문에, 미국대학의 '오리엔탈 스터디즈' 학과들은 이 책 출간 이후 모두 학과 명칭을 '동아시아학과'로 바꾸는 일도 일어났다.
　　사이드의 위대함은 그가 단순히 '오리엔탈리즘'만 비판한 것이 아니라, 서구에 대해 동양이 갖는 '옥시덴탈리즘(Occidentalism)'도 똑같이 비판했다는 데 있다. 그는 서구제국주의로 인해 나라를 잃고 평생을 타국에서 망명객으로 살았지만, 자신이 아랍인이라는 이유만으로 무조건 아랍 편만을 들지는 않았다. 그는 이스라엘의 시온주의자들도 비판했지만, 동시에 아랍의 극단주의자들도 비난해서 양쪽에서 비난과 협박을 받았던 또 다른 의미에서의 망명객이었다.
　　그는 문화는 우월로 나누어지는 것이 아니라, 차이로 구분되는데, 국수주의자들은 그것을 깨닫지 못한다는 것이다. 사이드는 문화가 겹치는 영역을 새로운 가능성으로 제시하며 대위법적으로 사물을 바라보아야 한다고 말한다.
　　과연 사이드는 아랍인이면서 기독교도였고, 동양인이면서 서구교육을 받았으며, 팔레스타인 옹호자이면서도 아라파트와 결별했다. 그의 이름 에드워드 사이드 또한 서양이름과 동양이름의 혼합이다. 프로 실력을 갖춘 피아니스트였던 사이드는 이스라엘인 작곡가 다니엘 바렌보임과 같이 분쟁지역에서 연주회를 열어 이스라엘과 팔레스타인의 화해를 추구했으며, 백혈병에 걸렸을 때도, 뉴욕의 유대계 병원인 '마운트 사이나이' 병원에서 진료를 받았다.(김성곤 서울대 명예교수)
41) 『문화와 제국주의(Culture and Imperialism, 1993)』 에드워드 사이드, 문예출판사, 1994, p.344.

그는 식민지 알제리인들이 처한 곤경을 동정하여 돕기도 했지만, 독립투쟁에 대해선 반대였다. 그러한 그의 입장은 독립투쟁을 지지하는 장 폴 사르트르를 비롯한 프랑스의 진보적 지식인 그룹의 입장과 정면에 배치되는 것이었다. 알제리를 포함한 식민지들은 프랑스의 일부여야 한다는 것이 카뮈의 생각이었다. 노벨문학상 수상 차 스톡홀름에 갔을 때, 그는 한 대학생이 그의 처신을 비난하자 이렇게 답변했다.

"나는 알제리의 거리들에서 자행되는 맹목적 테러를 거부해야 한다. 왜냐하면 그 테러들은 나의 어머니, 혹은 나의 가족을 해칠 수 있기 때문이다. 나는 정의를 믿는다. 그러나 나는 정의에 앞서 나의 어머니를 지키겠다."

물론 여기서 '정의'란 알제리 독립 혹은 독립투쟁이다. 그것이 정의인 줄 알면서도 그것보다는 가족이 더 중요하다는 그의 발언은 알제리 독립투쟁 세력은 물론 프랑스의 진보적 지식인들을 크게 실망시켰음은 물론이다. 식민지들은 프랑스의 일부여야 한다는 것이 그의 소신이었던 것이다.

한편 사르트르는 알제리 독립투쟁을 적극 지원했는데, 그의 활동이 얼마나 정열적이었던지 그 투쟁이 '사르트르의 전쟁'이라고 불릴 정도였다. 사실상 그는 식민지들을 잃지 않으려는 프랑스와 프랑스 국민을 상대로 싸운 것이다.」[42]

덤으로, 알베르 카뮈보다 1세기 이전에 살았지만, 프랑스인이면서 식민지 알제리인들을 미개인으로 취급했던 또 한 사람이 있다. 바로 19세기 프랑스 낭만주의 미술의 상징으로 불리는 화가 외젠 들라크루아(Eugène Delacroix, 프랑스, 1798~1863)다. 1830년 7월 혁명의 승리를 형상화한 그림인 「민중을 이끄는 자유의 여신(La Liberté = Liberty Leading the People)」(1830~1831,

---

42) 「소설가는 늙지 않는다」 현기영 산문집, 다산책방, 2016, p.76~78.

루브르 박물관, 파리)은 분명 본 적이 있을 것이다. 동료들의 시신을 밟고 전제 왕정에 거국적으로 항쟁하는 다양한 계급을 묘사한 이 그림은 프랑스혁명의 이념을 대표하는 상징으로 유로화로 통합되기 전 100프랑짜리 지폐를 장식하기도 했다. 이 그림 때문인지 들라크루아는 혁명을 옹호했던 급진적 진보주의자라고 알려지기도 했지만, 이는 거의 확실하게 오해다. 그는 정치적 입장을 전혀 표명하지 않았으며 오히려 불안정하게 요동치는 사회에 불만이 많은 보수주의자에 가까웠는데, 아마도 불우했던 유년 시절의 영향 탓이었을 것이다. 그도 오리엔탈리즘(동양 비하)의 전형이었다. 인종 차별과 유럽중심주의는 계몽주의가 낳은 또 하나의 병폐였다. 계몽주의라는 유럽인의 새로운 사고방식은 스스로 도덕적·지적으로 우월하다는 확신을 기반으로 생겨났다. 하지만 그들의 확신을 증명하기 위해서는 반대로 열등한 비 유럽인이라는 존재가 필요했다. 인종 차별과 유럽중심주의는 아이러니하게도 이성에 근거한다고 자랑스럽게 떠들어대는 바로 그 계몽주의에서 비롯된 것이었다.[43]

(3) 니코스 카잔자키스(Nikos Kazantzakis, 그리스 작가, 1883~1957)

현대 그리스 문학을 대표하는 작가이자 '20세기 문학의 구도자'로 불리는 니코스 카잔자키스(Nikos Kazantzakis, 1883~1957)는 1883년 2월 18일, 아직 터키 지배를 받고 있던 크레타 이라클리온(Iraklion)에서 태어났다. 터키의 지배 하에서 기독교인 박해 사건과 독립 전쟁을 겪으며 어린 시절을 보낸 그는 이런 경험으로부터 동서양 사이에 위치한 그리스의 역사적·사상적 특이성을 체감하고 자유를 찾으려는 투쟁과 연결시킨다. 니코스 카잔자키스는 호메로스·베르그송·니체·부처를 거쳐, 조르바에 이르기까지 사상적 영향을 두루 받았다. 그리스의 민족시인 호메로스에 뿌리를 둔 그는 1902년 아테네의 법과대학에 진학한 후 그리스 본토 순례를 떠났다. 이를 통해 그는 동서양 사이에 위치한 그리스의 역사적 업적은 자유를 찾으려는 투쟁임을 깨닫는다. 1908년 파리로 건너간 카잔자키스는, 경화된 메커니즘으로부터 자유로운 존재를 창출하려 한 앙리 베르그송과 '신은 죽었다'고 선언하며 신의 자리를 대체하고 '초인(위버멘쉬·Übermensch)'으로서 완성될 것을 주장한 니체를 접하면서 인간의 한계를 극복하려는 "투쟁적 인간상"을 부르짖었다. 또한 인식의 주체인 '나'와 인식의 객체인 세계를 하나로 아울러 절대 자유를 누리자는 불교의 사상은 그의 3단계 투쟁 중 마지막 단계를 성립시키는 데 큰 기여를 했다. 그

43) 「예술의 사생활: 비참과 우아」, 노승림, 마티, 2017, p.186~192.

〈계몽주의가 낳은 인종 차별과 유럽중심주의〉

그리스 독립전쟁(1821~32)에 대한 서양 지식인과 예술가의 전폭적인 지지는 계몽주의적 사고방식의 다른 표현이었다. 이들은 위대한 서양 문명의 발흥지인 그리스가 한갓 이슬람 국가인 터키에 종속되어 있는 것이 부당하다는 논리를 끊임없이 쏟아부었고, 덕분에 15세기 이래로 그리스를 비롯한 유럽을 지배하고 있던 터키는 기독교에 버금가는 찬란한 문명의 역사를 지녔음에도 불구하고 폭력만 쓰는 미개한 부족으로 전락하고 말았다.

들라크루아 또한 그리스 부흥운동에 적극적으로 동참한 예술가 중 한 명이었다. 「사르다나팔루스이 죽음(The Death of Sardanapalus)」(1827, 루브르 박물관)보다 3년 앞서 출품한 「키오스 섬의 학살」(1824, 루브르 박물관)은 그리스 독립전쟁을 소재로 그린 것으로 터키인들이 섬의 주민들을 학살한 사건을 토대로 하고 있다.

또한, 아시리아의 마지막 국왕으로 알려진 사르다나팔루스는 서양 문명의 이분법적 편견이 탄생시킨 허구적 존재다. 역대국왕 중 가장 사치스럽고 폭력적이며 퇴폐적인 인물로 비난받고 있는 그의 이름은 실제 아시리아 역사에 존재하지 않는다. 이에 대해 역사가들은 기원전 600년대에 통치한 아슈르바니팔(Ashurbanipal, 기원전 685?~기원전 627)을 포함한 몇 명의 아시리아 국왕의 치적이 뒤섞여 전해진 것으로 보고 있다. 가장 광활한 국왕이자 영토 확장에 혈안이 되었던 아슈르바니팔은 전쟁 기계로까지 묘사되곤 하지만, 동시에 아시리아 수도 니네베(현 이라크 모술 지방)에 대규모 도서관을 건립하며 문학과 학문을 적극적으로 후원했던 문왕으로도 명망이 높았다. 현재 대영 박물관이 소장하고 있는 이 니네베 도서관에서 발견된 2만여 개의 점토판에는 길가메시가 쓴 위대한 서사시가 새겨져 있는 것은 물론 수학·식물학·화학·사서학 등 고대 그리스 문명을 능가하는 수준의 학문이 발전했다는 것을 증명해주고 있다. 이슬람 국가였지만 종교와 문화의 다양성을 인정하여 서로 다른 민족들이 평화롭게 공존하게 해주는 너그러움까지 갖추고 있었다고 한다.

들라크루아의 이런 경향은 1832년 외교사절단의 일원으로 모로코와 알제리를 직접 방문한 뒤에도 크게 바뀌지 않았다. 북아프리카 이슬람인의 일상을 목격한 그는 「알제리 여인들」(1834, 루브르 박물관)을 비롯한 북아프리카 그림을 80여 점 가까이 남기며 명실상부한 오리엔탈리즘 화가로 자리매김했다. 그러나 대부분의 그림은 기존의 서양인들의 편견을 한층 더 공고히 해줄 뿐이었다. 그에게 모로코와 알제리는 폭력적이고 원시적인 공간이며 게으름의 온상이고, 비참하면서 성적으로 퇴폐한 장소였다. 서양 세계에서 악덕으로 비난받는 이 모든 요소가 들라크루아를 통해 이슬람 세계에 고스란히 투영되었다.

의 오랜 영혼의 편력과 투쟁은 그리스 정교회와 교황청으로부터 노여움을 사게 되었고, 그의 대표작 중 하나인『그리스도 최후의 유혹』(1951)은 신성을 모독했다는 이유로 1954년에 금서로 지정되기도 했다. 하지만 그는 1951년(스웨덴 페르 라게르크비스트 수상)·1956년(스페인 시인 후안 라몬 히메네스 수상) 두 차례에 걸쳐 노벨 문학상 후보에 오르는 등 세계적으로 그 문학성을 인정받았다. 다른 작품들로는『오디세이아』(1938)『예수, 다시 십자가에 못박히다』『성 프란치스코』『영혼의 자서전』『동족상잔』등이 있다.

니코스 카잔자키스하면 가장 먼저 떠오르는 소설이 있다. 바로『그리스인 조르바(Zorba The Greek)』(1946)이다.『그리스인 조르바』는 실존 인물 조르바(1867?~1941, 카잔자키스보다 16세 연상, 소설 속에서는 30세 연상)를 만난 니코스 카잔자키스의 체험담으로, 1941(58세)에 45일 만에 써서 만 2년 동안 다듬은 다음 1943년 8월 10일(61세)에 탈고했다. '나'라는 화자가 크레타에서 갈탄 광산을 하기 위해 일꾼으로 채용한 이가 바로 조르바였다. '오랫동안 찾아다녔으나 만날 수 없던 그런 사람, 살아 있는 가슴을 가진 사람, 위대한 야성의 가슴을 가진 사람이었다.' '소설 속의 화자인 내가 35살일 때 만났던 조르바의 나이는 이미 65세가 된 노인이었다. 결혼은 했으며 슬하에는 딸아이가 하나 있고, 아들은 어려서 죽었다.' 이 소설은 초고를 쓴 지 5년 만인 1946년(63세)에 그리스어로 최초로 출간됐으며, 1947년에 스웨덴어판·프랑스어판이, 1952년에 영어판(불어판 중역)이 출간됐다. 우리나라에서는 1975년 세계문학전집 중 한 권으로 처음 소개되었으며, 1981년 이윤기의 번역본(그리스어-불어-영어-한국어를 거친 삼중번역)이 가장 널리 읽혔다.[44]

이 책의 주인공은 야생마같이 거칠면서도 신비한 인물 알렉시스 조르바로, 그의 도움을 통해 책밖에 모르는 서생(書生)이 지금까지의 삶에서 벗어나 다른 세상에 눈을 뜨게 된다. 젊은 그리스 지식인이 작품의 서술자로서 조르바라는 인물을 관찰하고 그의 면모를 전달하는 방식이다. 이 소설은 1964년 그리스에서 「희랍인 조르바(Zorba The Greek)」라는 이름의 영화[45]로 제작되었고 1968년에는 뮤지컬로도 나왔다.

『영혼의 자서전』(1956)에서 카잔자키스는 고백한다. "내 영혼에 깊은 자취를 남긴 사람을 거명하라면 호메로스와 부처와 니체와 베르그송, 그리고 조르바를 꼽으리라. 조르바는 삶을 사랑하고 죽음을 두려워하지 말라고 가르쳤다." 유재원 교수의 최신 번역서 『그리스인 조르바: 알렉시스 조르바의 삶과 행적』(2018)을 통해 카잔자키스가 외치는 핵심적 명구를 소개하겠다.

["조르바는 먹물들을 구원하는 데 필요한 모든 것을 가지고 있었다. 그는 높은 데서 먹잇감을 발견하여 낚아채는 원시인의 시력과, 매일 새벽마다 새로이 떠오르는 창조성, 그리고 매 순간 끊임없이 바람·바다·불꽃·여자·빵과 같은 지극히 일상적인 것들을 새로

---

44) 『그리스인 조르바』, 카잔자키스/유재원 역, 문학과지성사, 2018.
　〈중역(重譯)의 한계: 한국 번역서들은 영어·일어로 번역된 책을 재번역하는 경우다〉
　이윤기 이후 1994년 김종철 번역으로 청목사에서, 2012년 더클래식(베스트트랜스 역본)에서, 2018년에 서울대 김욱동 교수의 번역본이 출간되어 현재 4종의 번역서가 있다. 이들 모두 그리스어 원작이 아니라 '그리스어-불어-영어'를 거친 영어판을 삼중역한 것이므로 그리스 지명이나 인명에 오류가 여럿 발견된다.
　그리고 2018년 5월 마침내 그리스어 원전 번역본이 출시되었다! 역자는 한국외대 그리스학과 명예교수로 카잔자키스 연구자인 유재원. 유 교수는 카잔'차'키스는 잘못된 표기이므로 카잔'자'키스로 불러야 한다고 강조한다. "처음 누군가가 잘못 표기한 것이 굳어졌다는 이유만으로 그냥 계속 쓰는 것은 옳지 않다. 바로잡아야 마땅하다."(p.552) 조르바로 물꼬를 틈으로서 카잔자키스의 다른 작품들도 시간이 흐르면 그리스어 원본으로 번역될 가능성이 생겼다.
　{이상준: 본서에서는 인용한 저작물에서는 원문대로 '카잔차키스'로 표기하고, 그 외에는 '카잔자키스'로 표기한다.}
45) 영화 「희랍인 조르바(Zorba The Greek)」(1964 그리스, 미할리스 카코지아니스)
　안소니 퀸(Anthony Quinn, 1915~2001) 주연, OST는 그리스 출신 거장 작곡가 미키스 테오도라키스(Mikis Theodorakis, 1925~)가 맡았다. 그는 동명의 발레 음악도 작곡하여 1988년 이탈리아 베로나의 아레나에서 초연했는데 그가 직접 지휘했다.

운 눈으로 바라보고 영원한 처녀성을 부여하는 순진무구함을 가지고 있었다. 그에게는 확신에 찬 손과, 신선함으로 가득한 마음, 마치 내면에 자신의 영혼보다 더 높은 힘을 가지고 있는 듯, 자신의 영혼을 놀려대는 사나이다운 멋이 있었다. 그리고 마지막으로 인간의 창자보다 더 깊은 내면에서 터져 나오는, 아니 조르바의 나이 먹은 가슴에서 결정적인 순간에 터져 나오는, 구원인 듯한, 거칠고 호쾌하게 껄껄대는 웃음을 가지고 있었다. 그는 겁에 질린 불쌍한 인간들이 마음 놓고 편하게 살기 위해 주변에 세워놓은 윤리·종교·조국과 같은 모든 장애물을 한꺼번에 깨뜨려서 단번에 무너뜨릴 수 있는, 그리고 실제로 무너뜨리는 웃음을 가지고 있었다.(화자인 '나', 이하 '나'로 표기)"(p.8)

"대장, 참 불쌍한 사람이군요. 당신은 먹물이에요. 가련한 양반, 당신은 생애에 단 한 번뿐인 아름다운 초록빛 돌을 (베를린에서) 볼 기회를 차버렸어요. 하느님 맙소사, 언젠가 한번, 할 일이 없을 때 내 영혼에게 물었죠. '지옥이 있는 걸까, 없는 걸까?' 그런데 어제 당신 편지를 받고 '적어도 몇몇 먹물들에게는 분명히 지옥은 있는 거야'라고 내게 말했죠."(p.13~14)

"왜? 우린 벌써 오래전에 네가 좋아하는 일본인들이 말하는 '부동심(不動心)' '감정도 없는 상태(아파테이아), 동요도 없는 상태(아타락시아)'[46][47] '미소 짓는 무표정한 가면'에 대해 합의를 보지 않았었나? 그 가면 뒤의 일은 각자의 몫이지."(p.22)

"(…) 그 옛날 친구가 쉰 목소리로 나를 '책벌레'라고 불렀을 때 느꼈던 분노를, 아니 부끄러움을, 다시 느껴보려고 했다. 그가 옳았다. 인생을 그토록 사랑하는 내가 어떻게 몇

---

46) 『필로소피컬 저니』, 서정욱, 함께읽는책, 2008, p.116·123.
   사모스 출신의 에피쿠로스(기원전 342~기원전 271)는 기원전 307년경 아테네학원을 세웠다. 이들이 말한 쾌락은 저속한 쾌락이 아니라 안정된 마음의 상태, 즉, 아타락시아(Ataraxia, 마음의 평정)를 의미한다. "세상을 초연하게 살자"는 것이다. 스토아 학파에게는 에피쿠로스 학파와 유사한 개념인 아파테이아(Apatheia)가 있었다. 아파테이아는 모든 감각에서 야기된 격정과 욕망을 탈피해 이성적인 냉정을 유지한 마음의 경지를 이른다.

47) 『김광석과 철학하기』, 김광식, 김영사, 2016, p.84~85.
   "정적인 쾌락이란 마음에 흔들림이 없고(아타락시아·Ataraxia), 몸에 고통이 없는 것(아포니아·Aponia)이다."(에피쿠로스 「선택과 피함에 관하여」에서)

년 동안이나 종이와 잉크에만 빠지게 된 걸까! 헤어지던 그날 내 친구는 내가 분명히 깨
닫게 나를 도와주었다. 나는 기뻤다. 이제 내 불행의 이름을 알게 되었으니 나는 훨씬 더
쉽게 그것을 극복할 수 있을 것이다.(…)('나')"(p.25)

"나는 떠날 준비를 했고 마치 이번 여행에 깊이 감춰진 의미가 있는 것처럼 매우 감동
했다. 나는 속으로 내 삶의 행로를 바꾸기로 결심했다. 나는 '나의 영혼아, 너는 지금까지
는 그림자를 보고 만족했지만, 이제 나는 살아 있는 육신을 찾아 나설 거야'라고 속삭였
다.('나')"(p.26)

"무슨 생각을 하고 있소? 저울질하고 있소? 한 푼 한 푼 계산하고 있는 거요? 여보쇼,
결정을 하쇼. 계산 따위는 집어치우고!"(p.29)

"나는 조르바야말로 내가 그토록 오랫동안 찾았지만 만나지 못했던 사람임을 깨달았
다. 생동감이 넘치는 마음과 뜨거운 목구멍을 가진, 대지의 어머니 가이아에게서 미처 탯
줄을 자르지 못한, 길들여지지 않은 위대한 영혼을 가진 사람!('나')"(p.34)

"오른손 집게손가락 절반이 왜 잘렸냐고요? 이게 내 물레질을 방해했단 말이오. 중간에
끼어들어 내 계획을 망쳤어요. 그래서 어느 날 도끼를 집어 들어 잘라버렸죠."(p.40~41)

"나는 바다와 하늘을 보며 생각에 잠겼다. 무릇 사랑이란 이렇게 해야지. 도끼를 집어
들고, 아프지만 방해가 되는 건 잘라버려야지.('나')"(p.41)

"대장, 이 여자 사타구니에 불이 붙었어요. 이제 빨리 떠나슈!"(p.84)

"세상의 모든 것에는 숨겨진 의미가 있다는 생각이 들었다. 사람·짐승·나무·별, 모
든 것이 상형문자다. 그것을 읽어내고 무슨 말을 하는지 알아내기 시작한 사람에게 그것
들은 기쁨일 것이다. 하지만 그것들을 보는 순간에도 우리는 그 의미를 이해하지 못한다.
너는 그것들이 사람이고, 짐승이고, 나무고, 별이라고 생각한다. 그리고 세월이 많이 지
난 뒤에야 너무 늦게 그것들의 의미를 깨닫는다.('나')"(p.88)

"몇 번 했냐고요? 합법적으로 한 번, 그런 건 한 번으로 족하죠. 그리고 두 번은 반쯤

합법적으로 결혼했었죠. 간음으로 말하자면, 천 번, 2천 번, 3천 번, 그걸 어찌 다 기억하 겠소?(…) 수탉이 그런 장부 가지고 있습디까? 상관없지 않습니까? 왜 그런 장부를 남기 겠습니까?"(p.148~149)

"산다는 게 원래 문제투성인 거요. 죽음은 문제가 전혀 아니고요. 사람이 산다는 게 뭘 뜻하는지 아세요? 허리띠는 느슨하게 풀고, 남들하고 옳다 그르다 시비하는 거예 요."(p.185)

"위대한 예언자들이나 시인들은 이와 비슷하게 모든 것을 처음인 듯 보고 느낀다. 매 일 아침 자신들 앞에 새로운 세상이 시작되는 것을 본다. 새로운 세상이 안 보이면 스스 로 새로운 세상을 창조한다."(p.243)

"영감님, 제일 좋아하는 음식은 뭔가요?('나')" "다 좋습니다. 모든 음식이 다요. 이 음 식은 좋고 저 음식은 싫다, 이런 이야기를 하는 건 큰 죄악이죠.(조르바)" "왜요? 음식 을 가리면 안 됩니까?('나')" "절대로 안 되죠! 왜냐하면 굶는 사람들이 있으니까요.(조르 바)"(p.301)

"(책 속에서 티베트) 고승들이 제자들을 주위로 불러 모으고 소리친다. '자신의 내면에 행복을 가지고 있지 못한 자는 불쌍하도다!' '남들의 호감을 사기를 바라는 자는 불쌍하 도다!' '이승의 삶과 저 세상의 삶이 하나임을 모르는 자는 불쌍하도다!' 날이 어두워져서 더 이상 책을 읽을 수가 없었다. 나는 책을 덮고 바다를 바라보았다. 속으로 생각했다. '나 는 부처니, 하느님이니, 조국이니, 사상이니 하는 악몽에서 벗어나야 해.' 그리고 소리쳤 다. '만약 벗어나지 못하면 부처와 하느님, 조국, 사상에 치여 불쌍한 존재로 전락하게 될 거야.'('나')"(p.320~321)

"나는 이 세상의 모든 신비스러운 일을 몸소 다 경험해봤지만 시간이 없수다. 한번은 이 세상을, 다른 때는 여자를, 또 언젠가는 산투리(Santuri)를 직접 겪어봤지만 그런 허튼 소리를 쓰기 위해 펜대를 잡을 시간은 없수다. 그런 시간을 낼 수 있는 작자들은 그런 신

비를 경험하지 못하고요. 알아듣겠수?"(p.380)

"모든 건 생각하기 나름이죠. 믿음이 있다면 다 망가진 문짝의 나뭇조각이 성스러운 십자가가 되죠. 믿음이 없으면 성스러운 십자가 전체라도 망가진 문짝이 되고요."(p.387)

"조국으로부터 벗어나고, 신부들로부터도 벗어나고, 돈으로부터도 벗어나고, 탈탈 먼지를 털었죠. 세월이 흐를수록 난 먼지를 털어냅니다. 그리고 가벼워집니다. 뭐라고 말씀 드려야 할까요? 난 자유로워지고, 사람이 돼갑니다."(p.393)

"(…) 조국이란 게 있는 한, 사람들은 야수로 남아 있게 마련이죠. 길들여지지 않는 야수로. 하지만 난, 하느님께 영광이 있을지어다! 난 벗어났어요. 벗어났다고요! 하지만 대장은요?"(p.396)

"아뇨 대장! 대장은 자유롭지 않수다. 대장이 매여 있는 줄은 다른 사람들 것보다 조금 더 길기는 하지만 그것뿐이오. 대장, 대장은 조금 긴 끈을 갖고 있어 왔다 갔다 하면서 자유롭다고 생각하지만 그 끈을 잘라내지는 못했수다. 만약 그 끈을 잘라내지 못하면 (…)"(p.520)

"어느 날엔가는 그 끈을 잘라낼 거요."('나')(p.521)】

그런데 카잔자키스는 늘 조국에 대해 고민하던 의식 있는 작가였다. 그는 그리스의 발전을 구상하기 위해 여러 나라를 여행했다. 심리학자인 김명철 교수가 책『여행의 심리학』(2016)에서 해설한 내용을 보자.

【〈카잔차키스는 그리스의 발전을 구상하기 위해 10년을 여행했다〉
카잔차키스는 1883년 오스만 제국의 지배를 받고 있던 그리스 크레타 섬에서 태어났다. 카잔차키스는 유구한 독립운동가 집안 출신인 데다가 어린 시절부터 오스만 제국의 그리스인 학살 등을 목격하며 자라나 타민족의 지배를 받는 그리스의 현실에 뿌리 깊은 분노를 품고 있었다.

그렇지만 카잔차키스를 방랑자로 만든 것은 식민 지배에 대한 분노가 아니었다. 1912년 독립전쟁(발칸전쟁)에 참가(29세 육군 자원입대)하여 그리스 독립의 밀알이 되기까지의 카잔차키스는 오히려 목표 의식이 뚜렷하고 성실한 유학과 지식인에 가까웠다. 그의 진정한 고민은 독립 이후에 시작되었다. 오랜 기간 그리스는 유구한 역사를 자랑하는 유럽 문화의 모태이자 서구 문명의 정신적 고향으로 자리해 왔고, 그리스인은 아리스토텔레스나 호메로스 등 창조적인 천재들의 후손으로 여겨져 왔다. 더구나 오스만 제국으로부터 독립을 이루기까지 했으니 더할 나위 없는 유토피아적 분위기에 들떠도 좋을 터였다. 그런데 그리스는 왜 여전히 이토록 전근대적인 모습에서 벗어나지 못하고 있단 말인가?

카잔차키스는 과거의 화려했던 시절과 오랜 문화적 전통이 그리스 공동체의 발전을 담보해주지 않는다는 사실을 깨달았다. 오히려 그는 그리스 전통문화에 깃든 인습에 주목했고, 긴 세월 오스만 제국의 지배를 받으며 공동체의 자생적 발전 역량이 무너진 것에 안타까워했다. 한마디로 카잔차키스는 독립 후 그리스의 모습에 눈앞이 캄캄해져버렸다. 그리스의 미래와 그리스 민중의 구원은 어디에 있는가! 나의 구원은 어디에 있는가!

결국 카잔차키스는 10여 년 동안 유럽과 중동, 아프리카 시베리아 등을 방황하며 잡힐 듯 잡히지 않는 답과 구원을 찾아다녔다.[48] 카잔차키스가 당대 그리스 문화에 대해 품고 있던 문제의식과 그가 탐색해본 다양한 대안과 해답은 『그리스인 조르바』를 비롯한 그의 여러 작품에 잘 담겨 있다.』[49]

카잔자키스는 『그리스인 조르바』(1946) 『그리스도 최후의 유혹』(1951) 등이 신성을 모독했다는 이유로 1953년(향년 70세)에 그리스 정교회로부터 맹렬히 비난받았고, 이듬해는 로마 교황이 『그리스도 최후의 유혹』을 가톨릭교회의 금서 목록에도 올려버렸다. 이에 카잔자키스는 로마 바티칸과 아테네 정

48) 『일본 중국 기행(Japan China, 1938)』, 니코스 카잔차키스, 열린책들, 2008.

카잔차키스의 『스페인 기행』(1937) 『일본 중국 기행』(1938) 『영국 기행』(1940)이 대표적인 그의 여행 산물이다. 『일본 중국 기행』에는 중국의 전족 관습, 동양의 젓가락 문화 등 다양한 분야에 대한 호기심과 개인적 소회 등이 담겨 있다. 그가 느낀 중국의 전족 문화에 대한 글은 이렇다.(『일본 중국 기행』 p.160~161)

【중국인들에게 가장 강렬한 관능적 욕구를 불러일으키는 것은 여자의 발이다. 발이 작으면 작을수록 황홀감은 커진다. 아마도 이런 이유 때문에 아주 오래전부터 여자들이 남자를 기쁘게 할 욕심으로 발이 자라지 않도록 어릴 때부터 발을 싸매기 시작했을 것이다.

몇 년 동안 많은 고통을 당한 뒤 네 발가락이 점차 가늘어지고 발바닥이 일어나며 뼈가 뒤틀리고 발전체가 위축된다. 그런 뒤 여자들은 작은 비단 신을 신는다. 이 긴 준비 과정은 매우 고통스럽다. 어린 소녀는 아파서 울지만 그래도 꼼짝할 수 없다. 소녀의 얼굴은 창백해지고 눈은 휑해진다. 중국 속담은 "전족을 가지려면 수많은 눈물을 흘려야 한다"라고 말한다. 그러나 아름다워질 수 있다면 무슨 고통인들 감수하지 못하랴. 발이 작아지고 종아리는 가늘게 되며 허벅지와 허리는 부풀어 오른다. 그리하여 일어날 때 몸 전체가 뒤뚱거리고 넘어질 것같이 불안정한 몸매가 된다. 이제 전족을 완성한 여자는 중국적 아름다움의 최정상에 우뚝 선다. 작은 발을 가지고 그녀는 남자를 사로잡을 수 있다. 뒤틀린 발을 처음 보았을 때 나는 여느 뒤틀린 육신을 본 것처럼 심한 혐오감을 느꼈다.(니코스 카잔차키스)

과거 중국 남자는 성교 시에 여자의 작은 두 발을 들어 올려 그 발로 자신의 양쪽 귀를 쓰다듬거나, 그 발을 자신의 입 속에 집어넣고 애무하는 것을 성교보다 더 큰 쾌락으로 생각했다.

전족한 여자는 걸을 때 발이 작으므로 자연히 다리 사이에 힘이 들어가게 되고, 그리하여 여음(女陰)이 강하게 죄는 힘을 가지게 된다고 믿었다. 전족이 단순히 야만적 관습이라기보다 성적 매력의 한 가지 장치였다는 사실은 오늘날의 여성들이 불편한 하이힐을 계속 신고 다니는 것에서 미루어 짐작할 수 있다.(역자 이종인, 1954~)】

〈카잔차키스의 세계여행 일지〉(『일본 중국 기행』 p.457~466의 연보 요약)

1922년(39세): 아테네의 한 출판인과 일련의 교과서 집필을 계약하며 선불금을 받음. 이로써 해외여행이 가능해짐. 5월 19일~8월말까지 오스트리아 빈 체류, 9월은 베를린 체류

1924년(41세): 이탈리아에서 3개월 보냄

1925년(42세): 10월 아테네 일간지 특파원 자격으로 소련 방문

1926년(34세): 특파원 자격으로 8월 스페인 여행, 10월 이탈리아의 무솔리니 인터뷰 함

1927년(44세): 특파원 자격으로 이집트와 시나이 방문. 10월 말 혁명 10주년 기념으로 소련 정부가 초청하여 방문

1929년(46세): 홀로 러시아 구석구석 여행, 4월 베를린, 5월 체코슬로바키아 여행

1931년(48세): 6월 파리에서 식민지 미술 전시회 관람

1932년(49세): 스페인으로 이주

1933년(50세): 스페인 삶이 녹록지 않아 그리스로 귀환

1934년(51세): 돈을 벌기 위해 2~3학년을 위한 3권의 교과서 집필하여 재정이 호전됨

1935년(52세): 여행기 집필을 위해 일본과 중국을 방문(2월 22~5월 6일)

1936년(53세): 10~11월 내전 중인 스페인에 특파원 자격으로 방문

1937년(54세): 책 『스페인 기행』 출간

1938년(55세): 책 『일본 중국 기행』 출간

1939년(56세): 7~11월 영국 문화원 초청으로 영국 방문, 1940년 책 『영국 기행』 출간

1941년(58세): 8월, 제2차 세계대전이 한창일 때에 『그리스인 조르바(Zorba The Greek)』를 쓰기 시작하여 45일 만에 완성

1943년(60세): 8월 10일, 2년 동안 수정한 끝에 『그리스인 조르바』 최종 탈고

1946년(63세): 5월 19일, 탈고 후 3년 만에 『그리스인 조르바』 그리스어로 최초 출간

1948년(65세): 프랑스 앙티브(Antibes)에 정착하고는 죽을 때까지 계속 여기에 거주

1957년(74세): 중국 정부 초청으로 중국 방문하여 저우언라이(周恩來·주은래)를 만났고, 돌아오는 귀국 편 비행기가 일본을 경유하므로, 중국 광저우에서 예방 접종함. 그런데 북극 상공에서 접종 부위가 부풀어 오르고 팔이 회저 증상을 보임. 백혈병을 진단받았던 독일의 병원에 다시 입원함. 고비를 넘겼으나 아시아 독감에 걸려 10월 26일 사망. 그리스 정교회의 반대로(?) 시신이 아테네를 거쳐 크레타로 운구됨.

교회 본부에 〈주여 당신께 호소합니다!〉라는 전문을 보내면서 이런 글을 덧붙였다. "성스러운 사제들이여, 여러분은 나를 저주하나 나는 여러분을 축복합니다. 여러분께서도 나만큼 양심이 깨끗하시기를, 그리고 나만큼 도덕적이고 종교적이시기를 기원합니다."

그런데 카잔자키스의 무덤이 그리스 수도인 아테네가 아니라 그의 고향인 크레타 섬에 묻힌 것도, 그의 무덤에 나무 십자가밖에 세우지 못한 이유가 교회가 용서하지 않았기 때문이라는 설이 파다했었다. 우선 두 편의 글을 보자.

〖『그리스도 최후의 유혹』은 나사렛 예수의 인간적인 생애를 그린 소설이다. 나사렛 예수의 생애를 복음서에 나온 사건들에 따라 풍부한 상상력으로 생동감 있게 그려낸 작품으로, 예수는 미리 정해진 길을 따라가는 자신만만한 하느님의 아들이 아니라 인간의 공포와 고통·유혹·죽음을 몸부림을 통해 거울처럼 비춰주는 나약한 존재다. 때로는 어떤 길을 선택해야 할지 혼란스러워하지만, 이야기가 진행되면서 예수가 갈 길은 점점 뚜렷해진다. 그는 자신의 뜻에 따라 운명을 개척한 영웅이다.

이 소설은 복음서의 줄거리를 따라가지만, 배경과 분위기는 카잔차키스의 고향인 크레타 섬이고, 내용은 그곳 농부의 삶이다. 섬세하고 비유적인 문체는 현대 그리스 민중들의 일상용어를 그대로 썼다.

예수의 나이 33세를 빗대어 33장으로 구성한 『그리스도 최후의 유혹』은 카잔차키스가 작품에서 일관되게 그린 '영혼과 육체의 끊임없고 무자비한 싸움'을 다룬다. 예수는 악마의 유혹에 매력을 느끼며 넘어가기도 하지만, 결국 유혹을 뿌리치는 과정을 보여주며 의미를 부여한다.

---

49) 『여행의 심리학』, 김명철, 어크로스, 2016, p.25~26.

『그리스도 최후의 유혹』은 무게 있고 의미심장한 소설로, 뛰어나고 독창적인 예술작품으로, 인간의 내면 갈등을 깊이 있게 다룬 문학작품으로 비평가들에게 찬사를 받았다. 이 작품은 널리 인정받았지만, 예수를 정설과 다른 모습으로 그렸다는 이유로 교단에서는 이단이나 신성모독으로 여길 만했다.

카잔차키스는 뉴욕에서 출간된(1951년 원고를 완성했으나 이 책은 그리스에서는 출간되지 않은 상태였다. 『그리스인 조르바』 이윤기 역, 열린책들, p.381 참조) 『그리스도 최후의 유혹』 때문에 1954년 그리스 정교회에서 파문당했다. 미국 정교회는 『그리스도 최후의 유혹』을 매우 추잡하고 불순하고 하느님을 부인한 책이라고 비방했다.〕[50]

〔『그리스도 최후의 유혹』은 1988년 마틴 스코세이지 감독이 영화로 만들어 더욱 유명해졌는데, 이 작품은 예수 그리스도의 고귀한 희생을 주제로 했지만, 그가 죽어가면서도 사랑하는 여인과 연애하고 결혼해 행복하게 사는 꿈을 꾸는 장면 등 예수의 신성보다 인간성을 강조했다는 이유로 기독교 근본주의자들로부터 거센 반발을 샀다.

결국 이로 인해 문제가 생겼다. 74살의 카잔차키스가 1957년 여행 중 독일에서 사망하자, 그의 시신은 아테네로 운구되었지만 그리스 정교회의 거부로 교회 묘지가 아닌 고향 크레타 섬 이라클리온의 성문이 내려다보이는 언덕에 안치된 것이다. 나무 십자가 하나가 전부인(파문당해 정식 십자가를 세우지도 못했다) 그의 묘비에는 그가 생전에 미리 써놓은 묘비명이 이렇다.

"나는 아무것도 바라지 않는다. 나는 아무것도 두려워하지 않는다. 나는 자유다."〕[51]

---

50) 『100권의 금서(100 Banned Books, 1999)』, 니컬러스 캐롤리드스, 예담, 2006, p.415~418.
51) 『음악과 함께 떠나는 세계의 혁명 이야기』, 조광환, 살림터, 2016, p.138~139.

그러나 1946년 그리스에서 첫 출간된 후 70년 만에 그리스 원전을 한국어로 직접 번역하여 『그리스인 조르바』(2018)로 출간한 한국외국어대학교 그리스어학과 유재원(1950~) 교수는 "카잔자키스는 파문당하지 않았다"고 강조한다. 그리고 그의 무덤에 나무 십자가가 세워진 까닭도 고인이 유언으로 그렇게 원했기 때문이라고 지적한다. 유 교수의 글을 보자.

〔많은 사람들이 그리스 정교회가 카잔자키스를 파문했다고 알고 있는데 이는 명백한 잘못이다. 심지어 그리스에서조차 많은 사람들이 그런 오해를 하고 있다. 이 같은 오해가 널리 퍼진 까닭은 가톨릭 로마 교황청과 그리스 정교회의 아테네 대주교청이 그의 작품들을 금서로 정한 일이 있어서다. 그러나 이미 필자(유재원 교수)가 학술 발표회에서 두 번에 걸쳐 밝힌 바와 같이 카잔자키스는 가톨릭 교인도 아니었고 아테네 교구청에 속한 신자도 아니었다. 한 신자를 파문할 수 있는 권한은 그 신자가 속한 대교구의 수장에게만 부여되는데, 카잔자키스는 터키의 콘스탄티노폴리스(이스탄불)에 있는 세계총대주교청 소속 신자였다. 따라서 그를 파문할 수 있는 사람은 세계총대주교뿐이다. 그러나 세계총대주교청은 카잔자키스를 파문한 적이 없다. 파문하기는커녕 당시 세계총대주교는 크레타 대주교에게 그의 장례식 집전을 맡아달라고 친히 전화까지 한 바 있다.

또 그가 파문당했기에 그의 무덤에 대리석으로 제대로 만든 십자가를 쓰지 못하고 나무 십자가를 세웠다는 이야기도 잘못 알려진 것이다. 그의 무덤에 나무 십자가가 세워진 까닭은 고인이 유언으로 그렇게 원했기 때문이다.

이에 대한 더 자세한 내용은 필자의 논문 「정교회는 니코스 카잔자키스를 파문했는가?」(『제8회 카잔자키스 이야기 잔치』 2016년, 4~13쪽)를 참고하기 바란다.〕[52]

---

[52] 『그리스인 조르바: 알렉시스 조르바의 삶과 행적』, 유재원 역, 문학과지성사, 2018, p.552~553.

제11장

인터넷·스마트폰·SNS로 죽어가는 뇌

Lee Sang Joon · Knowledge Series 2

One should speak as if one has forgotten something
one does not know.

사람은 가르치지 않는 것처럼 모르는 것은 잊어버린 내용인 것처럼 말해 주어야 한다. (알렉산더 포프)

∴
∴

우리나라의 IT 인프라는 단연 세계 최고다. 얼마 전 〈한국, 세계 최고 '연결
사회'… 인터넷·스마트폰 사용률 1위〉라는 기사도 있었다.[1] 맞는 말이다. 한
국은 외딴 시골이나 산속에서도 웬만하면 인터넷 연결이 잘된다. 언제라도 스
마트폰으로 뉴스든 모임 공지사항이든 확인할 수 있고, 편지도 주고받을 수 있
다. 아프리카나 남미 같은 낙후된 지역은 차치하더라도 미국·유럽은 물론 일
본도 우리나라만큼 IT 인프라가 좋지는 않다. 현지를 가본 분들은 경험했겠지
만 길거리는 두말할 것도 없고, 호텔에도 아무데서나 인터넷을 할 수 있는 게
아니고 호텔에서 알려주는 '와이파이(Wi-Fi, Wireless Fidelity) 비밀번호'를
입력해야 사용이 가능하다. 이를 반영하듯 거리의 상점들 곳곳에는 '무료 와이
파이'라는 문구를 가게 입구에 써놓고 인터넷을 마케팅 도구로까지 이용한다.
어디서나 아무데서나 터지는 인터넷에 대한 편리함에 익숙해져 그 고마움을
모르고 사는 우리 입장에서야 웃을 일이지만, 다른 나라에서는 인터넷도 하나

---

1) 2018.6.24.일자 여러 매체.

의 중요한 서비스 항목이 되는 것이다. 우리나라는 IT 강국이기도 하지만, 지리적으로 국토 면적이 좁고 산이 높지 않아 전파 송·수신탑을 세우기 쉽다는 이점도 작용했기 때문이다. 부산에서 약 50km 거리밖에 안 되는 대마도만 하더라도 북섬의 히타카츠(比田勝·Hitakatsu)나 남섬의 이즈하라(厳原·Izu-hara)[2][3] 같은 시내를 벗어나면 인터넷이 잘 되지 않는다. 우리나라 국토가 좁은 게 이런 점에서는 참 유리하다. '산이 높으면 골이 깊다'는 말도 있듯이, 만사가 다 좋을 수만은 없고 다 나쁜 것도 아닌 게 세상 이치다.

마음은 오간 데 없고, 의미 없는 문자만 왔다 갔다 할 뿐

그런데 너무 편리해서 문제가 생겼다. 스마트폰의 노예가 돼버린 것이다. 내

2) 「줌 인 러시아」, 이대식, 삼성경제연구소, 2016, p.106~107, 110~111.
{이상준: 대마도는 원래 하나의 섬이었으나 1904년의 러일전쟁을 대비해 군함을 신속하게 이동시킬 목적으로 1900년에 대마도 중간에 있는 허리처럼 잘록한 곳에 인공운하를 만들었고(영화 「군함도」에서처럼, 이 바위산을 뚫는 공사로 인해 아마 우리 조선인들이 엄청나게 희생됐을 것이다), 대마도는 북섬과 남섬으로 분리됐다. 이 두 섬을 연결하는 붉은색의 교량 이름이 '만제키바시(まんぜきばし·萬關橋)'인데 대마도에서 관광명소로 꼽힌다. 혹시 이쪽을 여행할 경우 사진만 찍지 말고 그 의미도 좀 느끼면 좋지 않을까.}
러일전쟁 당시 벌어졌던 쓰시마 해전은 세계 5대 해전에 들어간다. 양력 1905년 5월 27일~28일, 일본 해군은 쓰시마 동쪽(일본 쪽) 해상에서 러시아의 발트함대를 격파하여 전쟁에 승리했다. 이 전쟁의 장수 도고 헤이하치로(東鄕平八郞) 제독은 일본에서 군신으로 추앙받고 있다. 그런데 헤이하치로 제독은 나름 겸손한 사람이다. 누군가가 그에게 영국의 넬슨 제독에 버금가는 군신이라고 칭찬하자 "해군 역사상 군신이라고 할 제독이 있다면 이순신 한 사람뿐이다. 이순신과 비교하면 나는 하사관도 못 된다"라고 말했다. 이미 일본의 제물에 불과했던 약소국 조선 출신의, 더구나 일본에 씻을 수 없는 수모를 준 제독에게 존경을 표하고, 20세기 세계사를 바꾼 역사적 전투에서 이겼지만 결코 허세에 빠지지 않는 위대한 장수였다(우리의 원수지만 그의 인간 됨됨이는 그랬다.) 이 전투에서 도고 제독에게 패한 러시아의 제독 로즈데스트벤스키도 자신의 병문안을 온 도고 제독에게 "당신이 상대였으니 나는 패자가 된 것이 부끄럽지 않소"라고 말했다고 한다.
3) 「글로벌 한국사, 그날 세계는: 인물 vs 인물」, 이원복·신병주, 휴머니스트, 2016, p.125·133.
이순신(양력1545.4.28.~1598.12.16, 53세)과 넬슨1758~1805, 47세)은 급이 다르다. 넬슨 제독은 적군의 배 33척을 27척으로 상대했다. 이 정도는 해볼 만한 차이다. 게다가 넬슨은 무기와 식량을 지원받고 있었기 때문에 얼마든지 싸울 수 있는 여건이 마련된 상황이었다.
이순신은 넬슨과는 차원이 다른 혹독한 상황에서 23전 전승을 이뤄냈다. 우선 명량해전(양력 1597.10.25. 정유재란 당시)을 보면 이순신은 13척의 배로 3000여 척의 적선을 물리친 것이다(공식 기록엔 133척으로 나오는데, 이순신 행록에는 333척으로 되어 있다. 지형 관계상 133척만 투입). 물론 이때 거북선은 원균의 칠천량해전(양력 1597.8.27~28.) 패배에서 소실되어 없었다. 즉, 임진왜란 3대 대첩인 한산대첩(양력 1592.8.14.), 제1차 진주성대첩(양력 1592.11.8~13.), 행주대첩(양력 1593.3.14.)을 포함하여 23전 전승을 기록한 다른 전투들 또한 하나라도 우세한 상황에서 치러진 전투는 없었다.(이상준 보충)

가 스마트폰의 주인이 아니라 스마트폰이 나의 주인이 돼버린 것이다. 인간관계에서도 쉬지 않고 눌러대는 손가락에게 마음이 떠나버린 것은 벌써 오래전이다. 심지어 사랑하는 연인 사이에도 정성이 담긴 대화는커녕 무의미한 문자만 서로 습관적으로 주고받는다. 서로에 대한 안부를 걱정하는 게 아니라 마치 서로에게 집착하여 감시하는 수준이다.[4] 차라리 마음으로라도 정성을 보내는 게 더 바람직하지 않을까? 어른·애들 가리지 않고 시도 때도 없이 스마트폰에

---

4) 『우리 옆집에 영국 남자가 산다』, 팀 알퍼, 21세기북스, 2017, p.252~254.
　　저자 팀 알퍼(Tim Alper, 영국, 1977~)는 대학에서 철학과 영화학을 공부한 후 요리사로 일하다가 다시 저널리즘을 공부하여 저널리스트가 된 독특한 이력을 가지고 있다. 그는 우리나라 유수 매체에 칼럼을 쓰고 있으며, 「가디언」 등 영국 신문에도 글을 싣고 있다. 그는 한국 연인들이 습관적으로 주고받는 문자메시지나 기념일 챙기기에 대해 다음과 같이 일침을 가한다.

〈끊임없이 주고받는 문자메시지〉
한국 연인들은 주로 하루 종일 끊임없이 주고받는 문자메시지를 통해 서로에 대한 관심을 표현한다. 그래서 한국에서는 남자친구에게 잠은 잘 잤는지, 아침은 뭘 먹었는지, 오늘 출근할 때 뭘 입을 것인지 물어보는 것이 지극히 정상이다. 남자친구가 아침에 집을 나서기도 전에 그 모든 질문에 답장을 보내는 것도 충분히 기대할 수 있는 일이다. 대부분은 일상적이고 단조로운 이야기가 오간다. 대화 자체에 포인트가 있다기보다는 끊임없이 연락을 주고받는 것이 목적이다. 카카오톡이 작은 스타트업(Start-Up, 혁신형 기술과 아이디어를 보유한 초기 창업 기업)이다. 특히 '기업가치가 10억 달러 이상인 비상장 스타트업은 '유니콘(Unicorn)'이라 부른다. — 이상준)에서 대기업으로 성장할 수 있었던 것도, 한국인은 연애에 있어서도 지구상에서 가장 빠른 인터넷 속도를 필요로 하기 때문인지도 모른다.
반면 서양 연인들에게 이러한 수준의 연락은 너무 과해 보인다. 상대가 그렇게 자주 문자메시지를 보내면 과도하게 집착한다면서 따분해 하거나 성가셔 할 것이다. 그들은 불규칙적이면서도 폭발적인 패턴의 연락을 선호한다. 며칠 동안 아무런 연락이 없다가 갑자기 연인에게 달콤한 칭찬을 늘어놓고 사랑의 시를 쓰고 셰익스피어의 소네트에 나오는 구절을 비롯한 끈적대는 말이 넘쳐나는 손 편지를 쓴다. 그렇게 열정적으로 사랑을 고백하고 누드 사진이 포함된 선정적인 문자까지 잔뜩 주고받다가, 며칠 동안 또 잠잠해진다.

〈기념일 챙기기〉
한국의 연인들에게는 기념일이 넘쳐난다. 매달 14일도 기념일이며 만난 지 50일·100일·200일 등이 되는 날도 모두 기념일이다. 한국에서 자신이 얼마나 헌신적인 연인인지를 보여주고 싶다면, 이 기념일과 다른 특별한 날도 전부 챙기는 것을 일상으로 만들면 된다. 한국의 연인들이 1월 14일을 '다이어리 데이(Diary Day)'로 기념하는 것은 많은 것을 말해준다. 그들은 바로 그날 카페에서 만나 서로의 다이어리를 교환하면서 기념일을 서로 잘못 계산하지 않았는지 확인해보고 서로의 1년 일정도 확인하면서 오후 시간을 보낸다. 그만큼 서로의 일상을 공유하고 싶어 하는 것이다.
한국에서 연애를 하고 있다면 조언을 하나 해주겠다. 축하 카드와 예쁘게 포장된 선물을 항상 준비해놓아라. 언제 중요한 날을 까먹고도 까먹지 않은 척해야 할 일이 발생할지 모르니까.
영국의 연인들은 다른 기념일은 안 챙겨도 밸런타인데이(Valentine's Day)만큼은 꼭 챙기며 그날엔 로맨틱한 행동을 마구 퍼붓는다. 여자친구의 직장으로 장미 24송이(영국에서는 연인에게 12송이를 보내는 것이 일반적이나 이날만큼은 그 2배를 보낸다)를 보내고, 몰래 바이올린을 배워 여자친구 집 창문 아래에서 연주하기도 하며, 간신히 돈을 모아 다이아몬드 반지를 선물하기도 한다.

온 신경이 다 가있다. 문자·카톡(카카오톡)·BAND의 도착알림은 수시로 울린다. 어떤 경우에는 1초에 한 번씩도 울려 거의 따르릉 수준이다. 버스·택시 정류장뿐만 아니라 잠시 타는 엘리베이터에서도 전부 휴대폰에 눈이 팔려 있으며, 심지어 커피숍·빵집이나 식당에서도 그렇다. 나도 지인들에게 문자를 보내고 지인들도 내게 보내준다. 재밌는 글이나 동영상을 읽어보라고 보내준다. 인터넷에 날아다니는 글이나 동영상의 특징은, (키워드나 중요 문장에 대한) 출처나 그 자료를 만든 사람에 대한 정보가 전혀 없다는 사실이다. 퍼 날라주는 사람의 수준을 내가 대충은 알고 있는데, 그 사람이 보내준 글의 내용은 얼마나 훌륭하고 멋진지 공자님도 부처님도 예수님도 울면서 도망쳐버릴 정도다. 여러 친구들이 퍼 나르기 경쟁을 하다 보니 같은 글도 수없이 중복되어 들어온다. 어디 이것뿐이겠는가. 어느 나라 어느 곳을 여행한다는 둥(주로 우리가 쉽게 갈 수 없는 먼 외국이다. 동남아나 일본 정도는 씨도 안 먹힌다), 뭘 먹고 있다는 둥, 사진과 동영상을 올려 내 속을 다 뒤집어 놓는다. 사진과 관련된 역사적 의미라도 한 줄 달아줬으면 눈곱만 한 지식이라도 늘었을 텐데, 글자라고는 그곳 위치와 명칭뿐이다. 갑자기 인간 내비게이션이 된 건가? 온통 현란한 옷·모자·선글라스 등으로 멋이란 멋은 다 냈고 온갖 개폼까지 잡아가며 찍어 보내준 사진을 보고, 나더러 뭘 어쩌라는 건가. 난 먹고사느라고 꿈도 못 꾸는데, 그런 명승지 풍경은 인터넷 검색하면 전부 볼 수 있는데(전문가들이 심혈을 쏟은 것이라 정말 한 폭의 그림이다. 게다가 해설까지 있어 유익하다), 그리고 (이건 진짜 중요하다), 정작 난 그들의 일거수일투족에 별 관심이 없는데! 평소에는 연락 한 번 없다가 왜 갑자기 친절(?)을 베푸는 걸까? 머나먼 타국으로 떠나있으니 조국도 생각나고, (별로 친하지는 않지만) 그래도 친구라고 문득 생각이 나서 그랬다면 좋다. 과연 그런가? 한마디로 자랑질이다!

열은 좀 받기는 하지만, 뭐 또 그것까지도 좋다. 친구니까, 동창생이니까, 모임에서 분기별 또는 1년에 한 번씩이라도 보는 사이니까, 가끔 예식장이나 장례식장에서라도 만나는 사이니까. 그런데 보내는 너 한 번의 터치로 인해 친구 몇 혹은 수십·수백 명이 허비해버리는 소중한 시간을 생각해봤는가? 도대체 정신이 온전히 박힌 건가! 제발 그러지 말자! 내가 왜 너의 생각없이 던진 돌에 맞아 피를 흘려야 하는가 말이다.

인터넷·스마트폰·SNS 남발로 인한 폐해 실태

인터넷·스마트폰·SNS 등의 무분별한 사용으로 인한 폐해가 정말 심각하다. IT 환경이 세계 최고이고 대한민국 어디서나 인터넷이 자유자재로 가능하다는 점에 더하여, 한글의 우수성도 한몫을 했다. 휴대폰이든 컴퓨터든 한글입력 시간은 영어보다 2~3배, 중국어보다는 3~5배 빠르다.[5][6] 쉬우니까 더 전파력이 있고 더 많이 중독되는 것이다. 다양한 자료들을 얻기 위해 '인터넷 중독'과 관련된 많은 검색을 시도했는데, 의외로 적었다. 현재의 '중독 실태'를 보여주는 자료는 거의 없고, '중독치유 프로그램'이라든지 아니면 '자제시켜야 한다'는 원론적인 내용들이 대부분이었다. 혹시 IT업계에서 그들의 전문분야

---

5) 『철학콘서트(2)』 황광우, 웅진지식하우스, 2009, p.167~188.
　　타자를 칠 때, 중국인들은 한자를 알파벳으로 친 후 다시 한자를 검색한다. 우리보다 3~5배 느리다. 그리고 알파벳은 음운문자일 뿐이지만, 한글은 음운문자이면서 음절문자이다. 여기에 한글의 독창성이 있는 것이다. 따라서 한글타자는 영문타자보다 2~3배 빠르다.

6) SBS 뉴스 2007.10.9. 〈한국인은 문자보내기 선수? 한글에 숨은 과학〉(장세만 기자)
　　휴대폰 자판이든 컴퓨터 자판이든 한글 입력이 영어보다 2배 이상 빨랐다. 2007년 4월에 뉴욕에서 '휴대전화 문자 빨리 보내기 대회'가 열렸다. 이 대회 결과 한글이 영어에 비해 2배보다 더 빨랐다.
　　그 이유는 한글의 과학성에 있다. 영어는 알파벳이 26개이고, 한글은 자음 14개(모음 5개 별도)이다. 양손으로 입력하므로 모음은 크게 영향을 주지 못한다. 따라서 영어 알파벳 26개와 한글 알파벳 14개를 단순비교하면 된다. 이는 자판 글자의 개수가 줄어들며 그만큼 편리하고 빨라지는 것이다.

이니까 '디지털 장의사(Digital Undertaker)'[7] 같이 폐해를 숨겨버린 건 아닌지 의심이 들 정도였다. 아무튼 폐해는 크게 세 가지로 압축할 수 있을 것 같다.

첫째, 집중력이 떨어지고, 신체적으로 이상 증후가 나타난다는 점이다. 즉, 건강을 해친다는 사실이다. 뭘 하든지 중간중간 문자·카톡·BAND 메시지를 확인하고, 인터넷 포털사이트 실시간 검색어를 쓸데없이 클릭한다. 한 가지 일에 몰입하는 시간이 짧아지니 일상생활에서 집중력이 떨어지는 것은 당연하다. 신체적 변화는 또 어떤가. 출·퇴근길 혹은 등·하교 길에서 스마트폰으로 각종 기사를 검색하고, 지인들의 SNS 계정을 파도타기 하는 등 손에서 스마트폰을 놓지 않다 보니 오른쪽 손목과 엄지가 저려오고, 잠들 때쯤엔 눈이 침침하고 머리가 지끈거려 피로감까지 가중된다.[8]

둘째, 모포현상, 일명 '고립공포증'이다. 모포(MOFO)란 'Fear Of Missing Out'의 줄임말로 소셜미디어 공간에서 느끼는 소외감과 관계단절을 의미한다. 대표적인 증상이 바로 인터넷에서 정보를 놓칠까 봐 두려워하는 증상이다. 무의식적으로 스마트폰을 확인하는 현상을 말한다. 이와 관련된 〈스마트폰을 보지 않고 견딜 수 있는 시간, 고작 44초!〉라는 제목의 글이다. 정말 심각하다.

---

7) 〈디지털 장의사(Digital Undertaker) 또는 디지털 세탁소(Digital Cleaner)〉
　　빅데이터·클라우드·SNS 등 디지털 신기술의 발전으로 정보의 수집·공유가 대폭 증가하면서 사후 개인정보 및 계정 관리에 대한 우려와 관심이 증가하고 있다. 디지털 장의사는 개인의 인터넷상 계정 삭제에 대한 요구에서 탄생한 직업으로 사진·게시물·댓글 삭제, 디지털 유산에 대한 관리로 점차 그 영역이 확장되고 있다. 사후가 아니더라도 과거에 개인이 인터넷에 남긴 자료로 인해 피해를 입는 사례가 늘면서 인터넷상에서 '잊힐 권리'에 대한 논의가 활성화되고 있다.
　　EU는 2012년 1월 데이터 보호법(Data Protection Law) 개정안을 확정하면서 온라인상에 있는 개인정보를 삭제해주도록 요청할 수 있는 '잊힐 권리(Right to be Forgotten)'를 법제화한 바 있다. 디지털 세탁소도 같은 의미다.
8) 「동아일보」, 2018.6.16. 〈지금 스마트폰 보는 너! 다이어트 필요한 때〉(정혜연 기자)

〔아침에 눈뜨는 순간부터 잠들기 직전까지, 하루에 스마트폰을 몇 번이나 확인하는가? 울리지도 않은 전화기를 괜스레 들여다보고, 계속해서 이메일이나 문자 또는 메신저 메시지를 확인하고 싶어 하며 실제 그렇게 하고 있는가? 그렇다. 한마디로 '손 안의 컴퓨터에 갇혀버린 현대인들'이다.

최근 사람들이 스마트폰을 보지 않고 가만히 있을 수 있는 시간에 대한 흥미로운 연구가 진행되었고, 놀라운 결과가 나왔다. 독일 뷔르츠부르크 대학과 영국 노팅엄 트렌트 대학 등이 참여한 연구팀은 10분간 방 안에 참가자들을 홀로 남겨두고 이들이 스마트폰을 확인할 때까지 얼마나 시간이 걸리는지를 조사했다. 결과는 충격적이었다. 연구에 참가한 사람들이 스마트폰을 만지지 않고 버틸 수 있는 시간은 평균 44초였다. 성별로는 남성과 여성이 각각 21초, 57초였다. 남성들의 결과도 놀라웠지만, 더 흥미로운 점은 참가자 대부분이 자신이 스마트폰을 다시 만진 시간에 대한 질문에 '2~3분 정도가 지나고 나서'라고 답했다는 것이다. '44초'와 '2~3분'의 간극은 매우 크기 때문이다. 이 실험은 정말 현대인들이 스마트폰 의존성이 심각하다는 것을 보여주는 반증이었다.〕[9]

셋째, 때와 장소를 가리지 않는 스마트폰 사용이다. 얼마 전 여러 매체에 모 대학의 약학과 교수가 '중고등학생의 스마트폰 중독 실태에 대해 연구'한 결과가 발표(2018.6.5.일자)됐다. "청소년의 스마트폰 중독 위험군 비율은 여학생이 23.9%로 남학생의 15.1%보다 훨씬 높았고" "여학생의 스마트폰 중독 위험이 남성의 2배"라는 게 요지였다.[10] 그런데 왠지 현 실태와는 괴리감이 크다는 생각이 들었다. 다른 자료를 찾아보니 6년 전인 2012년 12월 12일자 〈내가 스

---

9) 「월간 CEO」, 2016년 9월호(Editor 박지현)
10) 「동아일보」, 2018.6.6. 〈스마트폰 중독 위험, 여학생이 2배 높아〉(이미지 기자)

마트폰을 사용하는 건지, 스마트폰이 나를 사용하는 건지〉라는 제목의 기사가 있었다. 6년 전에 세계적인 네트워크 장비업체인 시스코(Cisco)가 설문조사한 결과물이었는데, 가히 충격적이다. 그리고 하루하루 급변하는 IT 현실에서 6년이란 긴 세월이 흐른 지금 그 폐해의 정도는 훨씬 심각하지 않겠는가. 그런데 조사한 결과는 오히려 거꾸로 나왔으니 뭔가 이상해도 한참 이상하다. 잠시 통계 이야기를 하고 진행하자.

스탈린은 "통계보다 한 사람의 구체적 사례가 주는 느낌이 더 크다"[11]는 취지의 말을 했고, 윈스턴 처칠은 "나는 내가 스스로 위조한 통계만을 믿는다"[12]고 했다. 이 밖에도 통계에 대한 불신을 지적한 인사들은 많다.[13] 그만큼 통계가 (사전에 의도한 결과를 얻기 위해) 어떤 변수를 넣느냐, 어떤 대상을 표본으로 하느냐 등에 따라 엄청난 '편의(偏倚·bias, 기울어짐)'가 발생할 수 있는 것이다. 그리고 통계의 어려움을 보여주는 최근의 '세기적인 사건'이 있었다. 바로 도널드 트럼프의 미국 대통령 당선이다. 이때까지만 해도 네이트 실버(Nate Silver, 시카고대학교 경제학 학사, 1978~)라는 젊은 통계분석가는 미국은 물론 전 세계에서 거의 '통계의 신'으로 추앙받았던 인물이다. 실제 그는 2008·2012년 미국 대선(버락 오바마가 이 두 선거를 이겨 2009.1~2016.12까

---

11) 『이공계의 뇌로 산다(2014)』, 완웨이강, 더숲, 2016, p.16~17.
　　스탈린은 "한 사람을 죽이는 건 비극이어도 1만 명을 죽이는 건 통계 수치일 뿐이다"라는 말을 남겼다.

12) 『심리학에 속지 마라(Hilfe, wir machen uns verrückt!, 2012)』, 스티븐 아얀, 부키, 2014, p.141.

13) 『브레인 트러스트(Brain Trust, 2012)』, 가스 선뎀, 진성북스, 2014, p.326.
　　"세상에는 그냥 거짓말이 있고, 터무니없는 거짓말이 있으며, 통계학이 있다." 소설가 마크 트웨인(Mark Twain, 1835~1910)에 따르면 이 말을 한 사람은 빅토리아 여왕 시대에 영국의 수상을 지냈던 벤저민 디즈레일리(Benjamin Disraeli, 1804~1881)라고 한다. 한 국가의 수상이 이 정도로 심한 말을 했다고는 생각되지 않지만, 통계 자료에 근거한 논리가 사람들의 의심을 사는 것은 어제오늘 일이 아니다.(『수학을 낳은 위대한 질문들(Big Question : Mathematics, 2011)』, 토니 크릴리, 휴먼사이언스, 2013, p.151. 참조)
　　이 말을 더 쉽게 전달하고자 아론 레벤스타인(Aaron Levenstein)은 "통계란 비키니와 같다"고 했다. '다 보여준 것 같지만 정작 중요한 것은 보여주지 않는다'는 뜻이다.

지 제44대 미국대통령으로 4년 중임했다)의 당선자를 족집게처럼 맞춘 것과 반대로, 나머지 미국의 유명한 통계회사들은 모두 거꾸로 예측했기 때문에 반사효과까지 더해져 그의 인기는 하늘을 치솟았다.[14][15] 2014년 11월 4일 치러진 미국 총선('중간선거')[16]은 모두 엇비슷하여 큰 이슈가 없었다. 미국뿐만 아

---

14) 「조선일보」, 2012.11.9. 최연진 기자.
　　네이트 실버는 오바마의 재선(제44대 미국대통령, 4년 중임)뿐만 아니라 그 비율, 지역까지도 거의 족집게로 맞춰 화제이다. 실버는 야구선수들의 데이터를 바탕으로 한 성적예측시스템(PECOTA)을 운영하면서 인지도를 얻기 시작했고 2007년 익명으로 관련 정치 분석을 하다 2008년 3월 '파이브서티에이트(FiveThirtyEight)'를 개설해 공개 활동에 적극 나섰다.
　　실버와 달리 여론조사기관 라스무센(Rasmussen)은 롬니가 1% 앞서는 것으로 추정하는 등 이번 대선에서 체면을 크게 구겼다.

15) 「동아일보」, 2014.7.22. 허진석 채널A 차장.
　　고등학교와 대학 때 한 번쯤 들어본 적이 있는 '조건부 확률'이 있다. '베이즈 정리'로도 불리는 이것은 '어떤 사건의 사전확률을 알 때, 특정 원인에 의한 해당 사건의 사후확률을 알 수 있다'로 설명할 수 있다.(…)
　　미국의 예측 전문가 네이트 실버는 실제로 베이즈 정리를 활용해 2008년 미국 대선에서 50개 주 중 49곳의 대선 결과를 정확히 예측했고, 총선에서도 상원 당선자 35명이 누구일지를 정확히 예측해 화제를 모았다.
　　베이즈 정리는 최근에 나온 「신호와 소음(The Signal and The Noise, 2012)」,(네이트 실버, 더퀘스트, 2014)과 작년에 나온 번역서 「불멸의 이론(The Theory That Would not Die, 2011): 베이즈 확률이론」,(샤론 버치 맥그레인, 휴먼사이언, 2013)으로 다시 관심을 끌고 있다.
　　네이트 실버가 정치적 사건의 결과까지 정확히 예측할 수 있었던 것은 정치적 입장을 떠나 베이즈 정리를 바탕으로 자신의 판단을 끊임없이 개선했기 때문이다. 선입견이나 편견을 버리고 새로 나타난 정보를 신중히 선택한 것도 주효했다.
　　250여 년 전에 나온 베이즈 정리는 말한다. 당신이 내린 판단은 새로운 사실이 등장하기 전까지만 유효하다. 새로운 정보를 신중히 선택해 다시 생각하라. 아주 겸손하고 공손히.

16) 〈2014년 11월 4일, 미국 중간선거〉 미국의 총선과 대선(선거인단 선출일) 모두 선거일은 11월 첫째 월요일이 있는 주의 화요일이다(따라서 2016년 대통령선거일은 11월 8일, 2018년 중간선거는 11월 6일, 2020년 대선은 11월 3일).
　　미국은 대통령선거일과 대통령 당선 2년 뒤 번갈아 연방 상·하원 의원, 주지사, 시장, 주 의원 선거를 실시한다. 이 중 대통령 당선 2년 뒤, 즉 임기 중간에 실시되는 선거를 '중간선거(Midterm Election)'라고 한다. 선거일은 11월 첫째 월요일이 있는 주의 화요일로 2014년은 11월 4일이었다. 연방 상원 의원 100명 중 1/3, 하원 의원 435명 전원, 주지사 50명 중 절반가량 등이 대상이었다.
　　하원 의원은 임기가 2년이어서 선거 때마다 전 지역구를 대상으로 실시된다. 상원 의원과 주지사 임기는 각 6년, 4년이어서 임기가 끝나는 지역에서만 선거를 치른다. 2014년 선거에서는 상원 의원(임기 6년) 100명 중 1/3과 보궐선거 대상을 포함한 36명, 하원 의원(임기 2년) 435명 전원, 그리고 주지사(임기 대부분 4년) 50명 가운데 36명을 선출했다.
　　임기 중반에 실시되는 만큼 대통령과 집권 세력의 국정 운영에 대한 중간평가의 성격이 강하다. 미국 역사에서 재선에 성공한 대통령은 집권 2기 중간선거에서 대부분 패했다.
　　2014년 선거결과도 역시 오바마 민주당의 '참패'였다. 미국은 8년 만에 야당이 의회 권력을 장악하는 여소야대 구도가 돼 당시 임기 2년을 남겨둔 오바마 미국 대통령은 '레임덕(Lame Duck)' 위기에 직면했었다. 의원 정수 100명 중 36명을 새로 선출하는 상원 선거에서 공화당은 기존 45석에서 6석 이상을 늘려 과반을 차지했고 정수 435명 전원을 선출하는 하원 선거에서도 242석 이상을 선점하며 다수당의 지위를 유지했다.

니라 전 세계가 네이트 실버를 주목했다. 그랬던 그가 2016년 치러진 미국 대선에서 '트럼프의 낙선'을 예측했는데,[17] 결과는 반대로 트럼프가 승리해버린 것이다. 트럼프의 대통령 당선으로 인해 네이트 실버는 체면을 크게 구겼다. 이게 통계다. 아니 신이 아닌 다음에야 네이트 실버도 틀릴 수 있는 것이니, 오히려 트럼프의 대통령 당선이 '기적'이라고 불릴 만큼 '이변'일 수도 있겠다. 하기야 그럴 정도로 파격적인 인물이 바로 트럼프니까. 사전에 어떤 의도를 가지고 결과를 만들어내려고 하는 경우에는 소위 '편의(bias)' 문제 때문에 통계조사는 '악 세포'밖에 되지 않지만, 정상적인 조사·분석을 할 경우에는 통계가 꽤 과학적이다. 앞서 통계에 대한 비하발언을 한 스탈린이나 처칠이야 다분히 정치적인 의도를 내포하고 있으니 그 말에 혹해서 통계를 쓰레기 취급해서는 안 된다. 경제학·경영학·사회학·심리학 등 거의 모든 사회과학 분야에서 통계자료가 빠져버리면 할 말이 별로 없어진다. 수많은 석학들이 통계를 이용하여 새로운 학설을 만들어내고 노벨상까지도 수상하는 영광을 얻는 것이다. 멀리 갈 필요도 없다. 2018년 6·13 총선에서 통계와 관련된 재미있는 일화가 있지 않았는가. 바로 자유한국당 홍준표 대표(당시)의 통계비하 발언이다. 그는 선거 12일 전인 6월 1일 "문재인 대통령 지지율은 40%도 안 넘는다. 뚜껑을 열어보면 알 것이다"라고 공언했다.[18] 그러나 어떤가. 선거결과는 당초 통계

---

17) 「트럼프의 진실(The Truth about Trump, 2016)」 마이클 단토니오, 매일경제신문사, 2017, p.19~20.
　　2015년 11월에는 「US뉴스앤드월드리포트(U.S. News & World Report)」의 정치부 부장이 "트럼프의 지지율은 점점 하락할 것"으로 예측했고 통계 전문가 네이트 실버는 언론을 향해 "트럼프의 부동 지지층이라야 전체 유권자의 8% 미만이므로 괜히 호들갑 떨지 말라'고 조언했다. 2016년 1월까지도 트럼프의 돌풍을 미심쩍게 보는 경향이 여전했다. 따라서 오즈메이커(Odds Maker, 선거 승률을 측정하는 사람)들도 공화당 대통령 후보 경선에서 마르코 루비오의 우세를 점쳤다.
　　그런데 뉴햄프셔 예비 선거에서 트럼프가 거의 20%포인트의 표차로 2위를 따돌리며 낙승을 거두자 전문가들도 트럼프의 돌풍이 심상치 않음을 느끼기 시작했다.
18) 「동아일보」 2018.6.1. 〈홍준표 "文대통령 지지율 전부 거짓, 실제 40%"〉

수치와 유사하게, 아니 더 처참하게 자유한국당이 참패했다. 하기야 홍준표의 발언도 처칠처럼 정치적인 발언이니까 통계의 예측력을 판단하는 사례로 사용할 수도 없다. 하여튼 이게 바로 통계다.

그런데 트럼프의 대통령 당선 예측처럼 (통계의 신 네이트 실버마저 틀릴 정도로) 그렇게 어렵지는 않아 보이는데, 스마트폰의 폐해에 대한 '이번 통계조사 결과'와 '6년 전 결과'의 현격한 차이에 나로서는 영 납득이 가지 않는다. 판단은 각자에게 맡기고 6년 전의 글을 소개하겠다.

〔기상을 울리는 알람 소리에 눈을 뜨면, 일명 'Y세대'라 불리는 요즘 젊은이들은 무엇을 가장 먼저 할까?

시스코가 발표한 '2012 시스코 커넥티드 월드 테크놀로지 보고서(2012 Cisco Connected World Technology Report, 이하 2012 CCWTR)에 따르면 조사에 참여한 Y세대의 90%는 최신 이메일, 문자 메시지 또는 소셜미디어를 확인하기 위해 침대에서 빠져 나오기도 전에 스마트폰을 찾는다고 답했다. 이에 더해 Y세대는 스마트폰을 '신체의 일부'로 여길 정도로 삶의 중요한 요소이자 항상 지니고 있어야 할 것으로 인식하며, 응답자의 40%는 스마트폰으로 인터넷에 연결되어 있지 않으면, "매우 초조하고 나 자신의 일부를 잃어버린 것 같다"고 답할 정도이다.

한편, 우리나라는 응답자의 97%가 스마트폰을 확인하면서 하루를 시작하고, 온라인 쇼핑몰은 물론, 모바일 애플리케이션, 소셜미디어 등을 적극 활용하는 면에서 모두 전 세계 평균을 넘어서는 응답률을 나타내 모바일 강국의 위상을 과시했다.

인사이트익스프레스(InsightExpress)와 함께 진행된 시스코의 2012 CCWTR 조사는 전 세계 18개국의 18세에서 30세 사이 대학생 및 직장인 1,800명을 대상으로 진행되었으며, Y세대들이 주변 세계와 자신을 연결해주는 인터넷과 모바일 기기를 어떻게 사용하는지 살펴본다. 이번 조사 결과를 요약하면 이렇다.

1) 아침에 일어나서 가장 먼저 하는 일, '스마트폰 확인': 90%

2) 눈뜰 때부터 잠들 때까지 '온라인'(29%)

3) 내가 스마트폰을 사용하는 건지, 스마트폰이 나를 사용하는 건지: 60%

4) IT 전문가일수록 더더욱 '스마트폰 홀릭'

5) 스마트폰, 화장실에도 들고 간다: 1/3

6) 침실에서도 스마트폰 사용: 3/4

7) 한 손엔 숟가락, 나머지 한 손엔 스마트폰: 46%

8) 운전 중 스마트폰 사용: 20%(…)]¹⁹⁾

스마트폰의 무분별한 사용은 뇌를 손상시킨다: IT고수들 자녀는 자제한다

그런데 인터넷·스마트폰·SNS 등의 무분별한 사용이 자신의 뇌를 손상시키고 지능지수(IQ)마저 감퇴시킨다는 사실이다. 이런 이유 등으로 소위 IT업계의 전문가들은 대부분 자녀들에게 사용 자제를 강조했다. 아래 글을 보자.

〔2008년 UCLA 정신의학과 교수인 개리 스몰 연구팀은 인터넷 사용이 실제로 뇌를 어떻게 변화시키는지를 알아보는 실험을 했다. 실험 참가자 중 12명은 인터넷 검색에 숙달한 사람들이었고 나머지 12명은 검색 초보자였다. 연구팀은 이들이 구글을 검색하는 동안 뇌가 어떻게 작동하는지 들여다보았다. 연구의 결과, 인터넷에서는 우리의 인지 자원을 콘텐츠에 집중시키지 못하고 다른 데에 사용하게 하는 다양한 방해물들이 있다고 밝

---

19) 「산업일보」, 2012.12.12. 천주희 기자.

혀졌다. 결국, 쓸데없는 의사결정, 관계없는 문제 해결, 주의력 분산의 3가지 콤보가 뇌를 공격하게 되면서 실제 콘텐츠를 보는 집중력이 저하되고 이러한 과정이 반복되면 우리의 뇌도 소위 인터넷을 보는 뇌로 변하게 된다는 것이다. 즉, 스마트폰 사용으로 인해 공부효율이 떨어진다는 결론이다.〕[20]

〔2014년 9월 11일자 「뉴욕 타임스」에는 〈스티브 잡스는 로테크(Low-tech) 부모였다〉라는 충격적인 제목의 기사가 실렸다. 2011년에 사망한 애플의 공동 창업자 스티브 잡스가 2011년 후반에 "당신의 아이들은 아이패드에 얼마나 빠져 있나요?"라는 기자의 질문에 잡스는 "우리 아이들은 아직 아이패드를 사용해본 적이 없어요. 나는 아이들에게 하이테크 이용을 제한하고 있습니다"라고 말하며 웃었다는 현실이다. 기자의 말에 의하면 잡스뿐만 아니라, 하이테크 기업이나 벤처 기업의 최고 경영자들은 대부분 가정에서는 '로테크 부모'로 아이패드 등의 사용을 엄격하게 제한하거나 전혀 사용하지 못하게 한다는 것이다. 아이패드 대신 수백 권의 책(전자책이 아닌)을 원할 때 읽을 수 있는 환경을 마련해준 트위터의 창업자도 로테크 부모였다고 한다. 전자방사선이 끼치는 다양한 영향을 알고 있는 그들인 만큼 로테크 부모를 고집하는 것이라고 한다.〕[21]

그렇다. 우리는 현재 '정보의 홍수' 시대에 살고 있다. 컴퓨터나 스마트폰을 통해 웬만한 정보는 다 찾을 수 있다. 그런데 그렇게 쉽게 얻은 정보는 정확성

---

20) 『완벽한 공부법』, 고영성 · 신영준, 로크미디어, 2017, p.318~325.
　　마찬가지로 〈요즘 애들 IQ 부모보다 못하다: 학습 시간과 강도 감소, 디지털화 등 환경적인 요인 때문〉이라는 신문기사도 있었다(「중앙선데이」, 2018.6.23).
21) 『오염의 습격: 스마트폰, 전자방사선, 생활화물질의 위협』(2015), 고쇼 히로에, 상상채널, 2016, p.420 ~422. ; 『페이스북을 떠나 진짜 세상을 만나다(Dot Complicated, 2013)』, 랜디 저커버그: 페이스북 마크 저커버그의 누나, 지식의날개, 2015, p.5~10.

이 떨어지고 깊이가 없다는 데 문제가 있다. 게다가 일부 개념 없는 사람들이 두서없이 퍼 나르는 정보들로 인해, 해당 본인이야 그렇다 치더라도 주변 사람들에게까지 혼란을 초래하는 경우도 허다하다. 물론 편리하고 장점도 많지만, 단순하고 체계도 없는 그런 **쓰레기 같은 지식들이 오히려 세상을 호도하는 오염원이 돼버리는 것**이다. 숙고를 거듭해야만 할 중요 사안을 대충 생각하고 별 생각도 없이 마치 그게 진실인 양 떠들어대는 바람에 일개의 가십거리로 전락해버리는 등 수많은 문제를 불러일으키고 있다.

마치면서

세상은 아는 만큼 보인다. 과거와 현재를, 우리나라와 전 세계를 무대 위에 올려놓고 볼 때 전체 프레임이 더 잘 그려지는 건 당연하다. 일례로 임진왜란을 보자.

콜럼버스의 신대륙 발견(1492년)이 임진왜란(1592년)과 무슨 관계가 있을까? 스페인과 포르투갈은 신대륙에서 금은보화 등 수많은 재화와 신작물들을 약탈했고, 이렇게 쏟아진 신대륙의 재화는 당시 동방무역을 주름잡았던 포르투갈 상인에 의해 일본에까지 전파됐으며 이 과정에서 1543년에 포르투갈 상인들이 처음 조총을 가지고 왔다.[1] 도요토미 히데요시가 조총의 힘으로 일본 천하를 통일하고 중국 대륙까지 집어삼킬 목적으로 일으킨 전쟁이 1592년의

---

1) 『생각의 융합』, 김경집, 더숲, 2015, p.65.

임진왜란이다.

　당나라의 문인 한유와 프랑스 철학자 루소는 "모든 것이 나의 스승이다"는 명언을 남겼다. 즉, 스승 아닌 것이 없다는 뜻이다. 미국 제2대 대통령 애덤스는 "자연이 만든 인간과 동물의 간격보다 교육이 만드는 인간과 인간의 간격이 훨씬 더 크다"는 말까지 했다. 다방면의 지식으로 무장하여 당당하게 세상에 맞서보자. 향기다운 향기가 나는 세상을 꾸며보자!

Index

찾아보기

Lee Sang Joon · Knowledge Series 2